故事会

2004·6

(总第330-333期)

合订本

上海文艺出版社

图书在版编目(CIP)数据

《故事会》2004年合订本.6/《故事会》编辑部编.
上海：上海文艺出版社，2004
ISBN 978-7-53212-815-0

Ⅰ.故… Ⅱ.故… Ⅲ.故事-作品集-中国-当代 Ⅳ.I 247.8

中国版本图书馆CIP数据核字(2005)第002215号

责任编辑：鲍　放
封面设计：李宝强

故事会2004年合订本6
(总第330-333期)
《故事会》编辑部　编
上海文艺出版社出版
地址：上海绍兴路74号
电子信箱：gushihui@263.net
网址：www.slcm.com
中国图书进出口上海公司发行
地址：上海市广中路88号
电话：36357888
字数280,000
ISBN 978-7-53212-815-0/I·2176

330 2004 SEMIMONTHLY 上半月刊 11月

故事会

2004年11月

上半月刊·红版

主 编：何承伟

副主编：吴 伦

社务委员会

何承伟 吴 伦 姚自豪

夏一鸣 冯 杰 张 凯

本期责任编辑：蔓 石

美术编辑：李宝强

发稿编辑：

姚自豪 鲍 放

夏一鸣 梁宁宁

马 峡 潇 白

主管：上海市新闻出版局

主办：上海文艺出版总社

（上海市绍兴路74号）

邮政编码：200020

电话：021-64375030

督印 发行：张 凯

（上海市建国西路384弄11号甲）

邮政编码：200031

电话：021-64313938

广告总代理：上海文艺广告传播中心

上海市绍兴路74号（邮编：200020）

广告总监：张 淮

广告业务：021-34010383

广告投诉：021-64333738

广告经营许可证

沪工商广字3101034000029号

发行：中国图书进出口上海公司

本刊与搜狐文化合作推出电子版

本刊各栏目欢迎来稿。来稿寄上海市绍兴路74号《故事会》杂志社，邮编：200020；本刊E-mail地址：gushihui@vip.sohu.net；本期责任编辑E-mail地址:manshi@vip.sohu.net

·笑话·

“太”的含义

老师在课堂上说：“‘太’的意思就是至高无上，比如太上皇呀，太空呀，等等，大家明白了吗？”

一个学生恍然大悟：“明白了，怪不得我爸爸管我妈妈叫太太呢！”

（李云贵）

夫妻协定

有对夫妻，女的爱骂老公，男的爱打老婆。这天，两个人又狠狠干了一仗，最后，都累趴下了。妻子向丈夫提议道：“以后咱俩互相尊重，我改掉骂人的坏习惯，你也不要动不动就打人，怎么样？”

丈夫一拍大腿，说：“好，一言为定！要是你再骂我，我就揍死你！”

妻子马上喊道：“混蛋！你敢！”

（李云贵）

（本栏插图：李　加）

赶时间

一个年轻人急匆匆地去赶下午六点钟的火车，在经过一个农场的时候，他想抄近路，于是问一个正在干活的农民：“你好！我必须赶上六点钟的火车，我可以从你的农场中间穿过去吗？”农民看了看他，说：“可以！你如果碰上我那条狼狗，也许还可以赶上五点十分的那趟列车哩。”

（张　枫）

古董店经理

巴黎一家古董店的橱窗里陈列着五个姿态各异的少女雕像，在它们旁边的一个标牌上写着“爱神们”。没过多久，一个小雕像被卖出去后，经理换了一个新标牌，上面写着“四季”。又一个小雕像被售出，经理把标牌改为“三个少女”。当小雕像只剩下两个时，被起名为“夜与昼”。最后只剩下一个雕像了，它又有了一个新名字——“孤独”。

（张　枫）

原来如此

小张和妻子小丽在火车站附近开了一家小酒吧。

这天已是凌晨一点了，酒吧里的顾客都走了，惟独一个老头儿坐在那里，头一点一点，小鸡啄米似的打着瞌睡。小丽这会儿又累又困，她盼着老头快走，最后她终于忍不住了，走到小张跟前，愤愤地说：“你已经把他叫醒六次了，但是每次他什么都不喝，既然如此，你为什么不让他走呢？”

小张笑着说“你不知道，每次我把他叫醒，他总是要他的账单，我把账单给他后，他总会付款，当他付完款后，又继续睡了。”

（赵馥萱）

人寿公司

一家旅行社，带两家公司的员工家属去游玩，一家是中国人寿，另一家是纽约人寿。出发的时候，导游叫团员上车，中国人寿的员工家属坐红色的游览车，纽约人寿的员工家属坐蓝色游览车，后来导游问到一位阿婆“是纽约人寿还是中国人寿？”阿婆想了一下，说：“我觉得还是印度人比较瘦！”（路 平）

相 亲

同事问小李“听说你昨天去相亲了，怎么样啊？”小李说：“这个姑娘给我印象最深的是她的眼睛，就像天空的明月……”

同事羡慕地问：“那一定很漂亮吧？”小李叹了口气，说：“可惜一只是初一，一只是十五。”

（王晓莉）

阻止打架

麦克急匆匆地在街上跑，他朋友看见了，问他：“你跑那么快干什么？”麦克气喘吁吁地说：“我正在阻止一场打架！”

朋友好奇地问：“谁和谁在打架？”麦克紧张地回头张望着说：“追我的人和我！”（邵登法）

·笑话·

美眉来信

小毛苦苦追求一位女同学好长时间，在写完第九十九封求爱信后，女同学回信一封，上书“61”两个大字，别无他言。

小毛绞尽脑汁，不解其义，于是请教本宿舍爱情专家。

专家一看，乐了，问：“你追求的女同学是音乐系的吧？”小毛说：“是呀，你怎么知道？”专家说：“你把61用简谱唱出来，不就是‘拉——倒——’吗！”

（李翰英）

当心身体

船行大海触礁将沉。众乘客哭天求地，只有一个乘客大口吞着煎饼。众人说“啥时了，还顾得吃！”这位乘客振振有辞地回答：“不，俺有胃病，医生讲，千万不准空腹喝水呢！”

（张青山）

无法形容

儿子问爸爸“老师叫我们造一个句子来形容一个人很漂亮。”

爸爸回答：“比如爸爸的秘书小霞阿姨长得很漂亮，你就可以说，小霞阿姨长得像天仙一样美丽。”

这时妻子突然下班回来，爸爸赶紧对儿子说：“可是孩子你要知道，有些时候一个人的美貌是无法形容的，比如你妈妈。”

（刘浩波）

这意味着什么

上午九点多，一群厂领导穿着崭新的工作服，突然下车间劳动来了。厂报记者跟着来采访，他让一位老工人谈谈感想：“老师傅，您说说，领导干部下车间劳动，这意味着什么？”

老工人嘿嘿一笑，回答说：“根据以往的经验，这意味着——今天有什么人要到厂里来参观了！”（廖　通）

真正的快乐是内在的，它只有在人类的心灵里才能发现。——布雷默

娶两个

妻子边擦地板边抱怨："唉！怎么一个家庭主妇永远有做不完的家务？"

丈夫在沙发上看着报纸，慢吞吞地说："没办法呀！你又不同意我娶两个。"

（刘海霞）

本科门诊

有个考生为了考上本科院校，整日钻到书本里，通宵达旦，最后终因用眼过度，不得不去医院看眼睛。在挂号处，值班护士对他说："你去二楼看专科门诊吧！"

那考生听后脱口而出："我不上专科，我要去本科门诊……"

（郭　梁）

点　歌

一天，电台直播的点歌节目接到一个小女孩的电话，她说她的妈妈很辛苦，星期天也不休息，要到书店买好多习题集给她做，于是她就想为她的妈妈点一首歌。

主持人一听，感动地说"多懂事的孩子啊，请问你想为你的妈妈点什么歌？"

小女孩用稚气的声音说："我想点一首《女人何苦为难女人》。"

（朱　一）

遭白眼

小贝做事情磨磨蹭蹭，而且很小气。一次，他看见一个可怜的老爷爷在天桥上要钱，实在过意不去了，就停下来，收了阳伞，顶着毒辣的日头拉开皮包，他好不容易找到钱包，打算从里面码得整整齐齐的纸币中找一点零钱，可是左翻右翻都没找到小票子，他正犹豫给还是不给呢，已经满脸期待地等了半天的老爷爷开口了："小伙子，你的好意我心领了，赶快走吧。你挡在这儿半天了，耽误别人给我钱啦。"

（温　泉）

沉默的交易

□杨　格

几年前，我在一所农村初级中学当校长，学校的教学质量在全县名列前茅，每年中考后，县里最好的两个中学——一中二中的校长都会来我们学校抢生源。因此，我这个校长做得还是挺顺风顺水的。

学校里有个学生叫黄家德，学习成绩不错，但家境贫寒，父亲早几年病逝，母亲的身体也不大好，黄家德还有个读小学的妹妹。初中三年，黄家德曾几次要辍学，由于学校的努力，他又几次复学，坚持到了中考。

中考揭晓，黄家德考了个全校第十，放在全县，名次也在前50名之列。那天，县一中吴校长率队来我们学校招生，我通知黄家德等一批学生来填志愿，黄家德看了招生简章后说："杨校长，我不想再读书了。"我知道，是简章上的1200多块学杂费把黄家德吓住了。我说了一大串鼓励和劝解的话，黄家德就是一句话："杨校长，我都17岁了，家里的担子我要挑起来。"

眼看着这样大有前途的学生要辍学，我不忍心，酒桌上，我把黄家德的情况说给吴校长听，想让他把黄家德的学杂费免了。

吴校长细皮嫩肉的，几根头发梳理得一丝不乱，看起来不像是吃粉笔灰的教师，倒像个企业的老总。他听了我的介绍，马上表态说："行行行，你杨校长开了尊口，我哪敢说半个不字，我现在就可以给你明确答复，这个学生第一学期的学杂费全部免了。但是——”顿了顿，吴校长加重了语气说，“你杨校长也要答应我一件事，保证那4个700分以上的考生全部填报一中，你不要搞什么平均主义，分两个给二中。”我被吴校长的爽快感染，一口灌下满杯啤酒，抹着嘴角的啤酒沫，拍着胸脯道：“成交！”

我将这个好消息告诉了黄家德，黄家德填了志愿回家了。

傍晚的时候，家里来了个中年妇女，还提了篮鸡蛋，她瘦弱干瘪，脸色蜡黄，一问，才知道是黄家德的母亲。我赶紧让座，她局促地坐下时发现我赤着脚，再看看光洁的地板，又手忙脚乱地站起来走到屋外，脱了鞋，赤着脚，迟疑着走进屋来。再一问，原来她听说我帮忙减免了黄家德的学杂费，登门感谢来了。看着满满一篮鸡蛋，我推辞不要，黄家德的母亲说：“杨校长，你帮了我们家这么大的忙，要是不收下这鸡蛋，我们一家人心里都过意不去，收下吧，这都是土鸡蛋。”我妻子在一旁问：“就是那种不喂饲料的母鸡生的蛋？”黄家德的母亲说：“就是，就是，你们干部们都说这样的鸡蛋好吃呢。”妻子看着我，说：“儿子喜欢吃土鸡蛋，想买到货真价实的土鸡蛋还真不容易，老杨，要不这样，鸡蛋我们收下，我们付钱给大嫂，该收多少就收多少。”黄家德的母亲赶紧说：“哪能收你们的钱，我正愁着没办法报答你们呢，这样吧，你们让孩子可劲地吃，吃完我再送过来。”我客气了几句，见她真心实意地想感谢我，也就收下了这篮鸡蛋。

黄家德的母亲是个细心的人，她按照我儿子每天吃一个鸡蛋的标准计算，等到鸡蛋吃完的时候，又会准时挎一篮土鸡蛋过来，给她钱，她死活不收。这样的次数多了，我心里有些不安，妻子开导我说：“下个学期，你再跟吴校长说一声，把黄家德的学杂费再减免掉，不就算报答她了吗。我觉得这场交易双方都划算，我们儿子吃到了正宗的土鸡蛋，黄家德他们家省了一大笔开支，他们巴不得就这么交换下去呢。”我想也是，就默许了黄家德母亲一次又一次的感恩。

转眼到了隆冬，那天，鸡蛋又吃完了，按惯例，黄家德的母亲会登门，听着门外呼啸的北风，我想她今天可能不会来了。没想到天快黑的时候，黄家德的母亲敲响了门。我们赶紧让她进屋，她扑打着身上已经上冻的雪花，坚持站在门外说：“不进去了，省得脏了你们的地板。”说了几句话，她转身消逝在飞扬的雪花里。我和妻子都很感动，妻子叮嘱我下个学期一定要把黄家德减免学费的事情办好。

第二个学期开始了，我给吴校长打了个电话，要他继续关照一下黄家德，吴校长爽快地说：“没事没事，你

·我的故事·

杨校长的事就是我的事，你放心好了，只是明年你要保证给我几个高分的考生啊。”我对着电话拍着胸脯，在亲切友好的气氛中，我们完成了又一轮的交易。

黄家德的母亲还是一如既往地送着鸡蛋，有了又一次对他们的帮助，我心安理得地接受着她的感谢。

一转眼，三年过去了，高考结束后的一天，黄家德的母亲又来送鸡蛋，我问黄家德高考考得怎么样，她愣在那里不说话。我以为是黄家德考得不理想，安慰说：“考得不理想没关系，下学期叫黄家德再复读一年，学杂费你不要担心，我跟他们校长打招呼，家德的智力不错，总会考上一个理想的大学的。”黄家德的母亲回过神来，苦笑了一声说：“杨校长，其实家德早就不念书了。”

不念书了？怎么可能？我们这个三角交易不是一直在进行吗？

见我诧异地望着她，黄家德的母亲又说：“那年开学不久，家德到一中念书，人家免了所有的费用，一千多块钱呢，可人家不能免了孩子吃喝的费用啊，家德要填饱肚皮，这还得花一大笔钱。孩子不忍心再拖累家里，念了不到一个月的书，硬着性子丢下书本，到深圳打工去了。”

我想起三年来，黄家德的母亲给我们送的鸡蛋，不由脸颊发烫，说：“大嫂，家德辍学了，你怎么也不说一声，害得我一直以为在帮你们忙呢，你看，你送了几年的鸡蛋，我们还那么心安理得……”她打断了我的话说：“杨校长，可不能这么说，家德念不念书，我们都欠着你一份人情，1200多块钱，多少个鸡蛋才能还清啊。前些年，我们靠鸡蛋换油盐，这几年，有家德补贴家里，几篮鸡蛋算不了什么，家德还特地要我别告诉你他去打工的事，把这个人情永远还下去呢。”

黄家德的母亲走了，我的眼睛湿漉漉的，脑海里叠放着那个瘦小女人的影子：她赤着双脚局促地站在地板砖上；她拍打着身上上冻的雪块，站在门外，红肿的双手将一篮鸡蛋递过来；她真诚地说着感谢的话，轻描淡写地说着黄家德辍学的真相……

我又想到那个拍着胸脯的吴校长，一个电话打过去，责怪吴校长为什么跟我玩猫腻。吴校长支吾了半天，说：“老杨，这个事情还真不能怪我，实话跟你说，我答应减免学费的学生何止黄家德一个，我只是把我的精神说下去，具体操作是底下人搞，说实话，我也不知道黄家德什么时候辍学了。老杨，不要因为这件事影响了我们的合作关系，今年的录取工作马上开始了，要保证几个尖子生给我们，你有什么要求，尽管给我提。”

（本篇月月评短信代码：2101）

（**题图**：箭　中）

王老五，就是单身汉；钻石王老五，就是非常有钱的单身汉。找到一个钻石级的王老五，那可是多少小姑娘梦寐以求的理想啊！

上了钻石王老五的车

□西　西

莉莉住的小区号称是“时尚生活样板”，里面也着实有几个漂亮人物，比如住在莉莉楼上的那个帅哥，他每天背一个硕大的公文袋，穿一身笔挺的西服在楼里出没，那可都是名牌啊！再加上最关键的一点，莉莉从来没有见过他身边有异性的影子，这就是美德，了不得的美德，使得莉莉对他的评价立刻从璞玉上升到了名钻，玉石王老五和钻石王老五是很不一样的哦。

更让莉莉激动的是，那天在电梯里，钻石王老五竟然主动和她搭腔了！那是一个阴雨霏霏的清晨，电梯里没有其他人。他按了地下一层的按钮，状似不经意地问莉莉：“下雨了，你怎么上班啊？”莉莉一愣，随即答道：“出西门打个车好了。”

“雨天的士不好打呢。小姐好像是在地王大厦上班的？我在那里见过你。”

我的天哪！莉莉心里有头小鹿乐得没头苍蝇样地蹦跳起来：这个帅哥他居然注意过我，还知道我工作的地方。不过莉莉面子上仍旧是淡淡的：“哦，是吗。”说着偷偷拽了拽背包的

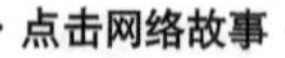

带子。

帅哥微笑着说："我在发展银行大厦，就在你对面，要不，你搭我的车吧，顺路。"

莉莉心里的花儿呼啦啦地全开了。她高兴死了，自己在刚过去的生日里向上帝祷告，希望遇到一个钻石级的帅哥，上帝居然就听见了！莉莉兴奋得几乎忘记自己是谁了。

莉莉心里一高兴，嘴上就没了防线："那好啊，又方便又环保，只是太谢谢你了。"她知道必要的礼貌还是要的，要不怎么对得起人家的青眼呢。

出门一看到车，莉莉又乐了，帅哥就是帅哥，连品位都和其他人不一样，坐骑是雷诺啊。圆滚滚很狰狞的车头，圆滚滚很厚重的车身，而且是很经典的印第蓝色，就这些，已经很能吸引人的眼球了，再加上车里的这一对俊男靓女，好了好了，不能再形容了，再形容别人就没法活了。

只是有点遗憾，两人一路无话。到了地王大厦对面，莉莉说："停在马路这边就可以了，我走过街天桥过去。"帅哥把车停下，两人对视一笑，几乎是异口同声地说："谢谢。"莉莉下了车有点纳闷，他谢个什么劲啊。

那一天的工作时间里，莉莉对每一个人都笑脸有加，连那不开窍的扑克脸上司都察觉了点端倪，到处和人打听："莉莉是不是撞桃花了呀？"

接下来的情形，真是心想事成啊，帅哥的车每天准点在西门外"恭候"莉莉的芳驾。每每远远看见莉莉，他就早早地欠身打开了副驾驶座的门，莉莉心里暗暗得意，面上却仍旧是不动声色，显出很矜持的样子。

一个月后，清晨，莉莉刚在车里坐定，正在酝酿一个娇媚的笑脸给他，帅哥就递过来一沓油票："喏，这里是这个月25%的油票，你只坐早晨的单程，所以只需要负担这四分之一就好了。谢谢，一共是108元，如果你有零钱，最好；没有的话，给我110块钱也成，下个月里扣好了。"

听着这逻辑严密、言辞周到的一番话，莉莉几乎当场变成了白痴儿童，脑子使劲空转，转到快滑牙了，也没弄明白个所以然来。敢情这个把月来，这厮是把自己当成分担油费的乘客了呀！虽则这事在有车一族当中也听过不少，但这么帅气的司机，这么帅气的车，明摆着有色诱的嫌疑嘛，自己怎么就那么不开眼呢，真是活该。

莉莉觉得自己当时的表情一定是非常可笑——挂了一半的笑脸，眉眼之间却全是懵懂无知状。那天连莉莉自己也不知道怎么收的场，好像是给了钱了，好像也一样说了谢谢了，好像还对公司看门的大爷递媚眼了，一切有如惯性，莉莉是刹不住车了。

莉莉实在是太桃花眼了，把那么

爸爸没脑袋 （文：许　冲；图：枫　叶）

1. 幼稚园里，有两个小男孩在吵架。

2. 一个男孩大声嚷嚷：“我回去叫我爸爸打你爸爸的脑袋！”

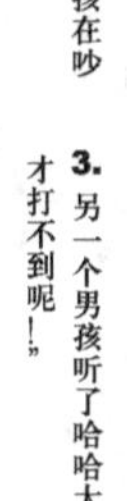

3. 另一个男孩听了哈哈大笑：“他才打不到呢！”

4. 他得意地说：“我妈妈常说，我爸爸根本就没有脑袋！”

正常的事情非要往暧昧里想，不怪谁。

可莉莉又犯了愁：接下来怎么办呢，还坐不坐人家的顺风车啊。不坐，透着自己多小气，再说了，每天早晨看见帅哥也是一件很赏心悦目的好事啊。

坐，为什么不坐！打的到公司每天得25元，一个月算下来，能省多少？说到钱的问题上，莉莉是前所未有的清醒。是啊，为什么不坐，桃花没了，实惠还在，这是抚慰伤情的惟一良药了。

莉莉决定，从明天开始，要求帅哥把车绕深南路兜一大圈，直接兜到地王大厦门前，莉莉才不愿意再去爬那劳什子的过街天桥了呢；还有，莉莉从明儿开始又要变回香水试用装了，才不管他喜欢不喜欢，那车里的柠檬味道，就和莉莉家洁厕剂一样，莉莉可受够了；再有，明儿得跟他要一电话，这阵子自己下班有准点了，说不定可以搭上这顺风车，他不是爱做司机吗。

这么算计着，莉莉又自说自话地高兴起来啦。

（本篇月月评短信代码：2102）

（**题图**：安玉民）

第一眼是错的

□玲 慧

一天，一个盲人带着他的导盲犬过街时，一辆大卡车失去控制，直冲过来，盲人当场被撞死，他的导盲犬为了守卫主人，也一起惨死在车轮底下。

主人和狗一起到了天堂门前。

一个天使拦住他俩，为难地说："对不起，现在天堂只剩下一个名额，你们两个中必须有一个去地狱。"

主人一听，连忙问："我的狗又不知道什么是天堂，什么是地狱，能不能让我来决定谁去天堂呢？"

天使鄙视地看了这个主人一眼，皱起了眉头，她想了想，说"很抱歉，先生，每一个灵魂都是平等的，你们要通过比赛决定由谁上天堂。"

主人失望地问："哦，什么比赛呢？"

天使说"这个比赛很简单，就是赛跑，从这里跑到天堂的大门，谁先到达目的地，谁就可以上天堂。不过，你也别担心，因为你已经死了，所以不再是瞎子，而且灵魂的速度跟肉体无关，越单纯善良的人速度越快。"主人想了想，同意了。

天使让主人和狗准备好，就宣布赛跑开始。她满心以为主人为了进天堂，会拼命往前奔，谁知道主人一点也不忙，慢吞吞地往前走着。更令天使吃惊的是，那条导盲犬也没有奔跑，它配合着主人的步调在旁边慢慢跟着，一步都不肯离开主人。天使恍然大悟：原来，多年来这条导盲犬已经养成了习惯，永远跟着主人行动，在主人的前方守护着他。可恶的主人，正是利用了这一点，才胸有成竹，稳操胜券，他只要在天堂门口叫他的狗停下，就能轻轻松松赢得比赛。

天使看着这条忠心耿耿的狗，心里很难过，她大声对狗说："你已经为主人献出了生命，现在，你这个主人不再是瞎子，你也不用领着他走路了，你快跑进天堂吧！"

可是，无论是主人还是他的狗，都像是没有听到天使的话一样，仍然慢吞吞地往前走，好像在街上散步似的。

果然，离终点还有几步的时候，主人发出一声口令，狗听话地坐下了，天使用鄙视的眼神看着主人。

这时，主人笑了，他扭过头对天使说："我终于把我的狗送到天堂了，我最担心的就是它根本不想上天堂，只想跟我在一起……所以我才想帮它决定，请你照顾好它。"

天使愣住了。

主人留恋地看着自己的狗，又说："能够用比赛的方式决定真是太好了，只要我再让它往前走几步，它就可以上天堂了。不过它陪伴了我那么多年，这是我第一次可以用自己的眼睛看着它，所以我忍不住想要慢慢地走，多看它一会儿。如果可以的话，我真希望永远看着它走下去。不过天堂到了，那才是它该去的地方，请你照顾好它。"

说完这些话，主人向狗发出了前进的命令，就在狗到达终点的一刹那，主人像一片羽毛似的落向了地狱的方向。他的狗见了，急忙掉转头，追随着主人狂奔。满心懊悔的天使张开翅膀追过去，想要抓住导盲犬，不过那是世界上最纯洁善良的灵魂，速度远比天堂所有的天使都快。

所以导盲犬又跟主人在一起了，即使是在地狱，导盲犬也永远守护着它的主人。

天使久久地站在那里，喃喃说道："我一开始就错了，这两个灵魂是一体的，他们不能分开……"

哲学先生评曰：这个世界上，真相只有一个，可是在不同人眼中，却会看出不同的是非曲直。这是为什么呢？其实，道理很简单，因为每个人看待事物，都不可能站在绝对客观公正的立场上，而是或多或少地戴上有色眼镜，用自己的经验、好恶和道德标准来进行评判，结果就是——我们看到了假象。

（本篇月月评短信代码：2103）

（**题图**：安玉民）

百姓故事
(1)
(2)

书中所列的百姓话题有三十个之多，诸如话说“当官的”、话说“发财”、话说“球迷”、话说“妻子”、话说“打工”等等，每一个话题都以一种朴实亲切的叙述方式，通过一则则情节性强、生动有趣的小故事揭示问题，形象地道出老百姓要说的心里话。都是老百姓自己讲述的故事，都是讲述老百姓自己的故事。

名作故事

汇集了经过精心修改包括美、英、法、德、日、俄等国名家大师的作品，其情节或紧张奇特，或真切动情，或谐趣幽默，或荒唐却耐人寻味，既简练明朗，又保持了原作之精华。

笑话故事

是从《故事会》十几年来的作品中遴选出来的笑话精品，共600余则，全方位地折射了社会、艺术和人生，作品趣味盎然，回味无穷。

谜案故事

收入的90则作品都是世界著名谜案故事，主人公除了名侦探福尔摩斯外，还有怪盗英雄、强悍警察、著名律师等等，他们八仙过海，各显神通，是一本谜案故事的精萃之作。

说大事、小事,普通人的身边事
讲闲话、实话,老百姓的心里话

说说你的尴尬事

人生本多尴尬事：第一次和女朋友见面，换了衣服，忘了钱包；姑娘第一次拜见未来的公婆，特意穿上男友送的新裙子，一进男友家，姑娘和婆婆大人面面相觑：晕，两人穿的裙子是一个样的；男友第一次在饭店给女友做生日，蛋糕送上，音乐未起，大堂经理说："各位，实在抱歉，临时停电了！"；姑娘第一次送男友出差，送至站台，看看开车时间在即，两人紧紧相拥，一副生离死别的样子，突然，广播里说："火车晚点一小时四十分。"；新婚之夜，小伙子和姑娘第一次并头细语，情意绵绵，就在这时，电话响了，这是小伙子先前的那个女友打来的……

人生的尴尬多着呢，那天，我和几个朋友一起聊天，他们说了几件尴尬事：

第一个朋友讲的故事：

宴席上的尴尬事

李果是工商局的一个科长，这天，他领着老婆和三岁的儿子去参加奶奶的寿宴。李奶奶一百岁了，儿孙济济，五代同堂。儿孙们今天在"鸿运"大酒店给老祖宗摆下隆重的寿宴，好好庆祝一番。

酒席开始了，李果和孙子辈的十

来个男人坐在一桌，为的是喝酒方便。老婆带着儿子坐在旁边一桌，儿子不停地在两桌之间跑来跑去，玩得很开心。酒上来了，是“五粮液”，几个人都争着要看酒是否正宗，同桌的表弟阿欣说：“大家都别争了，有李果在呢。”李果也不推辞，接过酒瓶往桌上一放，说：“现在的假酒，还真能以假乱真，我也不敢肯定。”说罢，李果叫小姐把经理叫来，不一会儿，酒店的张经理匆匆赶来了。

李果说：“张经理，你来告诉我们这酒是真是假。”

张经理一看是工商局的李科长，立即满脸堆笑说：“李科长，你就爱和我开玩笑，你老人家坐在这里，我哪里敢有半个假字啊！”他边说边掏出烟来给在座的敬烟，一面吩咐小姐将酒满上。

今天这厅里摆了十多桌，能听见张经理话的几桌人都笑了起来，李果觉得很有面子，其实刚才他一看这酒就知道是真的，把张经理叫来，就是让他来给自己上脸的。

正说笑着，木瓜鱼翅上来了，老祖宗的寿宴档次还真是不低，众人正想大饱口福，忽然听见有人低声骂道：“这是什么人点的菜呀，鱼翅也敢上！没见报道说七成以上的鱼翅是假的吗？”那人说话的声音不大，但众人都听得很清楚，大伙儿你望我，我望你，谁都没有动筷子。

李果这桌上有人指着一个瘦个子说话了：“阿三，你做海货生意的，你说这鱼翅是不是真的呀？”阿三是堂哥，比李果大几岁，是做海产干货生意的。

阿三有点生气，他说：“瞎说，没有的事，我就从来没有卖过假鱼翅！”

李果听了一笑，他想起阿三有几次就是卖假货被查到的，最后还是他出面才摆平，他不动声色地看着阿

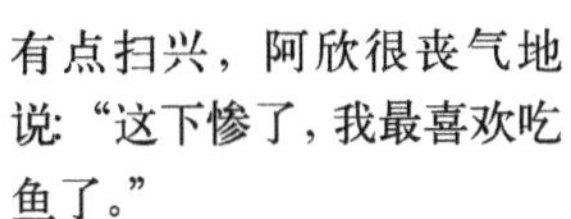

三，见阿三始终没有动那木瓜鱼翅，就悄悄告诉跑来跑去的儿子，让他去告诉妈妈千万别动桌上的鱼翅。

一会儿清蒸鳜鱼上来了，阿三抢着吃了一口，说："新鲜，新鲜，这个肯定假不了。"

同桌上的表弟阿忠乐了，说"三哥，你只知道死鱼可以做假，活的你就不懂了吧？"

阿三不信了："活鱼也有假？莫非这鳜鱼是用鲫鱼化装的？"

阿忠有声有色地说："比化装还要可怕，你知道吗？养鱼的人在鱼塘底放了一层环丙沙星，这样鱼不会生病，又长得快，只是人吃了这样的鱼，以后碰上生病，再想用什么抗菌素，都没有作用了。"

另一个人抢着说："……而且还会丧失生育能力呢，你现在有儿有女了当然不用担心，可是你的儿女长时间吃这种鱼的话，会不会还有儿女就不好说了，哈……"

阿三有些吃惊，眼睛盯着李果："真的吗？阿果，你们怎么也不管一管呀！"

李果叹了口气，无可奈何地说："我哪有那么大能耐呀？这段时间查'问题奶粉'差点没把我们累死，那才叫过分呢，有的婴儿吃了那个奶粉，连命都没了！"

在这儿孙满堂的寿宴上，突然冒出一个后继无人的问题，众人都觉得有点扫兴，阿欣很丧气地说："这下惨了，我最喜欢吃鱼了。"

阿三接着说："你可以吃海鱼呀！"

阿忠和阿三较上劲了："海鱼有重金属污染。"

"那就吃猪。"

"猪有瘦肉精。"

"吃鸡。"

"禽流感。"

"喝牛奶。"

"也有抗菌素。"

"吃豆腐。"

"豆腐是黑豆腐。"

"吃青菜。"

"有农药。"

阿三节节败退，招架不住了，他想了想，说："我不吃菜了，光吃饭行了吧？"

阿忠还是紧追不放："有人给米打蜡。"

"那我吃面。"

"面里掺了滑石粉。"

阿三绝望地叫了起来："那我只喝水可以吧？"

阿忠笑得更得意了："水的污染可能是最严重的了，再说，只喝水，你能撑几天？"

这兄弟俩的对话，让大家都听得胆战心惊的，邻近几桌的人都往这边望过来，这一桌立刻成了整个寿宴的

中心。就在这个时候，李果的儿子突然奶声奶气地插话说道：“可以吃口水呀！”

很多人听了都被逗笑了，大家觉得这小家伙说得挺有意思的，可阿忠一时没有反应过来：“口水？”

李果的儿子见大家都在看他，大概是觉得很有面子，立刻兴奋起来：“是呀，那天我听见爸爸对保姆阿姨说：‘你的口水好甜，真好吃！’”

大厅里突然出奇的安静，李果的脑子“嗡”的一声，什么也听不见了，他转过头去看自己的老婆，只见她的眼睛正火辣辣地瞪着他呢……

第二个朋友讲的故事：

洗澡时的尴尬事

那天我下班回家后，老婆阿丽还没回来。由于天热，我决定先洗个澡，换件衣服凉快凉快。事后我曾经对朋友说：如果有后悔药卖的话，那天我就是热死也不会洗那个倒霉的澡！

开始时水温很合适，我洗得很舒服，甚至还吹起了口哨，可过了五分钟，我浑身肥皂泡，正准备冲，这时却停水了。我家住的是那种装智能表的商品房，每户使用水、电、气都是用磁卡的，我想起来了，好久没刷卡了，水表里的度数肯定用完了，可这会儿浑身泡沫，怎么好去物业公司打卡呢？这时，我想到了邻居小林。

我和小林既是哥们儿，又是邻居，我就住在他对门。一个月前小林和老婆小敏去拉萨旅游，临走时他把家里的钥匙给了我，叫我给他的热带鱼喂喂食。所以这时没水，我就很自然地想到了小林家，于是我拿了换洗的衣服，用小林给的钥匙开了门，打开他家的热水器，调好了水温继续洗我的澡。

我洗着洗着，突然觉得不对：屋里有动静，客厅里有椅子被碰翻的声音！有贼！我连忙穿上短裤，顺手把卫生间里通马桶的那个吸盘拿

上，轻轻打开门，刚伸出头，就被什么东西猛击了一下，我眼前顿时金星直冒！

我忍着痛正要还击，猛的发现站在眼前的那个人不是“贼”，而是小林的老婆！她正一脸惊恐，傻傻地看着我。

原来小林夫妻俩在拉萨旅游完了后，老婆因为急着赶回来上班，就乘飞机先回来了，小林在拉萨买了两大包藏刀、牛角什么的，怕乘飞机遇到麻烦，就改乘火车回来。刚才，小林的老婆回到家，听见卫生间里有动静，吓得不行，就随手抓了个网球拍来察看动静，刚好这时我的头伸出来，小林的老婆没看清楚就使劲给了我一下，这时，我摸着头上鼓起的包，嘀咕着：“老邻居，你也忒狠了点吧？这球拍还是我送给你老公的呢。”小林的老婆也知道误会了，连声道歉，她说：“吓死我了，我还以为是贼呢，不过你还算运气，如果是我老公的话，你脑袋还不开了花！”

这时我甭说有多尴尬了，在女邻居面前只穿了条裤衩，像什么呀！我穿上衣服急忙就走，刚出门，正在扣衬衣扣子，抬头看见了我的老婆阿丽，她刚回家，正准备开门，看见我衣衫不整地从对门出来，这脸上立刻就满脸疑云了。我知道，老婆多疑，如果她知道此刻只有一个女邻居在家，还不打翻了醋缸？于是，我就故作轻松地说：“小丽，你回来了！我们家没水了，他们家不是没人吗？我就去洗了个澡……”话音未落，只听见小林家的门“哗”地开了，小林的老婆拿着我刚换下来忘了拿走的外衣追了出来：“你的衣服……”

第二天，同事们看见我额头上一个大青包，脸上还有几道被抓出的血痕，都问我怎么了；小林后来回来了，他也问我怎么了；小林的老婆看见那几道被抓出的血痕，也奇怪了：“我只是用球拍打了一下，没抓你呀……”

你说，让我怎么解释？唉，尴尬哪！

第三个朋友讲的故事：

考试时的尴尬事

一个朋友要考中文系的自考本科，可他学的是计算机专业，对中文是一窍不通，因为我是中文系的本科生，所以，他就找我替他考试，而且考的还是连中文系学生都感到头痛的《美学》。

起初我不敢答应，怕被逮住，吊销我的学位证，但朋友信誓旦旦地表示决无危险，即使被认出来是替考，老师也只是让你走人了事，决不会为难的，为了让我放心，还说万一出事他负责，说罢，他又塞给我300块钱，说是劳务费。

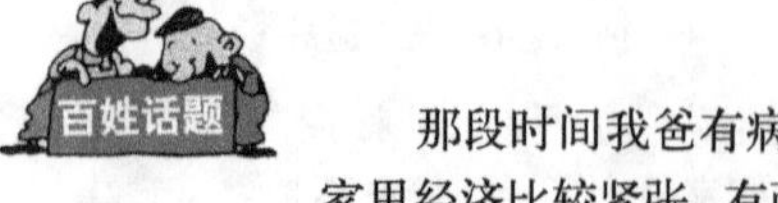

那段时间我爸有病，家里经济比较紧张，有两个月都没给我寄钱了，所以，面对金钱的诱惑，又想到班里有同学替别人考试好像也平安无事，难道我就会那么倒霉被人发现？

就这样，我答应了，并且找出了《美学》书，开始了复习。

到了考试那天，我怀着七上八下的心情进了教室。一会儿，监考老师来了，我掏出朋友的身份证递了上去，然后紧张地看着她。老师打量着我，说："怎么不像呀？一个圆脸，一个方脸，一个头发长，一个头发短……"我慌忙解释说："照片是我在初中时照的，那时候人胖，脸就显得圆，我昨天刚理了发，所以头发比较短……"

老师笑笑，放过我了。我冒出一头冷汗，心想300块钱真是太难赚了，这精神折磨太大了。一会儿我坐到了座位上，看其他考生进场，嗨，居然还有四五十岁的妇女，好几个人在场外往衣服里塞书，有一个二十多岁的女郎，长得也挺好看的，却只穿了一件红T恤，没法往衣服里塞，情急之下，她竟撩起T恤，把皮带松了个扣儿，当众把书塞进裤子里，那样子好不尴尬！

铃声响后，考试就开始了。开考不到二十分钟，有人就偷偷开始抄书。两个监考老师在考场里面来回走动，见有人作弊就把他的书收了，一会儿工夫，前面的讲台上就堆了一摞子书。书被收了，许多人就没东西可抄了，急得抓耳挠腮的，像热锅上的蚂蚁，他们东张西望，希望能从别人那儿看到一点东西。我倒是不急，毕竟是科班出身，受过正规的本科教育，许多知识稍稍回忆一下就能写出个大概，我怕什么？

我正"唰唰唰"地写着，忽然旁边有人拽我的衣服，扭头一看，正是前面提到的那个往裤裆里塞书的漂亮女郎，她忽闪着一双媚眼，低着声音娇滴滴地说："小帅哥，让我看看你的卷子，好吗？"

面对美女，我有点把握不住，我心里特愿意为她服务，就悄悄地说："等我把卷子做完就给你。"她一听不吭声了，又朝我甜甜地一笑。哪知我们说的被前面的一位四十多岁的妇女听到了，她转过头来对我说"你是个大学生？"我点点头，她猴急地说："让我抄抄你的答案。"我自然不干，她都四十多了，人老珠黄的，怎么能跟旁边那个漂亮女郎比，我就说有人预定了，她一听板起了脸，说："我是个老师，你还是个学生，学生不帮老师帮谁？"说罢，她竟一下抽走了我的卷子，我急了，问她索要："我的卷子上还有两道题没答呢！"她摆摆手，说："反正及格就行了，要那么多分干吗？"

我只得无可奈何地对旁边那个女郎说："前面那人把我的卷子夺走了，怎么办？"她气坏了，说"向她要！"我说："要了，要不过来，她不给！"

我原想等那个老师抄完了再给这个女郎，但女郎等不及了，凳子往后一拉，"蹭"地站起身来，"蹬蹬蹬"走到我前面，从那个老师手里拽过卷子，又"蹬蹬蹬"回到自己座位上，埋头抄了起来。

我吓坏了，这样公然的作弊行为被老师发现了可怎么办？果然一个老师看见了，他走过来对女郎说："考试期间不准随意走动！"说完，他就又坐到门口，和另一个监考老师闲聊去了。

前面那个老师被女郎夺走试卷后气极了，但她也没有过来再抢，我舒了一口气，心里估摸了一下，大概能有七十多分了，也就放心了。一会儿，女郎抄完把卷子还给了我，这时，周围几个人一齐压低声音喊起了我："喂，小帅哥，卷子让我看看！""老弟，看看卷子……"我看着同时伸过来的七八只手，为难了，索性收起卷子，飞快地写上名字，交给老师，离开了考场。

走出考场，感觉轻松了好多，抬头一看，朋友在前面等我，我迎上前去，向他保证说及格绝对没问题，他脸上笑开了花，最后，他又问了一句："名字写对了没有，千万别写你自己的名字呀！"

我一听，头晕了，我清楚地记得考卷上写的正是我自己的名字……

"宴席上的尴尬事"作者：袁希(本篇月月评短信代码：2104)；"洗澡时的尴尬事"作者：花剑(本篇月月评短信代码：2105)；"考试时的尴尬事"作者：刘祖光(本篇月月评短信代码：2106)。

下期话题：三个老师的故事

（**题图、插图**：安玉民）

和警花较劲儿

□范大宇

有个小伙子叫牛彪，最爱开高速车，说只有这样才能找到开车的感觉。这天他回家时，看路上车不多，马路中间又没有警察，就一踩油门，让自己的爱车像“阿波罗号”飞船似的飞了起来。那酷那爽，真是美极了。

突然，从斜刺里闪出一个警察，对着牛彪做了一个停车检查的手势。牛彪一愣，心说今天撞上鬼了，这一段路从来没有警察啊。可鬼也好，人也好，他只得停车。牛彪不牛了，耷拉着脑袋下了车。可他的大脑却在急速飞转，在憋主意，想歪点子，以便逃脱挨罚这一关。

那警察冲牛彪一个敬礼，甜甜地说：“请您出示驾驶证！”

牛彪又是一愣，抬头一看，乐了，脱口就说：“哟，是个妹妹！”

那小警花的脸微微红了一下，说“请您严肃点！请问，您刚才的车速是多少公里？”

牛彪搔搔头，说：“63吧？”

警花亮出一个手持雷达测速器：“92！对不起，要扣5分，罚200块钱！”

“哎，别别别——”牛彪急了，说，“我老姑就在你们交警队，不看僧面看佛面。您就把我当个屁——放了吧！”

警花又看了看牛彪的驾驶证，眉头一皱，说："年龄不大，倒挺会走关系的。你老姑？脱口就来啊。"

"警察同志，真的，我老姑叫阚丽。"

警花一摇头，说："不认识。就是认识，该罚你也得罚你。情是情，理是理，你应该明白吧。"

就这样，牛彪栽在了一个小警花的手上，白白地损失了200块钱，这能买多少瓶"二锅头"啊。牛彪想：君子报仇三年不晚，我不出这口气就不姓牛！

这天，牛彪远远地就瞅准了是那个小警花一人在路上值勤，于是边开车边掏出一瓶"二锅头"，往嘴里灌了一口，然后"啪"地吐了，还往身上洒了点。随后他就把车开得摇来晃去，划上了龙。果不其然，那警花一看，立即往马路中间跨了一步，示意牛彪停车。

警花一看又是牛彪，眉头皱了一下，说："怎么又是你？"

牛彪装成喝醉了似的问："警察同志，我、我又犯了哪一条啦？"

那警花闻到了浓浓的酒味，边往后闪边说："你喝酒了。""没、没喝。"

警花拿出一个测酒器，伸到牛彪的嘴边，说："吹气！"

牛彪就鼓起腮帮子狠狠地吹了一口，那测酒器的绿灯亮了，红灯也亮了。警花一看，生气地说："还嘴硬呢，看，酒精含量是107，是醉酒驾车。这车你不能再开了，不仅是现在，而且是一辈子。"

牛彪一梗脖子，说："我就是没喝，你这是陷害我。你叫什么名字？我要告你！"

警花不急也不恼，指指自己胸前的警牌，说："我是00519号，欢迎监督我的工作。"边说边将牛彪的驾驶证在手持电脑上刷了卡，开了罚单，说："这回你得交2000块钱罚款，这驾驶证也得没收。"

牛彪哪里肯依，坚持自己没喝酒，警花说你要是不信的话，那咱们就去医院抽血化验。牛彪说去就去，谁怕谁呀。

到了医院一抽一验，牛彪的血里一点酒精也没有。那警花就傻了，摆弄着那测酒器一个劲地琢磨。牛彪在一边偷着乐，心说，我牛彪是谁？想和你哥哥我斗法，就你这小黄毛丫头，还是太嫩了点。

那警花就向牛彪赔礼，道对不起。牛彪呢，一概不理，第二天就一纸状子将00519号告了，是什么行政诉讼。结果是明摆着的，牛彪胜诉了。

从那以后好多天，再也看不到那个警花了，牛彪就为自己的足智多谋自豪不已。他又开上了快车，边开边哼哼着："我是牛彪我怕谁……"这天夜里，天热，心烦，睡不着，牛彪就开车出来，满大街没目的地兜风。在

一个大排挡摊前，他灌了一瓶啤酒,吃了一碗馄饨，这才有了睡意，就想回家睡觉。可他的车刚拐过一个街口，就从后视镜里看见有一辆摩托警车跟了上来。那警车超过他的车后“嘎”地停了下来，警察走到牛彪的面前一摘头盔，牛彪的脑袋“嗡”地就大了。怎么呢？这警察不是别人，就是00519号。

牛彪知道今天这警花是来者不善，善者不来，自己先软了，一口一个“姐姐”。可那警花像是没听到，问“你喝酒了？”

牛彪还嘴硬“没有，向党中央保证。”那警花也不再说什么，将测酒器

拿了出来，伸到牛彪的嘴前，迸出一个字：“吹！”

牛彪没辙，只好就范。警花看了一眼，说“93，是现在就接受处罚呢，还是先上医院测试？”

牛彪干瞪着牛眼说不出话来。那警花看牛彪不说话，就开罚单。就这时，她一不留意，手表“啪”地掉地上了。这要是平时，牛彪早就嚷嚷开了。可现在，牛彪却要成心报复她。他看她背着身没察觉，就弯下腰，装作系鞋带，悄悄地将她的手表揣了起来，心说，你要是发觉了，向我要的话，就得放我一马。可警花却什么也没有察觉。牛彪这时感到是捡了个烫手的烤山芋，扔不得，吃不得。

牛彪不牛了。他的驾驶本被吊扣三个月，罚了2000块钱，还进学习班待了一个礼拜。

那块手表呢，牛彪拿回家细细一看，吃了一惊，呦，还是进口的，他就感到像是做了一回贼，心“怦怦”地跳。他琢磨来琢磨去，也不敢当面将手表交还那警花，便用特快邮递给00519号邮了去。

牛彪不开车，他父母倒乐了，紧着到处给他张罗对象。也是的，牛彪满三十了，连个女朋友也没有。牛彪就烦，说你们瞎操的什么心啊。

这天，牛彪回到家，一看，自己的床上有一张女孩子的照片，就知道是他老妈老爸干的，气不打一处来，

拿起来就要扔。可扫了一眼后却舍不得了，怎么呢？那女孩儿太吸引人了，那一对大眼珠就像是秋天里成熟的葡萄，水汪汪的，总对着你笑，笑得牛彪心里痒痒的。牛彪问他妈："谁的照片落我床上了？"

他妈就说："人家给你介绍的对象，中意不？不行就还人家，别耽误了人家。"牛彪说："反正我待着也是待着……"

他妈连这话还听不明白吗，于是就让牛彪第三天和她去相亲。

见面的地点是"喜迎春"饭店。姑娘是自己来的，一见面，牛彪就喜欢上了。那姑娘，真人比照片还美。牛彪先自我介绍，然后问姑娘是干什么的。姑娘抿嘴一笑，说："我，我是个交通警察……"

什么，她也是警花？牛彪"腾"地蹿了起来。他妈直埋怨："彪子，干什么哪？"

那姑娘倒是沉得住气，说："牛哥，干吗那么怕警察啊。我们又不是母老虎，不吃人的。"

牛彪为自己的失态感到不好意思，喃喃地问："你们那儿有个00519号，认识吗？"

姑娘笑了一下，说："要没有她，咱俩还不认识呢。"

"什么，她——"

牛彪他妈说了："什么她她她的，她是你老姑。"

正说着，门帘一挑，闪进一个人。这人不是别人，正是00519号警花。

00519，不，应该是牛彪的老姑阚丽走到牛彪的面前，"啪"地将一个大信封拍到桌上，说"幸亏你把这手表邮回来了，要不，我就得找我嫂子，哦，也就是你妈要去。"

牛彪的妈说："这就是老给你念叨的你老家的表姑，从没见过面的。大马路上见到了，没准俩人还打架呢。"

牛彪自言自语："这手表……"

阚丽说："你以为我是丢了？门儿都没有。你妈让我帮你介绍对象，我才特意考验你的，傻小子。"

牛彪就不服，心说你才多大呀，就小子小子地叫我。

阚丽似乎看出牛彪的心理，站到牛彪的面前，问："以后还遵不遵守交通法规了？"牛彪的头就像鸡啄米，一个劲地点。

阚丽又说"叫我！"牛彪便脸红红地，叫了一声："老姑！"

"不行，大点声！"牛彪于是扯开嗓子喊道："老——姑！"

"呼拉拉"跑进来好几个人，急急地问："怎么啦，发生什么事儿啦？"

阚丽就笑，牛彪也笑，大伙笑成一锅粥了。

（本篇月月评短信代码：2107）

（题图、插图：箭 中）

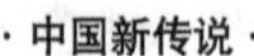

·中国新传说·

神秘的女邻居

□马恒健

洪涛是个自由撰稿人，好不容易靠稿费挣得了一套属于自己的房子。可是，这安乐窝却不安宁，每当夜幕降临，对门的邻居要么卡拉OK大作，要么高朋盈门喧声阵阵。夜晚本是他的写作时间，这无异于断了他的生路。他成天长吁短叹：好邻居可遇不可求啊！

幸运的是，两个月后，对门的邻居卖掉房子搬走了。新来的邻居，是一个20岁多一点的女孩。这位女邻居体态婀娜，双目顾盼生辉，让人看着养眼不说，并且作息时间竟和洪涛一致。每晚8点钟左右，洪涛便会听见对面“咣”的关门声，接着“咯噔咯噔”的脚步声渐渐远去；每到凌晨两点左右洪涛收笔之时，那脚步声又由下而上，开门、关门之后，便悄无声息了。

出于职业的敏感，洪涛对这昼伏夜出的女邻居产生了好奇心：看她那副勾人魂魄的长相，会不会是从事那种职业的呢？说不定能从她身上发掘出好的素材呢。

这天，凌晨1点刚过，洪涛正在电脑前苦思冥想，楼道里忽然传来急促而杂乱的脚步声，还夹杂着女人的呻吟。洪涛一跃而起，贴近猫眼看去，只见两个身材魁梧、长相帅气的小伙

 和你一同笑过的人，你可能把他忘掉；但是和你一同哭过的人，你却永远不忘。——纪伯伦

子，将披头散发、双目失神的女邻居左右胳膊紧紧挽住，其中一人腾出一只手来翻着她的坤包，似乎是在找开门的钥匙。

“歹徒！”洪涛额头直冒冷汗，来不及多考虑，就返身扑向电话机，准备打110报警。

他刚拿起话筒，一阵“笃笃”的敲门声吓得他灵魂出窍，一个男人的声音问：“有人吗？”洪涛大气都不敢出，呆住了。

接着又传来一个女人的声音：“先生，帮帮忙，我的钥匙丢了，帮帮忙吧！”那是他的女邻居！女邻居有难，不能不帮，洪涛来不及多想，“咔嗒”打开了房门。

一个挽着女邻居的男人冲他说：“先生，对不起，你的邻居是我们同事，她喝多了，钥匙也搞丢了。”他一边说，一边瞟着客厅的长沙发，“只有明天想法把门弄开了，今晚……”

这时，女邻居一副楚楚可怜的模样，冲洪涛满怀期盼地微微点头。洪涛哪里还能拒绝，连忙和那两个男子将女邻居抬到沙发上。那两人如释重负地喘着气，说了声“拜托啦”，便匆匆离去了。

洪涛知道浓茶能解酒，他转身到厨房烧水，准备给女邻居泡茶。当他再回到客厅时，惊得目瞪口呆：短短几分钟时间，女邻居已端坐在沙发上，风情万千地看着他，哪还有醉鬼的半点影子！见洪涛又惊又窘的模样，女邻居“吃吃”一笑，道：“洪哥，今晚我出尽了洋相，又妨碍了你的工作，真是抱歉得很。”

洪涛吃惊地问：“你、你怎么知道我姓洪？”

女邻居又是一笑：“我租这里的房子，总要先了解一下邻居吧？”说罢，她躬身脱下一只高跟鞋，抽出鞋垫，摸出一把熠熠发亮的钥匙，向洪涛诡秘地一笑，便自顾拧开房门，飘然而去。对面开门关门声响过，一切又归于寂静。

洪涛如身在梦境，好一阵才回过神来。他在床上辗转反侧，琢磨着这事的来龙去脉，设想了若干种可能，可是越想越迷糊，直到黎明才昏昏睡去。

第二天晚上，对面又准时响起开门关门的声音。洪涛正犹豫要不要从猫眼看一下呢，却响起轻轻的叩门声。洪涛的心怦怦直跳，不知是兴奋呢还是紧张，他走过去打开门，扑面是一阵香水的气味，女邻居站在门口，浅浅地笑着，显得格外妩媚：“洪哥，昨晚真对不起！”

洪涛连连摆手：“远亲不如近邻嘛，小事一桩，何足挂齿！”

女邻居迟疑了一下，说：“是啊，出门靠朋友，居家靠友邻。今后，如果还有什么麻烦……”她特别加重了“麻烦”二字的语气。

洪涛脱口而出：“你太客气了，没问题、没问题。”

女邻居冲洪涛嫣然一笑：“你看，我连自我介绍都忘了。我姓李，今后你叫我小李吧。”说罢，她微微欠了欠身，柔声道了声“再见”，便径直下楼了。洪涛直到“咯噔咯噔”的声音消失，才怅然若失地关上房门。

接着，一连几天平安无事。洪涛天天在猫眼里目送小李花枝招展地上夜班后，心猿意马得再也写不出一个字来。这个女邻居的一举一动，似乎都牵动着洪涛的心。

这天凌晨两点，门外又传来熟悉的脚步声，“笃笃笃”，洪涛的门被敲响了。“是她！”洪涛一跃而起，连猫眼也没看一眼便打开了门。果然是小李，只见她发髻散乱、神色倦怠。洪涛还没来得及开口，小李飞速向楼道瞥了一眼，回头娇媚地说：“洪哥，你爱看书写字，能不能借几本书给我消遣消遣？”

洪涛大喜过望，连忙闪身，彬彬有礼地将小李请进屋里。待小李在沙发上坐定，他便迫不及待地走进书房，拿出一本《飘零的红粉》递给小李。小李慢慢翻阅着，脸上呈现出复杂的表情。

洪涛想借这个机会劝劝她，就坐到她身边，犹豫了一下，说：“小李，你能不能听我一句忠告？”

小李一愣，脱口问道：“我看起来真的像……”但她随即笑了起来，满不在乎地说，“看你说的，哪用得着那么正经！”

洪涛一时语塞。就在此刻，一阵急促的敲门声响起，就在洪涛一愣的刹那，小李捧着他的脸庞一阵急风暴雨般地狂吻，然后轻声催促他去开门。惊慌失措的洪涛完全懵了，呆坐着一动不动。小李杏眼圆睁，态度十分坚决：“求你了，洪哥！是找我的，没事！”

门开了，外面一前一后站着两个青年男子，前者目光犀利，后者神色阴冷。当他俩看见洪涛满脸殷红的唇印，又看见小李衣衫凌乱地斜躺在沙发上时，相互会意地一笑，阴阳怪气地冲着小李招呼道：“好好乐着吧，明晚的约会，就看你的了！”说罢，便匆匆离去了。

惊魂未定的洪涛刚一转身，小李已捧着书，泰然自若地走到他面前：“洪哥，谢谢你。这本书我一定认真拜读。晚安！”说完，她朝楼道里张望了一下，打开了自家的房门，留下洪涛像个傻子一样呆呆站在原地。

第二天晚上，外面准时响起关门声后，一张纸条从门外塞进洪涛屋里。洪涛拾起纸条一看，上面这样写着：“洪哥，谢谢你的关照和指点。这段时间工作忙，晚上可能不回来了，勿念！小李。”联想到昨晚那离奇古怪的“麻烦”，洪涛猛然悟到了点什么，他急忙开门追了下去，可是茫茫夜色中，哪里还有小李的踪影？

这一夜，洪涛一个字也写不出来，万分焦急地熬到小李的正常下班时间，可是楼梯上一点动静也没有。洪涛彻夜难眠，直到天亮才昏昏沉沉地睡去。

第二天，女邻居没有回来，第三天，也没有回来，一种不祥的预感围绕在洪涛的心头。第四天傍晚，他从门口的报箱取回报纸，头版一张照片让他瞪大了眼睛：那是一个英姿飒爽的女警察，这个警察不是别人，正是搅得他不得安宁的女邻居！照片旁边，硕大的标题赫然在目：女警官卧底舍身，大毒枭拒捕毙命。

洪涛全明白了，神秘的女邻居再也不会回来了。

几天后，在市公安局，一名警官接待了洪涛。他先向洪涛表示感谢，因为他们为卧底女警官精心选择的这个邻居，果然在无意中成功地扮演了掩护人的角色。接着，他回答了洪涛的疑问：小李假扮风尘女子，打入贩毒集团，那次她假装醉酒撒野卖傻，是危急之时的脱身之计；而后来贩毒集团对小李的身份有所怀疑，派两个负责盯梢的青年男子半夜来验证，为了消除他们的怀疑，小李将计就计，直奔洪涛家，演了一出戏给盯梢者看。

洪涛张着嘴，像是在听一个离奇的电影故事，他几乎不敢相信这一切真的发生在自己身边。

警官又从抽屉里拿出一把钥匙，轻轻递到洪涛手里，说：“抢救小李时，她让我们将这把钥匙留给你作个纪念，并让我们谢谢你，她说如果有机会的话，很想再做你的邻居……”

（本篇月月评短信代码：2108）

（**题图**、**插图**：黄全昌）

·中国新传说·

好好一幢居民楼，可居民从下面过的时候都提心吊胆，战战兢兢的，这是为什么呢？

楼上的东西掉下来

□徐　洋

有幢居民楼，三楼何马家装的防盗护网大得出奇，简直就是个小储藏间，防护网超出他家的阳台能有一米多，里面种花养鱼，还堆了不少杂物，小东西就能从护网下面的缝隙里掉下去。何马家去年买的一口袋土豆，能有少半袋是从这防护网里掉下去的，它也不是一次性掉，而是隔三差五趁人不注意的时候就掉下去一两个，要是砸在人头上，身体好的眼睛发直，老弱病残的就昏天黑地。可谁要是找何马他们家理论，他家老的小的就会一齐伸出头来笑眯眯地喊："你看到是我们家掉下去的？除非你给土豆作个DNA鉴定去，你要是有了省级以上的证明，我赔你美元都行！"

所以被砸的人多半是挨了白挨，没处说理去。

要是光掉土豆也倒好说了，可有的时候比土豆大比土豆硬的东西也往下掉。这一天从上面掉下半块瓷砖，正好落在一楼老刘头家孙子的头上，开了一个血口子，老刘头到何马家要说法，何马也不吵也不闹，一团和气地就是不认账，反正那瓷砖上也没刻着是谁家的。

何马家不承认，楼上别的几家也成了嫌疑户，谁愿意背这个黑锅？房老二住在何马楼下，也常给何马家送小话，让他还是把那防护网拆了吧，可何马一句话就把房老二噎回去了："阳台是我家的，我家的事我作主，除非是公安局把我抓起来！"

这天晚上，房老二又来敲何马家的门，何马一见是房老二，先用话堵他的嘴："除了拆防护网的事，其他事你都可以说！"

房老二讲话有点结巴，他面带笑容地说："不、不是防护网的事，出……大事了，那天从咱们这单元掉下去个碗，听说没？"

何马一听就火了，说"砸着人了不是？我可以很负责地告诉你，那不是我家的！"

房老二连连摆手，结结巴巴地告诉何马，掉下去的那个碗是清朝年间的，至少值个千儿八百，让一楼老刘头拾去了，老刘头是个古董迷，托何马上楼里打听一下，要是找着主儿，他论价收购，要是找不着，他就白捡个便宜。

何马来了神儿，他细细一想，自己家过去确实有个喂鸡的青花碗，那是孩子他姥姥家留下来的，原来没当个正经东西看，那天晚上他在阳台上翻东西，好像是给掉下去了，听到下面有动静，他怕砸着人找麻烦，就没吭声儿。

想到这儿，他问房老二："当真有这事儿？"房老二说是亲眼看到的，何马又压低声问砸着人没？房老二说："没、没砸着人……"何马一拍大腿，说："行，我这就找他要去！"

何马上街买了一袋水果来到老刘头家，把自己家掉碗的事说了一遍。老刘头沉思半晌，说："不会吧，你家的？你家可从没往下掉过东西呀，我还是问问另外几家再说吧。"

何马眼睛立马就瞪圆了，可只一下又变长了，他笑笑说："我有证据的，那是我孩子姥姥家的，我有好几个证人能证明这事儿！"老刘头又想想说"我倒是买谁的也是买，可这楼上人多了，今天你说是你家的，我付你钱了，明天又来一位说是他家的，我再付钱？"何马说："这好说，我给您写下字据，将来有一天真有人证明是他家的，我给你退款不就完了？"老刘头为难了半天，最后同意把房老二叫来作证人，写了字据，当面付给何马文物收购费一千块钱。

何马看手续也办过了，钱也装兜里了，拍拍屁股就剩下走人了。

他刚抬腿来到门前，就听后边老刘头说"你该要的钱我都付你了，可我该得的钱也得有个说法呀！"

何马"腾"地转过身，警惕地问：

“什么？你该得什么钱？你是还想要点儿回扣？”

老刘头说：“你那碗要不是砸到我家皮皮头上，早碎成一堆了。”

何马一听，火了，转脸问房老二：“你不是说没砸着人吗？”房老二结结巴巴地说“是没、没砸着人，可砸、砸着狗了，皮皮是老刘头家的狗。”何马还没转过神儿来，老刘头接着说：“我家皮皮是我花三千块钱从广州买来的，是纯种的苏格兰牧羊犬，让你那碗一砸，当时这狗就原地转开圈儿了，经医院抢救虽然有效，可成了植物狗了，医药费我就不提了，我那三千块钱的本儿你总得给我吧？”

何马当时就弄了个大红脸，想赖也不行了，有自己的字据，还有房老二的旁证，这一回他可是输定了，不但一千块没捞成，还贴出去两千块。

有了这次教训，何马铁了心了，从今往后不管是什么掉下去，打死也不认了。他琢磨着，我是钱也掏了，亏也吃了，这防护网不但不能拆，还要加大货物量，免得让你们笑我草包！

就这样，何马家的防护网都快见不着太阳了，全让东西给围上了，大伙儿从下面经过，是越发的担心了。

转眼旅游黄金周到了，何马也想风光一回，随市里一个团要出去旅游。就在出发这天，刚准备上火车，就听到后边有人上气不接下气地在喊什么，回头一看，是房老二奔自己这边跑来。何马心想，准是又来说我家掉什么东西了，这回就是金砖我也不会承认了！

房老二这结巴的毛病就是不能急，一急一句话也出不来了，他见面只说清了一句话：“我……我可把你找到了！”这之后就结巴成一堆了，“咱家……掉、掉了……”

何马说“别跟我说这些个，我不知道！不是我家的东西！”

说完，他也不管眼前的房老二了，跟着大队人马就上了火车。何马

 给自己辩护的人，告发了他自己。——托尔斯泰

“掌上灵通杯”《故事会》优秀作品月月评

《故事会》与上海掌上灵通咨询有限公司联合举办“掌上灵通杯”《故事会》优秀作品月月评活动，全年共设价值48万元的奖金和奖品。参加方式如下：

1. 请选出本期你最喜欢的一篇作品，将其篇尾的月月评短信代码（如2201，没有短信代码的作品不参加评选）发送到200056（中国移动）或900056（中国联通）。每次限选一篇，可多次投票。

篇名与短信代码

代码	篇名	代码	篇名	代码	篇名
2101	沉默的交易	2110	人穷志不穷	2119	请你品尝蚊子宴
2102	上了钻石王老五的车	2111	讨债者	2120	顾客
2103	第一眼是错的	2112	一个老好人	2121	新时尚
2104	宴席上的尴尬事	2113	母亲的足浴	2122	资格
2105	洗澡时的尴尬事	2114	选秘书	2123	跑得快
2106	考试时的尴尬事	2115	太公出题	2124	比“酷”
2107	和警花较劲儿	2116	最后一曲	2125	学习与压力
2108	神秘的女邻居	2117	七爷的手机	2126	自作多情
2109	楼上的东西掉下来	2118	欲望的漩涡		

2. 凡选中故事在得票数前三名的读者均可参加抽奖。每期共设：一等奖3名，奖金各500元；二等奖10名，奖金各300元；三等奖20名，奖金各100元；阅读奖200名，各获价值30元的纪念品一份。所有参与读者将另获赠精彩梦网信息服务。

3. 本期活动截止期为：2004年11月5日。得奖读者在评选结果揭晓后将得到短信通知。本活动接收短信：0.10元／条，咨询电话:021-33184600。

在车上，房老二在车下，隔着车窗还对峙着呢。房老二越急越说不出来，眼看车子要开了，他憋足了浑身的力气，脸成了猪肝红，才总算蹦出一句：“是、是我家嫂、嫂子掉下去了！”

车慢慢开动了，房老二追着火车小跑，何马差点儿笑出声来，说：“你家嫂子掉下去，跟我有什么关系？”

房老二用尽了最后的力气说：“浑！我家嫂、嫂子还、还不是你老婆？”

原来何马的老婆上防护网里去浇花，连人带网一起掉了下去。

啊！何马明白过来了，可是火车已经飞奔起来，拉着哭成一摊的何马奔向了远方。

（本篇月月评短信代码：2109）

（题图、插图：安玉民）

·中国新传说·

人穷志不穷

□芦宏伟

阿涛跟文丽两口子工作很忙，家里还有一老一小——儿子豆豆两岁多，阿涛的老父亲又搬来跟他们一起住，家里乱成了一锅粥。文丽就想请个保姆，阿涛却不同意，说那些乡下来的保姆素质差，手脚往往不干净。

这天，文丽骑自行车带着豆豆路过劳务市场，看到路边蹲着一个小女孩，一身乡下的布衣洗得干干净净，文文气气的样子，文丽顿时有了一种好感，上前问道："小妹妹，找活做吗？"女孩站起来，怯生生地说："家里刚忙完秋收，我就来省城找活，来三天了，钱也花光啦，再找不到活我就要回去了，大姐姐有什么活给我做吗？"文丽问了小女孩一些话，觉得她心地纯净，就说："来我家做保姆吧。"

文丽到了家门口，正有几个邻居在闲聊，向文丽打招呼道："这个小姑娘是谁呀，乡下亲戚吗？""是呀！"文丽拍了拍女孩的肩膀，这时文丽已经知道这个小女孩名叫小娟，笑着说，"我乡下的小侄女，今天刚来，以后就住我家啦！"

小娟倒挺乖巧，解开身上背着的红色布包，里面都是新鲜的花生，她

 自尊心是一个人品德的基础。若失去了自尊心，一个人的品德就会瓦解。——斯特那夫人

捧出鲜花生说："阿姨，你们请吃花生！"有人叫道："哎哟！好新鲜的花生，你们看，还粘着土呢。"

小娟说："是前几天刚从地里刨出来的，还没晒干，咱们赶紧吃了吧，湿花生不经放，很快会坏的。"有人咬一口，说："真香！那就不客气啦。"大家聊着天，吃着鲜花生，好不开心。

一会儿，豆豆跑进屋，抱出一个胖胖的毛毛熊，他调皮地把毛毛熊肚子上的拉链拉开，抓起大把花生塞进去，说着："熊熊吃花生……"

塞好花生，豆豆又拉上拉链，拍拍毛毛熊鼓鼓囊囊的肚皮，对小娟说："姐姐，熊熊吃饱啦！"谁知，他一高兴，把手里的毛毛熊一甩，正好掉在地上的一摊脏水里。豆豆哭了起来："臭毛毛熊！我不要了，我要新的……"

文丽抱起豆豆安慰说："乖乖别哭，这个毛毛熊已经旧了，妈妈给你买新的！"说完，她冲小娟说"小娟，去把毛毛熊扔了吧，太脏了，这种料子洗也洗不干净。"

"噢……"小娟拿起毛毛熊，想说什么却没说出口，把毛毛熊扔进了垃圾箱。

过了一会儿，文丽想起该去买菜了，她有点犹豫，毕竟和小娟不熟，不太放心让小娟独自留在家里，要等阿涛看过了，留下她的身份证才行呀！她有点为难地说："小娟，我去菜场买菜。要不你先在家等着，等我爱人回来先看看你……"小娟是个聪明女孩，忙接过文丽的话说："不用进屋了，外面挺好的，我在门口等。"

文丽冲小娟一笑，领着豆豆走了，聊天的邻居也都回家了，小娟抱着红色的布包，一个人站在门口等。

等了有半个小时，文丽还没回来，阿涛下班回家了。阿涛拿出钥匙开门，见身边的这个小姑娘看着自己，也不说话，奇怪地问："你是谁，站在我家门口干什么？"小娟微笑着说："你是阿涛大哥吧，我是文丽姐姐叫来做你家保姆的！"

阿涛今天在单位受了领导的气，正窝着一肚子火，一听这话更不高兴了："这个文丽，胡闹什么！不是早说过不找保姆的吗！"小娟脸一红，把头低下来，手里捏着布包。

"你走吧！我家不需要保姆，"阿涛没好气地说，"趁时间还早，再去找个活干吧……"

小娟抬起头来，两个眼圈红红的，泪珠子直在眼眶里打转，一跺脚，朝外跑去。

阿涛进了家门，倒在床上还想着单位的事情。文丽回来了，问道："咦？那个小姑娘呢？"阿涛气冲冲地说："被我赶走了！我不是还没同意找保姆吗？你怎么就擅作主张

呢！”

文丽一听，有些内疚地说：“你怎么能赶人家走呀？我和豆豆还有几个邻居，已经吃了她不少花生呢！我还没让这小姑娘喝咱家一口水呢，本来我想，以后凑机会给她点小礼物回报一下，人家家里条件不好，才来找活干，咱不能占这小姑娘的便宜呀！”阿涛没想到还有这回事，听了也觉得有些惭愧。

两口子沉默一阵子，阿涛忽然一指窗户，叫道：“你看那个小姑娘！”文丽透过窗户一看，果然看到小娟大步跑了回来，高兴地说：“嗯，小娟大概还是不死心，又回来找我了。”文丽正要出来接小娟，却看到小娟跑向了垃圾箱，掀开垃圾箱的盖子，从里面拿出了那只毛毛熊，拉开毛毛熊肚子上的拉链，从里面掏出豆豆塞进去的花生，放进了自己的布包里。小娟掏完花生，站在那儿不动了，似乎想把毛毛熊也装进自己的布包里，但毛毛熊还没碰到布包，小娟又改变了主意，把毛毛熊重新塞进了垃圾箱。做完这一切，小娟朝来的路上跑去，红色布包挂在身后，一颠一颠地打着她的屁股。

文丽想叫小娟，已经来不及了。阿涛冷笑一下，说：“你明白吧，人穷志短！”

文丽瞪阿涛一眼：“花生本来就是人家的，人家取回天经地义，有什么不对吗？”

两口子正在冷战呢，阿涛的父亲从外边溜达回来了，一进家门，他就举着一个袋子，冲楼上喊：“豆豆，快来吃新鲜的花生哪！”

文丽忙问：“爸，你是哪里买的新鲜花生呀？”

父亲说：“嘿嘿，这种新鲜花生城里难得见到，我是从一个乡下小姑娘手里买的。”“小姑娘？”文丽一愣，和阿涛对望一眼。父亲接着说：“我在前面不远看到个小姑娘蹲在路边，面前摊着一包新鲜花生。我问她是卖的吗，她说是的，每斤两块钱，要换张回家的车票。”

阿涛和文丽心里清楚，这小姑娘肯定是小娟了。父亲接着说：“我们到旁边卖鸡蛋的那里借了秤一称，四斤八两。我听她说回家的车票钱是十块钱，就说花生按五斤算吧，给你十块钱。谁知，她怎么也不要，说不能白占我的便宜。不过这小姑娘也真有办法，她让我等一会儿，自己跑走了，也不知从那里又搞来一些花生，加在一起一称，五斤花生够了，秤头高高的……”

父亲的话还没说完，阿涛猛的一拍巴掌，喊道：“这保姆能用！”

“那还不快追！”文丽说着，一把拉着阿涛跑了出去……

（本篇月月评短信代码：2110）

（题图：魏忠善）

 自尊自爱，作为一种力求完善的动力，是一切伟大事业的渊源。——屠格涅夫

讨债者

□安昌河

安生到城里打工已经两年了，苦吃得不少，但是钱却没挣几个，到现在，还只是一个送水工，成天骑着自行车给人送纯净水，不论白天还是黑夜，有电话就得出门。

这一天下午，安生又累又心烦，关了那个配给他的“送水专用手机”，在护城河边溜达了一圈，转眼天就黑了，他拐进一家小酒馆，要了盘猪头肉和花生米，打了半斤“烧刀子”，喝起闷酒来。

酒馆的灯昏红着，安生并不是这家惟一的酒客，还有一个，坐在他对面的桌子，埋着脑袋，那是一个中年人，很清瘦，面前的菜很少，就一盘花生米，酒倒是一大碗，不时抿上一口，情形看来比安生还落魄。

几口酒下肚，安生越发觉得自己命运不济，止不住泪水潸然。

突然，对面那个酒客发话了：“所谓借酒浇愁，愁上加愁，小伙子，有什么伤心事？”安生抬眼看去，只见他不知什么时候已经回过头来，正双目熠熠地看着自己。

安生苦笑着说“没什么，心烦。”

那酒客说“看你年轻轻的，有大好的前程，大好的时光……何不想想开心的事，快快乐乐地喝上两碗呢？”

安生来城里两年多，还是第一次有人这么关心他，安生心里不由生出一股暖意，把憋闷在心里的烦恼一股脑儿地向他倾诉出来。那人什么话也没说，静静地听安生说完。安生觉得把烦恼吐出来，心里轻松多了。

就这样，安生和这位酒客认识了。他告诉安生说，他叫张一民，也不是本地人，刚来城里那段时间，过得比安生还艰苦，所以能够了解他的心情。

难得遇到这么一个知音，安生不由豪爽起来："我叫安生，既然一个屋子喝酒，也是一种缘分，今天晚上的酒，就算我请你了！"张一民并不客气，只说菜不必要了，再来一斤酒就是了。

酒过两巡，安生问："张大哥在城里干什么呢？"张一民说："以前就在城里做点小生意，就是贩卖点果子狸、穿山甲什么的。"安生说："呀，那可是犯法的事情啊！"张一民说："是啊，罪孽深重啊，所以，我就不干了。"

安生端起酒碗来，敬了张一民一杯："张大哥今后如若有什么地方用得着小弟的，只管吩咐就是了，都是天涯沦落人嘛！"

张一民喝了酒，眼睛直勾勾地看着安生："安老弟说的是真的么？"

"我说的当然是真的！你还真有什么事情么？"安生说着，心里马上后悔起来，都怪酒迷了心，嘴巴少了遮拦，自己的屁股上在流鲜血，还要帮人医痔疮。

张一民却欣喜地点点头，说："讨债！别人欠了我一笔债，说少也不少，说多也不多，本是不想要的，但自己辛辛苦苦挣的血汗钱，心里老是放不下。"

安生问："多少？"

张一民说："一万五，如果安老弟能够帮我讨回来，我按照百分之二十的比例付给你酬金。"

安生一听，想着这两年也没挣多少钱，如果能讨到这笔债，拿到三千块酬金，也算淘到了第一桶黄金，于是伸手说："好，我帮你讨，欠条呢？"

"欠条没有，他应该不会赖账吧，他叫李东，住在小南街12号。"张一民说，"如果他记不得了，你说这么一句话，'搭三路车，到西园酒店，穿山甲五只，娃娃鱼两条'，他就会记起了，如果你要到了钱，就给我送到憩园54号。"

安生拍着胸脯答应了这件事情后，又接着喝酒，一直喝到大醉，最后他是怎么回到寝室的都不知道了。

第二天，当安生送水快到中午的时候，才猛然记起昨天晚上答应张一民去帮他要债的事，就顺路去了小南街12号，找到了那个叫李东的人。

李东问："你找我有什么事情么？"

安生说是来要债的。"要债？"李东"扑哧"笑起来，说，"我什么时候欠你钱了？"

安生装出一副"混迹江湖"、"替人消灾"的"冷血"表情，说："我是替张一民来要债的。”

李东果然被唬住了，他惊诧地看着安生，一时竟然不知道说什么好了。

安生冷眼乜斜着李东，说“你不会不记得了吧？搭三路车，到西园酒店，穿山甲五只，娃娃鱼两条……”

李东一听这话，身子一哆嗦，慌忙进了屋子，拿出一叠钱来：“这是一万五，你快、快拿去。”

安生没想到这么容易就拿到了钱，简直是心花怒放。在回家的路上，他起了不应该起的歪心思——将这笔钱贪下来。安生仔细回忆那天晚上自己和张一民交谈的内容，想来想去，并没有告诉张一民自己住在什么地方，是干什么的。两个人不过萍水相逢，这钱贪了就贪了，张一民又能怎么样呢？

想到这儿，安生就把钱留在了寝室里。但毕竟是亏心事，因为害怕在大街上被张一民认出来，在送水的时候，安生不得不戴着墨镜，而且总是将帽檐拉得低低的。

事情过去了一个礼拜。这一天晚上，安生正准备关掉“送水专用手机”，回去睡觉，他刚把手机拿到手上，手机铃却响了。

安生接听道：“纯净水公司，请问哪里要水？”

“大名公寓四楼5号。”电话很简短，说完就挂了。

安生叹息一声，大名公寓距离安生现在的位置很远，差不多要横穿整个城市，但是人家既然打了电话要水，就得送去。安生骑上自行车，忽悠忽悠去了。

他喘息着将水扛上四楼，摁了半天5号的门铃也没人开门。这家人怎么这样，叫人送水来，却不在家里等着，真是一点公德心也没有。安生无可奈何，只好坐在门口等。这时候一个人上楼来，安生以为主人回来了，忙站起身，却不想人家直接就往上走了，一边走一边回头看安生，最后像是实在忍不住了，问道：“你在这里干

什么？”

安生说：“送水。”

那人问：“给谁送？”

安生指了指5号的门牌。

“神经病！”那人用古怪的眼神上上下下打量着安生，丢下这么一句话来。

安生丈二和尚摸不着头脑——我怎么神经病了？

最后，安生等得实在不耐烦了，就扛起水桶，往回走。刚走到楼下，电话又响了，一看，还是刚才要水的那个电话号码，安生忍住就要冒起来的怒火，接听道：“纯净水公司，请问哪里要水？”

“大名公寓四楼5号。”话一完，没容得安生细问一句，电话就挂断了。

安生马上回了电话过去，电话铃响，却没人接听。安生愤怒了，这不调戏人么！

他压住火气，重新扛上水，上到四楼5号，摁了几下门铃没有动静，就举起拳头使劲敲起门来。安生倒要看看，究竟是谁这么缺德！

安生的敲击声惊动了楼里的其他住户，都走出门来，看着安生。安生要的就是这效果，等屋子里的人出来，安生要当着大家的面责问他，究竟什么意思！

刚才骂安生“神经病”的那人也走下来，问安生：“你干什么？”

安生把经过给大家伙说了，没想到大家的神情一下子惊惧起来。

那人咽了口吐沫，说：“小伙子，我要说了，希望不会吓着你，这间屋子里的人在一个月前就出车祸死了。”

安生倒吸了口凉气：“死了？”

那人肯定地点点头，安生看看大家，大家惊悚的表情已经告诉了安生，这是一件多么恐怖的事情。

就在这时候，安生瞥见房门口的边上贴着一张水电费催缴单，上面的名字差点没把安生唬得晕过去——“张一民”！

安生吓得连水桶也没顾得拿，跑下楼去，骑上自行车就开跑。这一夜的恐惧，自不待说了。

好容易等到天亮，安生又去了小南街12号找李东问个究竟，那个叫李东的人见到安生竟然尖叫起来：“鬼啊！”

安生告诉了李东前前后后的经过，李东才半信半疑地对安生说：“张一民是我以前的一个生意伙伴，由于查得紧，我们贩卖野生动物的生意很难做，不仅没赚到钱，而且还总是亏。那天，我跟张一民借了一万五千块钱，去还过去的旧债。临别的时候，张一民叫我顺便去送货，你说的‘搭三路车，到西园酒店，穿山甲五只，娃娃鱼两条’，就是他最后跟我说的话，没想到那竟成了遗言。后来他出车祸死了，我想那钱也就不用还了，没想到他……”

读者陈江弘：现在很多杂志都有了自己的网站，请问我们能在网上看到《故事会》吗？

小白：你好！你的问题代表了很多读者的心声，他们希望在网络上及时了解《故事会》的动态，看到精彩的故事。现在，我们已经和搜狐网的文化频道开展合作，只要你进入搜狐文化(http://culture.sohu.com)，就能看到页面下方的《故事会》专区，在这里，你可以了解到我们的最新活动消息、征稿启事，也能读到精选的故事和以往的获奖作品。希望通过这片网络园地，能够加强读者和《故事会》的联系与沟通！

读者陆军：请问《故事会》上哪些故事栏目可以推荐，那些栏目必须是原创的？

小白：为了让读者看到更多精彩故事，我们的"3分钟典藏故事"、"点击网络故事"、"情节聚焦"、"外国文学故事鉴赏"等栏目的故事欢迎推荐，其他栏目则需要原创，并拒绝一稿多投的作品，请作者来稿时注意。

安生终于明白了，自己遇到的那个"张一民"见安生和他当年初到城里时的境遇差不多，有心帮安生一把，让安生讨回这笔旧债，可是安生却被钱蒙了心，贪了不该贪的财，"张一民"来找安生算账了。

安生怀着惊惧敬畏的心情，去买了一束鲜花，还有一瓶酒，一路问到"憩园"——原来是西城公墓的另一个名字，没花多大工夫，安生就找到了张一民的坟墓，54号墓。安生用小刀在他的墓地上掘开一个洞，将那一万五千块钱掩埋进去，然后敬上鲜花，把酒洒上坟头，给他鞠了两个躬，仓皇离开了。

为了压惊，安生找了个地方喝酒，当然不是在护城河边那个小酒馆，那地方他是绝对不敢去的了。这晚上的酒，安生喝得很不自在，老感觉张一民会突然出现在他身后。

深夜，当安生回到寝室，推开门，打开灯，他惊呆了——在他床前的桌子上，摆着一叠钱。安生拿着钱，浑身哆嗦不停，他不敢数，也不用数，那是三千块。

几天后，安生还是忍不住数了，却发现一共是三千一百元，怎么会多出一百元呢？

想着想着，安生忽然明白了，他给张一民坟上买的鲜花三十元，酒三十元，加上那天晚上安生请他的客……人情、酬金，他们算是两讫了。

安生背叛了张一民的好意，张一民不屑交安生这个朋友了。

（本篇月月评短信代码：2111）

（**题图、插图**：魏忠善）

·外国文学故事鉴赏·

一个老好人

□陈　波

这天一大早，警察局接到一个报案电话，说是红鹦鹉街的一家小杂货店遭到了抢劫。威尔警官立刻带着两个警员赶到那里。

小杂货店前已经围了一大群街坊，七嘴八舌地说着什么，店里一片狼藉，一个肥胖的中年女人倒在血泊里，她的丈夫是一个小老头，满脸惊恐，浑身战抖地坐在一边。威尔警官走过去，俯下身子检查，发现老板娘心脏中弹，已经死了。

威尔警官冲小老头亮出了证件，问："你能说一下事情的经过吗？"

小老头看着威尔警官，好一会儿才从惊恐中恢复过来，他回忆道："今天早上，杂货店刚刚开门，我一个人在店里，突然冲进来一个拿着枪的歹徒，他逼着我把收银机里的现金全部交给他，他拿了钱正要离开，我妻子刚好从外面进来，于是歹徒朝我妻子开了一枪，出门逃走了……"

威尔警官把这些记录下来，又问："除了你，还有谁看到抢劫过程吗？"

小老头摇着头，说："那时候天刚亮，街上一个人都没有。"

"那么，你记得那个歹徒长什么样么？"

小老头想了想，肯定地说："他四十来岁，瘦高个子，大约有六英尺高，左眼角有一道又细又白的疤痕，一直延伸到左耳垂，脸颊这里有一个大大的、长毛的痣。”他指着自己的右面颊说，“他的皮肤黑黑的，像吉卜赛人，黑头发，有点儿油光光的，鼻子很大，不管在哪里，只要再见到他，我就能认出来。”

威尔警官说：“你观察得很仔细，他穿什么衣服你还记得吗？”

小老头不假思索地说：“当然记得，他穿着茶色长裤，茶色皮夹克，戴一顶茶色毡帽。哦，在他持枪那只手的手背上还纹了一条蓝色的蛇盘绕着一颗红心。”

“太好了！”威尔警官满意地说，“这对我们抓住嫌疑犯很有帮助，我们可以画一幅凶犯的像来通缉他。”小老头听了这话，脸上现出了安慰的神色。

威尔警官在杂货店里搜查了一番，又来到隔壁的一家当铺，打听案发时的情况。当铺老板告诉他，那时候天刚亮，街上还没什么人，他听见了一声响，像是枪声，但声音很轻，所以没放在心上，也没有出门去看。

威尔警官问：“你和隔壁的杂货店老板夫妇熟吗？”

当铺老板呵呵笑道：“我和他们是多年的老邻居啦！说老实话，我不喜欢那个老板娘，她是个厉害角色，在咱们这儿是出了名的，她丈夫——也就是你刚才看到的小老头却是个老好人，心地善良，为人正派，平时总是受他老婆的欺负，有时候还要挨他老婆的打呢。”

“哦……”威尔警官点了点头，又问，“他们有孩子吗？”

当铺老板说，他们没有亲生的孩子，但是几年前收养了一个小女孩，老板娘开始很喜爱小女孩，后来发现她有先天性的智力障碍，就开始厌恶起小女孩来了，不仅经常饿她肚子，还动不动就把她打得遍体鳞伤，为这个，杂货店老板和她争过好几次，可是，凶悍的老板娘还是常常虐待他们的养女。

威尔警官又访问了这条街上的另几家店铺，得到的回答和当铺老板差不多。几乎所有人都喜欢杂货店老板，说他是一个善良、温和的人，而老板娘是一个不折不扣的泼妇，惹人讨厌。

威尔警官回到警察局，让下属根据小老头的描述，画了凶犯的图像张贴出去，一天过去了，没有任何线索。

让大家想不到的是，威尔警官拘捕了小老头。小老头的邻居们都很吃惊，因为他们不相信小老头会是杀害他妻子的凶手。在警察局，小老头矢口否认自己杀害了妻子。威尔警官说：“我本来也没有怀疑你，可是你把凶手的样子描述得太仔细了，这不符合常情，因为一般人在这种情况下早就吓坏了。我们的凶犯图像贴出去以

后，一点消息都没有，因为根本就没有这样一个人！”果然，小老头听了这话，眼神里流露出一丝惊慌。

威尔警官趁热打铁，让小老头把那个凶犯的长相和衣着重复描述一遍，只要他说得前后不统一，就能证明那是他编出来的。可是，小老头仿佛早就知道威尔警官会来这一手，竟然把“凶手”的特征背得滚瓜烂熟，一字不差地复述了一遍又一遍，无论威尔警官怎么问，也抓不住丝毫破绽。没有证据就不能定罪，最后，威尔警官无计可施了，不得不释放了小老头。

第二天一大早，威尔警官打电话给小老头，他很不情愿地说：“对不起，我们确实搞错了，昨天晚上我们已经抓到杀害你妻子的凶手了！”

小老头在电话那头显得很吃惊，他问：“真的？你们真的抓到了杀害我妻子的凶手？”

威尔警官说：“是的，虽然凶手自己还没有承认，但我肯定就是他，请你到警察局来帮助我们指认一下吧。”

小老头连声答应，没多久，他就来到了警察局。威尔警官把他带到指认嫌疑犯的房间，隔着大玻璃窗，能看见5个男人站成一排，他们全部穿着茶色的长裤和茶色的皮夹克。第一个人有着一头油渍渍的黑发，黑皮肤，鹰钩鼻子，从嘴角到左耳有一道细细的白疤，右面颊有一颗带毛的痣。他站在那里，双手下垂，左手背上纹有图案，是一条蓝色的蛇盘绕着一颗红心。

小老头瞪大了眼睛，好像不相信似的死死盯着这个人。威尔警官用麦克风向这个男人提了几个问题。这个男人回答说，他是一个建筑公司的工人，家里有5个孩子，最大的13岁，最小的才2岁。

威尔警官问完话，满意地回过头，问小老头：“你看清了，他是那个抢劫犯吗？”

小老头犹豫了

很久，舔了舔嘴唇，说：“不，不是他，他确实和我描述的抢劫犯长得很像，可是不是他。”

威尔警官冷冷地说：“你的邻居都说你是个好心肠的人，不过，这事儿可不能心软。他和你形容的那个人一模一样，尤其是手上也有一条蛇的文身。天下没有这么巧的事吧！”

小老头的额头上冒出了冷汗，他半天没有说话。

威尔警官又说：“你别因为他有5个孩子就同情他，他是个墨西哥移民，没有文化，连律师也请不起，只要你指认他是凶手，我们就能让他招供，把他送上电椅，你放心好了。”他一边说，一边死死地盯着小老头。

小老头的额头布满汗珠，他的脸色苍白，最后终于忍不下去，跌坐在椅子上，抱住头叫了起来：“不！警官先生，他是个无辜的人！是我，我杀死了我的妻子……”

接着，小老头痛苦地交代了自己的作案经过，因为他不愿意看见养女继续受到妻子的虐待，就伪造了这样一起抢劫案，杀死了妻子。他本以为编造一个抢劫犯的形象，警察永远也找不到，谁知，警察局真的抓到一个长相酷似的嫌疑人，如果他不自首，这个可怜的建筑工人就会被冤枉了。

案情真相大白，小老头被带走了。威尔警官坐在屋子里，默默地回想着整个案情。这时，有人推门进来，正是刚才那个要小老头指认的“建筑工人”！他一边用毛巾在手背上擦着文身，一边笑着问威尔警官：“他招认了吗？你怎么看起来闷闷不乐的？”原来，这出戏是威尔警官忙了一整夜导演出来的，这个“建筑工人”是他找同事假扮的。

威尔警官苦笑了一下，说：“是的，他招认了，可是我的心里却一点也不轻松，我们以前总是利用人们的贪婪、恐惧、报复等心理来抓住罪犯，这一次，却利用了别人的善良和同情心，他，他真是一个老好人啊……”

说到这里，威尔警官把头深深地埋下去，长长叹了一口气。

（本篇月月评短信代码：2112）

（题图、插图：箭　中）

·本刊信息传真·

“掌上灵通杯优秀作品月月评”8月份评选揭晓

8月上获得选票前三名的作品分别为：《黑客悲情》（1517）、《最后的凶手》（1506）、《小镇上的“总统套房”》（1508）。

8月下获得选票前三名的作品分别为：《人性的证明》（1618）、《侥幸脱险》（1606）、《拍卖判决书》（1605）。

1至7月的月月评得票结果已公布在搜狐网《故事会》专区9月下的内容中，欢迎登录culture.sohu.com查询。

给母亲的礼物，或许是世界上最难买到的。

母亲的足浴

□张开山

明天就是母亲的八十大寿了，张军暗下决心，一定要买个最好的礼物送给她老人家，让母亲也高兴高兴。

这事要搁在有钱人身上，一点也不难，可张军没钱哪，说来也是心酸，十年前，张军鼓动妻子和他一起辞职下海，谁知折腾了几年，不但没挣到钱，还把家里的积蓄赔了个精光。自此，他啥事儿也不干了，整日龟缩在家里喝闷酒，生闷气，可光喝酒生气又能顶啥用，一家人的吃喝找谁去？万般无奈之下，他把脸一耷拉，找到居委会的刘主任，申请吃上了“低保”。

张军的兄弟姐妹虽多，平时却是各忙各的，自己的事还顾不过来，谁还有闲心管他？只有张军的母亲，整日为他忧心忡忡，还不时接济他个三十、五十的。

母亲的恩要报，可有孝心架不住没现钱呀。张军在几家大商场里转悠了十多圈，也没能给母亲买到满意的礼物，好礼物太贵他买不起，次礼物又拿不出手。正在他转来转去，转得头皮发麻时，在一家大商场的门口，遇见了多年不见的老同学。

老同学一见面非要请张军吃饭，吃完饭又拉他去足疗中心洗脚。足足一个半小时的泡脚、洗脚，再加上小姐的那么一搓一揉，让张军舒服得差点没晕死过去。他大开眼界，头一次知道世间还有这样的享受方式，心里也不由得一亮，对，何不请母亲也来享受一次？

第二天，张军连哄带骗，把母亲带到了足疗中心，可母亲一听要洗脚，说什么也不肯进门：“花钱让外人给我洗脚？你疯了吗？”说完就要往回走。张军拽住她，说尽了好话，母亲还是不依。张军很委屈，眼泪就在眼眶里打转了，说：“妈，今天是您老的八十大寿，我没钱给您买高档的服装，也没钱为您办一桌丰盛的酒席，我就这么一点点的心意，您还能不满足我吗？好歹我也是您的儿子呀！”

看到张军难过，母亲心软了，就答应了他，说：“咱可就这一回呀！”

足疗中心的小姐倒上滚烫的热水，母亲的一双脚在药液里慢慢地变红了，她幸福地闭上了眼睛，随着小姐一次一次往盆里加入开水，母亲的脸上越发地安详了。

回到家，母亲高兴地对张军说：“军儿呀，妈这一生还是头一次享受这样的待遇呀！”说完，从兜里拿出六十元钱来，递给他说：“你出去时我问过小姐了，在那里洗一次脚是六十元，你有这份孝心妈妈就知足了，现在你不太富裕，这钱你收下吧。”张军怎肯收钱，母亲坚持说：“拿着，今儿是我的生日，你别让我生气好吗？”老太太把话说到这份上了，张军也不好再说什么，把钱收了下来。

母亲自从洗了足浴，逢人便夸张军是个孝子，夸得张军心里美滋滋的，别提多高兴了。过了一周，母亲打电话将他叫进家门，说：“那次足浴洗得太舒服了，我还想洗一次，这回咱们不花钱，我已经烧开了水，你在家里给我洗吧！”

什么？张军惊得半天说不出话来，眼睛睁得大大的，傻了。母亲一拉脸，说：“我是你妈，你小时候我不但给你洗脚洗屁股，还得给你接屎接尿。现在我老了，让你为我洗一次脚，就把你吓成这个样子？”

张军忙解释说“妈，不是我不肯给您洗脚，只是我怕洗不好，不如足疗中心的小姐洗得舒服。”母亲说：“你不会怕什么，咱们慢慢地学嘛。”

母亲把脚放入热水盆里，就开始指挥张军为她洗脚、按摩，她一会儿说揉这，一会儿说敲那，一会儿说手重了，一会儿说手轻了，没用多长时间，张军就气喘吁吁、大汗淋漓了。好容易洗完，母亲又交给他一本书，说“这是我托人买的足浴按摩书，你没事时好好学学，赶明儿好再为我洗脚。”张军一怔，说：“什么？您还想让我为您洗呀？”母亲说“你要是怕累就叫你媳妇给我洗也成，反正洗脚这差事我是交给你们一家人了。”

张军回家和媳妇一说，就被媳妇骂了个狗血喷头，说那是你妈又不是我妈，我凭什么为她洗脚？张军没办法，只好自己学，一边看书一边琢磨，慢慢的还真把按摩的套路学得个八九不离十了。而母亲更不肯轻易放过他，三天两头地叫他过去为她洗脚，而且是越洗越勤。张军每次都累得腰酸背痛，后悔自己想出这么个请母亲洗足浴的馊主意。

没过多久，居委会的刘主任来找张军，说根据别人的举报，一个能花钱请母亲去足疗中心洗脚的人怎么能吃低保呢？决定取消他的"低保"资格。张军想争辩，可刘主任根本不听他的，这下把张军愁得欲哭无泪。

母亲知道这事，把张军找来，说"吃低保吃不出个好日子来，要想活得滋润，就得自己动手挣钱。咱们楼下有个空房子，你把它租下来当洗脚房吧，我这还有两万元钱，你先拿着用！"张军不答应："妈，让我去给别人洗脚，这多没面子呀！"母亲眼里有了泪光，说："我都八十岁的人了，看不到你有个好的前程，死后怎能安心？你那不是给别人洗脚，是在给你自己洗钱呢！你又怕丢什么面子？"

张军想想也是，自己已经混到这种地步了，还要那面子干吗用？十天后，他的洗脚屋就开张了，开头来的人并不多，可因为他要的价格便宜，也不搞那些乱七八糟的事儿，渐渐的人就多了起来，生意越来越红火，没出两年他就当上老板，雇了小工，自己不用给别人洗脚了。

一天，张军又碰到了居委会刘主任，刘主任笑着对他说："你可真成呀，从一个低保户，一下子就当起了老板来，有本事！"张军心里有气，嘲讽地说"这还要感谢你呀，要不是你取消了我的低保资格，我现在还不是个困难户？"刘主任笑了，说："这个功劳我可不敢抢，是你妈要求我们取消你的低保资格的。当初我们还怕你接受不了，你妈却说，我的儿子我知道，他能有出息的。嘿！现在看来，你妈就是眼光高嘛！"

张军愣住了，是母亲！他一想，坏了，由于近段时间生意忙，已经一个多月没见到母亲了。他买了好多礼物来看母亲。母亲正在泡脚看电视呢，见他来了，忙说："你这么忙来看我干吗？还是工作要紧呀！"张军叫了声："妈……"就哽咽得说不出话来，忙蹲下身去，将母亲泡进水里的脚抬起来，又要像以前那样给她按摩。母亲把脚抽回来，说："军儿，别、别这样。其实这样洗脚不舒服，每次你给我洗脚，我都是咬着牙关硬挺住的，我这双老脚怎经得起这样敲敲打打呢？我还是爱老式的洗脚法，舒服呀！"

听了这话，张军的眼泪巴嗒巴嗒地掉进了母亲的洗脚盆里……

（本篇月月评短信代码：2113）

（题图：魏忠善）

 没有任何动物比蚂蚁更勤奋，然而它却最沉默寡言。——富兰克林

·中国新传说·

选秘书

□张　楚

梁厂长刚上任，需要配个秘书，厂办的关主任立刻紧锣密鼓地张罗开了。关主任心里有一个小算盘，如果他推荐的秘书成为厂长的心腹，不就等于在厂长那里为自己留了一扇后门吗？所以，他对这事特别卖力，没几天工夫，就物色到两个人选：小张和小孙。两个人条件都不差，到底选哪个呢？关主任决定找个机会考查一下。

正巧，厂里让关主任去郊县一家联营厂联系工作，关主任通知小张和小孙跟自己一同前往。

这天一大早，小张就来敲门报到了，可直到要出发了，还是不见小孙的人影。关主任一问，才知道小孙已经乘着一辆车提前走了。黑着脸的关主任不悦地“哼”了一声，闷着头上车出发了。

那家联营厂在偏远的秀水县，路上要花费将近两个小时，而且有一段还是崎岖不平的山道。本来路上的时光是最无聊的，可小张这个年轻人却懂事得很，看关主任刚出发的时候精神足，便虚心向他讨教业务问题；后来看关主任有些累了，便讲了时下最流行的几个笑话来活跃气氛；最后看关主任靠在座位上打起了盹，便一边叮嘱司机开得再慢一点，一边把自己的衣裳脱下来轻轻地盖在关主任的身上。

不想关主任正做着好梦，车子忽然停了下来，把关主任给惊醒了。关主任睁开了惺忪的睡眼，看见小孙从前面跑过来。关主任气冲冲地下了

车，没等到小孙站稳脚，就严厉训斥他怎么一个人提前走，一点都不讲组织纪律性。

小孙虽然跑得气喘吁吁，可说话依旧条理分明："对不起关主任，没和您提前打招呼，我知道您一定是生气了。不过我一直有个习惯，那就是如果跟随领导出远门，那么这条路我一定要自己先走一趟，以做到心中有数。这是从我立志做好秘书工作的第一天起，就给自己定下的一条工作原则，简单归结起来就是一句话——"

"什么话？"

"领导未行我先行，看看路面平不平。"

关主任愣了一下，随口道："这条路我走过多少回了，从来没出过什么事——"

"关主任，我也知道这条路是刚修好不久的乡级路，可现在是汛期，昨天又下了一晚上的暴雨，早上起来我心里就不托底，先来探探路，果然应验了我的担心，前面五公里处碰到了路面塌陷，现在正在抢修呢！所以我建议咱们换一条路，虽然路途稍稍远一点，不过可以省下等路修好的时间，那条路我也熟。您说呢——"

关主任这才注意到小孙满脸的汗水，脚下和裤腿更是一片泥迹，不由得点头说："好，你在前边领路，就按你说的办吧。"

一行人按照小孙的指引，终于赶在午饭之前到了郊县。联营厂的胡厂长把他们领到县里最气派的"野玫瑰大酒店"，在休息室里一落座，宾主热情寒暄。关主任发现小孙一转眼又不见了，他按捺不住心里的好奇，借口上洗手间，出来东张西望，果然，在贵宾厅发现了小孙，只见他一个人在里边端着一个小碟，围着一桌子美味佳肴细细挑拣品尝着。由于刚才路上的事，关主任心里对小孙有了几分好感，便走进去笑道："年轻人，是不是没吃早饭，先来垫垫肚子啊？"

小孙放下餐具，认真地对关主任说道："关主任您误会我了。对我来说，出门在外最重要的是照顾好领导的身体。我听办公室的老同志们说您有胃病，而且血糖比较高，所以我在饭前先来检查一下，看看他们的饭菜是否合乎您的口味和健康标准。刚才我已经和厨师打过招呼了，让他们为您多准备一点青菜，还有您最爱吃的野菜馅饺子。其实这也是我所信奉的一条秘书工作原则，也是一句话——"

"什么话？"

"领导未尝我先尝，看看饭菜凉不凉。"

关主任再次打量了一下小孙，心里暗暗挑起了大拇指。小孙又压低嗓音和关主任耳语道："还有一件事我也自作主张了，关主任您可别批评我啊——我听说那个胡厂长是海量，所

 谄媚也可造成协调，但这种协调是借奴性的无耻的罪过或欺骗所造成。——斯宾诺莎

以我已经打通了服务员，让他在给您的酒里掺上了矿泉水，到时候您就一百个放心，尽管开怀畅饮吧——”

正说着，胡厂长和众人已经走了进来。宾主纷纷落了座，胡厂长为尽地主之谊，频频向关主任举杯。关主任心里有底，手到杯干。结果没到两个钟头，胡厂长撑不住了，可关主任却依旧面不改色，谈笑自若。大家都说关主任原来是真人不露相啊！

接风宴结束的时候，胡厂长早已醉成了一摊泥。把他送走之后，关主任回到了预定好的单人客房，不但不觉得累，反倒觉得神清气爽，精力充沛，只是暗自奇怪那个小孙又跑到哪里去了。

正在这时，门一开，小孙神采奕奕地走了进来。关主任急忙跳起来道：“好你个小孙，这么半天不见你，又去搞什么鬼名堂了——”

小孙笑嘻嘻地道：“关主任您喝好了吗？刚才看您和胡厂长拼酒完全占了上风，我就偷偷溜回客房泡了一个热水澡——”

现在关主任已经把小孙当成了自己人，伸手便给了小孙的肩膀一拳，道：“你小子古灵精怪，我不信就是泡澡那么简单！”

小孙笑道：“关主任您可真是慧眼如炬啊！我知道您坐了一上午的车很疲惫，中午陪着胡厂长喝酒也很辛苦，我想着要是这会儿有人能给您按摩一下，肯定特别解乏。可您也知道这里是个小地方，经济又比较落后，所以我回客房立刻让服务员叫来几个按摩小姐，好容易才找出两个出众一点的，现在就在门外等着呢！呆会儿您先看看满不满意，不行我就去别的酒店再找找看——”

关主任直听得心花怒放：“小孙啊，这泡澡找小姐，又是你秘书工作原则里的哪一条啊？”

小孙回头看了看门口，压低了嗓音，满脸堆笑道：“这是‘领导未泡我先泡，看看小姐俏不俏’。”

关主任先愣了一下，紧接着爆发出一串大笑。一直到笑出了眼泪，浑身乱颤的关主任才拍着小孙的肩膀夸奖道：“小孙啊小孙，你不但是个称职的秘书，而且你就是活脱脱一个孙行者嘛！我看你简直都能钻到别人的肚子里去了——”

这样，一回到厂里，关主任立刻向梁厂长推荐了小孙，还把小孙在考查过程中的种种表现添油加醋地描绘一番，满心以为会得到梁厂长的赞许。谁知梁厂长听了以后，沉吟半晌，道：“老关，我看小孙不适合当秘书，你还是让他回原来的部门吧，我要一个踏踏实实的人来当秘书。”

关主任的如意算盘落了空，十分不甘心，他觉得小孙是个人才，浪费了可惜，就把他留在自己身边当了个

·情节ABC·

老婆的账本

□竹　均

阿毛的老婆有一个账本，上面密密麻麻地记着一个个阿拉伯数字。每次她把那个账本拿出来，阿毛心里都要打哆嗦。

这个账本叫“节约明细账”，譬如说吧，前几天阿毛家买台冰箱，阿毛老婆找熟人给打了个八折，便宜了七百多块，冰箱刚拉回家，阿毛老婆就把这笔账记上了。阿毛在一边小心翼翼地说：“这台冰箱商店里本来就在搞活动，打八五折呢。”老婆白了他一眼：“那不管，咱得按原价算。”

这么说吧，阿毛老婆买任何一样东西，只要是比零售价低的，差价都在她那个本子上呢。

这天晚上吃完饭，阿毛老婆把她的账本端到了阿毛面前：“老公，这是

助理。两个人从此成了莫逆之交，经常在一起沆瀣一气，用公款挥霍潇洒。可这样的好日子持续了还不到半年，小孙就因为贪污受贿，挪用公款，被检察院批准逮捕了。

第二天，厂里贴出了小孙被捕的通告，前面围了一大群工人在看。关主任缩着脑袋，战战兢兢地从人群背后走过，就在这时，一个老工人用手点着通告，嗓音洪亮地说“领导未捕你先捕，看看监狱苦不苦——”

关主任激灵灵打了一个寒战，眼下正是大热的三伏天，可他的后脖颈子却“嗖嗖”地向外冒凉气了。

（本篇月月评短信代码：2114）

（题图：魏忠善）

我半年里省下的钱，付账吧？”

“啊？”阿毛半天没回过神来，“凭什么要我付钱？”

阿毛老婆眼珠一瞪：“喂！这些开销本来都应该你出，我省的钱不就是给你省的么，少废话，把钱拿来！”好嘛，她比商场的老板黑多啦。阿毛再一想，谁让她是自己老婆呢，财宝没出外国，给她就给她吧。

阿毛拿起那个本子，不看则已，一看，真是吓了一跳，那个“累计”是老婆特意用红笔圈起来的，整整5200元！

“天哪，老婆呀，你可真会过日子呀，短短半年，你就给我节约了五千多？”阿毛张了半天的嘴还没等闭上呢，老婆一把揪住了他的耳朵：“怎么？不想给是不是？”阿毛连忙求饶：“给给给，不敢不给！”

过了不到一个星期，这天，老婆又拿出她的账本，笑眯眯地对阿毛说：“老公，我用那五千块钱买了一件羊绒大衣，可便宜啦！”阿毛一听，伸手摸摸老婆的额头：“现在春天刚过，你买羊绒大衣？没毛病吧？”谁知老婆嘴皮子一翻：“你傻了吧？现在换季打折，特便宜，六折就买到手了，比在冬天买，最少要省两千块钱呢。对了，这两千块钱是我省下的，你也得给我！”

这回阿毛实在忍无可忍了，不能老婆说省多少就付多少啊，得亲自去验证。

过了几天，阿毛挤出时间陪老婆逛商场。

他们到了商场，看到……

A.那件大衣卖完了（短信代码HA）　B.那件大衣涨价了（短信代码：HB）
C.那件大衣跌价了（短信代码：HC）

（**题图**：安玉民）

猜情节，赢大奖

开动脑筋，猜想正确的情节！请选择你认为正确的情节发展，将其短信代码发送到200056（中国移动）或900056（中国联通）。我们将在本月下半月的刊物上刊登这个故事的结尾，并从竞猜正确的读者中抽取优胜奖20名，赠送价值100元的纪念品；从参加竞猜的全部读者中抽取参与奖500名，赠送价值10元的纪念品。所有参与读者将另获赠精彩梦网信息服务。

参加全年情节ABC活动，并猜对全部情节的3名读者更将获得特等奖彩信手机一部！本期活动截止日期为2004年11月5日。

得奖读者在评选结果揭晓后将得到短信通知。本活动每条短信收取0.10元。

没想到，一棵桃树，还能引出一段治国安邦的大道理来。

太公出题

□ 张东兴

刘邦得了天下以后，一次宴请自己的老丈人吕太公，叫所有的王子都来相陪。席间，太公去方便，发现墙角花园到处是咬了一口就丢弃的点心果子，厕所里竟然还有一张擦过屁股的面饼。太公知道这是王子们做的好事，不由连连皱眉。

太公回到席上，就对刘邦说："今日席上之物，都是天下奇珍，只可惜有一样东西，皇上却吃不到。"

刘邦来了兴趣，问："哦？天下还有寡人吃不到的东西？那是什么？"王子们也支起了耳朵。

太公说："老家沛县的桃。"

刘邦一想，对呀，从沛县到这里两千里地，中间多山多水，就算三十里一换马，昼夜不停，最快也得四天，可桃熟三日即烂，还不能磕着碰着，要想吃老家的桃，还真难办。想到这里，刘邦连连点头说："还真是！想不到朕有了天下，反倒连家乡桃都吃不上了。"

说者无心，听者有意。刘邦的几个王子在一边听了，嘀咕一阵，到宴席结束，太子刘盈出来说："儿臣不才，想于半月后还席，请父皇和太公赏脸。"刘邦和太公都答应了。

半月之后，刘邦和太公如期赴宴。太子见人已到齐，一拍手，只听一声号子，八个家人抬着一个直径四米的大盘子进来，盘子上竟然放了一整棵桃树，上面桃子密密压压，白里透红，红里透香，树叶儿片片鲜活，连个打卷儿的都没有。

王子们齐声说：“请皇上和太公品尝沛县桃！”

刘邦剥开一尝，果真是久违的故乡桃啊！顿时高兴得哈哈大笑。太公也在一旁赞道：“王子们听说皇上想吃家乡桃，不远千里运来，这份孝心真是难得，陛下还不重赏？”

刘邦吩咐每人赏黄金千两，锦缎百匹。这酒直吃到掌灯才散，临走，刘邦对王子们说：“把这桃树栽起来，明年还有桃吃。”

谁知刘邦一走，太公冷不防抽出卫士的佩刀，只一挥，把桃树拦腰砍断，树头轰然倒地。

王子们大惊失色：这树是皇上特别吩咐要栽上的啊！太公把手一招，说：“你们过来看看就知道了。”王子们一看，只见树心黑如木炭，轻轻一抠，就抠下一块来。这下王子们都愣住了：“怎么会这样？”

太公说：“不止树干黑了，树根也烂了。”叫人用水把树根上的土冲去，王子们凑过去一看，果然，树根全烂了。太公捻须问道：“你们是从水路运过来的，一路不停浇水，我说的可对？”王子们连连点头。

太公说“刨树难免伤根，伤根则养分不够。可是你们一路浇水，桃枝无知，还以为养分充足，可着劲儿疯长，结果就是储备用光，元气耗尽，心黑根烂，神仙也救不活。”

王子们岂能听不出这是说他们？可他们骄纵惯了，所以狡辩道：“沛县桃树多得是，再运一千棵也不碍事。”

太公把脸一沉：“这一路都是逆水，运这一棵，光给你们拉过纤的民夫可能就不下一千吧？”王子们一听，这才明白：噢，这种运法儿老头早就知道！皇上最恨扰民，要知道一棵桃树花了这么大代价，赏的只怕不会是锦缎百匹，而是皮鞭百下了。想到这儿，脸都吓白了，赶紧跪下认错。

太公见他们认了错，就把话锋一转：“你们不远千里把桃给皇上运来，孝心也十分可嘉。可是皇上明年再要桃吃怎么办呢？这桃枝还没坏，不如你们每人折几枝去，接在本地桃树上，要是能活，这关不就过了吗？”

王子们一想，只能这样了，立即花重金请巧匠，趁热的拿来，趁热的接上。在树旁搭了篷，昼夜照看。只有三王子刘恒，拿回树枝往土里一埋，照样喝酒看戏。

接上的枝子当时就死了一部分，剩下的当时看着活了，可是一下雨，接口出了胶，也死了。王子们不敢扰民再运，只好寄希望第二年皇上忘了这回事。

谁知刘邦的记性好得很，第二年准时要桃。兄弟们正为难，忽然三王子刘恒出班说：“那棵桃树水土不服，

今年只结了两颗。”他把桃献上，刘邦和太公一尝，和沛县桃虽然有些差距，但也还过得去。

王子们松了一口气，出来正擦着冷汗，太公也出来了，问刘恒：“他们的都没接活，你是怎么弄的？”

刘恒说“他们是拿回去就接，我的是第二年春天才接的。”

“你为什么要第二年春天才接呢？”

“我听了太公教诲，知道这些桃枝靠着老树，生活奢侈骄纵，不知世事艰辛，猛然被折，接在别的树上，一定很不习惯。所以孙儿就把它们埋在土里，让它们先过一段苦日子，同时等待时机。到了春天，这些埋着的桃枝已习惯了土里熬命，接到别的树上反会觉得幸福无比，加上春天正是万物萌发的好时机，也就活了，当年还结了果。”

太公听了点头，说：“孺子可教，你今后必能成一番大业。”

后来，刘恒把自己当成桃枝，主动要求埋到偏远的边疆锻炼，体察民情，从而躲过吕氏之乱，即位成为孝文帝，开创了历史上有名的“文景之治”。

（本篇月月评短信代码：2115）

（题图：黄全昌）

·本刊信息传真·

掌上灵通杯“我心中的故事会”新年寄语征集启事

“母亲的故事装点了孩子的梦，孩子的梦装点了这个世界。”“青春是生命之叶，故事是人生之花。”“好故事，了解世界的一扇窗，开启智慧的一道门。”……

也许你已经在我们的封面上留意到这些富有哲理、文字优美的短语，这些语句不仅道出了故事的真谛，也加强了读者和《故事会》之间的情感交流。

在《故事会》成功改版一周年之际，欢迎你来参加掌上灵通杯“我心中的故事会”新年寄语活动，把你心中对故事和人生的感悟、对《故事会》想说的话，或者对于新年的展望和梦想，用优美精炼的文字表达出来，发给我们。入选寄语将在2005年的《故事会》中刊登出来，优秀的寄语还将成为我们的封面语！

寄语内容须在30字以下，你可以选择以下方式参加：1．用短信将寄语直接发送到2000561（移动）/9000561（联通）（接收短信每条0.2元）；2.中国移动手机用户可拨打125908911再按1号键，用语音留下你的寄语（每分钟0.7元）；3.发送电子邮件到gushihui@vip.sohu.net；4.寄信到上海市绍兴路74号《故事会》杂志社（200020），请在信封上标明：新年寄语。请在电子邮件和来信中注明你的真实姓名和联系地址。

入选内页寄语的1200名作者各获价值30元礼品一份；入选封面寄语的24名作者各获500元现金奖。本活动截止日期：2005年1月31日。

最后一曲

□建霖

雷诺先生经营着一家琴行，这天傍晚快要打烊的时候，一个落魄的中年男人走进大厅，将一把小提琴交到雷诺的手中。雷诺打量了一下这个男人，他穿着一件黑色旧风衣，满是皱纹的脸上没有一丝表情，显得非常冷漠。

中年男人用手指着琴，小心翼翼地问："您看它能值多少钱？"

雷诺仔细端详了一会儿，又敲打了一下琴箱，点着头说："是把好琴，不过琴箱好像被虫蛀了一个小洞，虽然已经补上了，但价值大打折扣，我只能出五百元。"

"什么？才五百元？"男人很失望，用手摸着琴说，"这把琴跟了我二十多年，是大师的作品呢……"

雷诺将琴一推："我最多出五百五十元，卖不卖随你了。"说完，埋头整理起了柜台。

中年男人沉默了片刻，最终从牙缝里挤出了一句："成交……"

中年男人拿了钱，恋恋不舍地走出大门，可不一会儿，他再次推门而入，用恳求的语气说道："老板，能……能让我再拉最后一曲吗？"

雷诺本不想答应，但看到中年男人那可怜兮兮的样子，不由点了点头。

·海外故事·

中年男人拿过琴，深深吸了一口气，便开始演奏。这是一首旋律优美的曲子，可他拉得很一般，甚至有很明显的缺陷，雷诺边听边摇头，巴不得他早点拉完走人。一曲终了，中年男人的眼角流下了泪水，拿着琴弓的手滑了个90度弧线，“啪”的一声，琴弓落地。雷诺赶紧上前拾了起来，可他拾起的不止是琴弓，还有那个男人的一只手，一只假手！雷诺惊讶地叫了出来：“先生，你的手……”

此时，中年男人已经泣不成声。雷诺拍了拍他的肩膀，语调温和地问：“先生，你有什么需要帮助的吗？”

“不，谢谢。”中年男人渐渐止住了哭声，抬起头说，“不过，如果您愿意的话，我会给您讲一个故事。”

雷诺对这个中年男人产生了兴趣，他给中年男人倒上了一杯咖啡，说：“好吧，让我听听你的故事。”

中年男人喝了一口咖啡，开始讲了：“很久以前，一所音乐学校里有一个优秀的男学生，琴拉得很棒，没有人能比得过他。学校里一个学作曲的女孩爱上了他，并为他作了一首美妙的曲子，也就是您刚才听到的那首。”

雷诺听得津津有味：“啊！真是太浪漫了。”

中年男人却苦笑了一下：“不过，那个男孩狂妄自大，谁都瞧不起，连女孩的爱也不当一回事，对他来说，女孩只不过是一个玩物而已。毕业前夕，学校组织了一场音乐大赛……”

说到这里，中年男人的故事才真正开始：那次大赛上，因为其他选手与男孩的实力相差甚远，男孩夺魁显然毫无悬念。一次，男孩当众夸下海口，发誓如果不能取胜，就断了右手再不拉琴。到了比赛那天，男孩上台参赛，可不知为什么，他奏出的音乐失去了往日的水准，男孩急躁起来，越是急躁就越是离谱，最后竟以倒数第一的成绩收场。神情恍惚的男孩在回家路上发生车祸，竟然真的断了右手，结束了刚刚起步的艺术生涯。

雷诺追问道：“后来呢？故事就这么完了？”

中年男人摇摇头，说：“不，更让人不可思议的事情还在后面呢。您还记得刚才在琴箱上看到的小洞吗？那不是被虫子蛀的，而是有人故意凿的。”

雷诺吃惊地看着中年男人，中年男人稳定了一下情绪，才继续下去：女孩得知男孩出车祸的消息，去医院探望，在医院里，她含泪说出了真相，原来，那个洞是女孩做的手脚，她想教训一下男孩，让他改掉目中无人的恶习，可她万没料到是这个后果。男孩听完以后，什么也没说，只是解下手臂上的药布。女孩见到男孩光秃秃的手臂，大哭着跑出了病房，从此再也没有回来。男孩出院以后，再也不能登台演出，失去了原来的傲气，他忽然醒悟过来，女孩才是真正爱自己的人，而自己也需要女孩。为了不让女孩负疚一辈子，他便带着琴去找失踪的爱人，每走到一个地方，就会拉奏那首她作的曲子，希望她听见，出来见他，可是他用假手再也拉不出美妙的旋律，女孩也没有出现。直到现在，穷困潦倒的他失去了信心，不得不放弃了。

故事讲完，中年男人长舒了一口气，喝光杯子里的咖啡，将琴交还给雷诺，然后擦干泪水准备离去。

雷诺问："这么说……你就是那个男孩？"

中年男人停下脚步，点了点头。

雷诺说"你等一下。"他走上去，把琴递给了男子，"也许再坚持一下，你就能找到那个姑娘了。琴你拿走，钱不必退还。"

"这怎么可以？我……"

雷诺拍了拍中年男人的肩膀："好了，不要放弃，千万不要。"

中年男人感激地看了雷诺一眼，拿起琴走了。

过了几天，雷诺和妻子去一个朋友家吃饭，那个朋友也是一家琴行的老板。饭桌上，那个朋友说了件趣事，一个断手男人来店里卖一把小提琴，600元成交后，那男人却要求演奏最后一曲，并在演奏之后讲述了一个悲凉的故事，因为故事非常感人，他最终放弃了那把小提琴，当然，钱也没有要回来。

听完了朋友的叙述，雷诺"腾"地站起了身："老天！是他，就是他……"朋友问："怎么？您认识那个男人？难道他的小提琴不值这个价钱？"

"不，不。"雷诺又坐回到桌前，稳了稳情绪，然后拿起酒杯，"我想，好故事是值那个价钱的。就让我们为这个人的故事干一杯吧！"说完，雷诺一口干掉了杯中的红酒。

（本篇月月评短信代码：2116）

（题图：箭 中）

· 本刊信息传真 ·

投稿指南

本刊各栏目欢迎来稿，题材不限，特别欢迎贴近生活，有时代气息的爱情故事、校园故事、职场故事、幽默故事和悬念故事。

本刊采取优稿优酬原则，原创作品平均稿酬为300-400元/千字。来稿可邮寄，也可发送电子邮件。本期责任编辑电子信箱：manshi@vip.sohu.net。

烦恼的根源

一次，几位分别多年的同学相约去拜访大学的老师。在老师家里，大家忍不住发起了牢骚，纷纷诉说着生活的不如意：工作压力大呀，生活烦恼多呀，做生意的商战失利呀，当官的仕途受阻呀……

老师笑而不语，从厨房拿出一大堆杯子，摆在茶几上，让大家自己倒水喝。这些杯子各式各样，有瓷的，有玻璃的，有塑料的，有的看起来豪华而高贵，有的则显得普通而简陋。

大家正说得口干舌燥，便纷纷拿了自己看中的杯子倒水喝。等每个人手里都端了一杯水时，老师指着茶几上剩下的杯子，说："你们有没有发现，你们手里的杯子都是最好看最别致的，而这些样子普通的塑料杯就没有人选中。"大家一看，果然是这样。

老师接着说："这就是你们烦恼的根源。大家需要的是水，而非杯子，但我们有意无意地会去选择漂亮的杯子。如果生活是水的话，那么，工作、金钱、地位这些东西就是杯子，它们只是我们盛起生活之水的工具。杯子的好坏，并不影响水的质量。如果将心思花在杯子上，大家哪有心情去品尝水的苦甜，这不就是自寻烦恼吗？"

（**作者**：袁小宇；**推荐者**：邓伟明）

英雄的脚后跟

古希腊神话中有一位伟大的英雄，他有着超乎普通人的神力和刀枪不入的身体，在战斗中无往不胜，取得了赫赫战功，他的对手一直找不到他的弱点。

但就在他攻打特洛伊城之际，站在对手一边的太阳神悄悄一箭射中了他的脚后跟，在一声悲凉的哀叹中，刀枪不入的英雄倒下去了。

原来脚后跟是他全身惟一的弱点，只有他的父母和天上的神才知道这个秘密。在他还是婴儿的时候，他的母亲曾捏着他的右脚后跟，把他浸在神奇的斯堤克斯河中，被河水浸过的身体变得刀枪不入。可他的脚后跟由于被母亲捏着，浸不到水，所以成了全身惟一的弱点。

正是那只被母亲捏住的脚后跟要了儿子的命！

（**推荐者**：周　林）

让谁上场

一天傍晚，3个中国学生结伴去附近的社区球场打球。没过一会儿，来了4个美国小伙子，年龄都在十七八岁上下，说想和中国学生打一场比赛，中国学生一口答应。可新的问题又来了，因为中方3人，美方却有4人，多了一个。当一个中国学生提出人数问题后，4个美国小伙子甚至连相互看一眼都没有，便走到罚球区，一个接一个地拿起球投篮。几个中国学生一时丈二和尚摸不着头脑。这时4个美国小伙子中第一轮投篮投进的两位站到了一边，另外两位继续投篮。最后，没能投进的那位小伙子咧咧嘴摇着头，默默地走到场外。中国学生恍然大悟。他们原来是以投篮来决定谁有资格参加比赛。

当体现公平的游戏规则成为人们自觉遵守的行为规范时，效率也就随之而来。

（**作者**：魏　川；**推荐者**：邓伟明）

脱掉你的外套

一个女孩因为同事的谗言，被老板炒了鱿鱼。中午，她坐在街心花园的一条长椅上黯然神伤。这时她发现不远处一个小男孩站在她的身后咯咯地笑，她就好奇地问小男孩“你笑什么呢？”

小男孩一脸得意地说：“这条长椅的椅背早晨刚刚漆过，我想看看你站起来时背上是什么样子。”

女孩一怔，猛地想到昔日那些刻薄的同事不正和这小家伙一样躲在我的身后想窥探我的失败和落魄吗？我决不能让他们的用心得逞，我决不能丢掉我的志气和尊严。

女孩想了想，指着前面对那个小男孩说，你看，那里有很多人在放风筝呢。趁小男孩一扭头的工夫，女孩把外套脱了拿在手里，她身上穿的鹅黄色毛线衣让她看起来青春漂亮。小男孩回过头发觉上了当，甩甩手，嘟着嘴，失望地走了。

生活中的失意随处可见，就如那些油漆未干的椅背会让你苦恼不已，但是如果已经坐上了，也别沮丧，以一种平和的心态面对，脱掉你脆弱的外套，你会发现，新的生活才刚刚开始！

（**推荐者**：蒋　力）

根据读者的建议，编辑部决定继续编辑《滴水藏海——300个3分钟典藏故事》第三辑，欢迎将你读到或者听到的这类“3分钟典藏故事”推荐给我们。

推荐稿要求：1.立意清新隽永，富含真情至理；2.以叙事为主，一篇作品中要有一个精彩的情节或细节；3.篇幅500字以内。

推荐稿请注明原作者姓名以及推荐者的真实姓名、联系方式。所荐作品一旦入选，每篇即付推荐费50元。来稿可邮寄到本刊编辑部，或发送到本期责任编辑信箱：manshi@vip.sohu.net。推荐稿一律不退，请自留底稿。

·中国新传说·

现在这年头，手机在城市里早不稀奇了，连小学生上学都放一个在口袋里，可在偏远的山村，手机还是个稀罕东西。

七爷的手机

□易振华

说的就是这么一个山村，村里头一个有手机的人，既不是村干部，也不是小后生，而是九十多岁的七爷。

七爷一个人住在村里，他有个孙女明秀在城里工作，那天来看七爷的时候，把自己的旧手机给了七爷。

七爷把手机拿在手里，翻来覆去看了半天，又还给明秀，说："这玩意儿我摆弄不来，还是还给你吧。"

明秀笑着说："爷爷，你看你，我说要接你进城去住吧，你说城里的日子过不惯，只好留个手机给你，有啥事找我方便呀。"

七爷想了想，说："别的倒没啥事，不过我老了，说不定哪天就要走了，我走了以后，只愿意土葬，不愿意火葬，到时候你得来把我用土埋了。"

明秀说"爷爷，那你就留着这手机吧，找我方便。反正我们家也没别人，您哪，只打给我就行了。"说着，明秀拿过手机，先给自己打一遍，这最后一次拨出的号码就存在手机里了，明秀把手机递给七爷，一边演示，一边说："您只要掀开盖，把这个钮连着按两下，就打给我了。”

七爷一试，明秀脖子上挂着的新手机果然响了。

七爷乐了，明秀走后，他每天给手机充好电，放在身上。

过了惊蛰节，小太阳暖烘烘的，这天，七爷搬把椅子，坐在屋前场子上，舒舒服服地晒太阳。村主任一摇三晃地走了过来，他是个色鬼，平常见了人家的姑娘媳妇，一双眼总是色迷迷的，七爷不喜欢这后辈，见他来了，没理，掏出手机自顾自把玩。

村主任见了七爷的手机，羡慕得不得了，一把抢过来，左看右看，嘴里直嘀咕：“这手机是真的假的呀？”说着，他就用手机拨了一遍自家的电话，一听通了，里头传来老婆的声音：“谁呀？”村主任没好气地冲手机里嚷：“谁呀谁呀，你妈的野汉子。”嚷完，关了手机盖，把手机还给七爷。

七爷想起自己的后事，也该给村主任打个招呼，就对村主任讲，自己走了要土葬不要火葬。村主任一皱眉，打着官腔说：“以后再说吧。”

春分一过，下起了连阴雨，七爷的身体就有些不适，晚上睡觉老是梦见人们抬着自己奔向火葬场。

七爷寻思，自己这把老骨头八成要走路了，应该给明秀打个电话，再叮嘱她一回，就掏出手机，掀开盖，按照明秀说的，把那个钮连着按了两下。

可七爷不知道，因为村主任那天用了他的手机，留下了家里的电话号码，所以这个电话就拨到村主任家了。

电话通了，里面传来个女人的声音：“喂？”七爷一听，以为是明秀，连忙喊：“喂，那个事，村主任晓得了。”

接电话的是村主任的婆娘，她没听出是七爷，可这句话，她听在耳里，慌在心中，乖乖，我们偷偷摸摸才几回，就让当家的晓得了，这可怎么办啊！原来，她背着村主任，和别的男人有一腿呢。

七爷哪知道这电话打错了，接着喊：“这两天，我觉出不对劲，我要走了。”

电话那头只“嗯”了一声，七爷心想：明秀这孩子嫌我啰嗦呢，啰嗦就啰嗦。七爷接着说：“我抬脚一走，你可要先下手为强，要不，村主任就把我化成了灰的。”

这东边说的风，西边就听成了雨，电话那头，村主任的婆娘毒毒地点了点头，应了一声：“好，我这就动手。”就挂了机。

第二天，七爷的身子骨还好端端的，可晌午传来消息，村主任昨天夜里得急病死啦！

（本篇月月评短信代码：2117）

（题图：安玉民）

·中篇故事·

金钱，情爱，家庭，事业……

一个走进大都市的懵懂少年，在不知不觉中，卷进了一场——

欲望的漩涡

□游　子

1. 误入黑窝

贯城河边的一处建筑工地上，有个小伙子，背个大背篓，躲在一堆砖头后边，双手抱着脑袋，在伤心痛哭。

小伙子名叫陈平，今年20岁，来自高寒贫困的山区，山里人大都是粗皮糙肉，黄脸黑牙，偏偏他却长得眉清目秀，挺拔英俊，一表人才。乡亲们说他是天生奇人，他爸对他更是期望无限，勒紧裤腰带送他进城上了高中。陈平也争气，直到高中毕业，成绩一直名列前茅。可不知是什么原因，高考竟然落了榜。他不甘心，第二年再考，差了5分没考中；第三年又考，却连个专科线都没达到。他爸绝望了，怀疑他是投胎来“要债”的怪物，于是开口就骂，动手就打。陈平忍受不了这种折磨，就跑到城里来打零工，背着个大背篓，给人背米背菜，掏灰敲煤。

干这又脏又苦的活，得喊，得抢，陈平一时抹不下高中生的面子，一天下来，一分钱也没挣到。第二天他在菜场等了半天，好不容易听到有人在喊“大背篓”，他跑去一看，竟是他高中时最敬重的赵老师，他顿时羞得扭头奔到这工地，为自己的命运伤心地哭了。

也不知哭了多久，突然，有个矮墩壮实，长着个红红酒糟鼻子的汉子，走到他背后，飞起一脚把他踢倒在地，恶狠狠地骂道：“死背篓，你一大清早到老子的工地上哭丧啊？快滚！”

陈平慌忙爬起来，用手抹了一把脸上的泪水。酒糟鼻一看他的脸，顿时惊奇地咦了一声，接着歪着头从上到下打量了他一阵，又伸手捏住了他的下巴。陈平被捏得“啊哟”一声张开了口，露出了两排整齐洁白的牙齿。酒糟鼻咧开大嘴，边笑边说：“小背篓，干这个一天能挣几个钱啊？想不想换个好工作，嗯？”

陈平嗫嚅道：“想啊，做梦都想。”

“那你跟我走。包吃包住，月薪1000元，还有提成。怎么样？”陈平眼睛一亮，随即摇摇头，说：“哪里有这种好事？你别逗我了。”

酒糟鼻哈哈大笑道：“你真是个乡下娃儿，难怪不知道我吴仕仁！我吴某人从来说话算话，不逗人玩。你愿意，马上就跟我走！”说着，又飞起一脚，把陈平的背篓踢飞到十几米外的河里。

陈平吓得脸色发白，一时弄不明白这个吴仕仁是啥来头，也不敢多问，就老老实实地跟着他上了小车。车子约摸开了十多分钟，来到一座花园别墅前停下。陈平一看，这是一座欧式建筑，门前书有“怡情谷山庄”几个金字。院内植满花草树木，还有一个情趣迷人的喷水池。二人一进山庄大门，就有人把陈平领去理发、洗澡，给他换上了西装皮鞋，然后把他带到吴仕仁面前。

这时，吴仕仁正和一个年轻秀美的女郎坐在沙发上说笑。那女郎一见陈平，双眼惊喜地一亮，微笑着朝他点了点头。

吴仕仁见了打扮一新的陈平，满意地点点头，扭头对女郎说：“怎么样，小丽，我的眼光不错吧？”

女郎撇撇嘴：“那当然，吴哥的眼睛不光看女人毒，看男人也毒啊！”

吴仕仁得意极了，哈哈地一阵大笑，对陈平说：“从今天起你就上班了。”他指指女郎，“这是周小丽经理，你的工作就由她安排。你要照这里的规矩办事。做得好，有奖励；要是做不好呢，你就有苦头吃了！”

吃饭时，好久不见肉腥的陈平撑了个肚儿圆。晚上，陈平被带到二楼一间小房间里，说是他的住处。屋里灯光朦胧，里面放有一张大床，床前放着两双拖鞋，床上摆着两个枕头，墙上贴着几张裸体男女相拥的图画。一台彩色电视机对着大床，正在播放着一对男女在床上翻滚的画面。看着电视画面上那两个光溜溜的肉身子，陈平顿感心跳、脸臊，头皮阵阵发麻。就在他张皇失措时，突然听见卫生间门轻轻一响，从里面走出一个身披浴巾的女子。陈平吃惊地一看，只见那个女子约摸三十来岁，黄发细眉，嘴唇涂得血红，两眼发光，荡声喊着“小宝贝”，朝陈平扑来。陈平终于明白，吴仕仁给他安排的“工作”是什么了！他又惊又怕，猛地推开那女人，转身就往外跑。

过道里灯光幽暗，两边包间里传出男女放浪的调笑声。陈平蹑手蹑脚下了楼梯，贴着墙根绕到大门边上。刚一探头，突然从黑暗处冒出两个穿着保安制服的彪形大汉，扑过来扭住了他，像拎小鸡一样把他拎到吴仕仁面前。

吴仕仁冷笑一声，比了个手势。两个大汉对着陈平就是一顿暴打，打得他口鼻流血，昏死过去。两个大汉用冷水把他淋醒过来，吴仕仁走到陈平面前，弯腰问道：“死背篓，我只问你一句话，这份工作，你到底干不干？”

陈平抹抹嘴上的鲜血，倔强地说：“不干！打死我也不干！”

“死背篓！”吴仕仁把烟头往他脸上一扔，铁青着脸吼道，“在贯城，还没有我吴仕仁收拾不下的人呢！来，拉到地下室去，先关他几天！”

两个大汉刚要上来拖人，却被周小丽止住了。她笑着说：“吴哥，算了吧，这小子又不是女人，牛不喝水你还能强按头不成？”吴仕仁说：“不行！这小子给脸不要脸，我要他知道点厉害！”周小丽说：“这种便宜钱不挣，偏要去当‘大背篓’，我看这小子生来是个贱命！他不干，就让他滚吧。你看他这个倔样，弄不好要闹出人命来，事情就麻烦了。”吴仕仁听了有些犹豫，周小丽把身子往他身上一靠，柔声说：“吴哥，你想想，他要是个女人，你还可以像当初对我一样，来蛮的。可他是个男人，你能把他怎样？这小子太倔，你硬把他留下来也是个祸害，还不如积点阴德，让他滚吧！”吴仕仁也笑了，他摸摸周小丽的脸，说：“我不来蛮的，你能有今天啊？好吧，听你的，就让这小子当他的大背篓去吧！”

两个大汉拖起陈平要走，周小丽让他们等一下，进屋拿

 甘心做奴隶的人，不知道自由的力量。——贝克

了一个塑料袋出来，"啪"地扔到地上："把他这两件破衣服也拿走，别放在这里招晦气！"

两个大汉把陈平架上车，驶到离城不远处的公路上，把他扔下车后扬长而去。陈平挣扎着走回他住的那家"背篓店"，打开周小丽扔给他的那个塑料袋，把里面的衣服拿出来，想不到从衣服口袋里摸出了卷成一个小圆筒的3张百元大钞，里边还夹着张小纸条，上面写着：

同是天涯沦落人，相逢何必曾相识。

陈平望着纸条，心头一热，眼泪禁不住夺眶而出，在心里牢牢地刻下了周小丽的身影。

2. 初尝"爱情"

陈平养了几天伤，又来到贯城河边，从河里捞出被吴仕仁踢进去的背篓，重新背着它走街串巷了。为了生存，他已经能毫不羞愧地大喊大叫，甚至和别的"大背篓"争抢揽活，也知道在什么地方才容易找到活干了。

这天中午，他避过保安的眼睛，晃进了一个豪华小区。他在花坛前，看见一只硕大的花蝴蝶在花丛里翩翩起舞一阵之后，便往高空飞去，它飞到一家住宅的三楼窗台上，一头扎进了一株艳丽的茶花中。这时，一个小女孩爬上窗台，想捉那只蝴蝶，可手够不着，小女孩就往前移动身子。陈平暗叫一声不好，赶紧纵身奔到窗下，只听"哇"的一声惊叫，小女孩果然从窗台上扑落下来，幸好陈平及时赶到，伸手接住了小女孩，身子被压得往下一蹲，倒在了地上。就在小女孩坠下的同时，窗口发出一声尖叫："娇娇！"紧接着一个女人从楼梯上咚咚地冲了下来。

这女人约摸三十五六岁，矮胖，圆盘似的脸上眯着一双小眼睛，整个人就像才出炉的面包，臃肿蓬松。女人奔过来抱起小女孩左看右看，发现只是脸上擦破了一点皮，这才又惊又喜地一边亲吻着小女孩，一边连声地向陈平道谢。

陈平咧嘴笑笑，却站不起身来。原来刚才小女孩下坠的力量太大，他下蹲时把腰扭伤了，一时动弹不得。胖女人连忙叫来保安，把陈平背到了自己家里。

胖女人叫王芬芳，是个做服装批发的个体户。半年前，和她患难了十年的丈夫因为有钱了，就嫌她长相不佳，另寻新欢去了，离婚时给她留下了一大笔财产和一个女儿。王芬芳也够难的，既要照顾女儿，又要做生意。女儿娇娇才四岁，平时放在幼儿园全托。这天是周末，她把女儿领回家，正在厨房里做饭，没想到娇娇会被一只蝴蝶引上窗台，差点丧了命。

王芬芳特地找了个骨伤科医师上门给陈平疗伤，又是推拿按摩，又是

火罐针灸，两天下来，陈平就能自由行动了。对王芬芳的热心照顾，陈平很不好意思，第三天，他对王芬芳说：“大姐，我身子好了，该走了，谢谢你的照顾。”王芬芳问他：“你走，你走到哪里去？”陈平低头无语了。在这个世界上，除了背着背篓满街流浪，他还能到哪里去？

王芬芳说：“如果你除了背大背篓，没有别的事做，我想请你帮我照管铺子。管吃管住，每个月500元底薪，另加提成，你看行不？”

陈平一听，又惊又喜，他嗫嚅道：“这、这当然好了，可、可是，我怕我干不好。”“你干得好！跟我打工的那些人，顶多是个初中生。你文化高，人机灵，肯定比他们强！”

陈平正式上工的第二天，王芬芳就带他到省城进货，熟悉行情，又让他在门面上看了几天，然后拿了一万元现金给他，让他独自到省城去补点新货回来。陈平的身上第一次揣着这么多钱，又兴奋、又紧张。到了服装城，他没有径直去找王芬芳的那些老客户，而是一个人在里面溜达，把他认为合适的服装的款式、质地、价格暗暗记在心里，进行比较。他见别人打货，就凑上去问这问那。直到下午，他才找个地方坐下来歇歇脚，买一个盒饭填了肚子。等到他押着进好的货从省城回来时，已经是深夜了。

他进来的这批货十分走俏，没出三天就销完了。

月底，王芬芳把他叫到家里吃饭，笑盈盈地递给他一个红包。陈平打开一看，是10张簇新的百元大钞。他捧着钱，激动得双手不停地颤抖起来。王芬芳笑着问：“你上次为啥不拿着那一万块钱跑了呢？”陈平吃惊地说：“跑？为啥要跑？”

“对于你，那是多大一笔钱啊！说实话，我当时也是冒险试试你的，我想，要是你拿着钱跑了，也没啥，你救了娇娇的命，这钱就算是对你的报答。你要是回来了呢，那证明我没有看错人。从下个月开始，二号铺面就归你管理了，你要为我尽心！”王芬芳说罢，端起酒杯，“来，小陈，咱姐弟俩干一杯！”

陈平酒量很小，几杯酒下肚，脸就红了，头也昏了，身子直发飘。王芬芳两眼迷蒙地盯着他，越看越动心，她突然扑到陈平的怀里，伸出双手把他搂住了。她这一搂一抱，使陈平身上的原始野性猛然迸发，他不由自主地张开双臂，紧紧抱住了王芬芳肥胖的身子……

3. 初识肖云

长到20岁，陈平从未接触过女人，王芬芳的身体让他感受了女性身体的魅力。但一清醒过来，顿时深感愧疚。之前，他一直视王芬芳为大姐，他感激她，尊敬她。他以为是自己酒醉后一时冲动强暴了大姐，因此一直耷拉个脑袋不敢正视王芬芳。而王芬芳得到了他，却是心满意足。她见陈平一脸羞态，忍不住扭动肥胖的身子，咯咯笑着，又搂住他狂吻了一阵。此后，她让陈平住到家里来，亲手安排他的生活起居。她用各种名牌货精心打扮他，带着他出现在各种场合，把他当作身上的一件贵重饰品到处炫耀。陈平成了王芬芳的情人，但陈平认为他依然是个打工仔，为了多得到点提成，陈平把全部心血倾注在发展服装生意上。

有次清仓盘存，陈平发现王芬芳的库房里有一批价值好几万元的涤纶布匹，已经成了无法处理的死货。他琢磨了许久，也没想出个办法来。一天，他读报时看到几则资助贫困山区办学的新闻，脑子里灵光一闪，形成了一个大胆的计划。他兴奋地把计划对王芬芳说了，却不料王芬芳连连摇头说:“那些布料虽然是死货，但把它加工成校服，还得花一两万元的加工费。这么白白把几万元送给学校，不是发疯么！”陈平费尽口舌，王芬芳就是不肯答应。直到最后陈平说用他一年的工资做抵押时，王芬芳才勉强同意。

经过反复比较，陈平选定了一所离城不远却很贫困的小学作为捐赠对象。校长听说要给全校学生捐校服，眼都笑眯了。他把已经失学的学生也算进来，凑了个900人的名单给陈平。陈平找到一家濒临倒闭的缝纫社，以每套8元的低价订做了900套校服，然后给《贯城日报》的新闻热线打了个电话。听说有这么大的一项捐赠，报社很快派了一位女记者前来采访。

女记者名叫肖云，飘着一头乌亮的披肩长发，充满青春活力。两人一见面，都禁不住多看了对方几眼。面对肖云的提问，陈平胸有成竹地侃侃而谈，从捐赠助学的意义讲到企业的经营理念，说他们打算在全市推出一个校服计划，对贫困小学，他们实行捐赠；对有一定支付能力的学校，他们收点成本；对条件较好的城区学校，他们才在提供最优产品的前提下，赚取一点微薄的“阳光下的利润”。肖云边听边挥笔在采访本上飞快地滑动，不时抬起头来注视着他，提出一两个新的问题。王芬芳妒忌地坐在一边，眼里不住地向陈平发出警告。采访结束时，肖云笑笑说:“小陈老板，可以谈谈你个人的经历吗？”

“这个，这个，”陈平支吾着说，“暂时无可奉告。”

“六一节”前夕，市教育局局长主持了陈平在小学举行的捐赠仪式，《贯城日报》刊载了肖云记者的文章，还配发了陈平的照片。陈平一夜间成了知名人士，在肖云的帮助下，陈平拿到了一所城区小学的2500套的校服订单。他把订单转给浙江的一家服装厂，一进一出，轻轻松松为王芬芳赚了好几万元。生意做得越是顺利，陈平心里越是寂寞，他有很多话不能和王芬芳说，但又找不到一个可以倾诉的人。

一天晚上，陈平壮着胆子打电话约肖云到“雅园”喝茶，没想到肖云很爽快地答应了。包间里灯光暗红，萨克斯管的声音仿佛从天际飘来，悠远轻柔，肖云灿烂的笑容令他心头突突乱跳。他俩喝着咖啡，漫无边际地聊着，彼此都有些相见恨晚的感觉。陈平拿出一只精美的真皮坤包送给她，肖云微笑着收下了，这让陈平心头感到振奋。

他俩聊了许多话题，但只要一触及陈平的身世，他就巧妙地绕了过去。当肖云问到那天她采访时坐在陈平旁边的胖女人是谁时，他说，那是他的表姊，他们合伙做生意，她的资金雄厚，是“董事长”，他管具体业务，是“总经理”，说得肖云掩口而笑。

两人聊到很晚才离开“雅园”。出了门，肖云伸出手和陈平轻轻一握，然后转身飘然而去。陈平呆站着，怅然地目送着她的背影。就在这时，王芬芳的声音突然从他身后响起：“人家早就走了，你还呆站着做啥？”

4. 被逼成婚

第二天清晨，王芬芳精心地做好早餐，然后才唤醒陈平。在生活上，她对陈平周到细心，关怀备至。在她的潜意识里，陈平是情人，也是儿子，她从骨子里爱他，认为陈平是老天爷送给她的。现在突然冒出个年轻靓丽的肖云，使她感到了巨大的威胁。她想了一夜，决定马上和陈平办理结婚登记，拴牢陈平。

陈平一听要办理结婚登记，惊得连连摇头说：“不、不、不！”王芬芳见他断然拒绝，顿时大怒，一怒，说出的话就难听了：“你以为你现在活得有点人模狗样了是不是？你忘记了你当初只是一个大背箩，连一块钱一天的店子都住不起。不是我收留了你，你能有今天？”

陈平苦着脸说：“王姐，你对我好，我、我这辈子都感谢你，没有你，就没有我的今天，我做牛做马都要报答你。但正式结婚，我……我觉得我俩不合适。”

王芬芳冷笑道：“我知道，你嫌我老，嫌我长得不好看，是不是？可是，你也不想想，我要是年轻漂亮，能轮到你这个大背篓？”

不管陈平怎样苦苦哀求，王芬芳就是不答应。她开出的最后条件是：要么和她结婚；要么陈平把这几年来吃的、穿的、住的、用的等等费用全部结清，然后走人。陈平知道，如果按她的方法算账，他这两年不仅是白干，相反还要欠她好几千块钱。可他哪里有钱还她呢？陈平被她逼急了，忽然想到一个办法。听人说，男女结了婚，财产就是夫妻共有的，反正现在没钱还她，不如答应和她结婚，以后再找机会离婚，这样就能得到她的一半财产，那时自己再创业就有了资本。这么一想，他装出一副无可奈何的样子，提出了一个条件：“姐，那咱俩办个结婚登记就行，不必举行什么婚礼了。”王芬芳听了满口答应。

三天后，王芬芳拉着陈平去办了结婚登记手续。两人拿着结婚证回来，王芬芳又对陈平说：“虽然我是二婚，可一生也就是第二次，而你却是第一次，结婚是人生大事，马虎不得。我找人算过了，后天就是好日子。我已经在山味楼订了20桌喜宴，请柬昨天就送出去了。我还专门找人给那个肖记者送了一张。你看看要不要通知你家里来人？”

陈平知道中了她的圈套，只好苦笑着说：“你说怎样办好，就怎样办吧。我家里就算了，反正，他们早已不把我当人了。”

婚礼办得很热闹，肥胖的王芬芳身穿婚纱礼服，坐在敞篷花车上，一脸幸福地依偎在陈平身边；清秀的陈平面部僵硬，似笑非笑，像个蜡人。婚礼车队在街上缓缓驶过，这对一老一小，一俊一丑的奇特新人引得路人纷纷注目，窃窃私语。王芬芳请来的摄像师们不停地跑前窜后，用手中的器材录下这场婚礼的每个细节。

晚上，当身心疲惫的陈平终于在床上躺下时，王芬芳拿出一张纸给他，嘴里说着：“有些事，我想得先让你明白，免得你胡思乱想，生出事来。”

陈平展开一看，是一份财产公证书。原来，王芬芳早就把她的财产做了公证。这就是说，将来如果陈平和她离婚，她的财产半点也没他的份。陈平的算盘彻底落空，气得双手颤抖，脸色惨白，恨不得一把将身边躺着的这个丑女人掐死！而王芬芳这时带着胜利者的微笑，把自己肥胖的身子贴上来，柔声细语地说："我这么做是为了不让你离开我，只要你跟我在一起，我的财产不就是你的财产么？我……我不能没有你呀！"

5. 故人重逢

婚礼过后，王芬芳在经济上对陈平实行了严格控制，每月只给他300元零花钱。王芬芳说："你吃的、穿的、住的、用的我全包了，你要什么我给你买，你身上有点零用钱就行了。男人有钱就变坏，这种事我见得多了。"陈平一再领教了王芬芳的招数，已经不想和她再争了，他的心开始冷了。

日子过得平淡如水，陈平对肖云的思念日益强烈。那天晚上在"雅园"的亲密聊天成了他灰暗生活的一缕阳光，温暖着他的心灵。一天，他鼓起勇气拨通了肖云的手机，听到嘟嘟的振铃声，他心头突突直跳，可是半天没人接听。他停了一阵再拨，肖云的手机却关了。他明白了，他在肖云的心目中已经完蛋。他捏着手机呆了半天，走过来对王芬芳说他头痛，想出去走走。王芬芳白了他一眼，说："也好，你顺便带娇娇出去玩玩。"

陈平牵着娇娇在大街上乱逛，娇娇不停地拉着他买这买那，小口袋里塞满了各种各样的零食，嘴里含着根冰棍儿边走边吮。走到南关桥头时，娇娇又站住了，拉着陈平的手边摇边说："叔叔，我要，我要苹果。"陈平回过头去，见一个身形苗条的少妇站在一只背兜前在叫卖水果，不时用眼睛扫描着四周，提防突然出现的城管人员。陈平走了过去，少妇见了他，堆上甜甜的笑容招呼道："大哥，称几斤苹果吧，不甜、不脆，不要钱。"陈平没说话，两眼直愣愣盯着她。少妇被他看得气恼起来，说："这位大哥，你买不买？你不买请让开，别挡着我的生意！"

陈平紧盯着

她的眼睛，声音发颤道："你、你不认得我了？"

少妇仔细看了他两眼，迟疑了一下，摇摇头。陈平眼里闪出了泪花，慢慢念道："同是天涯沦落人，相逢何必曾相识！"

少妇浑身一震，惊讶地瞪大了眼："你、你就是那个，那个大，大……"

陈平含泪笑了："我就是那个大背篓陈平。你、你怎么干起这个来了？"

少妇又惊又喜："你不说，打死我也不敢相信是你。这世界真小啊！"

原来，这个少妇就是"怡情谷"的"经理"周小丽。她本是个山里妹子，因为家里穷，读完初中就辍学了。几年前，她进城到一家酒店打工，因为长得漂亮机灵，被常来这里请客吃饭的吴仕仁看上了。吴仕仁是建筑大老板，当地人称"二哥"，没费什么事就把周小丽弄到了手。为了掩人耳目，他让她做了"怡情谷"名义上的经理，实际上只是他的一个玩物。一年前，吴仕仁为垄断建筑砂石市场，叫打手绑架了一个砂石场老板，没想到下手太重，把人给打死了。人命关天，公安机关一介入，就把吴仕仁的老底全兜翻了。后来，吴仕仁被判了死缓，家产全部没收。周小丽也因涉嫌参与组织淫秽活动被拘押了半年。由于她是被胁迫的，经过一段时间的教育，就释放了。出来后，她就靠卖水果赚几文小钱维持生活。

在周小丽租住的小屋里，她流着泪诉说了自己的遭遇。陈平想到自己，也不禁流下泪来。两人如同老友重逢，彼此都有说不完的话。周小丽问陈平现在做些什么，他只说在做服装生意，这小女孩是他表婶家的孩子，两人谈到天黑，陈平才恋恋不舍地离开。

过了几天，陈平想法偷出了王芬芳的房产证，用它作抵押，向一个老板借了两万块钱，在新街菜市场租了一间铺面，然后找到周小丽，让她搬进来开水果店。

没想到周小丽谢绝道："我现在穷，但我是自由人，我不欠谁的，也不想再欠谁的了。等我有了钱，再租铺面也不迟。"陈平发急道"周姐，你错了。不是你欠谁的，是别人欠你的太多了！我能够在城里呆下来，混到眼前这个样子，都是因为你啊！不是你让吴仕仁放了我，又悄悄给了我300块钱让我养伤，我不知现在是什么样呢！'滴水之恩，涌泉相报'，何况你还是我的救命恩人哪！你现在比我困难，我帮帮你都不行吗？"

周小丽仍然摇头说："你的好意我领了。可是用这么高的租金租铺子开水果店行吗？做亏了，我可还不起这么多钱呀。"陈平流泪道"周姐，我们都是穷山沟出来的人，同是天涯沦落人，我们不相帮，还有谁来帮我们？我现在帮你一把，也是为了我的将来啊！租这个铺子卖水果，看起来不划算，但这儿地段好，生意肯定会火。如果你不放心，就算是我投资，你经营吧。我相信从这里起步，我们将来一定会创出自己的一份基业！”

周小丽终于被陈平的真诚打动了，搬进了铺子。陈平把租房余下的4000元钱给她作了流动资金，一有空就跑过来帮忙。因为整个菜市场只有这一家水果店，生意格外的好，当月结算，净赚了近千元。周小丽不由从心底佩服起陈平来：怪不得几年时间就从一个“大背箩”变成了服装老板，他确实精明过人啊！

这天是周小丽的生日。她没手机，就用菜市场的公用电话给陈平打了个电话，说有事找他。没等天黑她就关了店门，在生日蛋糕上插了25根蜡烛，然后对着镜子精心地打扮起来。看着镜中的自己，她又高兴、又伤心，一个人呆坐着流起泪来。这时，陈平进来了，他一见这情景，夸张地“哇”了一声，扭头就走。周小丽忙起身拦住他，问：“你想跑哪去？”陈平笑道：“周姐过生日，我哪能空着手来？”她瞪他一眼，嗔道：“知道我是姐，就听我的。你坐下，给我点上蜡烛！”陈平坐下来，激动得手抖着，费了好大的劲才把25根蜡烛全点亮了。周小丽拉灭了电灯，娇艳的脸庞在烛光中更显得美丽动人。陈平拍着手唱起了“祝你生日快乐”，她伏下身子，一口气吹灭了蜡烛。

黑暗中，两颗心在剧烈地跳动。接着，陈平的脸被一双温热的纤手捧住了，一个热吻伴着泪水印在了他的额头上。他双手一用力，把周小丽紧紧地拥进了怀里。

这一夜，陈平第一次没有回到他那个“家”。

6. 棒打鸳鸯

第二天陈平一进门，就见王芬芳眼眶上蒙着一周青紫，怒冲冲地一声断喝：“你，昨晚上哪去了？老实讲！”陈平说：“遇上几个老同学，聊了一夜。”王芬芳哼了一声：“为什么不打电话回家？为什么把手机关了？”“我、我的手机没电了。”王芬芳上前一把从陈平腰间取下手机，一开机，就显出了电池满格的标识。她冷笑一声，按出了一个电话号码：“你说不说实话？不说，我打过去了？”见陈平不做声，她就按了回拨键。手机里传来一个清脆的女声：“喂，找谁啊？”王芬芳的脸抽动了两下，问：“请问你贵姓？怎么称呼？”“怎么称呼？你这人有毛病啊，我这是公用电话！”对方说完，啪的一声，挂断了。

王芬芳愣了一下，把手机还给陈平，柔声说道：“以后有事不回家，先

 将爱情当作理想的人，不会有真正的理想。——佚 名

说一声，免得我放心不下。昨晚我急得一夜没合眼，好几次想打110呢！”

陈平暗自庆幸逃过一劫。这以后，他和周小丽来往时特别小心，呆不上多久就找个借口匆匆离开。他几次想向周小丽说出真相，可话到嘴边又咽了回去。他见周小丽水果店的生意在稳步上升，心里的信念便日益强烈，他决定：等攒够本钱，就离开王芬芳，彻底摆脱这种寄人篱下的生活！

转眼到了服装换季的时节，王芬芳让他去温州进货，这一去就是七八天。他一回来，就迫不及待地去找周小丽，不料水果店的门关得紧紧的，周小丽已不知去向。

他呆呆地立在店铺前，只觉得天旋地转，心头有说不出的凄苦。这时，一个中年妇女走过来，把一个信封塞给他，说“这是那个水果店大姐给你的，她让我亲手交给你。”陈平顾不上说声谢谢，就忙不迭地拆开了信封，信上写着：

平弟：

请原谅我不辞而别。

当王芬芳突然出现在我面前，说她是你的妻子时，我真有一种天塌地陷的感觉。我这才明白你为什么要把我瞒得那么紧。作为一个女人，我理解王芬芳的一片苦心，也懂得你的痛苦。

她要我保证从此不见你的面，我答应了。所以，你不要找我，我是不会再见你的。即使真的见了面，也是白添痛苦。

账本和存折，我交给王芬芳了。你做的事，竟然没有一件能瞒过她！她说她早就知道我和你的事了，所以才叫你去温州进货，然后再和我谈判……不过，我感觉到，她对你的爱是真的，为了你，她会不惜一切代价。你还是安心跟她过吧……

陈平看着信，那眼泪止不住就汩汩直下，打湿了信纸。他暗自发誓：只要周小丽没有离开这座城市，就一定要找到她！

看到陈平回来，王芬芳似笑非笑地瞥了他一眼，说：“这么晚才回家，是找周小丽去了吧？”陈平见她把话挑明，也就无所顾忌了：“是，是去找她了，怎么样？”王芬芳轻蔑地说：“找到了？谈得很开心吧？”陈平咬着牙说：“算你狠！我服你了，怕你了！”

陈平说了这几句话后，就低着头收拾衣物。王芬芳一见，吃惊地问：“你、你想做啥？”陈平拎起包边往外走边说“不做啥，离开你这个心狠手辣的母老虎！”王芬芳急了，像只皮球就地一滚，跪在地上抱住了陈平的双脚，说：“陈平，你别走，你别走，我、我做的这些事，都是为了你啊！”

陈平冷笑道“为我？为了让我一辈子当你的奴隶？”王芬芳哭了：“我知道我配不上你，可是，我离不开你啊！”她抽泣着从身上掏出几张存款单，“你看吧，这些是我为你存的钱，整整15万，存单上写的都是你的名字。我今天把它拿出来，本来是想让你知道，只要你安心和我过日子，和周小丽断绝往来，你要什么我都答应。我可以把我的财产重新公证，这样我的财产房子，还有那些铺面，都有你的份啊！”

陈平愣了一阵，还是用力掰开王芬芳的双手，义无反顾地跨出了大门。王芬芳扶着门框，绝望地号啕大哭。

7. 人海茫茫

陈平租了间小屋住下，一边打零工，一边寻找周小丽。虽然他现在又成了穷光蛋，但毕竟不是几年前的那个“大背篓”了。他有了相当的阅历，挣的钱虽不多，但除了生活还有点结余。只是，两个月过去了，没有见着周小丽的半点影子。

王芬芳来找过他几次，苦苦哀求他回去，都被他拒绝了。他虽然承认是王芬芳改变了他的“大背篓”命运，但他和王芬芳实在没有爱情可言。周小丽才是他的真爱，只有和她在一起时，他才是一个鲜活的生命，一个真正的男人。

又过去了两个月，他走遍了大街小巷，仍然没有发现周小丽的半点线索。猛然间，他想起了肖云：要是能通过报纸寻人，不就容易多了吗？

他一连几天跑到报社，这天，终于见到了肖云。当肖云听完他的诉说，惊讶极了，她想不到这里边的故事竟是这样的奇特！她对陈平的遭遇充满了同情，深深地被他对周小丽的痴情所打动，决定尽力帮他们的忙。

一周后，肖云用本报记者的名义在《贯城日报》刊出了一篇社会实录《一个大背篓的罗曼史》。虽然文中隐去了真实的姓名，又在很多细节上做了技术处理，但足以让人们回忆起那场曾经轰动全城的奇异婚礼，而周小丽智救陈平的细节则被渲染成一段传

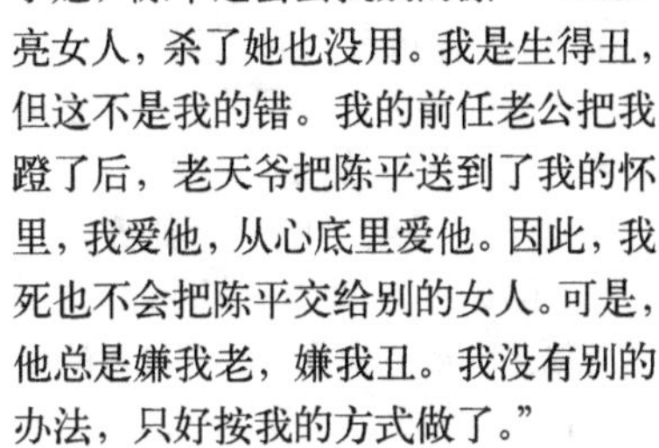

奇。文章的最后，希望知情读者帮助陈平找回他深爱的周小丽。

因为这篇文章，那天的《贯城日报》被抢购一空，三个主人公的命运，成了街头巷尾议论的话题。不出肖云所料，第三天就有人打来电话，声称曾经见到过一个女子，与她文章中写的那个非常相像。第四天中午，一个匿名电话打进来，准确无误地告诉她：周小丽现在就在城郊的一个小酒店里当服务员。

肖云兴冲冲赶到那家小酒店，老板却告诉她：周小丽两个小时前辞职了，不知去了哪里。肖云正在惆怅时，她的手机响了，是一个女人的声音，说陈平有重要事情找她，请她马上赶到。没等肖云多问，对方就挂断了电话。肖云满怀疑团，赶紧按那女人说的地址打车过去，很快找到了陈平住的那间屋子。门前站着一个矮胖的女人，衣着华丽，圆盘似的脸上挂着泪痕。肖云一眼就认出她是王芬芳。看着她胖得变了形的身体，肖云觉得，这个富有的女人其实非常可怜。

王芬芳勉强挤出笑容，说“肖记者，你来了。你看到周小丽了吗？”

肖云明白了：“那个电话是你叫人打的？”

“是的。”王芬芳平静地说，“她在那里打工也是我安排的，我对她很好。你在报上写文章，帮陈平找她，我知道这事瞒不过了。起先，我想找人把她杀了。可是一想，即使杀了她，陈平还会去找别的漂亮女人，杀了她也没用。我是生得丑，但这不是我的错。我的前任老公把我蹬了后，老天爷把陈平送到了我的怀里，我爱他，从心底里爱他。因此，我死也不会把陈平交给别的女人。可是，他总是嫌我老，嫌我丑。我没有别的办法，只好按我的方式做了。”

肖云一听这话，心陡然一紧，忙问：“你，你把陈平怎么样了？”

王芬芳努努嘴：“你进屋看看就知道了。”

肖云推开门，满屋是一股呛鼻的气味，只见陈平双手紧捂着脸，一股黑血从指缝中溢出，人躺在床上一动不动。肖云尖叫一声，退了出来。王芬芳惨然一笑，说：“他没有死。只是昏过去了。我用生石灰沤瞎了他的眼睛。他什么也看不见，就不会嫌我老、嫌我丑了。现在，你报警吧，肖记者。”

肖云又惊又怒，马上拨打了“110”。

这件奇案轰动了贯城，王芬芳因为故意伤害罪被判了8年有期徒刑，陈平不知去向，而肖云被妒忌她的同事泼了污水，说她假公济私，其实早就和陈平“有一腿”了，肖云一气之下，辞职去了深圳。

半年后，滨河公园的墙根下多了一个年轻的算命瞎子，他面前铺着一块红布，上面写着“天罡命理　祸福先知”八个大字，红布上摆着一个签筒。瞎子相貌清秀，不像很有“道行”的样子，所以找他算命的人寥寥无几，一天也难得要到几文吃饭的钱。

这个瞎子就是陈平，他养好了伤，但双眼已瞎，丧失了劳动能力。王芬芳原来的如意算盘是弄瞎陈平的眼睛，让他靠她养一辈子。然而陈平发誓不再用王芬芳的一分钱，拒绝了王芬芳的经济赔偿，为了糊口，只得在街头算命，蒙几个吃饭钱，苦度光阴。

这一天，陈平感觉到有个女人在他的摊位前站定，连忙举起签筒试探道：“大姐，抽一支签？”

女人吃力地弯下粗笨的腰身，抽出了一支竹签。陈平用拇指在签上摩挲一阵，咧嘴笑道：“大姐好运！上上签！我可要多收你一块钱啦！你是要问行人，财运，还是婚姻？”

女人迟疑了一会，低低地吐出两个字：“婚姻。”

陈平一怔，觉得这声音有些耳熟，但他来不及多想，张口就念：“金风玉露欲相逢，银河鹊桥雾重重，一朝日出阴霾散，喜看孟光迎梁鸿。”

念完，陈平朝女人摊出了一只手掌：“上上大吉。大姐，瞎子沾你的光啦！”女人的眼泪涌了出来，把一张票子放在瞎子的手心，然后挺着个大肚子转身离去。

陈平摩挲着手里的票子，心头一惊：是一张百元大钞！他猛然猜到刚才抽签的女人是谁了，那是他苦苦寻觅的周小丽啊！陈平猛地站起来，冲女人离去的方向就要喊，可他的嘴动了动，却什么声音也没有发出来，又木然地坐到地上，他知道自己又瞎又穷，不能再去拖累小丽了。

突然，那串熟悉的脚步声又走了回来，陈平听得真真切切，一步，一步，走得十分缓慢犹豫，但最后还是走到了他的摊前，紧接着，一只女人的手伸了过来，在陈平的脸上轻轻抚摸着。

陈平一震，眼泪从两只深陷的眼眶中流了出来。许久，他才低低地唤了一声：“小丽……”

（本篇月月评短信代码：2118）

（题图、插图：杨宏富）

当代传奇故事

优秀的传奇故事能给人以悲喜、惊恐、神秘等强烈而多变的阅读快感。本书每则故事无不以“奇”作为情节的核心，让人读来欲罢不能。作为“故事会爱好者丛书”中的一种，本集子相当具有代表性，故事的特点，《故事会》的风格，从此书可窥一斑。

发财故事

发财，自古以来人皆往之，因此发财故事也就在民间绵延不绝。本集36则发财故事分六大类：因财起祸、生财之道、天落横财、发财恶梦、飘忽财运、钱难通神等。故事生动，通俗可读。

旅途故事

46则旅途故事，让人在应接不暇的情节、人物中体验生活、体验社会、体验人生，从而拥抱生活，拥抱明天。作品充分运用了故事艺术的诸种表现手法：悬念、对比、误会、包袱……情节跌宕起伏，引人入胜。

喝酒故事

酒这东西，自古以来人们就对它褒贬不一，毁誉参半。本集古今中外64则喝酒故事，或喜或悲，或辛或酸，或啼笑皆非，按内容分为“因酒生事、借酒陈言、醉酒出丑、酒水糊涂、酗酒丧身、荒唐赛酒”等六类。

警匪故事

本书汇集五则中篇故事精品，描写公安人员深入虎穴，与潜伏的敌特土匪斗志斗勇，最后使之落入天罗地网。故事情节曲折复杂，悬念性特别强，敌我之间关系扑朔迷离，错综复杂，人物命运特别牵动人心。

红色间谍故事

7则中篇故事，描写一群置生死于度外，出生入死在敌巢魔窟中，机智勇敢地与敌特匪首周旋，进行地下斗争的革命者。故事情节曲折，人物形象鲜明，具有震撼人心的艺术魅力。

捣蛋鬼故事

本书收入的“捣蛋鬼”，是一批头上长角的油子、懦夫、贪者、莽夫、偷儿、怪徒，他们大多性格怪异，但在激变的环境中却展现出了人们意想不到的美丽人生。书中也描写了另一类罪错者，故事往往以轻喜剧的风格来处理人物之间的矛盾冲突，让你饱览社会生活的丰富多采。

怕老婆故事

怕老婆现象古今中外均不同程度存在，汇集出书这是第一本。作者均取材于实际生活，有古代代表性作品，更多的是描写当代人的这类夫妻关系。他们怕老婆的行为，离奇古怪；怕老婆的动机，五花八门。

请你品尝蚊子宴

□江 欣

一日，阿P逛街来到一家新开张的菜馆门口。那菜馆名叫“状元楼”，一幅墨汁淋漓的海报吸引了他：“本菜馆隆重推出特色菜肴：蚊子宴。保证让您大开眼界，大饱口福，吃了一辈子忘不了。”

阿P的心被撩得痒痒的，他从小就是一只馋猫，凡是没吃过的，他都有兴趣尝个鲜。

于是，阿P气宇轩昂地走进“状元楼”。一个穿绸长衫、戴瓜皮帽的堂倌毫无声息地走到他面前：“欢迎，欢迎！”那声音嗡嗡的，怎么听怎么像蚊子叫，大概这就算蚊子宴的氛围了吧。阿P随着那堂倌走进一个雅座，一抬头，就看到一副对联，上联是“往日它咬你”，下联是“今天你吃它”，横批是“血债血偿”。

“先生，请点菜。”堂倌递上一份菜单。阿P一看，哟嗬，敢情这蚊子宴还分高、中、低三个档次，分别称为“金牌蚊子宴”、“银牌蚊子宴”、“铜牌蚊子宴”，价格自然也不同，是一千元、五百元、二百元。

阿P感到很疑惑，便问：“这有什么区别？难道蚊子与蚊子还有什么不同吗？”堂倌并没有立刻回答，而是反问了一句：“先生，您知道蚊子最大的特长是什么吗？”

阿P腆着胸脯，毫不犹豫地回答道：“当然是叮人喽！”

“对呀，”堂倌一拍巴掌，“人分三六九等，有平民百姓，也有达官贵人，譬如那亿万富翁、影帝歌后、明星球星，难道他们的身价跟普通人是一样的吗？”

“当然不一样。”

“所以，叮过不同人的蚊子也就不同价了。叮普通人的蚊子上桌，只需二百元。而那些叮过名人贵人的蚊子，起码也要五百元。”

阿P听得来了兴趣，问道：“那么这一千元的什么蚊子呢？”

“那就是叮过世界顶尖级人物的蚊子了。我们菜馆有叮过全球模特大赛冠军的蚊子，也有叮过本年度诺贝尔奖得主的蚊子，我们保证所有蚊子绝对是新鲜的、货真价实的，你想，蚊子吃了名人的血，你又吃了蚊子，不就等于尝到了世界小姐和世界天才的滋味了吗？”

阿P被他说得大为心动。俗话说，吃什么补什么，说不定吃了叮过诺贝尔奖得主的蚊子，就能沾上些才气和灵感，岂不是妙事！想到这里，他“啪”地拍下一千块钱，豪气万丈地说：“好吧，我就点叮过诺贝尔奖得主的蚊子！”“请稍等，马上就来。”堂倌转过身，用嗡嗡的嗓门朝厨房吆喝道，“蚊子宴一桌，原料是叮过诺贝尔奖得主的蚊子！”里面马上也传来嗡嗡的回答声：“好嘞！”

要说这酒楼的工作效率真不错，只眨眼工夫，阿P的桌上就摆满了晶莹剔透的瓷盆，每一个瓷盆上都有一个发亮的不锈钢盖子罩着，给人一种神秘莫测的感觉。

这更惹得阿P馋兴大发，食欲大增，他连咽了好几口口水，正想伸手去揭开那盖子，一边的堂倌却递上一张纸来。阿P一愣，问：“干什么？”

“这是那位诺贝尔奖得主亲笔签字的证明，证明这是叮过他本人的蚊子，如假包换！请仔细查验！”

阿P接过一看，是一张印制精美的卡片，烫着金字，印着外文，最后是一个龙飞凤舞的签名。阿P虽然一个字也看不懂，但心里却踏实了不少，觉得不虚此行。

阿P举起筷子，问：“现在我可以吃了吧？”“请。”堂倌彬彬有礼地退到背后。阿P迫不及待地揭开一个大瓷盆上的不锈钢盖子，定睛一看，盆子里空空如也，什么也没有，再揭开第二个，也是空的，接连揭了四五个，全是空的，只有最后一个碗里有点东西，不过，那是一大碗清水，清得一眼看到碗底。

“这到底是怎么回事？”阿P恼火得将筷子一摔，大叫起来，“我花一千元点的菜呢？它们在哪里？”

那堂倌又像影子一样悄无声息地来到阿P身边，用嗡嗡的声音说道：“先生，请用这个，您马上就能看到您点的菜了。”阿P接过他递来的东西一看，是一只足有盆子口那么大的高倍放大镜。

“这是干什么？”阿P迷惘地问。

“请您用它看一看就知道了。”

阿P将信将疑地将那放大镜对准

了第一个盆子，哇！原来，盆子里并不是空空的，而是有几只蚊子脚。

堂倌在旁报菜名："这一道菜叫油煎蚊子腿。"

再看第二盆，在放大镜下面找到了一对蚊子的翅膀。

阿P耳边嗡嗡响起堂倌的声音："这第二道菜是清蒸蚊子翅。"

接着，阿P用放大镜看了第三盆、第四盆，每一盆里都不例外，分别有红焖蚊子肚、生炒蚊子舌、醋溜蚊子心，只是那一盆清水，纵然用放大镜仔细搜索后，也没有发现任何踪影。

堂倌解释道："这是原汁蚊脑汤，那蚊脑已经化到汤里面，所以看不到了。"阿P气不打一处来，瞪着眼责问道："这么说，你们这整桌蚊子宴就是用一只蚊子做的？"

"当然。"堂倌理直气壮地回答，"难道你以为可以吃到一大堆像豆芽菜那样的叮过诺贝尔奖得主的蚊子吗？如果那样的话，那位诺贝尔奖得主岂不要被活活叮死？如果那样的话，那些蚊子只能是假冒的。我们菜馆从来都讲信誉、讲质量，绝不做那坑人骗人的勾当！"

这一番铿锵有力、掷地有声的话语说得阿P不得不信服。可是，阿P还有一个问题："那好吧，可这些菜叫我怎么吃呢？"他指着那些盆子道。

"这些菜，您可以舔，可以闻，可以喝呀。"那堂倌十分权威地指点道，"先生，您也是个行家，肯定懂得，世界上最高级的美味，是不需要用口齿，而应该用心去品尝的！"

阿P听得云一片雾一片，可人家一夸他，他又放不下面子，只得装作内行地说："对，对，有理，有理！"

就这样，阿P面对这一桌蚊子宴，认认真真地"用心"品尝了一番后，因为实在受不了腹中的饥饿，悻悻然地准备走了。

"且慢。"阿P刚要离开饭店，那堂倌却拦住了他。阿P有气无力地问："还有什么事？"

堂倌笑眯眯地说："根据我们菜馆的规矩，凡是享用过蚊子宴的贵宾，都能获得一枚纪念章，作为他品尝过这顿特色佳肴的一个荣誉证明！"说着，他将一枚铜质纪念章别在了阿P的胸前。阿P低头一看，在纪念章上雕着一只蚊子，下端还十分醒目地刻着编号"109"。

阿P惊喜地问："这么说，我是第一百零九个来吃过这蚊子宴的人？"

"不错，一点不错。"堂倌恭敬地点着头。

"哈哈，这么说在我前面，还有一百零八个像我一样的傻蛋呢！"想到这里，阿P戴着纪念章，昂首阔步走出饭店，心里美滋滋的。

（本篇月月评短信代码：2119）

（题图：李　加）

·情节聚焦·

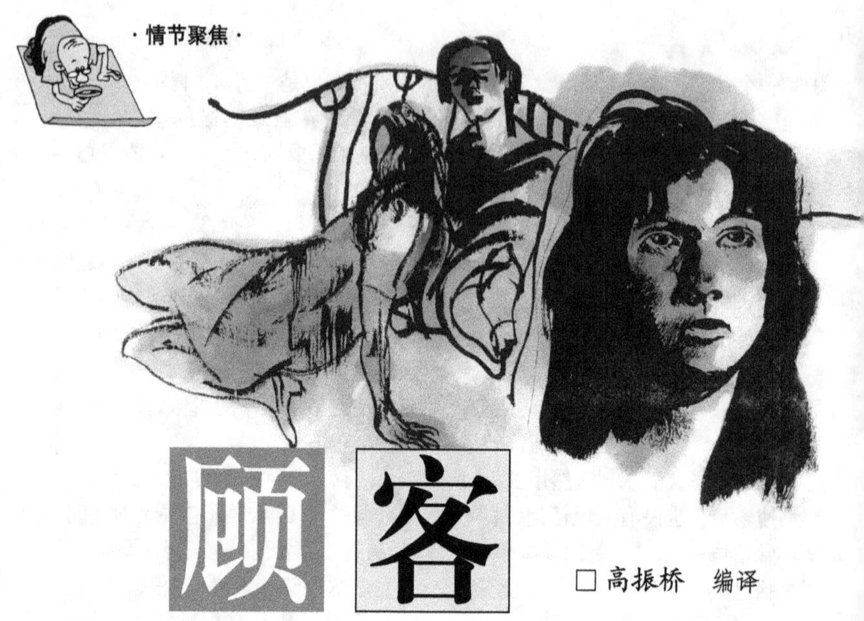

顾客

□高振桥　编译

詹森在一家快餐店里当服务生，不知从什么时候起，他注意上了一个经常到店里来的顾客，她是詹森见过的最漂亮的女孩。

每次那个女孩一来，詹森就会抢上前去帮她点吃的，借机和她说两句话。只要她坐在店里，詹森就觉得心里特别充实，干活特别有劲。有时候，女孩似乎是无意地对他笑笑，就能让詹森兴奋上好半天。

詹森二十一岁生日快要到了，他终于下定决心，要在这一天和自己心爱的女孩子说上几句话，告诉她自己是多么喜欢她。主意打定，詹森就掰着手指等待生日这天的来到，他还把见到女孩后要说的话练习了好多遍。

生日这天终于来到了！这天早晨，詹森睁开眼睛，却发觉头痛得快要裂开了，一摸额头，火烫火烫的，嗓子里像是在冒烟，发不出一点声音来，他得了重感冒。詹森想挣扎起来，可试了几次都不行。这时，詹森突然想到："我必须去上班！要不，今天就见不到那个女孩了！"

不知怎么的，一想到那个女孩，詹森身上就来了力气。他从床上下来，踉跄着走进浴室，认真地洗了洗脸，把头发梳整齐，然后赶紧穿上衣服。他看了一下表，九点三十分。"糟了！她快要来了！”因为那个女孩每天都是九点半左右到快餐店来的。

詹森骑上摩托车，飞快地开上公路。他的头有点晕，可他现在什么也顾不上了，为了早点见到那个女孩，他把摩托车开得飞快。

詹森的全部心思都在快餐店里，所以，前方有人横穿公路，也没有引起他的注意。当他发现到那个人的时候，本能地猛踩了一下刹车，可惜已经来不及了，只听“哐”的一声，他和那个行人一起被抛向了空中。

詹森在离开摩托车很远的地方落下来了。他的神智还清醒，可以通过眼角看到被他撞上的那个人。他看到了那个人长长的头发和脚上穿的高跟鞋，他一下愣住了：被撞的正是那个他朝思暮想的女孩！

“我真该死！”詹森在心里骂了自己一句，可是他一动也不能动，他感觉到自己的身体已经不存在了。他闭上眼睛，无可奈何地躺着。

周围的人们很快聚拢过来了，他们想帮助两个车祸的受害者。他们在把那个女孩抬上救护车的时候，有人眼尖，发现她手里紧紧握着一张卡片，上边用清秀的笔迹写着：“二十一岁生日快乐，小伙子！”

（本篇月月评短信代码：2120）

（题图：安玉民）

原创漫画系列《BRAVO东东》问世

《故事会》与《我为歌狂》携手进军原创漫画新领域

东东是谁？东东是一个普通的初中生，有一点调皮捣蛋，脑子里充满各种奇思怪想，常常有点稀里糊涂，渴望做一个大男人，向往朦胧甜蜜的爱情……他还有一个搞笑的妈妈，一个严肃的爸爸，一帮性格各异、趣味横生的同学！也许东东就在你的身边，也许东东就是你自己，也许东东的许多故事许多想法都曾经发生在你的身上，也许东东会成为中国的樱桃小丸子！

一套反应e世代中学生生活的漫画丛书《BRAVO东东》已由上海文艺出版社正式出版发行。该套书由曾经轰动一时的《我为歌狂》原班人马倾力打造，风格轻松活泼，风趣幽默，视觉效果和故事性俱佳，作为“故事会漫画丛书”向市场推出。

·幽默世界·

新时尚

□小　芦

钱经理和公司会计莎莉开展了“地下情”运动，恰巧莎莉老公这段时间有事要住在单位，钱经理就夜夜住在莎莉家。这天，凌晨时分，两人正睡得香甜，忽然听得门响。

两人吓得变了脸，钱经理毕竟是久经沙场的老将，知道这时穿衣服来不及了，先拉了条床单裹在身上，然后把自己的衣服往床下一塞，见房间里没地方躲，几大步冲到了阳台，打量一下地势，一咬牙，抬起腿扶着水管朝下滑去。

莎莉则缩进被窝，闭上眼睛装着睡着的样子。可她等了一阵不见动静，心里奇怪，走到门口，透过门上的猫眼一看，原来是对面搬来不久的大涛下夜班，刚才开错门了。莎莉又气又急，跑到阳台，朦胧中只见钱经理肥胖的身子像只受惊吓的猫一样迅速，一转眼已经跑远了，莎莉想大声叫又怕惊动邻居，只得作罢。

再说钱经理下了阳台，腿上胳膊上都挂了彩，忍着痛，一手抓着腰间床单，不管东西南北，朝前狂奔而去，跑了一阵子，离险地渐远，这才抹了把汗，不那么害怕了。但接下去怎么办呢？这时，天色刚刚蒙蒙亮，街上行人渐渐多起来。钱经理不敢回家，跟老婆说的是出差了，这样回去算怎么回事？说碰到歹徒劫财劫色吧，自己又不是美女。可裹着床单在大街上走也不是个事，万一碰上警察盘问怎么办。还是钱经理聪明，他朝邻近的中山广场跑去。广场上都是晨练人员，到了那里没在大街上显眼。他打算等老婆上班以后，再回家穿衣服。

一会儿跑到中山广场，果然有些稀稀落落的人在跑步、做操、打拳。钱经理放松脸上肌肉，故作悠闲地加入到晨跑人群中。天色渐亮，广场的人

 对聪明人说话，一语即足。——邓　巴

也多起来，别人见钱经理光着膀子露出一身肥肉，下面裹着一条床单，都好奇地看着他，尤其是看到他的屁股，一个个忍不住直笑。钱经理边做扩胸运动，边冲看他的人喝道："看什么看，这是晨跑新造型！没见过啊？裹着床单，做动作舒展！"

那些人捂着嘴走了。钱经理心里石头落地，哈哈，自己这次可谓有惊无险！

这下，钱经理心也定了，气也足了，"一二一二"跑得也起劲了。跑着跑着，从身后跑来十几个孩子，看他们身上制服的字样是武术学校的队员。这些孩子看见钱经理，纷纷向他投来好奇的眼光。

钱经理冲那些孩子一瞪眼："看什么看，晨跑新造型！头一次见吗？"

孩子们的教练是个四十来岁身强体壮的中年男人，听这里有动静，就从后面赶了上来，他一见钱经理，也好奇地上一眼下一眼地打量开了。钱经理被他看得恼火，还以为自己哪里走光了，朝身上看了看，并没有问题，不由没好气地说："看……看什么看！"

谁知那个教练忽然脸色一变，并不答话，使个扫堂腿，勾了钱经理一个狗吃屎，又冲身边的队员们喊"给大家一个实战演习的机会，打！"说着，教练抡起重拳朝钱经理打去，队员们发一声喊，也朝钱经理打去……

好家伙，十几个人把钱经理揍得鼻青脸肿，钱经理趴在地上，委屈地说："你们、你们太霸道了吧，我不就是裹个床单跑步吗，这是、这是晨跑新造型，你们懂不懂……"

那教练吹胡子瞪眼地说："新造型？瞧见你屁股上面那几个字么？那是我不小心用烟头烫了个洞，老丈母娘绣上去的！"原来，这武术教练不是别人，正是莎莉的丈夫，因为这阵子武术队集训，所以住在学校里。

钱经理听到这里，脑袋嗡的一声，忙往屁股上一看，才发现床单上绣了四个大字——"婚姻幸福"！

（本篇月月评短信代码：2121）

资格

□张东兴

一个有钱人，开车去车站接朋友。

车晚点了，有钱人等得很无聊，就琢磨着找点乐子。

旁边有位美女也在等人，看得有钱人眼热心跳，有心上去摸一把，可他有贼心没贼胆。有钱人转念一想，咱不是有钱吗，这点小事还能搞不定？他挥手招来一个乞丐，拿出一张老头票晃了晃："看见了吗？要是你替我摸摸前面那女的脸蛋，这钱就是你的了。"

乞丐看看老头票，虽然两眼发光，却大摇其头："我摸一下，那还不被揍个半死啊？我可不敢。"

有钱人看乞丐嘴里义正辞严，眼里火光隐现，知道他已动了心，于是又加了一张老头票。

乞丐不说话，只是摇头，有钱人就又加了一张。这回乞丐点点头，说"成交。"伸手接钱。有钱人把手缩了回去，说："你要是拿了钱就跑怎么办？"

乞丐一挑大拇指，说："行家。说老实话，我还怕我摸了，你开车就跑，拖欠工钱呢。"

"那怎么办？"

乞丐很干练："我早就想好了。"说罢一挥手，过来一个小乞丐。乞丐从自己兜里拿出50元给了小乞丐，把这光荣的任务转包给了他，自己留下来既当人质，又当监督。

小乞丐走过去，对美女说了句什么。那女的抬手摸了摸自己的脸蛋，又对小乞丐说了句什么，小乞丐就转身回来，对大乞丐说："脸蛋摸过了。"大乞丐就转身向有钱人伸手要钱。

有钱人直嚷："她自摸，这算什么？不给！"

小乞丐说"我倒是想摸，可是我没有从业资格啊，所以只好让她自摸，不管怎么说，反正工程完成了。"

有钱人听小乞丐出口不凡，满嘴建筑术语，就好奇地问："你原来是干什么的？"

小乞丐指指大乞丐说："他是承包商，我是分包商，因为我没从业资格，盖的楼塌了，我俩就跑出来要饭了。"

有钱人一拍脑门："怪不得，我说你们操作怎么这么中规中矩呢。"他

跑得快

□陈祥新 供稿

有一个日本商人，去欧洲参加会议。走出机场，他就叫了辆出租车去宾馆。出租车开出没多久，被一辆红色的小汽车超了过去。

日本商人一见，兴奋地叫道："嗨，本田！日本造的车，你看，跑得多快啊！"

话音刚落，一辆白色小汽车又风驰电掣地超了过去。那商人又大喊："啊，丰田！日本造的，你看，跑得多快啊！"

这时，另一辆小汽车呼啸而过。日本商人兴奋极了，挥着手叫喊道："哇，三菱！日本造的，跑得多快啊！"

出租车司机在后视镜里看看日本商人，什么话也没说。

不久，宾馆到了。出租车在宾馆门前停了下来，司机扫了一眼计价器，说："280欧元。"

日本商人两只小眼瞪得溜圆："什么？这怎么可能！从机场到这儿没多少路啊！"

司机微笑着说"哦，这计价器也是日本造的，你看，跑得多快啊！"

（本篇月月评短信代码：2123）

只好把300块钱给了大乞丐。可是他心有不甘，挑拨小乞丐说："你看，人家没动地方，净赚二百五，你让人耍了！"

小乞丐心平气和地笑笑，走过来，突然抬手，狠狠扇了有钱人两巴掌，说："没关系，那女的把揍你的活儿包给我了，出价也是三百，干这活我最有从业资格了。"

（本篇月月评短信代码：2122）

比“酷”

□周　磊

这天，四个好久不见的老同学相遇了，决定去吃顿饭，聚一聚。

他们来到一家星级宾馆的包间里，一番觥筹交错之后，老张先打开了话匣子：“咱们几个也是有身份有地位的人物了，这穿着上不能掉价，就我来说吧！职业白领，这衣服得上档次呀，喏，这裤子，世界名牌，上海买的，得上万块一条呢！”说着，他把裤腿往上拉了拉，让大家看。

老王在一家跨国公司当副总，他听了老张的话，微微一笑，接口道：“就是，俗话说得好，人靠衣装马靠鞍哪！咱这条裤子，是上个月代表公司去巴黎谈判时，巴黎时装设计师亲自给咱量身定做的，五千欧元呀，穿上去就是精神，没给公司丢面子……”说着，他冲老张晃了晃脑袋。

喝得醉醺醺的老杨开口了：“嘿，你这算啥！五千欧元？不就五六万块人民币么？”老杨这几年承包了三家工厂，财大气粗，“不跟你们吹，看咱的裤子，”老杨边说边神气地抖动着大腿，“裤腰镶金边的，口袋边镶钻石的，价格说出来怕吓死你们！十五万哪！出门在外，这身价上来了啊。”说完，看了旁边的老李一眼，抓起酒杯咕咚咕咚喝起来。

这时，在一旁一直喝闷酒的老李倏地站起来，解开了裤腰带，拉出了他的白裤衩。大家吓了一跳，以为老王喝多了发酒疯，正要去拉住他，只见老李脸憋得红红的，激动地说“你们一条长裤才值十几万，我这条小裤衩就值三十万。”

老杨连连撇嘴，表示不信：“胡吹，就算是黄金打的也值不了三十万呀！”

老李捶着胸脯说：“不信？我前几天去夜总会时喝多了，和坐台小姐

学习与压力

□妮　妮

杨老师总能从针尖大的小事儿中总结出海阔天空的大道理来。这天，杨老师从家里运来了煤气炉和几口锅，说是要在班会课上用。

上课了，杨老师先把大米和水分别放到两口普通锅里，然后点火开烧，不同的是一口锅下面的火大，一口锅下面的火小。不一会儿，火大的那口锅里的米饭就熟了，而另一口锅里的水还没开呢。杨老师关上煤气炉，笑眯眯地转过身，在黑板上“哗哗”写了六个大字：学习要下功夫。

接着，杨老师换了一口普通锅和一口高压锅，放上米和水，用大火煮。没多久，一股浓浓的香味从高压锅里先优哉游哉地冒了出来，因为快到中午了，同学们立即倾倒一片，口水也一泻千里。杨老师转过身，龙飞凤舞又是六个大字：学习要有压力。

同学们看得十分佩服，觉得杨老师理论联系实际的能力真是强。

杨老师也很得意，拍拍手上的粉笔灰，刚要往下说，就在这时，高压锅发出“砰”的一声巨响，爆炸了！同学们惊恐万分，盯着讲台看，不一会儿，只见杨老师在烟雾中站起来，他愣了半天，才转过身去，这次，他一脸痛苦地在黑板上缓缓地写道：学习要有压力，但也不能太大！

（本篇月月评短信代码：2125）

去了包房，这裤衩就落到她手上，她奶奶的，还威胁我……要拿去检察院，没、没办法，老哥我花了三十万呀！你们说，这裤衩是不是三十万？”

（本篇月月评短信代码：2124）

·幽默世界·

自作多情

□傅国强

阿明刚调到一个新单位，这天，主任指示他写一个报告。阿明熬了一个通宵，一万余字的报告便洋洋洒洒地出笼了。

阿明自己打字的速度慢如蜗牛，只好去楼下找打字员小丽帮忙。小丽正忙得不亦乐乎，但她还是接过稿子，和蔼可亲地满口答应。阿明连声道谢，小丽嫣然一笑，说："不客气，不过我打好以后，请您笑一笑！"

阿明一愣，转念一想，这姑娘挺逗，是不是嫌我态度太严肃，所以光谢还不成，还得笑一下？因为自己是初来乍到，人头不熟，所以不苟言笑，现在人家年轻姑娘都能如此落落大方，我一个大老爷们儿还有什么豁不出去的。于是阿明鼓足勇气冲她憨憨地点头一乐。

下午，阿明正在办公室忙，门一开，小丽拿着打印完的文稿走了进来，笑眯眯地冲他说："我打好了，请您再笑一下吧。"阿明这次已经有了心理准备，立即对着小丽微笑起来。

小丽见阿明光笑不说话，有点奇怪地问："你快笑一下呀，我还有别的事呢。"

阿明不懂了，自己已经笑得那么卖力，怎么小丽还要自己笑？他干脆咧开大嘴，冲小丽"呵呵"大笑起来。

这下，小丽火了，柳眉倒竖，杏眼圆睁，将打印稿往桌上一放"你这人有毛病啊！我叫你笑（校）对一下，你就是不笑（校），你不笑（校）的话，打印中的错误你自己负责！"说完，她气呼呼地拂袖而去。

阿明这时才如梦初醒、恍然大悟：敢情人家姑娘是叫我校对一下稿子，念了个别字呀！嗨，瞧这事闹的！

（本篇月月评短信代码：2126）

（**本栏题图**：李　加）

 礼貌经常可以替代最高贵的感情。——梅里美

331

2004
SEMIMONTHLY
下半月刊

11月

故事会

2004 年 11 月

下半月刊 · 绿版

主　编：何承伟
副主编：吴　伦
社务委员会
何承伟　吴　伦　姚自豪
夏一鸣　冯　杰　张　凯
本期责任编辑：夏一鸣
美术编辑：李宝强
发稿编辑：
姚自豪　蔓　石
鲍　放　梁宁宁
马　峡　潇　白
主管：上海市新闻出版局
主办：上海文艺出版总社
（上海市绍兴路 74 号）
邮政编码：200020
电话：021-64375030

督印 发行：张　凯
（上海市建国西路 384 弄 11 号甲）
邮政编码：200031
电话：021-64313938
广告总代理：上海文艺广告传播中心
上海市绍兴路 74 号（邮编：200020）
广告总监：张　淮
广告业务：021-34010383
广告投诉：021-64333738
广告经营许可证
沪工商广字 3101034000029 号
发行：中国图书进出口上海公司

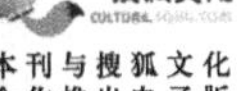

本刊与搜狐文化合作推出电子版

本刊各栏目欢迎来稿。来稿寄上海市绍兴路 74 号《故事会》杂志社，邮编：200020；请在信封上注明"××栏目"收；本期责任编辑 E-mail 地址:xiayiming@vip.sohu.net

·笑话·

聪明的毛驴

一个聪明人在乡下散步，看到磨坊里面一头毛驴在拉磨，脖子上挂着一串铃铛。聪明人很好奇，就问磨坊主："为什么要在驴脖子上挂铃铛呢？"

磨坊主答道："我打瞌睡的时候，毛驴常常会偷懒；挂上铃铛以后，如果铃铛不响了，我就知道这个畜生又在偷懒了。"

聪明人想了想，又问："如果毛驴停在原地不动，只是摇头，你又能听到铃声，它又没有干活，那怎么办呢？"

磨坊主愣了一下，说："先生，哪里有您这样聪明的毛驴啊！"

（杨一凡）

（本栏插图：李　加）

个性刷车

两位出租车司机在聊天。"你为什么要把车一边刷成红色，一边刷成绿色？"其中一位司机问。

"这样的话，当我的车不幸违章肇事时，处于不同位置的证人说出的话将会互相矛盾！"另一位司机得意地说。

（陈　健　译）

X光片

王大爷新买了一辆摩托车，谁知刚一发动，车子就失去控制冲进了人家的栅栏里，给撞断了好几根肋骨。王大爷住进医院，胸部拍了X光片，还做了其他一些检查。

这天，大夫来到病房，让他看拍出来的片子，王大爷指着上面大声叫了起来："不错，不错，栅栏倒是看得很清楚，可我的摩托车到哪里去了？"

（张印昭）

当人微笑时，世界爱了他；当人大笑时，世界便怕他了。——泰戈尔

窃密码

某犯罪团伙准备对一个银行下黑手，可万事俱备，只欠银行的电子计算机密码。为避免打草惊蛇，头头决定派一名新队员去侦察并窃取。没想到，两个小时过后，这个新队员就兴冲冲回来了，他兴奋地告诉头头，说密码到手了。

头头大喜过望，忙把他拉到一边，问是什么。这个新队员递过一张便条说："把这个输到电脑里就可以了，密码是：********。"头头一看，立即昏倒。

（盛琦铭）

三个女婿

王老汉有三个女婿，大女婿是唱戏的，二女婿是开茶馆的，三女婿是说书的。

一天，王老汉病了，三个女婿都来看望。见了面，大女婿唱道："岳父大人在上，女婿问安来迟了。"王老汉一听，来了气，抓起桌子上的茶壶就砸了过去。

二女婿见状，大声叫道："嗨！闲人闪开，茶水来了。"

最后，三女婿不紧不慢地说："欲知岳父大人生死如何，且听下回分解。"

（于作润）

男女有别

两位友人在一起谈天说地。

甲说："一般说来，女人比较精明，男人比较愚蠢。"

乙问："何以见得？"

甲答道："你瞧，狐狸精一般说的是女人，而蠢猪则通常用来骂男人！"

（刘　伟）

妙用成绩单

儿子刚从学校回来，父亲就兴致勃勃地问道"你的成绩单呢？快拿来给我看！"

"我把它借给刘大伟了。"

"为什么要借给他？"

"我要吓唬吓唬刘大伟的父亲！"

（王力光）

·笑话·

看遗像

甲乙丙三人在乙家叙旧，乙搬来一大堆照片让大家翻翻，没料到，甲对其中的一幅遗像特别感兴趣，看得目不转睛，丙似有不解，就说："遗像有什么好看的？"

甲说道："当然有啊。"乙问："有什么？"甲振振有词地道："看了记住了，下次碰到好认识。"

（江　苏）

妈妈未教

一个小孩子迷了路，便去问路边的警察。警察问："孩子，你家住在哪儿呢？"

孩子说道："我妈妈只教我迷了路，就去问警察，可她没告诉我住在哪里。"　（沈高兴）

豁达的棋友

张三与李四是一对老年棋友。一日，张三去医院看病，被检查出为晚期癌症，立即住院治疗。

李四闻讯后忙去探望，望着张三鼻孔插着氧气管，他难过地说："咋说不行就不行了呢，以后想下棋……"

张三豁达地劝说李四："没啥，我先去那里摆好车马炮，耐心地等你，你也不用太着急。"　（张永进）

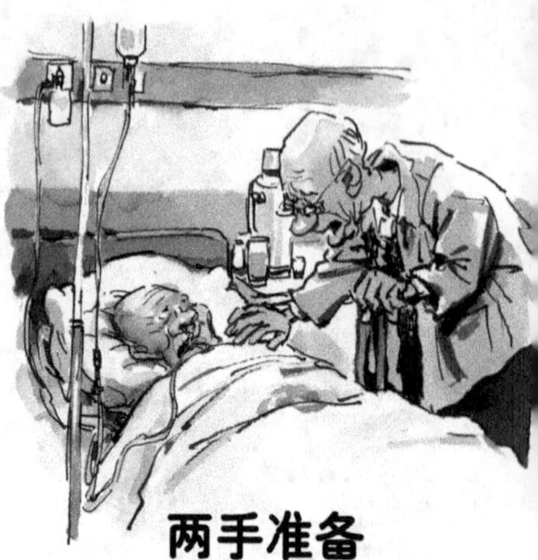

两手准备

某渔家有一只现代化渔船，一次，夫妻俩驾船出海，丈夫突发奇想：如果有一天自己不能开船了，怎么办？便觉得应该让妻子学会开船，就说："亲爱的，你不但要会打鱼，也应该学会掌舵。假如我突然得了心脏病，你会开船的话，就能把船安全地开到岸边。"

妻子想想有道理，于是便用了一天的时间，学会了驾船的技术。

傍晚时分，妻子走进客厅，见丈夫正有滋有味地看电视，二话没说就夺过遥控器，换了个自己喜欢的频道，丈夫正要发火，妻子却一脸和气地说："亲爱的，你现在就到厨房去学习一下烹饪技术，好吗？假如我突然得了心脏病，你不但能做好晚饭，放好餐具，而且饭后还能刷锅洗碗，那样大家才不会被饿死呢！"

（王贵明）

开饭哨音

这天，某建筑工地的负责人显得很不开心，他皱着眉头，问不久前到工地探亲的老婆："是你在唱歌吗？"

老婆答道："是的，怎么啦？"

"你唱高音时，请别拖得太长，工人们从脚手架上下来两次了，他们都以为那是开饭的哨音呢！"

（俞元浩）

强烈反映

张山的女儿小学即将毕业，文化课门门都好，可就是体育太差，张山要女儿早晨起来在小区里练习跑步。

刚跑了两天，女儿就不干了。原来他们小区养狗的人家太多，早晨都放出来遛遛，每当张山的女儿跑步经过，就有数条狗追她，吓得她"哇哇"直哭。没办法，张山只好亲自陪练，还拿了根棍子在她后面帮她撵狗。实践下来，效果不错，张山心里还挺得意的。

一星期后，居委会干部找上门来了，问道："是张山同志吗？""什么事？""据小区群众强烈反映，说你虐待女儿！""我虐待女儿？""是的，群众说你拿棍子押着女儿跑步，而且不止一天了！"

（怡　青）

此法绝妙

有个顾客逛玩具店，发现两个木头鹿特别可爱。不过，令他不解的是，它们造型、颜色完全一模一样，可一个标价35元，另一个标价54元。他拿在手中，左看右看，实在看不出两者有什么差别，便掏钱买下了35元的那一个。

等顾客付完账走出玩具店，女店员轻声对同事说："这个方法绝对好，从不失效。"说完又拿出一个木头鹿放在柜台上，贴上35元的标签。

（张永章）

（本栏目欢迎来稿。来稿可从邮局寄发，也可从网上传递。如为电子邮件，请发以下信箱：xiayiming@vip.sohu.net）

外国悬念故事

该书汇集的是《故事会》"外国文学故事鉴赏"专栏中的35则精品，其中包括美、英、法、意、俄、日等国的当代有影响的作家的作品，尤以美、日居多，按内容分为"机智过人、如此情爱、自食其果、历尽惊险、光怪陆离、荒唐滑稽"等六类。

历险故事

36则历险故事场面刺激，气氛紧张，情节惊心动魄，人物性格鲜明，叙述过程常常给人以身临其境的感觉。作品通过对主人公聪明才智的展示和坚韧不拔精神的刻划，形象地展现了历险故事特有的魅力。

荒诞故事

50余则故事用啼笑皆非的荒诞手法来鞭挞生活中的假恶丑，用荒诞不经的人物形象来呼唤人世间的真善美，在荒诞的外衣下，包藏着极为深刻的社会内容，长久以来一直活跃在人们中间，口耳相传，历久不衰。

诙谐故事

本书汇集外国诙谐故事精品100则，按内容分为"莫名其妙、洋相百出、针锋相对、随机应变、难言之隐、弄巧成拙、井底之蛙、强词夺理"等八大类，每大类前均有短小幽默引言，从不同角度折射社会面貌。

许打我儿子

□月　寒

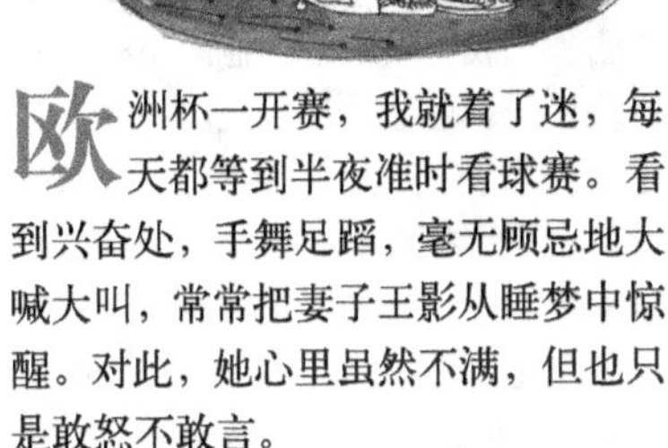

欧洲杯一开赛，我就着了迷，每天都等到半夜准时看球赛。看到兴奋处，手舞足蹈，毫无顾忌地大喊大叫，常常把妻子王影从睡梦中惊醒。对此，她心里虽然不满，但也只是敢怒不敢言。

这是有原因的。王影和丈夫离婚后，梅开二度，嫁给了我这个地地道道的大小伙子。离婚的时候，她七岁的儿子小光判给了前夫。可她的前夫是个赌徒，一上赌桌便几天几夜不回家，常常把小光一个人扔在家里没吃没喝的。结婚后，王影就哀求我，要把小光接到身边抚养，说儿子遭罪她也寝食难安。当时，我就有一种被愚弄的感觉，心里不太痛快。可看见王影整天擦眼抹泪的，我又觉得怪可怜的，一咬牙，只好由着她去了。

说心里话，我顶不喜欢小光这个孩子了。他长得跟他的赌鬼父亲像是一个模子刻的，畏首畏尾，唯唯诺诺的，很少在我面前说话。我也懒得搭理他，从不给他笑脸，不顺心的时候看着他就更是来气。

王影自觉理亏，在我面前就自然而然觉得矮一截。她小心翼翼侍候着我，有时竟逆来顺受地迁就着我。

一连熬了七天，我终于挺不住了。可又不想错过每一场比赛，于是就告诉王影，让她半夜准时叫我起来看球。

然而，头一挨着枕头，我就鼾声如雷。一觉醒来，天都快亮了。我立时火了，一把揪起身边正熟睡的王影

就是一个耳光，对她破口大骂："没用的娘们，连个时间你都看不准……"这耳光也把王影打火了，她第一次和我大吵一架，后来又哭了整整一天。

我跟她赌气，一整天我都没搭理他们娘俩。晚上喝了点酒，醉醺醺地回到家，临睡前，我把柜子上的闹钟拿进了卧室，想定好时间让闹铃叫我起来。可没想到那闹钟却不听我摆弄，我刚上完弦它就开始响铃，怎么摆弄也不好使，气得我把它往床头一扔，冲着外屋的小光大声怒斥道："小光，闹钟一定是你弄坏的，以后我家里的东西你不要随便动好不好……"我骂了一阵子，便睡着了。

半夜，一阵闹铃声把我惊醒，睁眼一看，小闹钟在床头"滴铃铃"直叫，正是看球的时间。呵，原来它好使，我一骨碌爬了起来，心里别提有多得意了。

天天有闹钟叫我，我每一场球赛都不落，看得这个过瘾呀。

这天晚上我吃了几块西瓜，竟闹开了肚子，半夜醒来，想上卫生间方便，刚想起身，就听见房门"吱呀"一声被轻轻推开了，借着月光，见是小光蹑手蹑脚地走了进来。我心里纳闷，便躺着没动，想看看这小子要干什么。

小光悄悄地走到床边，伸手拿过我床头的闹钟，开始上弦。上好后又把闹钟轻轻地放回原处，快速闪身退了出去，紧接着就是铃声大作。

我心里一热，顿时明白了，原来天天叫我起来看球的是这个孩子，小小的年纪竟如此有心，真是难为他了。我鼻子有点发酸，起身来到小光的房间，扭亮灯，见小光正瞪着眼睛惶恐地看着我。

"小光，这些日子都是你在叫我？"

小光点了点头，用很低的声音说"妈妈睡不好觉头就会晕，我不想让你生气，再和妈妈吵架。"我突然有一种想抱抱他的冲动。伸手一抓他的肩头，小光脸抽搐了一下，咧了咧嘴，"啊"的叫了一声，下意识地一捂自己的胳膊。我一眼就瞅见他的胳膊上有一块淤青，好像是被人掐的，我忙抓住他的胳膊问道："小光，谁欺负你了，这是谁打你的？"小光冲我苦笑了一下，没有吱声。这时王影被我们吵醒也走了过来，见我问小光，她有些不解，但没好气地说："我打的，这个孩子越来越难管了，学校老师今天找了我，说他上课总是睡觉，不注意听课……"

王影的话还没说完，我的眼泪就再也止不住了，我一把将小光搂在怀里，哭着对王影吼道："以后不许你打我儿子！"

（本篇月月评短信代码：2201）

（**题图**：安玉民）

纽扣不是问题

□吴　为

喝完同事的喜酒，天已经暗了，小杨挤上公交车打道回府，上了车，人刚站稳，低头一看，心里不禁“咯噔”一下，他发现新买的西装上有颗纽扣不见了。明天有一个重要活动要参加，而他就只有这一套在上海买的西装，小杨很懊恼，车一到站就下去配纽扣。

小杨先来到附近的东风商店，指着西装上的纽扣问营业员：“请问有没有这种纽扣？”

营业员看了看，说“应该有吧。”说完她就弯下腰，眼光从一盒一盒纽扣扫过来，扫过去，她先后拿出了几种，小杨一对照，不是形状不同，就是颜色不对。接下来小杨去了西雨商店，营业员很忙，要小杨自己看，小杨只好把头埋在玻璃柜上，眼睛都贴在玻璃上了，一样一样反复地看，最后也没找到能够配套的纽扣。

这时，手机响了，是老婆打来的，她催问小杨怎么还不回家，小杨说：“手头有事，正忙着呢，一会儿就回来。”就匆匆关了手机。站在商店门口，小杨认真地想了又想，觉得南阳商业楼比较大，去那里绝对能找到这种纽扣。小杨等了好久，公共汽车才过来，可那里的纽扣品种尽管齐全，却也没发现能完全配得上的。小杨站在柜台前不停地嘟哝着，他想不到配一颗纽扣竟这么麻烦!

营业员见小杨急成了这样，就给小杨指点道：“去北光大厦吧，那里的纽扣品种尽管没我们这里全，但进货渠道和我们这里不一样，我们进的是

广东货，他们都是从浙江进货，说不定那里就有你需要的这种纽扣呢！”

小杨谢过营业员，掏出手机看了一下时间，已经八点半了，再过半个小时人家就要关门了，而北光大厦在城市的另一头，坐公共汽车绝对来不及了，只好打的往那里赶。十五分钟后，小杨在大厦门前跳下车，气喘吁吁地跑上了二楼，对正在收拾东西准备下班的营业员说：“这种纽扣，你们这里应该有吧？”

营业员停下手来，瞅了瞅小杨衣上的纽扣，然后走过去拿出一种纽扣，放到一起对照着看，摇摇头说：“这种都对不上，那我们这里没有了。你去别的地方找吧。”

小杨这下急了，央求说“麻烦你再看看好不好？”营业员显得有点儿不耐烦，就说“你这同志怎么不相信人？我说没有你要的就没有你要的。”小杨心里有些急，指责道“你怎么态度这么恶劣，难道忘了顾客是上帝吗？”营业员也不客气，说：“我已经回答你了，没有就是没有，再找一百遍也是没有，你不满意我的服务态度，就去经理那里告状呀！”

不等小杨去找经理，经理自己过来了，他正在前面柜台巡查，听到这边发生了争吵，就跑过来了，一问是这么回事，忙对小杨说“她是我们这里的服务明星呢，不信我跟你打个赌，如果你找到了你需要的这种纽扣，我给你一千元。”

小杨很不好意思，正要道歉，手机又响了，一看又是老婆打来的，小杨没好气地吼道：“我的西装纽扣掉了一颗，整个城市都找遍了，都没找到同样的，我都快急死了，你就别烦我了好不好？”

老婆在那头笑了，说“一颗纽扣就把你急成这样，亏你还是男子汉呢！你为什么非找一颗同样的来配呢，全部换成另外一种不就得了？”

一句话让小杨豁然开朗，他暗暗叫了声“惭愧”，就将手机关了，然后对营业员说“刚才我态度不好，向你表示道歉。现在能不能按照扣眼的大小，给我另外选一种。”

营业员一下端出了好几种，说：“这些都扣得起，先生你喜欢什么就自己选什么吧。”小杨发现这几种纽扣都是那样的漂亮，每一种都跟衣服配得起来，因此小杨不用选，闭着眼睛在一盒里抓了几颗，付了钱，吹着口哨走了。

哲学先生评曰：本故事虽然讲“纽扣不是问题”，但实际上说的却是一个大道理，即解决问题需要讲究科学的“方法论”，不能思维僵化，一条胡同走到底，否则，只会碰得头破血流。

（本篇月月评短信代码：2202）

（**题图**：安玉民）

漂亮的脸蛋（文：张永进；图：枫 叶）

1. 小玲给妈妈打电话：“妈，你过来接我一下，你让我带回的这只箱子太重了！”

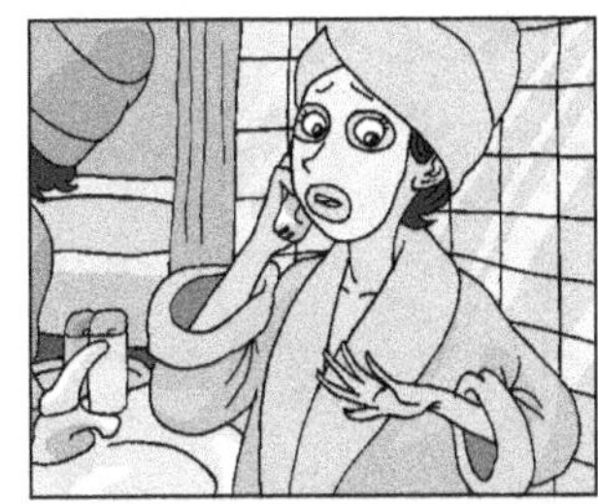

2. 妈妈说：“不用急，凭你那么漂亮的脸蛋，还愁没有为你拎箱子的男人？”

3. 半小时后，小玲回家了，妈妈说：“我说得没错吧，是不是有男人主动要求为你拎箱子？”

4. “有啊，好多呢，”小玲气呼呼地说，“拎一次十块钱，还要让我亲他一下！”

· 本刊信息传真 ·

《青春读本》：再次面向全社会征稿

《青春读本——感动中学生的100个故事》第一、第二辑出版后，在社会上引起了巨大的反响，被读者誉为“一本能真正打动中学生心灵的好书”，“一本能让中学生懂得许多道理的书面教材”。

根据读者的要求，编辑部决定继续编辑《青春读本——感动中学生的100个故事》第三辑。为此，再次面向全社会广泛征稿，希望广大读者，特别是中学生们将你们在各类报纸、杂志、网络上读到的最感人的作品推荐给我们。

推荐稿要求：1. 立意：清新隽永，富含真情至理，读之令人经久难忘；2. 内容：以叙事为主，一篇作品中要有一个感人的故事情节或细节；3. 字数：一般在2500字左右。

推荐稿请务必注明原作者、发表日期和出版单位以及推荐者的真实姓名、联系方式。所荐作品一旦入选，每篇即付推荐费50元。推荐稿请寄：上海市绍兴路74号《故事会》编辑部(邮编：200020)，并在信封上注明“青春读本”。网上来稿请发以下信箱：gigimoon@vip.sohu.net。征稿截止日期为2004年12月31日。推荐稿一律不退，请自留底稿。

爱的针法

一次，在一位朋友家小坐，发现他给父母打电话的时候拨了两遍号码。第一遍拨过之后，铃响三声就挂断，再拨第二遍，然后通话。

“第一遍占线吗？”我不经意地问道。

“没有。”

“是没想好说什么？”

“不是。”

“那干吗拨两遍？”

他笑了笑“你不知道，我爸爸妈妈都是接电话非常急的人，只要听见铃响，就会跑着去接。有一次，妈妈为接电话还让桌腿把小脚趾绊了一下，肿了很长时间。从那时起，我就和二老约定，接电话不准跑。我先拨一遍，给他们足够的时间。”

我的眼睛忽然觉得十分湿润。父母之爱总是细致入微，有如孩子衣衫上细密的针脚。子女对父母的爱难道不也应一样？

多拨一遍电话号码，不过是一件细微小事，可正是这样一行行细密的针脚，才能为父母织出舒适的衣衫。

（**作者**：乔　叶；**推荐者**：王琳鑫）

（**插图**：箭　中）

雕刻老鼠

有一个远方的国家，有两个非常杰出的木匠，他们的手艺都很好，难以分出高下。

有一天，国王忽然心血来潮“到底哪一个才是最好的木匠呢？不如我来办一次比赛，然后封胜者为‘全国第一的木匠’。”

于是，国王把两位木匠找来，为他们举办了一次比赛，限时三天，看谁刻的老鼠最逼真，谁就是全国第一的木匠；不但可以得到许多奖品，还可以得到册封。

在那三天里，两个木匠都不眠不休地工作，到第三天，他们把已雕好的老鼠献给国王，国王把大臣全部找来，一起做本次比赛的评审。

第一位木匠刻的老鼠栩栩如生、纤毫毕现，甚至连鼠须也会抽动。

第二位木匠的老鼠则只有老鼠的神态，却没有老鼠的形貌，远看勉强是一只老鼠，近看则只有三分像。

胜负即分，国王和大臣一致认为第一个木匠获胜。

但第二位木匠当廷抗议，他说："大王的评审不公平。""为什么？"

木匠说："要决定一只老鼠是不是像老鼠，应该由猫来决定，猫看老鼠的眼光比人还锐利呀！"国王想想也有道理，就叫人到后宫带几只猫来，让猫决定哪一只老鼠比较逼真。

没有想到，猫一放出来，都不约而同扑向那只看起来并不像老鼠的"老鼠"，啃咬、抢夺，而那只栩栩如生的老鼠却完完全全被冷落了。

事实摆在面前，国王只好把"全国第一"的称号给了第二个木匠。

事后，国王把第二个木匠找来，问他："你是用什么方法让猫也以为你刻的是老鼠呢？"木匠说："大王，其实很简单，我只不过是用鱼骨刻了只老鼠罢了！猫在乎的根本不是像与不像，而是腥味呀！"

人生的竞赛往往是这样，获胜者往往不是技巧最好的，而是最接近理性的，因此只有靠逻辑做事才能更符合自然规律，才能更容易成功。

（**作者**：林清玄；**推荐者**：文　君）

粽子人生

童年时的一个端午节，在母亲包粽子的时候，我说我也来帮忙，可惜我做的粽子形状委琐，自觉丧气，所以突发奇想，何不给粽子作一下改良呢？

"母亲，这粽子怎么都要有角，不能做个圆粽子吗？"父亲听了，在边上大笑起来。母亲却说："圆粽子倒是不曾听说，不过你可以做一个。"

我欢呼起来。取过箬叶，设计了一番，终于做成了一个圆粽子，规则倒是不甚规则，但总算是少了棱角。

待我从外头回来，母亲早早就把粽子烧好。我挑出了我自做的大圆粽，扯去线。酱黄色的圆粽，一股香味冲入鼻端，引得肚子直"嘀咕"。然而我又不知该如何下口，一咬势必黏得满嘴都是。如是以前，先吃一角，再吃另一角，尽可慢慢吃下去。父亲在一旁看见了，沉思着道："原来如此。"

我问什么如此。父亲当时不说，也许说了，但我没有听明白。

等到我步入社会，在社会中饱尝生活的无奈，才明了做人或许就犹如这粽子。有的人圆滑如鱼，一触即走，自身固然圆满无缺，但于人无益。有的人有棱有角，模样不怎么样，也常常触碰他人，却常常能与人方便。

（**推荐者**：姜文华）

我的故事

《故事会》自1995年开辟“我的故事”栏目以来，日益受到广大读者的认可和欢迎，如今成为保留栏目。它的特点是“真情流露”，作品多是作者的亲历或见闻，并以第一人称叙述故事。本书汇集了该栏目的41则作品，读来备感自然亲切。

外国幽默故事

此书选取了《故事会》“幽默世界”中的近百则外国幽默故事，并按内容分为“奇闻趣事、巧言妙计、戏谑嘲笑、鞭挞讽刺、荒诞不经、意味深长”等六类。

武侠故事

39则武侠故事，形象地描述了侠义之士扶弱抑强、除暴安良、布善施德、匡扶正义的豪情生活，作品情节设计跌宕起伏，人物形象栩栩如生，每一则故事都是一首武林豪杰的正气歌!

男子汉故事

本书共收10则中篇故事，刻画了一群性格各异的青年男子，作品情节性强，极富文学色彩，不仅显示了男性的健壮刚强美，更突出他们面对权势、金钱、爱情以及生与死所表现出来的气质、智慧和英勇。

·中国新传说·

砸碑

□黄　胜

有个叫刘义的贪官，在监狱里关了十几年，今天终于出来了。

按理说，出来好呀，俗话说，宁活世上七日，不活牢狱一年，然而，刘义出来后，却感到还不如呆在“大墙”里面，为什么？因为外面没人理他，不说一些当年所谓的朋友、兄弟们，一个个都躲得远远的，就连老婆孩子也不认他，改嫁的改嫁，断绝关系的断绝关系，刘义成了地地道道的孤家寡人了。

刘义心想：城里是呆不下去了，还是回老家吧，母不嫌儿丑，乡亲们一定不会嫌弃自己的！于是，就收拾收拾行李，回到了老家。

他的老家在鲁北山区，名字叫刘村。刘义下车后，站在村头的水泥路上，不由得百感交集：他上一次回乡，为的就是参加脚下这条柏油大道的建成立碑仪式，身边前呼后拥，那是何等的风光啊！

这条大街是他以扶贫的名义捐钱修的，花的当然是单位的钱，乡亲们却不这样认为，把功劳都记在他的头上，建成后还在路旁立了个石碑，刻着“刘义大街”四个遒劲大字，还特地把他请回来为街碑揭幕。而如今，经过这十多年，已是物是人非，脚下的路面已经变得坑坑洼洼，破败不堪，自己更是落魄成孤魂野鬼，在外面都没有容身之地，不得已才投奔老家。想到此，不由大觉凄凉。

刘义抬眼望去，街旁的石碑还在。他缓步走过去，想看看碑上的字，等走到近前，他全身忽然一震，一颗心渐渐沉了下去，只见四个字已换了两个，变成了：贪官大街。顿时，“贪官”这两个字如同两把冰凉锋利的刀

子，狠狠地刺进了他的心脏。刘义站在大街上，全身泛起阵阵寒意：没想到，家乡人也是这么恨自己！他们把贪官这两个字刻在碑上，是要让自己遗臭万年呀！刘义想到以后的日子，愁上心头，有些后悔贸然返回家乡。

他正在呆呆地发愣，身边走过一个牵牛的老头，边走边侧着头好奇地打量着他。打量了一会儿，老头突然面露喜色，开口道："咦，你不是刘……刘义吗？你回来了？"刘义认出他是刘德昌，过去是村里的书记，当年就是他到省城跟自己要钱修了这条街道的，论辈分自己得叫他二伯。刘义偷偷瞄了眼石碑上的贪官两字，羞愧地低下头，说："二伯，是我，我回来了。"

"你这是……"德昌老汉看看他身边鼓鼓囊囊的行李，不解地问。

"我想回村里来住。"

德昌老汉一愣，显得很意外，随即展颜道："好啊，你这是叶落归根呀，跟过去做官一样，老了以后要解甲归田、告老还乡。其实，依我看，这就对了，金窝银窝不如咱的土窝，还是咱老家好。"刘义尴尬地笑笑，心中想说我是没办法才回来的，这话哪能说得出口？

德昌老汉说："快进家吧，你还站在这里干什么？"他看了看那块碑，明白了，淡淡地说，"都是过去的事，不要想它了。"

刘义的父母在他出事不久就双双去世了，家里的老房子还在，打扫打扫就可以住了。晚上，乡亲们听说他回来了，都跑来看他，说些欢迎的话，告诉他，要是缺什么就去家里拿，甭客气。大家都不提他过去的事儿，倒是刘义自己忍不住了，红着脸说："我对不起大家，丢了刘村的人了。"

德昌老汉叹口气，说："这事儿以后不许提了。说实话，当时听说这个事儿后，大家伙都抬不起头来，心里也恨你，要知道，你可是咱们刘村的骄傲，是全村老少爷们的精神支柱呀。那时候，咱出门在外，只要一说刘村的，哪个不羡慕、不尊敬？可是这根支柱塌了，大家伙就成了人家嘲笑的对象了，人家动不动就说：刘村别的不出，就出贪官！还把你修的那条街，叫成是贪官大街。"

刘义不由痛哭流涕，对着几位年长的村人"扑通"就跪下去："我有罪，是刘村的罪人，愧对你们啊。"德昌老汉把他扶起来，接着说："后来大伙一商议，干脆就把街名改成了贪官大街，为的是警戒咱刘村的人，以你为鉴，莫做贪官。有了这面'镜子'，这些年来，从咱们刘村出去的人，个个都清清白白，对得起先人祖宗。"刘义喃喃地说："贪官大街，这名字改得好，改得好！"

就这样，刘义在老家住了下来。

刘义当官之前在省医院做过大夫，在老家安下身子后，他就重操旧业，开了个小诊所。以他的医术，为乡亲们解决些头疼脑热的小病，自是药到病除，连有些乡里甚至县里医院都治不好的疑难杂症，他也经常能妙手回春。为了赎罪，洗刷往日自己带给乡亲们的耻辱，他为乡亲们治病仅收一点点工本费，自己能够糊口就行了。两三年下来，经他的手治愈的病人不计其数，他的名声也越来越大，十里八乡的人们都知道昔日的贪官成了救死扶伤的神医。现在，刘义到乡里去赶集，大老远就有人迎过来，恭恭敬敬地喊他刘大夫，不再有人对他指指点点，说这就是刘村那个大贪官了。

这一天，刘义正在家里配药，听到村口锣鼓家什响翻天，心想："肯定又有人来送锦旗了。"由于他收费低廉，许多病人就把送锦旗当成表达感激的方式。如今，家里的锦旗多得都搁不下了。然而锣鼓家什响了半天，却也不见有人过来。过了一会儿，锣鼓声停了，突然传来了激烈的吵闹声。

刘义正在胡乱猜测出了什么事儿，"咚咚咚"一个毛头小子慌里慌张地跑来，大老远就喊："叔，快到村口去，德昌爷爷叫你。"刘义问："啥事？""不好了，外村的人欺负上门来了，要砸咱村的街碑。你快去看看吧。"

刘义一慌，赶忙放下手中的活儿赶到了村口。

村口，德昌老汉正领着人与一帮人对峙着，双方剑拔弩张，对方手里拿着炮锤、镐头，来势汹汹。再看那块街碑，已经被砸去了一只角儿。这帮人看见刘义来了，欢呼一声，纷纷迎上来，招呼道："刘大夫，您来了？"

刘义认出为首的这人是自己不久前治好的一个病人，松了口气，就问："你们干吗要砸碑？"

这人指着石碑上的字，气愤地说："刘大夫，我们是实在看不下去了，你们村的人也太欺负人了，干吗到现在还竖着这么一块碑来臭你？"

刘义一怔，心中升起一股暖意，

眼中就觉热乎乎的，忙说“没有的事儿，没人来臭我，你们误会了。”

这人说“刘大夫你别管了，我们大伙已经商议好了，说啥也不能再让他们糟蹋你了，这块街碑今天非砸了不可。你看，新碑我们都准备好了。”说着，他一挥手，就有人抬过一块石碑，在旧街碑旁边一放，就把上面盖着的红绸子揭开了，露出四个大字——刘义大街。看到上面的字，刘义忍不住了，眼泪夺眶而出。

德昌老汉见状，眉毛胡子喜得直抖，一拍大腿，道：“哎呀，大水冲了龙王庙，你们是来换碑呀，咋不早说？其实，我们也早想换了。谢谢你们了。来，让我老头子亲自来把旧碑砸碎。”有人就把铁锤递给他，德昌老汉攥着铁锤来到刘义身旁，一竖大拇指，说：“刘义，你是好样的，你看，现在没人记得你是贪官了，你给刘村的老少爷们争脸了！”

刘义心潮激荡，说：“二伯，你能不能把铁锤交给我，让我来砸？”“行。”德昌老汉高兴地把铁锤交到他的手里。刘义攥着铁锤，一步步走到近前。这时候，鼓乐喧天，锣鼓家什重新响了起来。掌声中，刘义高高举起了铁锤，手起锤落，石碑顿时碎了。

锣鼓家什戛然而止，大伙面面相觑，都愣了。

原来刘义砸的并不是那块旧街碑，而是新做的这块。

德昌老汉着急地喊道：“刘义，你这是干什么？”刘义放下铁锤，哽咽道：“我知道大家能原谅我就知足了。这块街碑不能换，留下这一面镜子时刻提醒我们走正道，这比给我竖起10块功德碑要好得多。”

于是，这块断了一只角的街碑就一直在刘村的村口立着……

又过了半年，这天，德昌老汉急匆匆地来找刘义，商量说：“这次街碑恐怕不换不行了，因为有人出钱要重新铺这条街道，不过，人家的条件就是要用她起的新街名，你说咱答不答应？”

刘义一听，喜道：“好事呀，赶快答应，这条街早该修了。”

很快，一条崭新、平坦的大街建成了，立碑这一天，刘村的人们跟过年似的，喜洋洋地聚集在村口。震耳欲聋的鞭炮声中，当大红绸子从碑上徐徐落下，刘义呆住了，只见碑上的四个大字清清楚楚——刘义大街！

这时候，人群突然静下来，乡亲们簇拥着一个姑娘来到他面前，德昌老汉大声介绍说：“刘义，就是她出钱为我们修的街道。”

那姑娘冲着刘义深深地鞠了一躬，喊道：“爸爸。”

刘义突然间就泪流满面。

（本篇月月评短信代码：2203）

（**题图、插图**：安玉民）

□段海斌

歌星阿毛是个大忙人，经常是一天之内要赶好几个场。

这一天，阿毛正在一个小城市演出，刚等他唱完走下舞台，助手兼司机阿威就急忙把手机递给了他，说："毛先生，省演出公司的刘经理刚才都打了好几个电话了，叫我们千万别误了晚上的演出。"原来阿毛已经跟刘经理签好了协议，要在晚上七点赶到一百公里之外的省城，参加另外一场演出。

阿毛抬腕看了看手表，离七点只差一个小时了，阿毛边上车边给刘经理回了个电话，告诉刘经理尽管放心，自己一定会准时赶到，保证误不了场。阿毛之所以这样自信，是因为阿威可不是一般的司机，人家是省赛车队刚刚退役的主力队员呢，开起车来那才叫快。

虽说如此，阿毛也不敢掉以轻心，一分钟也没敢耽搁，立即驱车赶往省城。一路上，阿威的车速都开到了180迈，就像飞起来似的。

马上就要到省城的入口处了，阿毛突然看见路边停着一辆警车，一个满脸络腮胡的警察正挥手示意阿毛停

车。阿毛心里一惊，坏事，刚才车速太快了，这要让警察逮住，罚款事小，耽误了省城那一台晚会的演出事大啊!

想到这儿，阿毛扭过头来命令阿威道:“冲过去，绝对不能停，万一耽误，就来不及了。”

阿威笑了笑，说:“您就瞧好吧!”说着，油门一轰，车“嗖”的一声窜出好远。

这下可捅了马蜂窝，警察一看阿毛不停车，连忙启动警车在后面追赶。阿毛他们在前面跑，警察在后面追，两辆车在公路上展开了竞赛。

阿毛依仗着自己的车好，一直把警车甩在后面，但那辆警车却飙上劲儿，在后面穷追不舍，一边追着，还一边“嘟嘟嘟”地叫个不停。阿威有些害怕了:“咱把车停下来吧，看样子，那警察是不追上我们誓不罢休了!”阿毛一瞪眼说:“你现在还敢停车？你没看见他那拼劲儿，一看就知道这个警察脾气不小，让他抓住肯定麻烦不小。快开，千万别让他追上，等到省城再找人摆平吧!”说着，阿毛拿起手机想给刘经理打电话，叫他派人跟警察说情，可手机却不知咋的一点信号也没有。

正在这时，阿毛的车正路过一个岔路口，阿毛忽然灵机一动，不容置疑地命令阿威说:“赶快下公路!走土路，咱们的车好，甩掉它!”阿威连忙一拐弯，下了公路，一颠一颠地在坑坑洼洼的乡村土路跑了起来。警车也不示弱，跟着也下了公路，继续追了过来。

阿威开着车顺着乡村小道一会儿走村庄，一会儿串集镇，也不知道走了多久，扭头再瞧，不禁笑了，嘿嘿，到底是自己的车好，那警车早不知道被甩到哪里了。

可还没等他们高兴多久呢，两人就傻了眼，为啥？迷路了呗!这荒郊野外的又人生地不熟的，该往哪走才能到省城啊？两人无奈，只好边走边问，这就耽误了不少时间。等到好不容易摸到省城剧场，上场时间已超过一刻钟了。

刘经理脸色铁青，一见面就捋起袖子指着手表埋怨起来:“完了，完了，你们怎么到现在才来？观众在下面闹翻了天，告诉你，你这场演出砸了的话，不但一分钱得不到，还得赔偿我们的违约金!”

阿毛一边往里走，一边道歉“对不起，对不起，不认识路，耽误了点时间。”

“啥？”刘经理听了这话，却不禁诧异起来:“就怕你们不认识路，我专门向上级请示派了辆警车，记下你们的车牌号到入口处去接，难……难道你们没……没碰到……”

(本篇月月评短信代码：2204)

(题图：安玉民)

□胡秀欣

老板失踪

这几天，房地产公司老板潘大庆心里格外高兴，他刚被市里评为优秀私营企业家，并被树为省文明标兵，今天又接到省报社的电话，说要派一个记者来采访他。放下电话，他便召集手下的一帮部门主管，找了一家不错的酒楼，以示庆贺！

酒桌上，他被众人捧得晕乎乎的，一高兴，就放开了酒量，推杯换盏，吞云吐雾，一直闹到晚上十点多酒宴才结束。

一出酒店，司机小郑将车开到了他跟前，打开车门请他上车。潘大庆一摆手，指了指几个女职员，打着饱嗝说道:“你把她们送回家，我自己回去。”这哪里行？大家都坚持说应先送他回家。潘大庆有点不耐烦了，把手挥了挥说:“别啰嗦了，该往哪去的往哪去！”说完，头也不回自顾自走了。走了一段路，回头瞅了瞅，见没有熟人跟上来，他得意地笑了，一扭身，拐上了一条离家方向相反的小道……

潘大庆要去的是一个叫阿娇的女人家里。这是半年前他包养的“二奶”，这个小女人，长得别提有多媚了。一想到老婆的告诫，他不由地偷偷一乐:“这叫风流人常有，不露是高手！”谁能想到外表相当正派的他也有不可告人的事，这叫能耐！

走了一会儿，潘大庆觉得头有点晕，看来这酒有点后劲，好在已到了阿娇家楼下。阿娇住四楼，抬头看，窗口还亮着灯，知道阿娇正在等自己，

他立刻兴奋起来，几步上得楼来，便开始敲门："娇娇，是我呀，开门!"叫了几声，里面没有动静，潘大庆明白了，还得按老规矩办。

什么老规矩？就是只要潘大庆按约定的时间来晚了，就得从门缝往里塞钱，至于塞多少根据他迟到的时间来定。潘大庆摸了摸衣袋，今晚埋单后兜里还有一千多块，怎么说也够用了。

他抽出一张百元钞票，顺着门缝"噌噌"就塞了进去。一看没有动静，他又接着往里塞。塞着塞着他就喊道"娇娇，都二百五了，你还不开门？好好好，我再加点。"他只好继续往里塞钱。不一会，五百元钱进去了，娇娇还是不开门，潘大庆有点沉不住气了，借着酒劲声音提高了一倍在门外叫道："娇娇，往常这个时间来三百就够了，今天都五百了你怎么还不够呀!"屋里仍然是没有反应。

"妈的，这小娘们胃口越来越大了，一会看我怎么收拾你!"他骂骂咧咧地把剩下的五百元钱一股脑地都塞了进去。

"一千块了，总该够了吧!"他觉得自己要站不住了，扑在门边连敲带喊……

这时，门"砰"的一声开了，潘大庆醉眼蒙胧地就冲了进去。还没等他站稳，脑袋上就挨了一拳，打得他就地转了三个圈，一头栽倒在沙发上。定睛一看，眼前站着一个男子，正对他怒目而视。潘大庆顿时来了火，好你个阿娇，怪不得你不开门，原来是背着我偷养小白脸。想到这，他忽地站了起来，照着那个男子就回敬了一拳。这一出手，两个人就缠在一起了，在房间里厮打起来……

两人正打得不可开交，楼下脚步声响，几个"110"巡警冲进了屋里。一见警察，潘大庆的酒顿时就醒了一大半。仔细一看，不由地暗叫糟糕，眼前的女人根本不是阿娇，再看房间的摆设，也不是阿娇住的房屋，难道是自己走错了房间？他顿时冷汗直冒。

的确是潘大庆敲错了门，他错走了一个单元。可巧的是这家的女主人名叫王娇，是一家酒楼的领班。男的叫刘涛，是省报的驻地记者。此时两口子正在家闹矛盾呢！原因是刘涛到外地去采访一个多月才回来，风言风语地听到王娇外面有人，他质问王娇，可王娇怎么也不承认，两口子正为此事吵架的时候，潘大庆来了，他连塞钱带叫门，刘涛认定了他就是王娇的情人。潘大庆的突然出现，把王娇给闹愣了，她根本不认识这个人，怕打出个好歹，于是报了警。

事已至此，潘大庆心想，千万不能让警察等人知道他是谁。传出去他这个老总的脸往哪搁？于是他满脸歉意地说自己喝多了酒，回家走错门了。可刘涛坚决不信，说他这是找借

老婆的账本（结尾部分）

（11月号上半月刊中说到，阿毛老婆买了件打六折的大衣，为了验证价格，阿毛陪老婆又来到了商店。）

还别说，商场里果然挂着老婆买的那款大衣。服务员见了他们，热情地迎上来，说："现在换季促销，这件大衣打三折，机会难得……"

阿毛还没作声，老婆却吃不住劲了，厉声质问那个服务员："为什么前几天打六折，现在又卖三折？你们是怎么做生意的！"服务员满脸堆笑地说："前一阵子，这款大衣是打六折的，可是挂了两个月，只卖出了一件。几天前老板对我们说这款大衣已经过时了，怕是等到了冬天也卖不出去，所以就决定卖三折啦。"

这件事对阿毛老婆打击太大了，她回到家，"嗷"的叫了一声，就昏迷不醒。阿毛忙前忙后，医药费花了二千八，才算把她给弄醒啦。老婆睁开眼睛，直盯盯地望着阿毛，阿毛急忙凑过去问她："老婆呀，你醒了？你想要啥？尽管说！"老婆咽了口吐沫，冲他一瞪眼："还不快去，看，看看那件大衣涨价了没有？"

所以，正确的答案是：C.那件大衣跌价了

口搪塞，走错门不能连他老婆的名字都知道，他不依不饶，非要弄个明白不可！巡警一看，夜深人静，怕影响居民休息，就决定把他们俩先带回去再解决问题。

众人推推搡搡下得楼来，还没等上警车，就见不远处出现一群人，几道手电光扫了过来。紧接着就听有人大声喊道："找到了，潘老板在这儿？"

随着喊声，呼啦啦围过了一帮人。潘大庆仔细一看，他全认得，都是和他今天一起喝酒的各部门主管，还有他的老婆秀云和司机小郑。秀云上前抱住他的胳膊高兴地说道："可找着你了，你去哪里了？急死我们了，到底发生什么事……"

原来，小郑回家后，一直担心潘大庆是否到家，于是就往他家挂了个电话，秀云一听就急了，说没回来。再打他的手机还关机，会不会是出了什么意外？他们害怕了，联系了单位人一起出来寻找。事也凑巧，他们刚找到这儿，正好遇上了。

人们你一言我一语地围着他关切地问询。巡警们面面相觑，大眼瞪小眼地互相瞅着。潘大庆此时，腿都哆嗦了，他用手胡乱地抹着头上的冷汗，嘴里却支吾着说不出话来。这时，刘涛在一旁狠狠地说："呵！原来是大名鼎鼎的潘老板，领导让我来采访你的文明事迹，我看还是先采访采访你如何勾引我老婆吧！我不管你老板不老板，我跟你没完……"

（本篇月月评短信代码：2205）

（题图：安玉民）

·中国新传说·

占便宜

□王奎山

占便宜是不少人的习惯。有人就说过：便宜谁不占？不占白不占，占了也白占，白占谁不占！这里就有个占便宜的故事。

说有天中午，快十二点的时候，有个叫刘旺的村民一手拿了一顶崭新的草帽，一手拿了一根竹竿，急匆匆地往村子西头奔去。

这大热的天，又是正晌午头，刘旺这是干啥呢？有个叫海林的细心人，注意到了刘旺的奇异举动，就悄悄地跟了上去。走到村子西头小河那里，他发现刘旺不走了，而是拿了根竹竿，竹竿头顶放着草帽，向前方挑去。这下，海林"哦"的全明白了：原来，小河岸边长了一棵棠梨树，那棠梨树也就一丈来高，还是个歪脖子。但就在那棠梨树的歪脖子那里，如今鼓起了一个水桶大的包——不是棠梨树出了毛病，而是一群蜜蜂正窝在那里，四周呢，还有无数只蜜蜂围着棠梨树飞来飞去。很显然，这是一伙炸了群的蜜蜂。刘旺拿着竹竿往蜂群的中间轻轻移动，试图收拢那群蜜蜂。

海林一看觉着便宜来了，心中暗喜，立即跑回家也拿了一顶草帽、一根竹竿，也用竹竿挑起草帽往歪脖棠梨树的脖子那里伸去。

刘旺见半路杀出了程咬金，扭头

一看，是海林，心里虽然十二个不乐意，可拿他也没办法。不过，他看到海林用竹竿高高挑起的那顶旧草帽，不由捂着嘴偷偷乐了，旧草帽上有人的脑油味儿，蜜蜂是什么小生灵啊，专和花粉、花蜜打交道，你用一顶有脑油味儿的旧草帽去收它，它会理你？不过，这个窍门不能告诉他。

还有一层，刘旺也没有告诉海林，他不仅用的是一顶新草帽，而且那新草帽还是在糖水中浸过的。蜜蜂喜欢糖，新草帽又在糖水里浸过，不愁蜜蜂不往草帽上停落……

过了一刻，海林似乎也看出了一点眉目，就放下草帽、竹竿，站到一个大土堆上，大声吆喝着他的儿子过来，给他送一顶新草帽。海林的家就在附近，他嗓门又大，儿子马上就有回声了。

刘旺见海林大声嚷嚷，心里本来就不满，这下终于忍不住了，瞪了海林一眼，吼道:“你咋呼个什么？难道想让全世界的人都知道吗？”

海林见自己收效甚微，心中也憋了一肚子气，现在又受到刘旺这一顿训斥，哪里肯示弱，就顶了刘旺一句:“怎么，是你家的蜜蜂吗？老子就是要让满世界的人都知道，有饭大家吃，有便宜大家占，谁也别想着自个儿独吞。”

“好好，你能，你能。”刘旺不再和海林纠缠，只一心一意地收蜜蜂。

却说海林的儿子一边往这里跑，一边大叫：“爸呀，咱家里没有新草帽咋办呀？”

海林和他的儿子这一吆喝不当紧，许多人都跑过来了。这些人也都和海林一样，跑过来一看，立马回家拿了草帽、竹竿过来，加入收蜜蜂的行列当中。有的人家里没有草帽就用斗笠，有的人家里没有竹竿，就用木棍。总之，八仙过海，各显神通。一时间，棠梨树的歪脖子那里，聚集了五六只草帽和斗笠……

哪个人和钱也没有仇，一笼蜜蜂值二三百块呢。况且，炸了群的蜜蜂是无主的，无主的东西谁都有份儿，就看你有没有那个福气。

这时，刘旺心里那个气呀，简直如一只马上就要爆炸的火药桶，心想，好好的一件事，硬是让海林给搅黄了！

也许是越来越多的“淘金者”的到来，使那群蜜蜂感到它们的生活受到了干扰，于是，蜜蜂们仿佛得到了统一的号令似的，“哗”的一下子全都飞起来了。它们先是围着棠梨树兜圈子，后来就像一片乌云一样朝东北方向飞去。连本来已经停落在刘旺草帽上的蜜蜂也都随着大队人马飞走了。一时间，收蜜蜂的人大眼瞪小眼，谁也没有料到等待他们的竟然是这样一个结局。于是，大家只好悻悻地往回走。刘旺一边往回走，一边还骂骂咧

咧的。大家知道刘旺心里憋着一股气，谁也不敢惹他。

但是，到了当天晚上，一个爆炸性的新闻传遍了整个村子：那群飞走了的蜜蜂并没有飞远，而是神不知鬼不觉落到了海林家的屋檐下，结果，硬是让海林收到了一个用破木箱临时改成的蜂箱里。

第二天早晨，不少人都去海林家的院子里看。确确实实，海林家的樱桃树下，四块砖头支起一个蜂箱，开口处，正有一些蜜蜂在忙忙碌碌地飞进飞出，一派祥和景象。

海林刚吃过早饭，刘旺过来了。刘旺一进门，就说："海林哥，你收这笼蜜蜂，有我一份功劳。"海林满脸堆着笑："是的，是的，是你最先发现。"

刘旺说"海林哥，你说咋办吧？"海林点头如鸡啄米："我请客，我请客。"说着话，海林就将一支烟敬到了刘旺的面前。刘旺用手拨开海林递上来的香烟，说："我来，可不是图吸你一支烟的！"

海林有些吃惊，说："那你想咋的？"刘旺说："一笼蜜蜂，咋着也值个三百二百的吧？我不要多，你给我一百块，我立马走人。"海林说："咦呀，你不是大白天说梦话吧？"刘旺说"海林哥，这是你说的？"海林说："是我说的。"然后又补了一句，"总听人说做梦娶媳妇，光想好事，今儿个我是亲见了。"

刘旺也不说话，走到蜂箱跟前，一脚朝那蜂箱踹了过去！立时，蜂箱裂成两半，蜂箱里的蜜蜂"呼啦"一下飞出来了。海林浑身的热血"轰"的直冲脑门，进屋就去找东西要跟刘旺拼命。但是，当他拿着一条扁担奔出门外的时候，却一头栽到了地上。就在海林倒地的同时，成千上万的蜜蜂围上了刘旺，并且向刘旺发起了猛烈的进攻，刘旺一边朝外跑，一边发出了鬼哭狼嚎般的叫声。

刘旺和海林都住了院。刘旺是中了蜂毒，住了二十多天，花了三千多元。海林得的是脑血栓，住了半个多月，花了两千多元。

至于那群蜜蜂，则不知跑到哪里去了。

（本篇月月评短信代码：2206）

（题图：安玉民）

夺命的垄断

□杨清江

陈局长自己都不相信自己会突然爱上了打鸟。就在三个月前，因保护城区鸟类措施得力，他还受过县政府的通报表扬呢。

这到底是怎么回事？

问题出在他的一个亲戚身上。准确地说，是他老婆的一位远房舅舅最近要回国探亲了。这位舅舅很有些来头。年轻时匹马单枪到海外闯荡，数十年风风雨雨，如今已经是拥有几千万资产的大老板了。陈局长早就想把他的宝贝儿子送到那个国家读书，可惜半辈子小心谨慎，手头没有什么积蓄，根本无力应付那令人瞠目的高额费用。如果能靠上这棵大树，事情当然就好办得多了。所以，他打算在老人回国期间好好表现一下，协调协调感情。为此，他专门打了几次越洋电话，拐弯抹角地打听老人有什么爱好。最后终于得知，老人近几年不知哪里出了毛病，竟吃鸟成癖，一天三顿没有鸟就吃不下饭，夜里说梦话嘴里还离不了鸟！陈局长闻风而动，立即动用关系，偷偷托人从“黑道”上买了一枝进口双筒猎枪。

猎枪到手了，陈局长开上他的“蓝鸟”，在城区几条林阴大道上转了三天，望着树顶上五颜六色的小鸟飞起飞落，甚至食指都扣到扳机上了，却始终不敢放出去一枪。毕竟众目睽睽，人来人往，人们的环保意识普遍提高，连幼儿园小班的孩子都知道“鸟儿是人类的朋友”，如果一枪把他

的乌纱帽打掉，那就太划不来了。

眼看舅舅回国的日子越来越近，陈局长急得头上冒火，这天晚上和老婆议论起自己的为难。老婆是一家饭店的经理，听罢，指尖点着他的额头说："笨蛋，为什么不上绿林山？"又压低声音悄悄地说，"我们几家饭店、宾馆供应的'野味'，全是街面上的小混混儿从那儿打来的呢！"陈局长恍然大悟，咧开嘴巴笑了："是啊，我怎么把自己的'优势'给忘了？"

绿林山在紧傍市区的运河西面20多公里地方。山上树木繁茂，野花遍地，正是鸟儿们栖息相聚的安乐窝。到绿林山的唯一通道是一座六米多宽的桥，桥是去年才竣工交付使用的，钢骨水泥结构，相当坚固。

陈局长是交通局长，这座桥正在他的管辖范围之内。第二天早上，桥头上突然竖起了一块赫然醒目的告示牌，上写：桥面维修，禁止通行！根据陈局长的安排，桥面上还真有几个筑路工在煞有介事地平平挖挖。那些兴致勃勃开车下乡打鸟的小混混儿一见告示牌，不得不骂骂咧咧、垂头丧气地拨马而回。正当他们将要离开时，陈局长的那辆"蓝鸟"趾高气扬地开上了桥头。执勤的民警一见是主管局长前来"检查指导"，自然客客气气地敬礼放行。陈局长回头一个飞吻，几乎喊出声来：对不起诸位，我可要垄断一把喽！

山上的丛林果然是小鸟的天堂。陈局长看看周围，不禁笑出了声，暗暗佩服自己的高明，那个"禁止通行"的广告牌一竖，这绿林山就成我的天下了，根本不必担心有人看到。别说放两枪了，就是响几下迫击炮，人们还会以为是开山炸石的呢！他乐滋滋地托枪在手，连瞄也没瞄，望着树顶上放了几枪，"扑扑嗒嗒"，两个灰喜鹊就掉落地上；他高兴得脑门发亮，紧接着放了几枪，又打下来两只云雀，一只松鸦。惊呆了的鸟儿们这才知道大祸临头，就听"刷拉拉拉"一阵响，霎时东逃西散，飞得无影无踪。陈局长哪肯罢休，望着半空呈扇面又打了一排子弹；可是，除了纷纷扬扬飘落的树叶，再没有鸟儿落下来了。

陈局长不免有些着急，拔腿就往林子深处追去。他磕磕绊绊转了大半天，累得满身臭汗，终于在一个树杈上发现了两只斑鸠。陈局长举起猎枪，三点成一线，瞄得准准的放了一枪，两只斑鸠咕咕叫着，绕着树顶转了一圈儿，又落回了原处。好胆大的鸟儿，怎么不逃跑？陈局长眨眨眼睛，仔细一看，原来那树杈上面的三尺多高地方架着一个鸟窝，隐隐约约还能听到吱吱的啼叫。啊？窝里还有小鸟哇，难怪它们不愿逃跑！

陈局长心里怦怦跳着，往前挪了两步，定了定神，向树上又放几枪，一

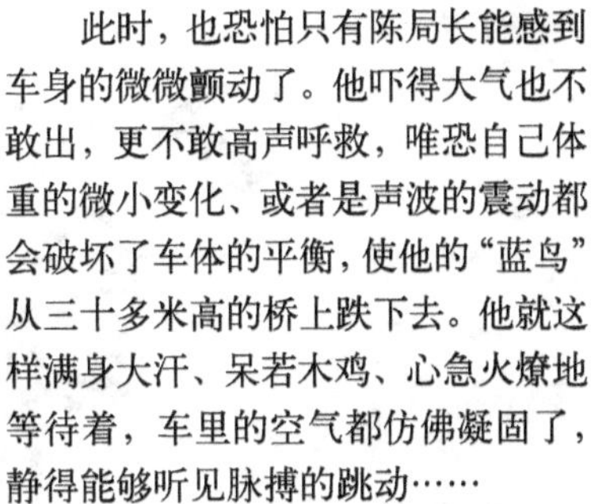

只斑鸠被打中了翅膀，悲鸣一声跌落树下，在草地上扑棱起来。陈局长呵呵笑着，一把抓起，塞进了袋子里。再看另外的一只，早没影儿了。他擦了把汗水，低头看了看手表，已经十一点多了，便非常潇洒地吹吹枪口，走出林子，开上他的蓝鸟出了山。

不大一会儿小车就驶上了桥面。陈局长心里有说不出的得意。虽然就这么几只鸟儿，但却捞了个“独一无二”。也就是说，舅舅回来以后，只有从我这里才能尝到他最爱吃的鸟儿，只有我最孝顺、最值得疼爱……明天，后天，再多打一些，一定要让舅舅吃足、吃够，吃得痛痛快快！

陈局长越想越美，不由自主地唱起了他平日最喜爱的那首《纤夫的爱》：“我俩的情，我俩的爱，在纤绳上荡悠悠，荡悠悠……”哪知一句拖腔还没到头儿，只听“哗啦”一声，陈局长觉得身子忽然“荡悠悠”了一下，脑袋“嗡”的一响，脸都吓白了，原来他的“蓝鸟”已经偏离车道，撞断了栏杆，冲出了桥面……

到底是交通局局长，关键时刻他狠狠一脚踏下，死死踩住了刹车！果然是进口高级轿车，车身冲出桥面一半，便如电影电视画面一样，来了个定格！此时的惊险只有力学家们才能解释清楚，小车横空逸出，两只轮胎悬空，好像被冻僵了似的，犹如一尊精心设计的城市雕像，绝对不亚于泰坦尼克号即将倾覆的一刹那！

此时，也恐怕只有陈局长能感到车身的微微颤动了。他吓得大气也不敢出，更不敢高声呼救，唯恐自己体重的微小变化、或者是声波的震动都会破坏了车体的平衡，使他的“蓝鸟”从三十多米高的桥上跌下去。他就这样满身大汗、呆若木鸡、心急火燎地等待着，车里的空气都仿佛凝固了，静得能够听见脉搏的跳动……

忽然，一阵沙沙的脚步声夹杂着人们的呼叫从远处传来。一定是桥头上的执勤人员发现了这里的紧急情况，赶来救援了。陈局长鼻子一酸，两行热泪夺眶而出。然而就在此时，他身后猛地“扑棱扑棱”一阵响，显然，后排座上袋子里的那只受伤的斑鸠在拼命地挣扎，而且发出了“咕咕”、“咕咕”的哀鸣。陈局长的心“嗖”地揪紧了：老天爷，你千万不要乱动啊！他真后悔，刚才在林子里没有给它补上一枪！很快，陈局长的头顶上也“咕咕”、“咕咕”，传来了那只斑鸠配偶的应答。他本能地预感到什么不妙，脑袋猛地胀大了，还没有醒过劲来，一只斑鸠从半空中飞落下来，随着它的爪子在车头上的轻轻一点，那辆“蓝鸟”失去了平衡，“轰隆”一声，一头栽进了河心……

（本篇月月评短信代码：2207）

（题图：安玉民）

·悬念故事·

小耗子

□青闰 编译

沃勒今年虽然已有十八岁，但坐火车却是大姑娘坐轿——头一回，再加上他生性害羞，所以一踏上火车，心里便充满了烦恼和不安。

他拿着火车票找到自己的座位，发现座位旁已经坐着一位小姐，看上去年龄与自己差不多。火车离开了车站，这时他才察觉到整个车厢就他们两个人，不由得紧张起来，两只手都不知道该放哪里。

真是祸不单行。就在此时，不知从哪来了一个小耗子，鬼鬼祟祟地溜了过来。他朝这只小耗子吹胡子瞪眼，可还是无济于事，不得已，他狠狠地跺了跺脚，那小耗子才“吱溜”一下不见了。就在他松了一口气的时候，那小耗子却突然一下钻进了他的衣服，他这时又是跺脚，晃身，揉捏，但都一点也不管用。当然，他可以脱下衣服，轻而易举地赶走这只小耗子，但一想到在一个小姐面前脱衣服，他就面红耳赤、心跳加速。

那位小姐正在闭目养神，好像没有注意到他的异常举动。那只耗子又向他的衣服里钻了半寸，而且变得急躁不安来回扭动。

沃勒灵机一动，将车厢内的小地毯和窗帘斜拉到车厢角，搭起一个临时“更衣室”，然后三下五除二，快速脱去衣服。就在这时，小耗子在“更衣室”里疯狂乱窜，地毯的两边同时滑开，“噗”的一声摊了开来。

“先生，怎么啦？”那个小姐猛地睁开了眼睛。说时迟，那时快，沃勒以比小耗子还快的速度抓起毯子遮住了身体，他觉得脸红了，脖子也红了，默默地等着人家的斥责。

然而，那位小姐却不声不响地看着他。

沃勒心想：她都看到了些什么？她一定在猜我究竟在干什么？

他显得有些气短，就主动解释道：“这位小姐，我可能感冒了。”

“真的吗？很抱歉。”那小姐回答说，“我正想问你是否能把窗子打开呢？”

“我喜欢这种空气。”他接着说，人开始发抖，一半是因为害怕，另一半是怕自己的理论站不住脚。

“我的箱子里有白兰地，你可以喝点儿。”

“谢谢，不过，我从来不喝那东西。”

“好吧，不勉强你。”

他心里犯起了嘀咕：是不是该告诉她事情的真相呢？

“你害怕耗子吗？”他大胆地问道，脸变得更红了。

那小姐皱了皱眉说：“不害怕，除非它们成群结队地跑来……你为什么问这个问题呢？”

“刚才有一只耗子钻进了我的衣服，”沃勒低声说道，“这是很尴尬的事儿。”

“那肯定，不管你的衣服穿得如何齐整，”她咯咯咯笑了起来，“耗子总是喜欢舒适的地方。”

“在你睡着时，我已把它弄出来了。”他深吸一口气，接着说道，“就是为了把它弄出来，我才……才成了这个样子。”

“为了一个小耗子，不值得感冒。”她大声说道。

显然，小姐看出了沃勒的尴尬处境，想取笑他。沃勒的血液好像全涌到了脸上，这比很多耗子在全身上下乱爬还要难受。此时此刻，他所感到的不仅是耻辱，更多的是恐慌。不一会儿，火车就要驶进终点站，那里会有无数双眼睛盯着车窗看到他的。要是那位小姐能再睡上几分钟就好了。然而，他发现已经不可能了，因为那小姐正用一双大眼睛盯着他。

那小姐突然问道：“你能过来一下吗？”

沃勒更恐慌了，不顾一切地扔开毯子，迅速穿上了散落在地的衣服，紧张得心都跳到了嗓子眼。这时，火车刚好停了下来。

小姐又开口说道：“先生，你能行行好帮我找一个搬运工吗？很抱歉，在你生病时还麻烦你，但对一个盲人来说，在车站确实需要帮助。”

（本篇月月评短信代码：2208）

（题图：箭　中）

·历险故事·

煤井惊魂

□闫　锐

这天，陆大明、老侯和刘刚三人，在井下同一作业面上采煤。由于贪进度，别的工人收工后，他们又干了半个多小时才收工。三人沿坡道往井上走，眼看就要到巷道口了，走在最前面的刘刚突然一拍脑袋，说：“不好，水壶忘井下了，大明你帮忙拿来。”

大明答应了转身就走。可刚走了几步，就听“哎哟”一声，老侯从坡道上滚了下来。大明回头把老侯扶起来，就听“轰隆”一声巨响，原来洞口那块巴掌大的亮光不见了，碎煤块稀里哗啦雨点般落了下来，腾起的煤末灰尘呛得他俩眼睛都睁不开来。

“塌方了！”大明惊叫起来。

老侯此时仿佛镇定了许多。他告诉大明先关掉头上的矿灯，以节约电源；然后和大明分别找到一处凹陷的坑壁站好，以防再有大煤块滚落下来砸着……

陆大明认识老侯、刘刚时间并不长。一个月前，大明在火车站与老侯相识，都是要进城打工的，可他们在城里转悠了两天，没找到一份工作。后来，老侯决定去煤矿找他表弟刘刚谋一份苦力，大明便也跟着来了。

这是家私营的小煤矿，管理混乱，人员混杂。为避免别的矿工欺生，三人对外就称是结拜兄弟。挖煤这活又脏又累又危险，可三个人相互照应，几十天下来情同手足……

约莫半个多小时过去了，大明开始感到头发晕，胸口也堵得慌。他见上边不再落煤块了，便就近找到一个风道，把脸贴了过去。奇怪的是，风道里连一丝风也没有。他又找到另一个风道，仍然没风。

“别费劲了，风道堵死了。”黑暗中传来老侯绝望的声音。大明心里一沉，如果风道全部堵死的话，不到半天他俩就会被活活憋死。一阵恐惧感袭来，他紧张到了极点。

突然，坑道里好像有动静了。“刘刚带人来救咱们了！”大明兴奋地叫道，急忙扭亮了头上的矿灯，他惊讶地发现，灯光照耀下，闪动着十几双绿豆粒大小的幽光。

“老鼠！”老侯惊叫道，大明这时也看清了，那些亮点原来都是老鼠的眼睛。“打死它们，不然等我们动弹不了时，他们会来吃我们的肉，喝我们的血。”老侯咬牙切齿地说道。

大明不由自主哆嗦起来，他捡起一个大煤块，用力朝老鼠投了过去。没想到，这群东西比鬼还机灵，“嗖”的一下都躲开了。他们趁机又扔了许多煤块。经过这一番折腾，大明和老侯累得一屁股坐在了地上，大口地喘起粗气来。他俩本来就干了一天活，又累又饿，再加上矿井中的空气越来越稀薄，两人明显感到头重脚轻，四肢无力。

大明闭上眼睛，把身子靠在井壁上，刚想休息一下，却被老侯狠狠推了一把，险些跌倒。“千万不能睡觉，睡着了你就没命了。”老侯显然比大明有经验，他又在向大明部署新的命令：“到作业面去，那里地面宽敞，打起仗来对咱们有利。”“打仗，和谁打仗？”大明话一出口，立刻便想到那些尺把长的大老鼠。

时间仿佛停止了……大明看了看自己的电子手表，已经过去四个多小时了，坑道上方仍然没有动静。而他和老侯的身体却越来越虚弱了。饥饿和寒冷令他们越来越感到了死亡的危险，而他们的难友，那十几只黑老鼠大概也是这样，在一只毛色有些发黄的大老鼠的带领下，竟趁着黑暗向他们发起进攻了。

大明和老侯打开矿灯，挥舞平铲一顿猛拍，鼠群扔下几具尸体，又吱吱叫着逃散了。

“必须主动出击，不然等我们体力耗尽了，绝不是它们的对手。”大明已感到自己快要崩溃了，但还是艰难地跟着老侯朝坑道深处走去。当走到一个岔洞时，大明发现了那只黄毛大老鼠，便打起精神追了过去。眼看黄老鼠逃到了坑道尽头，再也无路可走，竟惊叫着蹿上了直陡的坑壁。大明瞅准机会挥铲狠命一击，铁铲拍到坑壁上，震得煤块矸石哗哗直往下落。“咔”的一声，铲柄断了，迸飞的铲头正砸中大明头上的矿灯。灯灭了，大明也一屁股坐在了地上。

这时，老侯赶了过来。借着他头上矿灯的亮光，两人发现老鼠不见了。这东西跑哪去了？他俩仔细寻找，忽然发现大明铲头劈下的地方，竟现出一个手指宽的缝隙，透进一股股凉风。“快挖，可能有出口。”老侯激动了，声音都有些发颤。两人的喉咙像风箱一样喘息着，交替使用老侯的平铲拼命挖着。不一会,终于挖开了一个脸盆大小的洞，一阵带着潮湿腐朽的新鲜空气扑进来。

原来这是别的煤矿打过来的岔洞，无意中被大明打通了。

两人先后钻进了岔洞，然后艰难地朝坑道口走去。谢天谢地，坑道口是敞开的，他俩跌跌撞撞地钻了出来。总算又看到外面的世界了，他俩在坑道口大口地呼吸着新鲜空气。

休息了好一会，大明要回矿上去，被老侯拦住了。他已被这次事故吓破了胆，说什么也不回去了。他拉着大明来到路边，搭上了一辆运煤的卡车，来到了离煤矿不远的一座小镇上。然后，给刘刚打了一个电话，说了他俩的打算。天刚黑，刘刚便风风火火地赶来了。

三人见面，都激动不已。刘刚带他俩来到一家小旅馆住下。一边咬牙大骂煤矿老板见死不救，毫无人性，一边从包里拿出一只烧鸡和一包花生米，又拿出一瓶白酒，说：“大难不死，必有后福。我们庆祝一下，今天晚上好好喝喝。”三人在小桌边坐定，老侯忽然长叹一声，说：“表弟呀，你表哥长这么大还没尝过女人味哩！这次死里逃生，我也想开了。你陪我俩去找女人去。”刘刚听了一皱眉说：“那不成，难道你不怕得艾滋病？”“我不管，命都是捡回来的，还在乎多丢一回？”老侯脸涨得通红，瓮声瓮气地说。“人各有志，大明兄弟不去也就算了。”说完，刘刚带着老侯出去了。

两人走后，大明打开酒瓶正要喝，忽听屋角有动静，起身细

找，发现是一只大老鼠正直勾勾地望着自己。想到那只曾经救命的黄毛老鼠，他不禁对这个小东西产生了好感，顺手从烧鸡上撕下一块肉来，扔到了它面前。这只老鼠胆子还真大，凑到鸡肉上嗅了嗅，张嘴就啃了起来，大明见状便又抓了一把花生米丢了过去。老鼠见了也不客气，一边吃，一边吱吱叫着。不一会，一大两小三只老鼠不知从什么地方钻了出来。看来这是一家子，听到大老鼠的召唤后，一起来享受美味了。

大明觉得很有意思。忽然，他见那只大老鼠痛苦地叫起来，全身一阵战栗，竟趴在那里不动了。紧接着，另外三只老鼠也一一倒下，大明大吃一惊，凑过去蹲在地上细瞧，只见几只老鼠口鼻流血，早咽气了。看着地上的鸡肉和花生米，大明惊出了一身冷汗……

半夜时分，两个黑影溜进了大明的房间。“喂，兄弟，这小子死了吗？”说话的是老侯。

“没问题，我在菜里足足放了三包毒鼠强。”另一个人是刘刚。

“这次你从窑主那里讹了多少？”

“6万块，我要的价又准又狠。侯哥，你那三万块我给你留着。”

“窑主没起疑心？”

“疑心了也不敢声张。他的煤矿是无证经营的，不给钱我们就闹到上边去。反正我们这样做也不是头一回了，这陆大明是第四个冤鬼了。”

“那哥哥我呢！你竟然连哥都算计。要不是黄毛老鼠救了命，我就见阎王了。”

“不，不，本来就只想干掉大明一个人，没承想你也滑进去了。来，兄弟敬哥哥一杯酒赔罪。”

老侯一仰脖把酒喝进肚里，然后大大咧咧地往桌边一坐，伸手接过刘刚递过来的三捆钞票数了起来。然而，钱还没数完，他的脸就痛苦地抽搐起来，用手指了指刘刚，刚说了一个“你”，便重重地摔倒在了地上。

刘刚得意地狞笑着，用脚踢了老侯的尸体一下，自语道：“兄弟啊，本来咱们合作得这么好，我是不准备要你命的。可三万块钱太诱人了，我实在舍不得还给你。不过，有陆大明那傻小子陪着你，黄泉路上你也就不寂寞了。”说完，夺过钞票，装进自己的黑皮包，然后来到大明的床边，伸手揭开了被子。

忽然，刘刚脸上的笑容凝固了：床上的大明竟是一个伪装成人形的被褥卷。刘刚感觉不妙，拎起黑皮包转身想逃，但房门却被几个全副武装的警察挡住了。

警察身后站着的，正是双眼冒火的陆大明！

（本篇月月评短信代码：2209）

（**题图、插图**：王申生）

·情感故事·

有个女儿叫小月

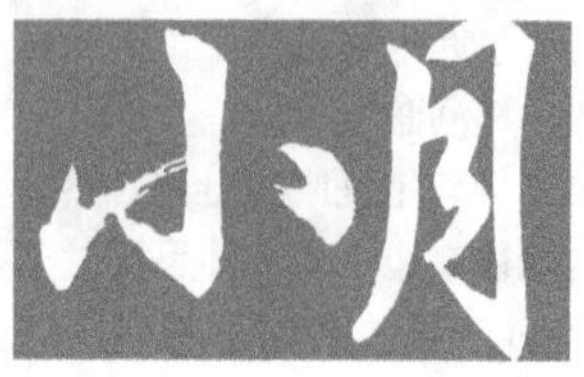

□钱 岩

最近，周一铁谋了一份送奶的工作。送奶范围是城郊牛塘村一带，虽然路远地偏，起早贪黑的人很累，但周一铁还是很高兴。“4050”人员，找一份工作不容易啊！

周一铁认真又和善，村民很是信任。这样，每个月他都能发展一些新客户。多一个客户就是多一份收入呢。现在，周一铁最高兴的就是上人家门口钉牛奶箱子。

这天，周一铁来到村东蒋大头家，拿起锤子就在院门口钉奶箱。可才钉两下，响声就把蒋大头的老婆给“震”出来了。蒋大头这些年跑运输赚了两个钱，讨个老婆很年轻，整天描眉画目的，除了打麻将啥事都不做。大头老婆说：“送奶的，我家不是已经有了牛奶箱吗？你还在这敲敲打打的做什么？神经病啊？”

周一铁不生气，笑道：“人家让我在这钉个奶箱，有生意不能不做呀！”大头老婆疑惑了，我没再订奶呀，难道是大头？喊出大头一问，大头也恼了：“我头脑不好啊，订那么多奶做什么？又不是开批发部！送奶的，这是怎么一回事？”

周一铁说：“今天早上三点左右，我来送奶，就在你们这门口，碰到一个女人，穿着一身白衣服，说她离婚前就是这屋的女主人，现在在外地打工。她说她想女儿小月想得不得了，便忍不住跑回来看看。没想到前夫却不让她看女儿，她好难过。现在她决定给女儿小月订一份奶，让女儿小月知道妈妈是世上最爱她的人。这不，

 比起受欺骗的人，骗子要痛苦几十倍，因为他要掉进地狱。——太宰治

她特意关照我，让我把奶箱钉低一点，让女儿小月好拿呢……”

还没等周一铁把话说完，就听见大头老婆一声尖叫，倒在大头的怀里，面色苍白，浑身颤抖。大头也是一脸恐惧：“送奶的，你别胡扯，你、你要是把我、我老婆吓着了，我、我要找你，找你算账！”

周一铁委屈道：“我可没胡扯。我问你，你以前是不是还有过一个老婆？你是不是有个女儿叫小月？”

这时旁边一个人告诉周一铁：大头以前是有一个老婆，只是不是离婚，而是上吊自杀了……周一铁听了，头皮一下就发麻了，哆嗦道：“那女的文文静静，通情达理的，怎么可能是鬼？她订一个月奶，给我五十块钱，零头还不要我找呢！”说着周一铁掏出钱包，准备把钱拿出来给大家看看。周一铁打开钱包，在场的人不禁大惊失色：钱包里哪是五十块钱，竟是一张五十万元的冥票！

天啦，这奶箱还钉不钉？钉了，他周一铁以后不就要替鬼送奶了吗？周一铁哭丧着个脸，最后还是把奶箱钉到大头家的院门口。

旁边的人见了，吃惊地问：“周师傅，这以后夜里你还敢来送奶？一点儿都不怕？”周一铁叹道：“不怕是假的。只是不送奶，我女儿念书哪来钱啊！这女鬼这么爱女儿，我给她女儿送奶，想必她不会为难我的。”周一铁临走前，叮嘱大头和他老婆道：“这奶你们一定要给女儿小月喝啊！反正我保证天天送到，你们要是不给她喝，她妈肯定找你们不会找我的。”

大头和老婆听了，哪还敢说个“不”字，点头如鸡啄米。他俩还不清楚？当初要不是他俩勾搭成奸，小月她妈怎么会气得上吊自杀？

一晃一个月就要过去了，又到了收下月奶款的日子。有人问周一铁：“小月妈这个月会不会再用冥票给她女儿订奶？”

周一铁摇摇头，无奈道：“你们问我，我问谁呢？”

收款收到大头家，大头老婆说：“周师傅，以后小月每月的奶款我们付了。”周一铁听了，叹口气道：“这么着当然好。要不，再碰着小月妈用冥票给女儿订奶，还不把我吓死了！”大头老婆嗫嚅道：“周师傅，你是个胆大的人，说不定你以后还能碰着小月她妈。要是碰着了，你一定替我告诉她，小月虽然不是我亲生的，我一直把她当亲生的看待呢！叫她以后千万不要为难大头和我呀。”

“这肯定不会的。”周一铁笑着说，“这鬼也是有人情味的。我替她给女儿送奶，她一次也没吓我。你把她女儿当作亲生的，她怎会为难你？说不定还保佑你呢！”大头老婆听了，情不自禁地把小月揽在了怀中。

“掌上灵通杯”《故事会》优秀作品月月评

《故事会》与上海掌上灵通咨询有限公司联合举办“掌上灵通杯”《故事会》优秀作品月月评活动，全年共设价值48万元的奖金和奖品。参加方式如下：

1. 请选出本期你最喜欢的一篇作品，将其篇尾的月月评短信代码（如2201，没有短信代码的作品不参加评选）发送到200056（中国移动）或900056（中国联通）。每次限选一篇，可多次投票。

篇名与短信代码

代码	篇名	代码	篇名	代码	篇名
2201	不许打我儿子	2210	有个女儿叫小月	2219	吹牛不上税
2202	纽扣不是问题	2211	寻找李小路	2220	脑筋大转弯
2203	砸碑	2212	百年遗书	2221	用眉毛过年
2204	警车追击	2213	最后一瓶牛奶	2222	过一回戏瘾
2205	老板失踪	2214	午夜的诱惑	2223	杀狗灭口
2206	占便宜	2215	挑战棋王	2224	失写症
2207	夺命的垄断	2216	女房东	2225	谁没文化
2208	小耗子	2217	第四街区计划	2226	鸡蛋里有骨头
2209	煤井惊魂	2218	一网打尽		

2. 凡选中故事在得票数前三名的读者均可参加抽奖。本期共设：一等奖3名，奖金各500元；二等奖10名，奖金各300元；三等奖20名，奖金各100元；阅读奖200名，各获价值30元的纪念品一份。所有参与读者将另获赠精彩梦网信息服务。

3. 本期活动截止期为：2004年11月20日。得奖读者在评选结果揭晓后将得到短信通知。本活动接收短信：0.10元／条。客户服务电话：021-33184600。

这一天是周一铁送奶以来最高兴的一天。其实，这世上哪有什么鬼啊！一个月前，周一铁骑车送奶，车胎爆了，没办法，只好推着走，赶到牛塘村天已是大亮。周一铁一边送奶一边赔礼道歉，请人家原谅。来到村东一家，见院门口立着个小女孩，眼巴巴地看着他。周一铁忙笑着把奶往小女孩手中递，说道：“小朋友，你等急了吧？对不起，叔叔今天车坏了，你快把奶拿去喝吧。”

谁知小女孩不但不接，反而吓得连连后退。“不不，这是妈妈喝的奶，我要是把它弄脏了，妈妈会打我的。”

周一铁看不懂了，哪有妈妈订奶自己喝，不给女儿喝的！悄悄一打听，原来，这小女孩爸爸有了两个钱就在外面和别的女人鬼混，妈妈不堪其辱自杀了。爸爸和那鬼混的女人结婚后，那女人对这小女孩很凶，别说给她订奶了，有时饭都不让她吃饱呢。周一铁觉得这个叫小月的孩子太可怜了，他想帮帮她，于是就编出小月的妈妈为女儿订奶的鬼故事来。

就这样，为了那一个月奶款，周一铁差不多把自己的早餐费都省了。

（本篇月月评短信代码：2210）

（题图：魏忠善）

·情感故事·

寻找李小路

□吴 港

有座小城依山而建，城下流淌着一条江，这条江就成了小城人的命脉。然而，它喜怒无常，一下雨就洪水泛滥，不利行船，因而小城百姓倍感交通不便。

就在一年前，如同仙人牵来玉带，一条宽阔的水泥路穿城而过，连通了国道，小城人从此告别闭塞的日子，变得一天比一天富足，小城也一天比一天繁华起来。以前人们只听说“要想富，先修路”，但现在小城百姓都有真切的感受了。

这天早上，一位四十来岁的大嫂沿公路走进小城。大嫂步履沉重，满脸疲惫，当她走到中心路口时，忽然两腿一软，瘫倒在地。路上行人纷纷围拢过来，关切地对大嫂问这问那。但大嫂面色苍白，一句话也说不出来。

路边有家小餐馆，老板夫妻分开人群，将大嫂扶到自己店前坐下，又喂下几口汤水，大嫂这才渐渐缓过气来。

人们见大嫂一副外乡人打扮，便问她家在哪里，来这儿做什么。大嫂说她家离此一千多里路，她一路走来，是为了寻找儿子。

找儿子？这时就有人忙问：“儿子怎么啦？是离家出走，还是被人拐卖了？”

大嫂说“不是的，儿子是为找他爸爸才离开家的。”

又有人问："他爸爸是谁？来这儿是做生意呢，还是来出差？"

大嫂答道："他爸叫李大宽，一年前曾在这一带修公路，后来就再也没回家。"一听到"李大宽"三个字，周围一下子变得静起来，静得连针掉到地上也能听得到。

一年前，就在公路快要完工之际，一场泥石流似乎从天而降，一段正在修建中的路基出现了险情，若不及时排除，不但路基会被冲垮，而且还将埋没下面一片民房，危险关头，队长李大宽第一个冲入险区，带领全队奋战一夜，最终保住了路基，但因劳累过度，李大宽不慎落入水中，冲进江里，小城居民闻讯后，许多人自发地跑到江边，帮着打捞救生。但忙了三天三夜，也没找到李大宽，小城人为此深感遗憾。后来公路开通那天，人们在山坡上为他立了块石碑，以示永久纪念。

大嫂说"丈夫出事后，我一直瞒着儿子，他才十三岁，我怕他心里承受不了打击，影响了学习。但后来，他还是从我收藏的一份旧报纸上，看到了有关他爸的报道。为了安慰孩子，我骗他说：你爸爸肯定没有死，儿子似乎相信了我的话，前几天他给我留了张便条，就偷偷离开了家，他在条子上说一定要找回爸爸。"

在场的人听了都说："大宽当初是为我们而牺牲的，因此他的孩子就是我们的孩子，那孩子若来到这里，我们人人都会收留他，并且保证把他安全送回家。"一些人取出笔和纸，记下了大嫂的家庭地址以及孩子的情况，最后有人劝她："你一个人走这么远的路太辛苦了，你放心回家吧，孩子我们替你留心就是了。"

大嫂摇摇头，坚定地说"我还要顺着这条路，沿着这条江，一直寻找下去。"

餐馆老板见大嫂执意要走，就拿来一大包食品饮料给她。大嫂要付钱，众人便七手八脚把她拉开。大嫂谢过老板夫妻，对大伙说："这城里有这么多好心人愿意帮助我找孩子，我就不再久留，请记住我的儿子叫李小路。"

众人目送大嫂远去，回过头来，看到老板正把一块新写的牌子立在门前，牌子上写着七个字：李小路免费吃饭。大家见了纷纷表示赞许。旁边两家餐馆也学着样子，把那七个字写在自家店门上。

当天晚上，地方广播电台播出了一则特别新闻，报道李大宽之子千里寻父的消息，小城规模不大，不大工夫，这消息就已经家喻户晓人人皆知了。让人感动的是，城内所有餐馆饭店全都写出"李小路吃饭免费"这几个字。好些旅馆也行动起来，打出"李小路免费住宿"的招牌，一时间，那

百年遗书

□曲凡杰

唐州城有个书生叫白仁义，他的父亲白得道常年在杭州做茶叶生意，家中只有他们母子俩过活，一个操持家务，一个在县学读书，日子过得很是富裕和安逸。

求贷无门

这一年的年底，白得道没有如期回来，只捎了一封信，说是还有些账目要清理，回家的日子要推迟一些。白家母子对生意上的事情知之不多，只有安心等待。

谁知道一等就是三年，始终没有等到白得道的任何信息。没有了白得道的信息，就等于没有了经济来源，母子俩只能坐吃山空。更重要的是，父亲下落不明，生死未卜，这叫白仁义十二分挂心。其时白仁义已经二十岁，可以承门立户了，他就与母亲商量，要去杭州寻找父亲。母亲自然挂

十三岁的男孩李小路成了全城百姓关注的中心人物。

天黑下来，家家父母都要把在外面玩耍的孩子找回家，以往这时候，大街小巷到处能听到这样的声音：“壮壮，回家喽！”“江妹，回家喽！”“石蛋子，回家喽！”但今天晚上，全城父母们却不约而同地呼唤着同一个名字：“李小路，回家喽！”“李小路，回家喽！”

这呼唤声在小城上空此起彼伏，一直到深夜还能听得见……

（本篇月月评短信代码：2211）

（题图：魏忠善）

念丈夫，不仅满口答应，还催儿子快快上路。

白仁义来到杭州，寻一个旅店住下，然后就挨个去卖茶叶的商家，打听父亲的下落。杭州太大，经营茶叶的商家成百上千，热闹繁华处有茶庄，背街小巷有茶店，一年四季都弥漫着茶叶的清香。白仁义找了三个月，才走了半座城，没有得到父亲的半点消息，却把带来的盘缠用光了。白仁义寻父心切，任凭讨饭也要继续寻找。无钱住店，就露宿街头；无钱吃饭，就去典当衣物。好在江南春早，天气渐暖，他那些衣服就一件一件送进了当铺。

当时杭州城里最大的当铺叫金利来。因为它的东家姓金名利，添一个“来”字就做了店名。金利来每天六个柜台同时对外营业，可见规模之大，生意之好。也是店大欺客，金利来当铺对白仁义那些衣物根本不看在眼里，虽然勉强接了当，却也把当值压得很低。白仁义也不计较，只图换几个小钱继续寻找父亲。当到最后，除过贴身的衣裤，手里只剩下一件夹袄了。这件夹袄，在别人看来很无所谓，可白仁义夜晚要拿它当被子挡风御寒，不是万般无奈，实在舍不得出手。

白仁义这里还在恋恋不舍，那金利来当铺的朝奉早把他的夹袄推下了柜台。这夹袄被白仁义又当被子又当枕头的，不仅破旧而且满是灰土，还散发着刺鼻的汗酸味、脑油味，朝奉捂着鼻子吼道：“拿走拿走！”

白仁义有些气恼：“你怎么能这样做生意？既是物品，总有所值，就算不值一文，也值半文吧？”

东家金利听到争吵走了过来，看了看那件夹袄，没好气地说：“你这穷鬼，拿着垃圾样的东西也好质当？日后你若不赎，本店不是白白赔掉半文钱吗？快快拿走！”

白仁义争辩道：“我在这里人地两疏，求贷无门，才拿衣服做个信物，借你一些银钱使用，日后肯定会来赎的。你们开当铺的，除过营利之外，总要急人所难才好！”

金利把白仁义打量了几眼，冷笑道：“我这里是当铺，并不是慈善堂！年轻人，等你开了当铺，再去济世活人吧！”

白仁义知道争他不过，只得转身离开，悻悻说道：“我若开了当铺，哪怕有人拿了死孩子来质当，我也照收不误！”

金利冲着白仁义的背影哈哈笑道：“这说法倒头一次听到，新鲜！新鲜！新鲜！不过你这个穷鬼，与死孩子有多少区别？只是年龄大了一些，还有一口气罢了！”

守金不昧

白仁义身无分文，肚子饿得咕咕乱叫。自己这副模样，与叫花子无异，那些茶庄、茶店连门都不让进，还怎么打听父亲？想到这里，就打算到城外找个僻静处清洗一番，然后继续寻父。白仁义出城二十里，见前面有一座小山，山下有一座小寺，寺旁有一池清水。走近了，见寺院的门额上写着“寒露寺”三个字，寺院规模不大，房舍也有些破旧，不见善男信女出入，只有一个老僧在蒲团上打坐。佛家慈悲，白仁义想先讨碗水喝，就深施一礼，说：“打扰高僧了！我是个过路之人，腹中饥饿难忍，能给碗水喝吗？”

老僧睁开眼来，把白仁义打量一阵，唤过一个小和尚，吩咐上茶，再吩咐做饭。不大一会儿，小和尚把饭端了上来。白仁义饥不择食，风卷残云一般把五个馒头并一钵稀饭吃了个净光。填饱了肚子，白仁义抬起头来，却见老僧正目不转睛地盯着自己。白仁义以为是刚才吃相不雅，惹老僧侧目，红着脸说：“刚才实在是饿急了，所以狼吞虎咽，惹高僧见笑了！”

老僧并不理会他的解释，却问：“你是来自中原唐州，贵姓白吗？”

白仁义一怔，我与老僧素不相识，他怎么知道我的籍贯、姓氏？因为有了刚才的一饭之恩，也不好多问，就点头说：“正是！”

老僧又问：“你父亲叫什么名字？做什么营生？”

难道他知道我父亲的消息？白仁义忙一一回答了，就连父亲三年未归，自己来杭州寻父不遇的事，也毫无保留地说给了老僧。而后问：“高僧可知道我父亲的下落？”

老僧叹口气：“岂止是知道！唉，真是一言难尽啊！”

原来，这位老僧今年六十岁了。本是杭州人氏，俗姓盛，自幼出家，法名寒露，如今做着寒露寺的住持。只因这里庙宇破败，香火不旺，所以也

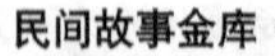

没人叫他的法名，只随口喊他老僧。寒露也不计较，只管自己吃斋行善，读经修持。再说白仁义的父亲白得道，虽然一直做着茶叶生意，却并不与杭州城里的茶庄、茶店打交道，而是直接从乡下茶农手里收购茶叶，然后转手卖给陕西、内蒙的客商。白得道在乡下行走，免不了常在寒露寺喝茶歇脚，一来二去就和寒露成了熟人。三年前的春节前夕，白得道在乡下理账，突然得了暴病，临终前把一袋银钱并几张银票交给了寒露，托他转交给家人。至于家住唐州什么地方、家人叫什么名字，白得道还没有说出来就咽了气。寒露在寺后依山傍水的地方掩埋了白得道，收藏了他的钱物。办完了后事，寒露本想亲自去唐州打听白家，送还钱物，可惜自己年老体衰，行动不便；待要委托他人，又怕人心叵测，不甚放心。因此，这事情一拖就是三年！刚才白仁义一进门，寒露就觉得有些面熟，一经试探，果然是白得道的儿子！说到这里，寒露拿出了白得道留下的钱物，感叹道："物归其主，天意使然，总算了却了我一桩心事！"

白仁义听了，百感交集，连声唏嘘。父亲三年音讯全无，原来是客死异乡；世上竟有寒露这样的僧人，任凭庙穷僧也穷，守着他人的财物却分文不取！白仁义接过父亲的遗物，定要分出一些银钱权作布施，以表自己对寒露和寒露寺的感激之情。寒露摇手制止，神情异常平静："佛家以慈悲为怀，行善不求报答。"

白仁义无奈，只好掘开父亲的土坟，捡出骨殖，匆匆运回唐州老家安葬。母亲自然悲伤，但人死不能复生，只好认命。好在儿子已经成人，又幸好得了许多银钱，想来下半辈子也有所依靠了。

急人所难

处理完父亲的后事，白仁义突然想到自己还有些旧衣物尚在杭州的当铺里，便又赶到杭州，来到金利来当铺，把自己的衣物一一赎出。今非昔比，如今白仁义腰缠万贯，自然用不上这些旧衣物了。赎出以后，随手送给了街头的一个乞丐。那乞丐好生感谢，又有些奇怪："你既然不要这些东西，何必拿钱赎它？"白仁义道："这话就不对了！当初窘迫，拿它质当，为的是借钱应急；如今有了钱，怎么可以失信于当铺？"乞丐连连点头："好一个诚信君子，怪不得你能经商发财！"

乞丐本是随意奉承，却让白仁义思索半天。既然经商可以发财，又有父亲留下的一笔本钱，我何不到商海里打拼一番？主意一定，就思谋着找件事做。想到自己曾经在金利来受到的冷遇羞辱，遂决定就在杭州开家当铺，既可赚钱，又可接济急难之人。

白仁义买下一所临街的房子，请了朝奉、伙计，经过一番筹备，“仁义”当铺就开业了。白仁义不忘初衷，对质当的客户来者不拒，贵重的金银首饰也接，价值一文半文的小件也同样收当。其实，质当就是拿东西抵押借钱，还要付出高额利息，如果不是万不得已，谁肯用这样的方式借钱？将心比心，仁义当铺的服务就格外周全，很快赢来了众多的客户，一时门庭若市，生意很是红火。

仁义当铺的生意红了，金利来当铺的生意就差了。金利打听出是那个穷鬼夺了他的生意，一股无名火就涌上了心头。可客户愿去哪家，谁也奈何不得。突然想起白仁义说过的大话，金利就生出一条毒计：你不是说过任是死孩子也要收当吗？我就用个死孩子去搅局，看你如何处置。你若不收，那么你济世活人的承诺就是欺骗；你若收下，其他客户谁还敢上门质当！金利暗笑两声，就派了一个伙计去荒郊野外寻找死孩子。

隔了一天，仁义当铺刚刚开门，就有一个三十多岁的汉子，抱着一个死孩子走了进去，声言急需用钱，拿这死孩子质当，当期三天，当值半两银子。三天后若不来赎，任凭当铺处置。

当班的朝奉没等汉子把话说完，挥手就往外赶人：“去去，哪有拿死孩子来质当的？大清早的，晦气！”

汉子故意提高了声音：“你们东家说过，凡是物品，总有所值。这死孩子难道不是物品吗？当不得半两银子，当十文钱也不行吗？”

这一番争吵，引来许多人驻足围观，有人说当铺应该接当，有人说那汉子纯属闹事，议论纷纷，莫衷一是，把一些前来质当的客户也堵在了门外。白仁义听到争吵，急忙从后院跑

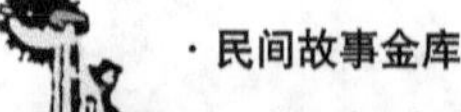

了过来。问明原因以后，立刻吩咐朝奉："哪有把客户拒之门外之理？马上开当票，收当！"

朝奉面露难色："白东家，你别犯糊涂！现在收下这死孩子，三日后他如果不来赎当，损失几文钱事小，我们又该如何处置？"

白仁义说："别的当铺我管不着，我的当铺就是要急人所难，扶危解困。你好生想想，这位大哥如果不是遇到难处，急需用钱，怎么肯把自己的孩子拿来质当？孩子虽死，也是自己的骨肉。骨肉离散，何其悲伤！你当着他的面说什么赎当不赎当的话，不是往他的心口扎刀子吗？"

朝奉不能违拗东家，只好开了当票，收下死孩子。那汉子接了钱，灰溜溜地急忙走开。围观的人中有人认出那汉子是金利来当铺的伙计，也就明白了金利搅局的用心，可笑金利的用心被白仁义的善举击破，反而为仁义当铺作了一次广告。

掘金不贪

朝奉迫于白仁义的压力把死孩子收了当，却也给白仁义出了个难题，说是自己在别的当铺里也干了几十年，经手的物品林林总总不下万件，唯独没有接收过死孩子，不知道这件物品该如何归类，如何保存，就请东家自己亲手处置吧！

白仁义说，凡是客户的物品，都要妥善保管。就吩咐伙计去买了一口小棺材，把死孩子盛殓了，然后在后院的一棵桂花树下挖坑存放。谁知道刚挖了一尺深，却挖到一块青石板。揭开石板，下面是个土窖，窖内放了一个瓷坛。掀开坛盖，霎时金光四射，炫人眼目，满满的都是金块！伙计惊得目瞪口呆，连叫："东家、东家，你真是一个贵人！别人拿死孩子搅你的生意，你却因此得福，得了一坛金子！"

白仁义摆摆手说："别忙，意外之财不可贪，待我看看再说。"他把金子一块一块拿出来，内中有巴掌大一片金叶子，上面刻满了蝇头小字，细看一遍，竟是一封遗书，那落款的年份，却在百年以前。遗书的大意，是说一个姓盛的商人经商发财，积下万金。怎奈几个儿子不务正业，挥金如土，把吃喝嫖赌全占了。眼见儿子们不可救药，孙子辈也不成器，为防隔代子孙冻饿街头，特意埋下一坛金子。日后若有哪位贵人发现，请自取一半，将另一半送给盛氏存世后辈。若盛氏后辈无人，发现者全部受用！

看过遗书，白仁义告诉伙计，这金子并非无主之物，切不可擅动。当然了，这处房产历经百年，多次转手，只怕盛氏后人也不知道祖上曾是这里的主人了。如果毁了写在金叶子上的遗书，独吞了这坛金子，又有哪个知晓？但是做人要有良心，既然发现了金子，看见了遗书，就不能让盛家先人的遗愿落空，就该认真寻找盛家的后辈，让金子物归其主。白仁义知道，凭自己一个外地人去找盛家的后人，肯定困难重重，因此，他把那坛金子并遗书送到了杭州知府衙门，请求官府出面查找。

大文学家苏轼时任杭州知府，听了白仁义的请求十分震动，当即派了许多官员翻阅户籍，访问百姓，不出两天，竟然找出了一个盛氏后人。你道是谁？却是寒露寺的老僧，寒露住持！那个曾经富甲一方的人家，经不住三代子孙的连续折腾，到了寒露出世，他的父母竟以乞讨为生，早早把他送到寺院当了和尚。

白仁义得知金子的主人是寒露住持，很是喜出望外，遂把自己杭州寻父，质当受辱，寒露寺讨水，老僧“守”金不昧等等情况一并向苏知府说了，表示那坛金子自己不取毫厘，全部还给寒露住持。他恳切地说“圣人有言，滴水之恩，当以涌泉相报。何况那金子本就姓盛！”

苏轼呵呵笑道“你们两人，一个守金不昧，一个掘金不贪，实在堪为世人楷模！盛氏祖先的遗书，只有到了你白仁义这样的人手里，才能得以执行。因此，那坛金子，你必须留下一半。君子爱财，取之有道，这也是盛家先人的遗愿。何况你开着当铺，财力雄厚之时，不是可以接济更多的急难之人吗？”

恭敬不如从命，白仁义拿那金子买房置屋，使仁义当铺成为杭州城同行中的第一大店。而那寒露住持得了金子，把寒露寺整修一新，香火日盛，渐渐地也有了名气。这两人行好得好，一时传为美谈。至于金利来当铺，因为拿死孩子刁难同行，则被苏知府打了一顿板子，从此恶名远播，再无顾客上门，只好就此关门歇业了。

（本篇月月评短信代码：2212）

（**题图**、**插图**：黄全昌）

·海外故事·

最后一瓶牛奶

□ 李荷卿

天还没有亮，克劳斯就驾着他的小型送货卡车，给订户们挨家挨户送牛奶。

克劳斯在本尼乳品公司工作，这个公司在美国东南部规模最大，最近爆出了一条轰动新闻：三个月前，本尼先生的乘龙快婿副总裁查尔斯·曼宁，因与女秘书有染，本尼小姐断然与他离了婚，并取而代之重新登上了公司副总裁的宝座。

没多久，喜欢晨跑的本尼小姐就注意到了克劳斯，并喜欢上了他。上个星期，本尼小姐告诉克劳斯，她已经向董事会推荐他出任销售部主管的职位。这令克劳斯欣喜若狂，登上这步台阶之后，他距离本尼公司的上层就不会太远了。

可是，自从他与本尼小姐结识之后，他的心头就一直萦绕着一个阴云，挥之不去。他已经将这个问题考虑了许多遍，却始终找不到最好的解决办法。

原来，两年前的一个早晨，克劳斯像往常一样上门给顾客送牛奶。他来到一位新顾客玛丽莲·米勒的家门口，发现她正醉卧在门外，就将她摇醒，替她拿出钥匙，打开房门，把她扶了进去。玛丽莲是一个酒吧女，生性放荡，而且酗酒，每天都是深夜才回家。在那之后，克劳斯又有几次碰到玛丽莲醉卧在她自己的家门口，不久以后，克劳斯就有了玛丽莲的房门

 施惠于人，不要放在心上；受惠于人，则要铭记不忘。——奥索尼乌

钥匙。从此，每天早晨送奶到她家，他总是用他自己的钥匙打开房门，将牛奶放到玛丽莲的床头柜上。

克劳斯和玛丽莲的交往一直是你情我愿，没有约束的。他们谁也不必对谁负责任，谁也不会干涉谁的私生活。然而现在，克劳斯有了本尼小姐这个高枝上的金凤凰，当然不能再和玛丽莲厮混了。于是，他向玛丽莲提出了分手的要求。不料，玛丽莲一反往日的柔情蜜意，向他索要20万元的“青春费”。否则，就会把他们之间的私情告诉本尼小姐，她知道本尼小姐最痛恨男人不忠实。

这一招实在大出克劳斯的意料之外。

从那以后，玛丽莲一直对克劳斯纠缠不休，但是每次，克劳斯总是说手头紧，钱还没有凑足。而且，克劳斯再也不进玛丽莲的家门了，牛奶总是放在门外的奶箱里。

可是，这件事情再也不能敷衍下去了。昨天，本尼小姐已经告诉克劳斯，他今天可以走马上任了。这也就是说，今天是他最后一天上门送牛奶了。听了这个消息，克劳斯的心里是又喜又忧，喜的是自己终于不做“送奶工”，登上了通往上层社会的阶梯；忧的是玛丽莲就像一枚重磅炸弹，随时都有可能将他炸得粉身碎骨。昨天晚上，他考虑了一夜，终于决定动手除掉她。

现在，他已经送完了线路上的所有牛奶，最后一站就是玛丽莲的家了。

克劳斯将车停在玛丽莲的公寓楼下，从奶箱里拿出最后一瓶牛奶，走进了公寓楼。他知道，自己在此停留的时间不宜过长，因此，他必须速战速决。不过，他不知道玛丽莲的手中有没有留下什么证据，她上次似乎话里有话。这个女人阴险得很，这一点不可不防，所以他决定再试探试探她。

电梯很快到了七楼。克劳斯用自配的一把钥匙打开了玛丽莲家的房门。为了麻痹玛丽莲的戒心，同时也为了节省时间，他像过去一样拿着牛奶直接走进玛丽莲的卧室。

“玛丽莲！”他轻声唤道。

“噢，你来了！怎么样，这次没话说了吧？”迷迷糊糊的玛丽莲一看见克劳斯，立刻清醒过来，得意地说道。

“我考虑过了，我们认识这么久，一向都很愉快，何必闹得这么僵呢？其实，你也没有掌握什么有力的证据，就算你胡说八道，也不一定有人相信。这样吧，20万元太多了，我给你5万元，这件事就算结束了。你认为怎么样？”克劳斯冷冷地说。

玛丽莲惊讶地看着克劳斯，然后，她看见了克劳斯手中的牛奶。

“5万元就想打发我？”玛丽莲接

过牛奶，一边开盖子，一边冷笑着说。

“你又没有什么证据，僵持下去对你没有好处。”

“克劳斯，你以为我是要饭花子吗？告诉你，给本尼小姐的照片我都准备好了，喏，就在抽屉里锁着，我的摄影技术可能没有你好，但我比查尔斯·曼宁的女秘书可要漂亮多了。”

该死的！她果然有证据。

克劳斯怒不可遏，掏出早就准备好的无声手枪，后退两步，对着她的胸口，“扑扑”就是两枪。玛丽莲的胸口血流如注，手中的牛奶瓶掉在地上，摔得粉碎。

几分钟后，克劳斯从抽屉中拿出一包装着照片的纸袋，夹在腋窝下，走出了房门……

天还没有亮。克劳斯坐在驾驶室里，抬腕看了看表，发动了汽车。他用去了15分钟，比预料中的多用了5分钟，但是没有关系，他今天比平时提前了20分钟，因此，这点儿耽搁不会影响到整体的时间。玛丽莲的住处在他送奶路线的中段偏远一些，她被杀的时候，他应该正在给他的最后几位顾客送牛奶，这就在时间上排除了他在现场的可能性。而且，他们的交往一直是很隐秘的，玛丽莲有许多男朋友，没有人会怀疑到他的身上。他在离开之前，已经将他可能留下的所有痕迹抹得一干二净。

简直就是天衣无缝！克劳斯一边驾驶着汽车一边冷冷地想……

下午，克劳斯与本尼小姐在一家酒店用完餐，然后回到自己的办公室，兴奋劲还没过，就有人敲门了，来人是两名警官，他着实大吃一惊。

两名警官，一个叫杰拉尔德，另一个是他的助手克拉克。杰拉尔德警官将玛丽莲的照片摆到了他的面前，问：“你认识这个人吗？”

“认识，这是我的一位顾客，米勒小姐。”克劳斯镇定自若地说。

“你是怎么认识她的？”

“我不大认识她，

只是在送奶的时候，碰到过她一两次。不知道你们为什么要问这个？”克劳斯自认为这样的回答合情合理。

杰拉尔德警官面无表情地说：“她今天早晨被人杀死在卧室里。”

克劳斯假装同情地说：“噢，真是太可怕了！”

“克劳斯先生，你认识这个吗？”杰拉尔德警官用目光向他的助手克拉克警官示意了一下。克拉克警官从他的公文包里拿出一个塑料小袋，在克劳斯的面前晃了晃。

塑料袋里装着的是一枚钥匙——玛丽莲家的房门钥匙。

克劳斯大惊失色。不可能呀，自己的钥匙早就和那把手枪一起被自己弄得支离破碎、面目全非，并且神不知鬼不觉处理掉了，他们不可能找到它。

“不，我不认识。”克劳斯矢口否认，但他的额头上已经渗出了汗珠。他隐隐约约觉得，似乎有什么地方出了差错。

“那么，你总认得这个吧？”克拉克警官又拿出一个信封，放在他的眼前。

信封上清楚地写着：“克劳斯先生”收。克劳斯想起了早上他从玛丽莲抽屉中拿走的那个信封，立刻知道信封里面装着的是什么东西了。

两名警官对视一眼。克拉克向杰拉尔德点了点头，从信封里抽出一张便条，读了起来，“克劳斯：亲爱的，你认为这些照片值不值20万元呢？你的钥匙还在这儿，只要你愿意，可以随时来找我。不过，我的耐心是有限的。爱你的，玛丽莲。”

“怎么会这样？”克劳斯脸色惨白，呓语似地说。

“克劳斯，你的确很狡猾，抹掉了一切痕迹。但是，你犯了一个致命的错误。你没有将牛奶放在门口的奶箱里，而是直接拿进了玛丽莲的卧室。这本来不能说明什么问题，但是，”杰拉尔德警官冷冷地说，“信和钥匙放在奶箱里，事情就完全不一样了。”

“信和钥匙放在奶箱里？”克劳斯不相信地说。

“是的！你因为没有打开奶箱，所以没有看见这些东西，而把证据留给了我们。”杰拉尔德眼睛里带着讥讽。

“我说她当时怎么会有心情喝牛奶呢，她是怕我把牛奶放回奶箱，她已经察觉……”克劳斯绝望地说。

“克劳斯先生，我们有充分的理由怀疑你谋杀了玛丽莲·米勒，希望你跟我们回警局协助调查。”杰拉尔德警官冷冷地说。

克劳斯浑身瘫软，一屁股跌坐在椅子里……

（本篇月月评短信代码：2213）

（题图、插图：箭　中）

·东方夜谈·

午夜的诱惑

□源诗雅

王小明大学毕业后在一家公司做小文员，收入不高，但开销不低，衣食住行中，每月单房租就用去了一半薪水，是每个月一个子都不剩的“月光族”。

一天晚上，小明正在熟睡，被一阵笨重的关门声吵醒，他知道是隔壁阿正回来了。阿正是他的同事，连续好几天，都是在深夜三四点回来，他想：这小子怎么这么晚才回来？难道……他发现阿正最近好像阔多了。

小明决定弄清楚阿正的秘密。第二天晚上，十二点钟声响过后，隔壁门“吱呀”一声开了，小明透过猫眼看到阿正溜出门，走进电梯，小明见电梯门合上，马上冲出门外，准备换乘另一部电梯继续跟踪，这时他意外发现阿正的电梯不向下反而向上走。

“阿正上去干吗？”只见指示灯一直上升，十八、十九……忽然，灯在二十一楼消失了，良久，二十二楼终于亮了，电梯重新回落。

这栋公寓有二十三层，小明住在十三楼，二十二、二十三楼是复式公寓。

阿正吓呆了，就算电梯在二十一楼停了一阵，指示灯也应该停留在二十一楼啊，可怎么灯没有显示呢？小明走进电梯，按了二十一楼，一切正常。小明还不死心，又按下按钮到了二十二楼，他步出电梯，打量了一下眼前的复式公寓，虽然是在夜间，但豪华之气依然扑面而来，只是没有阿正的影子。

"人怎么没了？"小明叹了口气，坐电梯回到十三楼，决定放弃跟踪阿正的计划，就在要跨出电梯间的一刹那，忽然一个奇怪的念头闪现出来：同时按二十一、二十二！他情不自禁按了下去，电梯开始上升，尽管已是秋天，小明还是感到手心在冒汗，十九、二十、二十一……忽然，小明感到一阵眩晕，电梯在摇晃，当他以为自己撑不住时，"叮"的一声电梯门开了，昏暗的灯光中，他隐约看到几个霓虹灯字——二十一楼半赌场。

这幢大楼里还有赌场？难道阿正在赌场里？他又惊又奇地走了进去。这个赌场光怪陆离，被分割成好几个功能区，一张张赌台上堆满了筹码，侍者端着个托盘，穿着溜冰鞋滑来滑去，酒杯在彩灯的照射下发出诡异的光芒，赌客们则一个个神情专注，如痴如醉。

小明轻手轻脚来到大转盘区，在这里他果然看到了阿正，心里"怦"地跳了一下。只是阿正聚精会神地看着转盘，双眼布满血丝，根本没注意到小明的到来。

"嘿，帅哥，第一次来？"小明听到有人叫他，连忙回过头来，看到一个浓妆艳抹的胖女人坐在前台朝他眯眯笑，"玩两手吧！"

"我没带钱。"小明说完，显得有点窘迫。

那女人嘻嘻一笑，说："这里赌钱是不用钱的。"小明以为自己听错了，但那女人已经甩出了一大把红绿混杂的筹码，小明满脸疑惑地拿起几枚筹码，发现筹码上刻的全是时间，一个月，两个月，一年，两年……小明不解地问："这是什么意思？"

那女人神秘地笑了笑，露出一口黄牙："你的命呀。一个月相当于一万，一年加倍，二十四万，很划算吧！"

小明倒抽了一口凉气，用命去赌钱，荒唐，没了命还要钱干吗？他刚要离开，但转念一想，这是赌博，就是说他不一定会输啊，在单位里一个月经常一晃就过去了，但在这儿一个月却是一万块，这可是他大半年的工资啊！就这么一晚就可以到手了……他犹豫着，转身走了进来，胖女人在身后叮嘱道："记住，一晚上只有五次出手的机会哦。"

小明走近一张赌台，他从没进过赌场，会玩的只有赌大小了，他没有贸然下注，只是在旁边观看，随着骰盅的打开，有人欢呼，有人苦笑，也有人发狂，他的手心一直在出汗，值得吗？一万块，他可以买一套高级音响，或者在明年"情人节"给倾慕已久的女孩买一枚钻戒。那女孩从没正眼看过他，还不是因为他穷吗？

过了很久，他终于鼓足勇气，在"大"字上押下了一个筹码——一个月，哗，骰盅打开，他根本不敢拿正眼观瞧，浑身都被汗浸湿了，只是在一片疯狂的呼喊声中听到庄家喊“四五六点——大”，他才如释重负地松了口气。筹码上的字不知何时变成了“两万”，他捏着那个筹码飞快地离开赌台，到出纳柜台兑换筹码，换到了两沓厚厚的钞票。他发誓再也不进赌场了。

次日，小明一觉醒来，天已大亮，他习惯性地朝床头柜望去，不禁睁大了眼睛：柜子上竟整整齐齐码着两沓钱，昨晚的事居然是真的！他一骨碌爬起来，胡乱洗了把脸就匆忙赶到办公室，但脑子里却不断浮现昨晚的情形……晚上，小明控制自己不去想它，甚至一早便上床睡觉，但一到十二点，他竟神差鬼使地爬了起来，按下了电梯按钮。这一次，他毫发无损地捧回了三万块。

事情变得一发不可收拾。每天晚上，他都竭力压抑着自己的愿望，但总是能找到前去一博的理由。几天下来，他已经累积了十几万。从此，他人换衣裳马换鞍，出手大方，甚至和一个女孩交上了朋友。他再也不管什么阿正、阿反了，只觉得二十一楼半赌场简直是他的救星，而好运似乎会继续下去……

这天晚上十二点，小明如期来到赌场门口，这一次，胖女人没给他五个“一个月”的筹码，而是把其中一个换成了“五年”。他迟疑了一下，但想了想还是接了过来。是啊，一个月是赌，五年也是赌，为什么不爽爽气气赌它一回呢？

走近赌台，小明紧紧地攥着筹码，他已经赢了三万块，但“五年”的筹码，他还是不敢轻易押上。如果输掉的话，就意味着自己少活五年；但赢了呢？可得一百二十万，他可以买一套复式公寓，甚至可以向女孩求婚了。不，到时候，自然有人向他求婚！而他赢了这一次之后，八抬大轿抬他，他都不会再踏入这个赌场一步，不用再过担惊受怕的日子。他为自己的想法感到莫名的兴奋。

赌台已经连开了十盘的“小”，根据他以往的经验，这已经到了极限了，他感到热血一下子冲上了脑袋，“大！”他把“五年”的筹码全部押上！“一二三点——小”，庄家“咯咯”狞笑起来。一切都太突然了，有几个赌客失声叫了起来，但小明没有大叫，只听见胖女人在他们背后阴沉地笑着：“多谢各位了，再多存几年，我就可以回去了。”周围的赌客木然地看着她，小明失去了知觉……

第二天，小明一觉醒来，周围的一切与往常一样，枕边空空如也。

“是梦，是梦，根本就没有什么二十一楼半赌场，这一切都是梦！”他爬起来狂叫着，忽然他再也不叫了，他踩到了昨晚赢来散落一地的几万块

·传闻逸事·

挑战棋王

□帅士象

民国初年，四川安县出了一个土匪叫陈胖子。这陈胖子打小就痴迷象棋，可以不到私塾去读书，却可以站在棋摊边上看一天棋，不吃不喝也不觉得饿。成年后，因杀了村里的恶霸，上安县的九顶山当了土匪，没多久，竟成了众望所归的匪首。但陈胖子这个匪首有些另类，人家迷的是到处抢东西，而他迷的却是穿着便衣四处去下棋。一两年间，他已胜遍

钱。他冲进洗手间，望着镜子，一夜之间他似乎老了许多，人仿佛一下子跌入了冰窖。

不知过了多久，他好像听到有人敲门，便慢慢走过去，打开门，发现敲门的是警察。警察问他："请问隔壁是你同事吗？"小明木然地点了点头。

"他死了。"

"什么，死了？"小明的头上像浇了一盆冷水，人也醒了。

"是的，初步鉴定为自杀。请问你昨晚有没有听到什么特别的声音……"

他摇了摇头。

阿正房里发现了大量现金，警察正在调查，邻居们议论纷纷，不过，只有小明一个人知道怎么回事。阿正太贪婪，他把一辈子都赔进去了！

已经失去了五年，为了不让自己再受那栋公寓的诱惑，小明决定离开那座城市……

（本篇月月评短信代码：2214）

（题图：魏忠善）

了周围十几个县的棋手。

渐渐的，他不满足现状了，发出话来要去挑战成都马棋王。

马棋王是何等人呀？人家是当时蜀中三剑客之首，更是代表国家比赛的国手。不过，马棋王不是个显山露水的人，平常只喜欢躲在乐山研究棋谱，那些闻名而来要与他一决高低的棋手，都被马棋王的父母拒之门外。陈胖子来到成都，带着两块金条，四次上门，都被挡了回来。陈胖子哪受得了这个气，一转念，想出了一条毒计……

半个月后，马棋王从乐山下棋回来，发现父母不在了，只在桌上，留下一张便条，上写道：

马棋王：要见你父母，到安县九顶山大庙中来，我们已经绑了他们的肉票，只有你才能救他们！

马棋王找人问了半天，才知道安县在什么地方。于是星夜兼程，来到了安县，上了九顶山，在山下他被“二匪头”蒙了双眼，用木棍牵着来到山上的大庙。

大庙正中坐着的便是匪首陈胖子。陈胖子见了马棋王，开门见山就说：“知道我为什么这么做吗？”

“不知道。”

“本大王四次来府上找你下棋都被拒之门外，今天这样做，是下下策，可下下策我也愿走。我只想与你下一盘棋以决高低。你赢了，带上你的父母立马走人；要是输了，对不起，一个都走不掉了。”

马棋王这才恍然大悟，过了一会，他平静地说：“可以。”

马棋王便坐在旁边的棋桌上，准备下棋。陈胖子道：“慢，兄弟们，开始煮人。”

马棋王一惊，只见众喽罗们将他的父母从里面推了出来，然后，“扑通”一声丢入一口口朝上的大钟之中，接着，几个小匪便将一桶桶水倒入大钟，直到将马棋王父母的肩都淹了才住手。此时正值寒冬腊月，马棋王只听得他的父母在里面冻得直叫唤。陈胖子笑道：“冷吗？兄弟们，那就给他们点温暖。”话音落地，几个小匪便抱出几捆干树枝，堆在钟的四周，一声呐喊，点着了火，那烈火就在钟的四周腾腾燃烧了起来。

马棋王的头皮一紧，心中微微有些隐痛。

陈胖子呵呵大笑道：“好了，开始吧。马棋王，你必须在水烧开之前击败我，超过了时间，你只有将煮熟的父母背回去了。”

马棋王“哼”了一声，让陈胖子先走，谁知道陈胖子却执意要让他先走，说要赢就赢得漂亮一点。

马棋王冷笑一声，执子走了第一步。可陈胖子却不急着走，而是和他身后的一帮土匪研究，分析马棋王这一步想干什么，下几步又将如何，他要怎么应付，一直研究得滴水不漏，万无一失，才肯落下棋子。

马棋王等得不耐烦了，提子又走了一步，别过脸问父亲：“爸，水还冷吗？”

父亲答道：“冷。”

陈胖子才下了一步。

不知道等了多久，马棋王问父亲：“水还冷吗？”

父亲答：“已经不了。”

陈胖子又才下了一步。

马棋王开始着急起来。他急陈胖子这慢劲，就这么个下法，一盘下完，水早就烧开了。他就是再厉害，棋势再好，在火烧开之前，棋也下不完呀……这帮王八蛋！

这么想着，他下了一步棋，土匪们“哇”地叫了起来。陈胖子呵呵大笑，闪电般投下一子，然后将马棋王的一个棋子捡了起来。马棋王定睛一看，是自己胡乱中将马送进了陈胖子的象口，被陈胖子讨了个便宜。

马棋王愣了：自己怎么下了这么个昏招？没想到这么快就丢了一个马，后面还怎么下呢？而且，钟里的水……就在这时，父亲问话了：“儿，下完了吗？水已经热了，我的脚开始发烧了。”

马棋王心中又是一乱，这可是要父母命的棋哟。情急之中，他又连走了几步臭棋，形势开始变得不利起来。陈胖子这下子得势又得子，在谈笑风生中，反而下得更稳了。

马棋王有个念头在心中慢慢地往下沉：这盘棋输了！

而这时，不但父亲在喊，连母亲也忍不住小声叫起来。

他觉得今天真是日月无光，他甚至想到了自己把煮熟的父母背在身后的情景……这样想着，他不顾众土匪的狂呼乱叫，也不顾热水中父母的呻吟，径自走出庙门，来到万丈悬崖前，调整一下他的心情。他想到，现在必

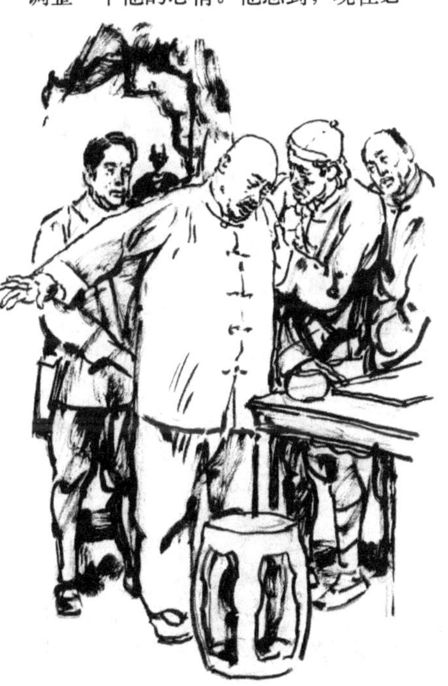

须要换一种心态：作为棋王，他的痛不是输了这盘棋，也不是父母被活活烫死；他的痛是，他并没有把棋王的真才实学发挥出来。如果发挥出来的话，就是再来一个团的陈胖子，他也会杀得他们屁滚尿流的。

他愧对棋王的称号啊！

想到此，他长长地出了一口气，走了回来，在棋桌旁坐定。陈胖子久思不出，马棋王就用棋坛上最尖刻的语言激怒他，陈胖子果然被激怒了，落子如风，然而没走几步就落入马棋王的圈套，棋势大变。

陈胖子输了！只见他一推棋盘，大大地叫了一声："舒服！"

马棋王一声不吭，将惨叫的父母从大钟里拉了出来，扶着他们，然后一跛一跛地走下山去……

陈胖子等看不见马棋王的背影了，才"哇"地一声，从口中吐出一大口鲜血。众匪徒吓呆了，忙叫人下山去请郎中。陈胖子摆摆手道："不用了，把人叫回来。"

二匪头道："大哥，你心中不安逸，我叫人追上去把马棋王一家杀了。"

陈胖子道："你怎么知道我不安逸？我安逸得很。"二匪头道："可是你吐了血。"陈胖子道："我当然要吐血，这口血非吐不可。我的棋力比他差不了多少，我给了他那么巨大的压力，煮他父亲，故意拖延时间，而且也让他失了子，乱了方寸，但是我并没有拿下他，知道我为什么还安逸吗？"众匪徒道："不知道。"

陈胖子道："主要是我领会到了马棋王一种上乘的心法，我真安逸呵。但是，这种心法，我作为土匪，以我的经历、我的为人，是学不到了。我永远无法达到他那种境界，所以我吐血。"

二匪头道："大哥，下不过又有什么？我们还是干过去的营生，大块吃肉大碗喝酒，活得更好些。明天我去给你抢两个婆娘上来，你迷上这个绝对不会喜欢下棋了。"

陈胖子什么也不说，走到前面的万丈悬崖前，笑着对众匪徒说："我小时候放鸭，总是不明白一件事。"

二匪头问："什么事？"

陈胖子道："我不明白，那肥肥的下蛋鸭，为什么我从后边的山上往河下赶时，它们不是顺着坡往下跑，而是腾起肥肥的身子飞下去。我今天倒要想学学他们，看这身肥膘是否能飞下去。"

众匪徒还没弄明白，陈胖子已经跃起他肥大的身子，张开双臂，学着他梦中的鸭子雄姿，跌下了万丈悬崖……

二匪头摇摇头说："大王疯了！"

（本篇月月评短信代码：2215）

（题图、插图：王申生）

本故事根据英国小说家罗尔德·达尔的同名小说改编

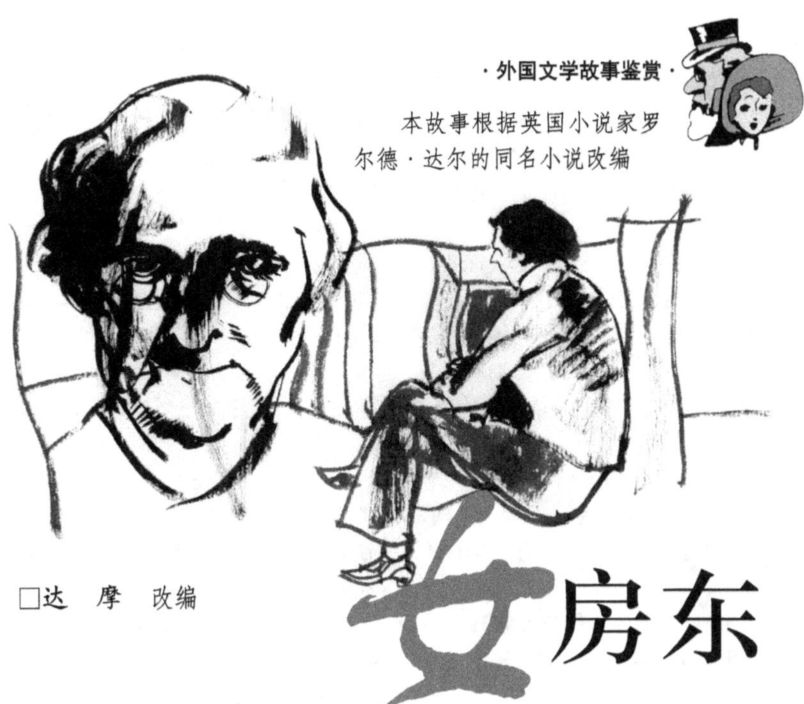

女房东

□达　摩　改编

韦佛是来自伦敦的漂亮小伙子，这天，他接受伦敦总公司的指令，到另一个城市巴斯工作。由于时间紧迫，当天他就整装出发了。晚上九点钟，火车抵达巴斯。

出了火车站，他想先找一家旅馆住下来，便顺着大街往前走，突然发现一幢房子的窗户上，贴着一张红纸广告，路灯照射在那上面，字迹显得非常清楚，那上面写着："供应床位和早饭。"

他停了下来，探头向窗内望去，首先看到的是壁炉中跳动着的火焰，在火炉前面的地毯上，蹲伏着一只漂亮的猎狗，屋子本身是暗淡的，但可以看得出里面的家具和摆设都非常精致。在房间的一角摆了架钢琴，另外有张沙发和几张靠背椅。在墙的另外一角，有只笼子里装着一只大鹦鹉。韦佛平时就喜欢动物，因此，他觉得能住进这幢屋子，肯定比其他旅馆要好得多。

想到此，他转过身爬上石阶按响了门铃，开门的是位老妇人，五十岁左右，老妇人一见到他，就微笑着说"请进，请进。"随后就欠欠身让他进来，韦佛解释说："我正在找住宿的地方。"

"我知道，给你准备好了，亲爱的。"

他小心翼翼地问道："住一晚多少钱？"

"一晚上五先令六便士，包括早饭。"

这么便宜？他不禁脱口而出："好的，就这样吧，我很喜欢这里。"

"进来吧，"老妇人说。她的确是太好了，就像一位母亲招待到家里来度假的儿子的同学，韦佛脱下帽子，进到屋里去。

"这幢房子全是我们自己的，"老妇人转过头来对他说，领着他上楼，"你要知道，我并不是常有兴趣让人住进我的房子里来。"

韦佛心想，这个老太婆真有点怪，但嘴里却客气地说："我还以为这里宾客如云呢。"

"不错，亲爱的，是有很多人想住进来，但是我得挑选人，我有我选择的条件，你懂我的意思吗？"

"啊，我懂。"

"不过，今天我又能打开门迎接一位贵宾，这真是一个莫大的荣幸，亲爱的，"她说到这里，突然停下来，转向韦佛，碧蓝的眼睛把他上下打量着，"请相信我，像你这样的人的确还很难找。"

他们爬上三楼。"这一层就是你住的了。"她指着第一间房间说，"这就是你的房间，希望你会喜欢。"

韦佛跟着老妇人进入一间大卧房，打开灯后，他不禁看呆了，一切陈设都非常精致讲究，比豪华大饭店还漂亮，但只要五先令六便士，今晚真是捡着大便宜了！

老妇人说："哦！韦佛先生，在毯子里我已放上了一个热水袋，倘如你仍感到冷的话，可以往壁炉里再添些木柴。"

"多谢，真的谢谢。"说着韦佛拿走床罩，发现毯子已经铺好，只等着人躺进去。

"你来了我真高兴，"老妇人两眼盯着韦佛，"刚才我还放心不下哩。"韦佛感到她的话非常受用："您不必为我操心。""亲爱的，晚饭怎么办呢？你大概还没吃晚饭吧？""我一点都不饿．只想赶快睡，因为明天我一早就要起来，到公司去报到。"

"那好！不过，麻烦您到客厅去登个记，履行一下手续。"说完，老妇人微微挥了挥手，就走出了房间。

此时韦佛是完全放心了，他看出这位女主人不但没问题，而且还慷慨得很。也许她是有个儿子在战争中丧生，所以喜欢在年轻人身上付出爱心，以求心灵上的补偿。

几分钟后，他就整理好一切，洗完手下了楼。他走进客厅时，发现女主人不在，但壁炉里的火还是燃着的，那只小猎狗还是躺在那里，屋子里非常温暖，使人感到舒服，他搓了搓手想："我的运气真不坏！"

他发现在钢琴上有本旅客登记

簿，于是他拿出钢笔来，在上面写下自己的姓名住址。在他写的这一页上，另外还有两个人，一个是来自英格兰的亚克，一个是来自苏格兰的邓普，韦佛心里一动，觉得这两个名字好熟，似乎在那里听过。“邓普？亚克……”他自言自语道，尽量在记忆中搜索。

“是的，都是些非常迷人的男孩。”一个声音在他身后响起，他吓了一跳，转过头来，只见老妇人站在他身后，手里端着一个大银盘，上面放着整套的银茶具。

韦佛说：“这两个人的名字听起来很熟。”“真的？那太有趣了。”“这真的有点奇怪，也许是在报纸上见过，不过他们并不是名人，比如体育明星吧？对吧？”“体育明星？”她把银盘放在长茶几上，说，“哦，我不认为他们有什么名气，不过两个人都非常英俊，这倒是真的。他们都像你一样，又年轻又英俊，亲爱的，的确就像你一样。”

韦佛接着又看了看登记簿，这次他注意到上面的日期，发现邓普来这里，已经有两年多了。而且，亚克还要早一年。

“老了，”她轻轻地叹了一口气，“真是岁月如流，一晃眼就是三年多了，以前就都没想到这一点，你想到过吗？韦金斯先生？”

“我姓韦佛，”韦佛说。

“哦，对不起，韦佛先生，我真笨，老是记不住你的名字，我常常会这样，听到别人的名字立刻就忘掉了。不过，我们不必为这伤脑筋，你先坐下来喝杯茶，然后吃点饼干，我弄的茶味道还不坏，你可以尝尝。”

“谢谢，你真的不必这样麻烦。”他站在钢琴边，看老妇人忙着摆茶具和点心，发现她有双白皙的手，指甲上还涂着红色的指甲油。“等一等，”韦佛突然若有所悟地说，“我现在敢肯定是在报纸上看过他们的名字，邓普……亚克……”

“茶里要加牛奶，还是加糖？”

“牛奶好了，多谢，亚克……对了，他是读伊坦中学的，对了！”

“伊坦中学？”她说，“那是不可能的，亚克先生来我这里的时候，乃是剑桥大学的学生。别管这些了，坐到我旁边来，喝点茶再说。”她拍了拍长沙发的空位。

韦佛走过来坐在沙发边上。

他们开始喝茶，差不多沉默了三分钟。但韦佛明白老妇人一直在注视着自己，而且这时候他闻到一股从她身上散发出的气味。

最后还是老妇人先开口说话：“亚克先生很会品茶，我活了半辈子，还未见过像他这样讲究喝茶的。”

韦佛立即问道：“我想，他离开这里不久吧？”他心里还是在想着这两

个名字，现在他能肯定是在某家报纸的头条新闻中见过他们的名字了。

“离开？”她皱了皱眉头说，“亲爱的孩子，他从来没离开过，他现在仍然住在这里，邓普先生也在，他们都住在四楼，他们俩住在一起。”

韦佛听不懂了，诧异地看着女主人。老妇人对他笑了笑，用手轻轻拍了拍他的膝盖：“亲爱的，你多大了？”

“十七岁。”

“十七岁！”她轻呼着说，“啊，那是最完美的年龄，亚克先生也是十七岁，但看上去他比你矮了一点，而且他的牙齿也没有你这样白，你有副很漂亮的牙齿，你自己知不知道，韦佛先生？”

这位女主人似乎是在评判东西一样，接着说：“当然，邓普比你们俩都要大些，实际上他已经是二十八岁了，不过他要是不告诉你，你怎么也猜不出，我生平中没有见过如此完美的，他全身上下没有一点瑕疵。”

“什么？”

“他的皮肤就像婴儿一样细嫩。”

谈话中断了一会，韦佛端起茶杯慢慢地喝了一口，然后放了回去，他在等女主人继续说下去，但她似乎有意保持沉默。她只一面静静地看着他，一面咬着下嘴唇。

最后还是他忍不住先说了话：“那只鹦鹉，我才进来的时候，还把我给唬住了，我还当它是活的呢！”

“可惜，它早就死了。”

“我不明白怎么会弄得这样，现在要是没听它叫过，看上去还是跟活的一样。谁有本事弄成这样？”

“我弄的。”女主人回答说。

“你弄的？”

“当然，”她说，“你也可以和我的小贝尔见见面。”她指了指那只躺在壁炉前面的小猎犬。突然间他也想起来，这只狗和那只鹦鹉一样，自他进屋以后，它都没有动弹一下。他伸出手摸了摸，狗背上又冷又硬，又是一副制得非常好的标本。

“天！”他赞叹道，“真的弄得太好了，完全跟活的一

 人的占有欲是从来不会停止不前的。——高尔斯华绥

样！做起来真不容易吧？”他忍不住投给这个老妇人一个钦佩的目光。

“的确不容易，”她说，“在我这只小宠物死了以后，我亲自把它制成这样，喂，你还要不要茶？”

“谢谢，这茶有点苦，好像放了不少的柠檬。”

“你签好了登记簿？”

“哦，签好了。”

“那很好，以后我如果忘记你的名字时，可以在那上面查。对亚克先生和……”

“邓普先生，”韦佛补充说，“对不起，我要问一下，这两三年中，除了他们以外，还有没有别的客人？”

她含有深意地对韦佛笑了笑：“没有了，除了你。”

韦佛此时觉得头在发昏，眼睛怎么睁不开，但突然灵光一闪，他想起他在什么地方看到过亚克、邓普的名字了：不错，是在伦敦一家报纸的头条新闻看见过，他们是到巴斯城不久，就无缘无故地失踪了。

接着，他在半昏迷中听到女主人温柔地笑着说：“你真是十全十美，我会把你做成更完美的标本，让你永远住在三楼，我每天都来欣赏你……”

（本篇月月评短信代码：2216）

（**题图**、**插图**：箭　中）

·本刊信息传真·

欢迎投稿：为了我们的故事更精彩

我喜欢《故事会》，是从喜欢其中的“幽默故事”开始的。而我的身边，也有这样的令人忍俊不禁的事情，写出来会不会也把大家逗笑呢？这就是我最初写故事的动机。

其实，我们的生活中不仅有笑声，还有眼泪；有美好，还有丑恶，当然，更有希望。感谢生活，她是我们故事创作的源泉！感谢故事，她给了我们一个叙说对生活的感受与渴望的舞台！

——黄胜（山东莱阳人，其作品见本期第17页）

您手中有没有得意之作？新的，奇的，巧的，趣的，险的，情感的，悬念的，智慧的……欢迎您投寄本刊。本刊辟有二十多个原创性栏目，如中国新传说、中篇故事、悬念故事、我的故事、幽默世界、16岁故事等，可谓丰富多彩，必有一款适合您。

读到或听到什么有趣事可以和大家一起分享吗？3分钟典藏故事、情节聚焦、外国文学故事鉴赏、快乐辞典等，是本刊的推荐性栏目，一旦采用，您将获得相应的“推荐费”。如果您有何心得体会或建议，也不妨写下来寄给本刊，我们将择优选登。

来稿可从邮局寄发，也可从网上传递，但必须注明您的真实姓名、固定地址及一般联系方式（如电话、手机等）。若没有采用，恕不奉还。

邮寄地址：上海绍兴路74号《故事会》杂志社，邮编：200020；请在信封上注明“××”栏目收。本期责任编辑电子信箱为：　xiayiming@vip.sohu.net。

·发财金匣子·

第四街区计划

□岳　扬

凯利是个非常优秀的学生，他雄心勃勃制作了一份创业计划，但他自己很穷，为使计划早日得以实现，他决定找投资家威尔斯帮忙。

威尔斯所在的公司总部就设在绿色公园里，这天，凯利带着厚厚的计划书，坐在公园的一张长椅上沉思默想，在拜见投资家威尔斯之前，他要理清一下思路，争取一炮打响。

等考虑成熟后，他踌躇满志地向威尔斯总部走去，突然发现长椅边有个乞丐模样的人，正低头翻东西，仔细一看，那东西正是自己的计划书，便有礼貌地说："先生，这是我的计划书。"那乞丐抬起那张满是皱纹的老脸，眼睛眨也不眨地盯着他。

见老乞丐没反应，凯利从口袋里掏出一法郎，递了过去。

老乞丐接过钱，但他并没有将计划书立即还给他。凯利显得有点不知所措，就提醒道："先生，能把文件还给我吗？"没想到那老乞丐幽幽地说："你这份计划书没用。"

凯利一听差点儿笑出声来。

"我乞讨了大半生，从垃圾箱里看到过无数这样的计划书，尤其是在银行投资家的垃圾箱里。"

威尔斯正是银行投资家，凯利也听说过很多人在他那里碰壁的传闻，但目前他没更好的办法。老乞丐见凯利没主意了，又说："我为你想个办法怎么样？"凯利终于忍不住笑了。

"但我有个条件，"老乞丐全然不顾凯利的反应继续说，"利润的百分之二十属于第四街区。"凯利知道，巴黎的第四街区是贫民区。

"只要实现了这个计划，我完全同意你的股权要求。"

凯利假装答应了他的请求。

老乞丐说："那你能写个协议吗？"凯利见乞丐如此认真，也就继续装下去，于是挥笔就写了一份协议。老乞丐将计划书递给凯利："还应换个题目。""换什么？""叫'第四街区计划'怎样？"

凯利笑笑，一口应承下来。

老乞丐对他说"那好吧，五天后在这儿见面。"说完，他走了。

凯利等老乞丐走远，便拿着计划书来到威尔斯公司碰运气，然而正如老乞丐所言，他这次碰了一鼻子的灰，威尔斯头也没抬，就将计划书扔在一边……

第五天，凯利满腹狐疑来到公园，一进公园，他愣了神，只见公园里挤满了乞丐，突然，有人拉住他，他转过身发现是老乞丐。老乞丐对他说："孩子，把你的计划书给我。"凯利把计划书递了过去。

只见老乞丐拿着计划书，让那些乞丐们轮流在上面签字。半小时后，公园外突然来了大批记者、主持人，其中一个著名电视台主持人走到凯利面前，说："先生，听说你的计划得到全州四分之一乞丐的支持。请问你是怎样得到他们支持的？"

"我的计划叫第四街区计划，利润的百分之二十归第四街区所有。"凯利想起了跟老乞丐讲过的话，就毫无保留地说了出来。

"可是银行家约翰起家时也这样对乞丐们承诺过，但他后来并没有兑现诺言。你怎么让大家相信你呢？"凯利一听就明白了老乞丐的良苦用心，立即说道："我是签了合约的，有法律效应。"说着就将合约从口袋里掏了出来。

第二天，巴黎几乎所有的报纸、电视报道了凯利得到乞丐们支持的计划，他们把凯利叫做"不同于约翰的慈善家"。一时间，凯利的计划传遍法国。还未实施，所有人都知道凯利要在全国开五十家艺术品超市的事。

不到一个星期，威尔斯就登门拜访凯利，表示对他的计划十分关注，并愿意投资一百万……凯利成功了！

凯利在公园找到老乞丐，第一句话就这样问："为什么幸运者会是我呢？"他想弄懂其中的缘由。

"因为你是第四街区出来的，孩子，我曾是你的邻居。"

凯利吃惊了。

"每天看到你快快乐乐上学，我就在想怎样帮助这个有出息的孩子早日发达起来，也是上帝有眼啊，那天正好在公园里发现了你丢失的计划书，我们才一拍即合。为了帮助所有第四街区的孩子，我整整计划了二十年……"

老乞丐不禁老泪纵横。

（本篇月月评短信代码：2217）

（题图：箭　中）

·中篇故事·

善有善报，恶有恶报；不是不报，时辰未到；时辰一到——

一网打尽

□ 范国清

1. 两贼反目

十佛镇一带乡下有两个偷鸡贼：一个是梨树村的姜三蛋，另一个是大枣庄的黄拐子。

姜三蛋今年三十有二，偷鸡资历深，技术高，为了掩人耳目，家里养了十多只鸡。黄拐子年长三蛋两岁，偷鸡资历、技术，与三蛋不相上下，家里也养了十多只鸡。所不同的是，他有个长相不赖、年纪又轻的哑巴老婆。

俗话说：物以类聚，人以群分。这两个贼自从相识到互相知根知底后，就好得可以穿一条裤子了，不但口头上称兄道弟，还时不时串门做客，交流偷鸡心得。也许是出于“职业习惯”，黄拐子到姜三蛋家，别的不看，先看他家那十多只鸡；而姜三蛋来黄拐子家，除了看他家的鸡，还喜欢看他那个漂亮老婆。

这年，年关来了，若在往年，年关正是他们的活跃时期，可今年，黄拐子不敢出外村偷鸡，他让姜三蛋也不要来大枣庄偷鸡。

你道为啥？原来，大枣庄村头有一户人家，丈夫叫孟大，妻子姓刘名巧花，夫妻俩承包了村前的一个养鱼塘，这鱼塘就在他们家门前，门前的小道是村庄进出的必经之路。眼下已到年底，鱼大了，肥了，孟大和刘巧花怕人偷鱼，夫妻俩夜夜轮流看守鱼塘，寸步不离。黄拐子害怕夜里出门偷鸡被孟大看见，特别是怕被刘巧花看见。

这个刘巧花不但聪明，而且胆大泼辣，爱管闲事。黄拐子想，如果让她看见自己外出偷鸡，一定会吵得全世界都知道。黄拐子心里有个算盘，想着自己这几年偷的鸡不下千只，如果被派出所抓住了，老账、新账一起算，就得判刑坐牢。为从长计议，他决定在孟大夫妻守鱼期间，不但自己不偷鸡，同时也要姜三蛋按兵不动。

黄拐子等呀等，机会终于来了。这天，他观察到孟大把鱼塘的鱼捞起来送进城里，而且晚上没回家。他还发现刘巧花天一黑，只查看了一下鸡笼里的鸡，就关门睡觉。好啦，今夜可以出村偷鸡了！他决定先去姜三蛋家，告知可以行动了。

黄拐子离开家，悄悄走过养鱼塘岸边，直朝梨树村走去。他鬼鬼祟祟摸到姜三蛋家门前，见大门上了一把大锁，不禁一愣：两人曾订了暂不偷鸡的口头协议，还赌誓说，谁要违背协议，谁就是要遭天打雷劈的小人。现在看见姜三蛋关门上锁，心想莫非这个小人，瞒着自己外出偷鸡了？一想到姜三蛋去偷鸡，黄拐子气就往上涌，决定狠狠教训一下这个不守信用的小人。

其实，姜三蛋没去偷鸡，正在村上一户人家打麻将哩，此时，因口袋里的钱输光了，就回家拿钱。当他走近家门，发现黄拐子手拿大铁起子在撬他家门上的锁，姜三蛋不禁大吃一惊。这时，黄拐子已经撬开了门锁，破门而入，屋里立即传出鸡群受惊的嘈杂声。

姜三蛋没想到，黄拐子竟来偷他家的鸡，他又气又恼，眼睛转了转，迈开大步，匆匆朝大枣庄奔去。他边走边想，姓黄的，你先不仁，休怪大爷我不义！他要去黄拐子家报复这个见利忘义的小人。

姜三蛋赶到黄拐子家，见大门虚掩着，便推门而入，大摇大摆地走到鸡笼前，从口袋里掏出几根橡皮箍子，两手伸进鸡笼，手脚麻利地将鸡嘴套上橡皮箍子，而后一只一只拎出来塞进蛇皮袋里。正准备出门，忽然想到黄拐子的老婆，他发出一声奸笑，决定把黄拐子的老婆也偷了！

姜三蛋走进房间。窗外一片月光斜刺里射进来，照在黄拐子老婆的脸上，显得温柔似水。他顿时欲火中烧，立在床前，急吼吼忙着解衣脱裤。

这当口儿，黄拐子背着一袋鸡从姜三蛋家赶了回来，见家里大门开着，暗吃一惊，莫非家里遭了贼？他轻手轻脚走进屋，听见房里有响动，便悄悄放下鸡，摸了一根木棒走了进来，只见一个赤膊汉子正准备向他老婆下手。黄拐子怒不可遏，跨前一步，手起棍落，一个木棒砸在姜三蛋脑壳上。姜三蛋连哼也没哼出声，身子一歪，倒下了。

黄拐子拉亮电灯，仔细瞧瞧赤膊汉，居然是姜三蛋，几根黄胡子都气得竖起来了："三蛋啊三蛋，我只不过偷了你家的鸡，你竟敢来偷我老婆，真是该死！"骂了一会，见他躺在地上一动不动，便弯腰摸摸姜三蛋的脉，感觉脉好像不跳了。这下一张黄脸惊得更黄了：哎呀，姜三蛋死在我家里，这可怎么得了呀！黄拐子小眼睛骨碌一阵，接着，背起姜三蛋朝门外走去。

2. 深夜救人

黄拐子背着姜三蛋慌慌张张往村外走，走到鱼塘边，已累得浑身冒汗，气喘吁吁了。他打算把姜三蛋丢进鱼塘，造成失足淹死的假象，可手一搭牢肩上赤溜溜的姜三蛋，便又觉不妥：这天寒地冻的，姜三蛋咋会只穿一条裤衩出门偷鱼呢？他好后悔没给姜三蛋穿衣服，正在此时，忽见灯光一闪，接着传来一声喝问："谁！"

这一声大喝，吓得黄拐子双腿打了个哆嗦，背上的姜三蛋"通"一声掉了下来。他顾不得姜三蛋，拔腿就逃……

问话的是刘巧花。刘巧花睡梦中被黄拐子的脚步声惊醒，她拉亮电灯，抓起渔叉，打开大门，喝问一声跑了出来，定睛一看，只见一个穿着裤衩的男人直挺挺地躺在鱼塘岸边。她觉得很奇怪，这是咋回事呢？她怕其中有诈，就远远地用渔叉轻轻拨弄姜三蛋问："喂！你是人还是鬼？这么冷的天，你……"她见没动静，心想，会不会是个死人？她壮着胆子，上前摸摸他的胸口，见他胸口是热的，心脏微微在跳，她立即闪出一个念头：救命要紧！于是她吃力地将姜三蛋拖进屋，顺手又将丈夫准备过年的新衣裤给他穿上，然后，冲了一杯热糖水，灌进他的嘴里，过了一会儿，姜三蛋从昏迷中慢慢睁开眼睛。

刘巧花见姜三蛋醒过来了，十分好奇地问道："你是谁呀？"

姜三蛋一时还没理顺今夜发生的事，只好有气无力地问刘巧花：“妹子，这是哪儿？”

刘巧花说“这是我家，大枣庄孟大的家。你没穿衣服倒在我家门口，这是咋回事呢？”

这会儿，姜三蛋已完全清醒了，他不敢把真实情况告诉刘巧花，就撒了个谎，说：“大妹子，多谢你救我。我这人有个‘夜游症’的毛病，常常睡到半夜三更往门外跑，今天衣服也没穿，就跑到了这里，可能是天太冷，把我冻僵了，就倒在你家门口了。”

刘巧花恍然大悟：“我说呐，这么冷的天，你咋不穿衣服在外走，原来你有‘夜游症’毛病，这真危险呀。你是哪个村的？”

姜三蛋摇摇头说：“大妹子，你甭问了，这种不光彩的事，说出去会让人家当笑话呢。”

刘巧花想想也是，就不多问了。姜三蛋感到头疼得厉害，求道：“大妹子，行行好，你救人救到底吧，刚才我跌了一跤，现在头还疼，你就让我在你家躺一夜，明天一早我就走。”

刘巧花觉得丈夫不在家，让一个陌生男人住在家里很不方便。但姜三蛋说他头疼，不能走路，这可咋办呀？她犹豫了好半天，终于从卧房抱出一条被子，叫姜三蛋在堂屋里将就一宿。

刘巧花回卧房关门睡觉。姜三蛋呆在堂屋里怎么也睡不着，他用手摸摸脑壳，这一摸吓了他一大跳，脑壳上长出一个小馒头似的肉包子。他揣摸自己定是准备偷黄拐子老婆时，冷不防被黄拐子撞见下毒手打昏的。他这么一揣摸，对黄拐子更是恨得咬牙切齿。

此时，天上的弯月已经西斜，四野农庄此起彼伏响起了鸡叫声，刘巧花家鸡笼里的雄鸡也“喔喔”欢叫起来。姜三蛋决定在天亮前离开这里。他凝神听听房里的动静，发现那女人睡得很熟，正轻轻打着鼾呢！他低头看看自己，身上穿着那女人给的衣裤，特别是一件新织的蓝毛线衣，既合身又暖和，他决定来个不告而别，一走了之。可刚出大门，就听见鸡笼里的雄鸡又“喔喔”叫了，他不由自主地走到鸡笼前，发觉手指头上还有一根橡皮箍子缠在上头，便毫不犹豫地把手伸进鸡笼里……

鸡笼里有十多只鸡，有只芦花大公鸡是只领头鸡，十分灵敏勇猛，它见一双黑手伸进鸡笼，立即用尖嘴去啄，还“咯咯咯”乱叫。姜三蛋双手一捞，将芦花鸡的头抓在手里，再将手指头上的一根橡皮箍子缠在芦花鸡嘴上，心想，看你这只该死的鸡还叫！

姜三蛋拎着芦花鸡一摇一晃往家走，当快要临近梨树村时，天已蒙蒙亮了。他远远看见村上已有不少人起床出门干活了，他想自己一大早拎着一只嘴上带橡皮箍子的芦花鸡，谁见了也会犯疑的。于是，他将鸡脚缠上稻草，放在他家的菜地沟里。

姜三蛋空着手儿回村，满以为村上的人不会注意他的。没料到他刚走到村口，村上的人还是把他围住了。原来姜三蛋这个光棍汉，平时衣着邋里邋遢，今天村里人见他一大早穿着一身新衣从外面回村，特别是见他还穿着一件女人织的新毛线衣，感到新鲜奇怪。姜三蛋不敢说出真相，就胡编瞎说道："咦咦，我没讨老婆，你们就以为世上真的没女人爱我姜三蛋吗？实话对你们说吧，我在外乡找了一个相好的女人，这毛线衣是她给我织的……"村里人听了半信半疑，而姜三蛋则得意洋洋，大摇大摆地往家里走去。

3. 捉奸捉双

姜三蛋回家后，躺在床上摸着脑壳上的肉包，觉得还很疼痛，他怕落下后遗症，想来想去，就躺不住了，爬起来立马跑到县城医院看医生。医生摸摸他的肉包，说没事没事，只要好好休息，过几天肉包就会自动消失。

姜三蛋从医院出来，看见街道边有个人在卖鱼，便凑过去，他想顺便买条鱼回家过年哩！

也叫无巧不成书，那个卖鱼人就是孟大。他给姜三蛋称了一条大草鱼，在姜三蛋付钱的时候，孟大看了姜三蛋一眼，这一看，心里不由"咯噔"一下：咦？自己准备的过年新衣服和老婆给织的蓝毛线衣怎么穿在这个人身上哩！他试探性地问姜三蛋："伙计，你这身衣服穿得挺体面的……"

姜三蛋咧嘴一笑，拉了一下蓝毛线衣领，想起早上诓村里人的话，又得意忘形起来。他眯着眼笑道："嘿嘿，老弟，不瞒你说哩，我这身新衣服是我相好的昨晚送给我的……"孟大一听，惊得眼睛直眨巴。姜三蛋见孟大这副模样，就有点不高兴了："咦咦，你不信吗？算了，算了，跟你这号人我也懒得说这事……"他边说边拎着大草鱼扬长而去。

孟大盯着姜三蛋人模狗样的背影，他的心吊得就像姜三蛋手上拎的草鱼，在半空中直打晃。他原想在城里把鱼卖完回家，可此时他哪还有心思卖鱼？三下五去二，把鱼削价卖给鱼贩子，然后就迈开大步，心急火燎地往家赶。

孟大一口气赶回到鱼塘边，见刘巧花正在塘边东张西望，孟大问她找什么，巧花说家里的芦花大公鸡昨夜不见了。孟大气哼哼地想：不见了？骗鬼吧，一定是杀了招待奸夫了！他决定先不声张，让这个风流婆娘慢慢露出狐狸尾巴！

于是，他踏进家门就嚷道:“巧花呀，我昨天进城卖鱼，晚上睡在街头，身上好脏哩，你快去烧盆热水让我洗个澡……”

巧花很快烧好水，给孟大洗澡。不一会儿，孟大坐在澡盆里又嚷起来了:“巧花呀，我澡洗好了，你把那套新衣和毛线衣拿来让我穿！”

刘巧花这时往哪儿拿孟大要穿的衣服？只得把昨晚发生的怪事一五一十告诉孟大，最后说:“那个人天没亮就穿了衣服走了，我想他回家后，说不定等一会儿就把衣服送还的！”

坐在澡盆里的孟大听她这么说，哪肯相信，他气得双手猛拍澡盆里的水，拍得水花“啪啪”四溅，边拍边骂:“臭婆娘！坏婆娘！寒冬腊月夜里，怎么会有打赤膊穿裤衩的男人倒在咱家门前？打死我也不信！你别编故事了，昨晚咱们家发生的丑事，你以为我不知道？哼！我在城里碰到那人了，他买了我的一条大草鱼，还亲口对我说了你们的……”

刘巧花听得一怔一怔的，她心想，如果那人真的这么说了，肯定不是个好东西！说不定家里那只失踪的芦花大公鸡就是他偷走的。

孟大见刘巧花不吭声，以为她和那人干的丑事被揭穿，她已无法狡辩了，便恼怒地从澡盆里跳起来，操起一根棍子就打。刘巧花觉得孟大在气头上，自己现在就是长一百张嘴也跟他说不清。于是她拔腿从家里逃了出去，回娘家躲躲再说。

刘巧花出了家门，就往娘家跑。她穿过几道山梁，在一条山路上，忽然看见迎面走来一个人，手里提着一条大草鱼，悠悠晃晃走过来。走得近了，刘巧花一眼认出，就是昨晚那个犯“夜游症”的人！刘巧花生气地大声喊道:“喂，这个大哥，你好不要脸，昨晚我救了你，你竟反咬我一口，往我身上泼污水！快把衣服脱下来还给我！”

姜三蛋万没想到，会在这儿撞上

了昨晚救他命的女人。

他见刘巧花逼他还衣服，心想自己的衣服已脱在黄拐子家，又不好去讨，眼下把这身新衣服脱还给人家，自己穿啥？他眨了眨眼睛，朝四下望望，见没人，便拉长了脸说：“这个妹子，看你人长得挺漂亮的，说出的话怎么不中听哩！我不认识你，你认错人了，在这山路上你要脱我衣服，成何体统！”

听他说出这种话，刘巧花确认这家伙果然是无赖，不是个好东西！

她看四野无人，觉得一个女人家一时难以对付，弄不好还会吃大亏。她再也不提衣服的事，只是不急不慌地跟在姜三蛋身后，还笑着和他说着话。两个人一前一后，走到一处灌木林时，突然从里面跳出一个男人，刘巧花一见是孟大，她惊喜地大喊起来：“孟大，你来得正好，抓住这个贼东西！”

原来刘巧花前脚一出门，孟大后脚就跟踪来了，他看见刘巧花跟穿着自己衣服的男人有说有笑的样子，气得七窍生烟，他飞奔过来，先“啪”的给了老婆一记耳光，然后抡起双拳朝姜三蛋扑过去。他要捉奸捉双了！

孟大这重重一巴掌，直打得刘巧花眼冒金星，歪倒在路边。她很快从地上爬起来，见孟大跟姜三蛋扭打在一起，怕孟大吃亏，便奔了过去，紧紧抱住姜三蛋的一只腿不放，孟大趁机将姜三蛋按倒在地，抡起拳头猛揍起来。刘巧花怕闹出人命，冲孟大嚷道：“孟大，他不是奸夫，我看他一定是个贼，送他到派出所……”

4. 污水泼身

孟大夫妻双双揪住姜三蛋，风风火火来到镇派出所。

正在抽烟喝茶的胖所长立起身，瞅瞅姜三蛋，看看孟大，再瞧瞧刘巧花，然后威严地问道：“怎么回事？”

孟大气呼呼抢先说：“把我气死了！这个女的是我老婆，这个男的是她的奸夫，所长同志，请你把他铐起来给我出出气吧！”

刘巧花忙叫道：“他不是……他是个贼！”

胖所长用手摸摸后脑勺：一个说是奸夫，一个说是贼，有意思！他想，不管是贼还是奸夫，都不是善良之辈，先铐起来再说！于是，他打开抽屉，拎出手铐，将姜三蛋的一只手铐在铁窗上，然后对孟大和刘巧花说：“两位各说各个的理由，我亲自审案！”

孟大就一口气讲了今天在城里卖鱼，看见姜三蛋穿着他的衣服，姜三蛋跟他说的话，以及他又如何捉双等等。

胖所长点点头，瞅着刘巧花说：“你说说。”

刘巧花就把她昨晚半夜救人的事

原原本本，详详细细叙述一遍。

胖所长听完刘巧花的话，又用手摸起后脑勺了。他觉得刘巧花说话时神情坦然，但话有疑点：一个犯“夜游症”的人冬天夜里打赤膊穿裤衩出来，半路上就会冻坏的呀。胖所长带着疑问冲姜三蛋吼道：“你自己老实交待！”

“我……”姜三蛋听到孟大夫妇一个告他通奸，一个告他偷鸡。他想这些年，他偷的鸡太多了，交待出来，会判刑坐牢的。通奸嘛不是犯罪，顶多作为扰乱社会治安罚两百块钱走人。他转动贼眼，开口说道：“我偷……偷了孟大的老婆。是两厢情愿通奸哩，不是强奸。”

刘巧花一听，气得两颊绯红，大声骂道：“你……你这个王八蛋，你往我身上泼污水！”

胖所长皱皱眉头，慢慢踱了几步，突然转身喝问：“姜三蛋，你晚上干吗穿着裤衩上她家？你干吗还穿着人家丈夫的衣服到处跑？你就不怕人家丈夫发现吗？”

“我……”姜三蛋继续编道，“我跟刘巧花早就暗暗来往了。昨天晚上，我趁她丈夫到县城卖鱼没回家，就去了，不小心滑进鱼塘，衣服全湿……湿了。所以，我，我只好穿了孟大的衣服。我……本想今夜再送还，没想到她丈夫回……回家了。”

胖所长觉得这个交待好像还合情合理，转念一想，又怕有诈，于是，盯着姜三蛋的眼睛足足盯了一分钟，突然冷冷一笑：“你编得挺像回事儿呢！我问你，你的湿衣服现在在哪儿？”

这一问，问得姜三蛋张口结舌，心说：湿衣服没有，干衣服有一套在黄拐子家，可他怎敢如实回答？于是，他便来了个死猪不怕开水烫，紧抿着嘴，再不开口。胖所长见状，当即派两个年轻小民警骑摩托车去梨树村调查姜三蛋。

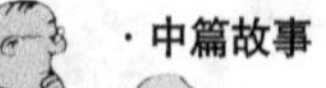

两小时后，两个年轻民警回来，向胖所长报告去梨树村了解到的情况：一、据村里人反映，姜三蛋从没犯过“夜游症”的毛病。二、姜三蛋是个光棍，平时爱拈花惹草。三、今天一大早，姜三蛋穿着一身新衣服从外村回来，他在村人面前说过，是外村一个女人送给他的。四、在姜三蛋家里没找到他穿过的湿衣服。

听了汇报，胖所长一边喝茶抽烟，一边把四点情况放在大脑里转了转，认为姜三蛋跟刘巧花通奸已基本肯定了。他觉得处理这类案子很简单，作为治安问题，罚姜三蛋两百块钱放人。

刘巧花气糊涂了，冲到胖所长面前，夺过他手中的茶杯，往地上“啪”地一摔“好怪呀！所长大人，我送个可疑的人到派出所来，你却判我偷汉子！”

胖所长也火了，猛地一拍桌子：“你这个女人，放肆！有很多证据……”

刘巧花也猛地一拍桌子：“不管证据不证据，我现在只要你找到姜三蛋的湿衣服。”

胖所长扭头瞅着姜三蛋：“湿衣服呢？”姜三蛋见胖所长已断定是通奸了，他的胆子就大了，底气也足了。他大大咧咧地冲刘巧花一笑说：“算了，巧花，纸包不住火，你承认了吧。我的衣服不是在你家嘛，你说洗了晒干还给我。”

刘巧花气得眼睛瞪得大大的，觉得世上竟有这么个无耻之徒！她呆了半晌，猛回头，对孟大大声说：“你陪我回家找他的衣服，如果在咱家找到了，就算我跟他通奸，要杀要剐随你处理！”

胖所长见刘巧花如此坚决，一时也没敢放走姜三蛋，他要再等孟大和刘巧花找来最关键的通奸证据。

5. 关键证据

回到家，孟大在屋子里翻箱倒箧，鼓捣了大半天，也没找到姜三蛋的湿衣裤。屋里没找到通奸证据，他就郁闷地跑出门，见刘巧花坐在家门口，两眼看着养鱼塘水面发愣，他心里一动：莫非通奸证据被巧花丢进养鱼塘里了？这么一想，孟大立即拿根竹篙往水里捞，围着养鱼塘捞一圈，没捞着，他又拖了张渔网耐心地捞起来。

就在孟大用渔网捞通奸证据时，黄拐子来了。昨晚，刘巧花突然喝问，吓得他丢下姜三蛋，拔腿就溜，但他没溜远，而是藏在养鱼塘旁的一片小杨树林里。当他看见刘巧花把姜三蛋拖进屋时，顿时松了一口气，觉得姜三蛋是死是活，已与他没了干系，他定神定气地回家睡觉了。今天，他一直呆在家中，但半天过去也没听到村里人传说孟大家有死尸的消息，不免感到纳闷。于是，他来到村口，看见孟大一会儿用竹篙在塘里挑，一会儿又用网捞，他想，是不是昨夜刘巧花把死尸丢进鱼塘里，孟大知道后又想转移尸体？如果这样的话，他就可以来抓个现场，然后向公安机关报案，说不定还会立功得奖呢。

这么一想，黄拐子双手剪在背后，一步一晃地凑近孟大说："孟大兄弟，你不是把塘里的鱼捞了卖了吗？还捞什么？"

孟大没找到老婆的通奸证据，正烦着呢！再说，家丑也不能让村里人知道呀。黄拐子见孟大闷不吭声，更怀疑塘里一定有名堂，就慢慢踱到刘巧花面前，试探性地问道："巧花妹子呀，孟大在塘里撒网捞啥呀？"

刘巧花没好气地说："捞个尸！"

黄拐子两眼盯着刘巧花说："捞个尸？尸体在养鱼塘里？"

听他这么问话，刘巧花惊疑地抬头看着黄拐子，她心里想，刚才我说"捞个尸"是骂孟大的气话，黄拐子又不是傻瓜，怎么当真了？刘巧花猛地想起，昨晚她是听到有人声才问的，难道姜三蛋只穿着一条裤衩倒在她家门前，是他黄拐子搞的鬼？刘巧花这么一想，决定给黄拐子撒个网。于是，她双手捂脸，"呜呜"哭了起来。

黄拐子见刘巧花突然哭了起来，便认定鱼塘里肯定有戏！他一本正经地说："巧花妹子，是家里出了案子吧？嗨，得赶紧报呀！要不，我代你去报案？"

刘巧花双手捂面，嘴里"呜呜"哭着，两眼从指缝里偷看黄拐子脸上的神情："呜呜……拐子哥哩，那案我早已报了，昨晚那个死尸活过来了，正铐在派出所呢！"

"铐在派出所？"黄拐子一听吓得双肩一耸。他这一耸，让刘巧花看得一清二楚了！她一边哭着，一边把昨晚发生的事，以及今天她受了冤枉的事向黄拐子"哭诉"一番。

黄拐子越听心里越慌：姜三蛋被抓到派出所关起来了，如果他招出偷

鸡的事，到时候拔出萝卜带出泥，自己也不会有好果子吃了。又一想，好在派出所的人和孟大怀疑姜三蛋跟刘巧花通奸，正在寻找姜三蛋的湿衣服，嘿嘿，看来这下面还是有救场的戏！黄拐子虚情假意地安慰刘巧花说：“巧花妹子，白的说不黑，黑的说不白，孟大如果在鱼塘里捞出了姜三蛋的衣服，你就得承认通奸。如果捞不起来……”

黄拐子话没说完，孟大又往鱼塘里撒下一网，只见水面上两道黑影一闪，像是两条裤筒子，孟大急急收网，捞起一看，竟是两条活蹦乱跳的黑背青鱼。

刘巧花忙跑过来，说：“孟大，你快把这两条漏网的鱼，拎到街上卖去……”

孟大不肯去，刘巧花推他逼他上街去，他眨眨眼，说：“好好，我上街卖鱼去。”

他拎了鱼，走出村庄不远，就半路杀个回马枪，躲藏在鱼塘旁的小杨树林里，两眼眨也不眨地望着他家的屋门前。

此时，黄拐子回家去了。屋门前静悄悄的，不一会，只见刘巧花拎着一个包裹从门里走出来，朝村庄四下望望，然后就往娘家那边路上走去。孟大见了，暗骂道：这臭婆娘赶我进城卖鱼，想趁机转移通奸证据，多亏我留了一招，孟大正准备钻出小杨树林去追老婆，没料刘巧花也杀了个回马枪，跑到小杨树林里来了。

刘巧花一进小杨树林，看见孟大在里面，笑道：“孟大，你也学会动脑子了？”

孟大得意地朝她一伸手：“你放老实点，快把包裹打开让爷儿们瞧瞧！”

巧花把包裹丢给孟大说：“你好好看吧，看了别出声，给我安心看戏吧。”说罢，再不去理会孟大，只是屏住呼吸悄悄朝树林外张望。

孟大急急打开包裹，看到里面是刘巧花的几件衣服。孟大茫然了，他也不由自主地顺着刘巧花的视线朝外望，一会儿工夫，便看见黄拐子鬼头鬼脑地朝鱼塘走来。让孟大惊奇的是，原本瘦扁扁的黄拐子，眼下竟腆着个大肚子。黄拐子见四面无人，得意地轻声哼起来：“孟大上街又做卖鱼郎，巧花把娘家当作避风港；为救小人姜三蛋，我黄拐子不怕头上流脓脚生疮，也么哥郎哥郎。为救小人姜三蛋……”

他正哼得有滋有味，突然背后一声大吼：“拐子，看你救姜三蛋！”黄拐子吓得浑身一抖，肚子里抖出了一大团脏衣服……

6. 双双落网

刘巧花从地上捡起一大团衣服，

抖开来，是几件脏兮兮的上衣和裤子，她忍不住笑了起来：“拐子，我的通奸证据怎么从你身上掉下来呢？”黄拐子面红耳赤，结巴着说不出话来。孟大也丈二和尚摸不着头脑，刘巧花朝孟大一瞪眼：“你搞不明白吧？快把黄拐子送派出所去受审！”

黄拐子被孟大揪着上派出所去了。

此时，已近黄昏，暮霭笼罩着鱼塘池畔。一群觅食的鸡前前后后回家上笼。刘巧花站在门前数着鸡，仍不见那只芦花大公鸡。等鸡群陆续进了笼，她关好家门，正准备去镇派出所看审案，忽然，她那只芦花大公鸡抄小路朝她雄赳赳飞奔而来。

芦花大公鸡在姜三蛋家菜地沟里挣扎了一天，终于挣脱了缠在脚上的稻草。它好不气恼地奔回家，十分委屈地在女主人面前来了个金鸡独立，一声不吭地把嘴朝天伸着。

刘巧花看见芦花大公鸡回来了，高兴地抓了一把谷子喂它。可芦花鸡不吃谷子，一直朝天伸着嘴。刘巧花十分诧异，将它抱起来仔细一看，看见鸡嘴上缠着一根橡皮箍子。刘巧花猜想这一定是昨晚姜三蛋干的。于是，她将芦花鸡装在袋子里，拎起来，急匆匆往镇派出所赶去。

刘巧花一进派出所大院的门，就看见黄拐子和姜三蛋勾肩搭背，交头接耳说着话往大门外走。刘巧花一愣：“怎么？派出所把你们放啦！”

黄拐子和姜三蛋朝她眯着眼睛点点头：“放啦！派出所把我们的问题搞清楚了！”

搞清楚了？刘巧花心里的疙瘩还没有解开，就生拉硬拽把黄拐子和姜三蛋拉回派出所。

胖所长眯着眼，朝刘巧花点点头说：“巧花同志，你的问题澄清了！刚才我审了案，据他们交待，昨晚，姜三蛋跟黄拐子聋哑老婆通奸，衣服刚一脱下，就被在外赌博的黄拐子撞见了，姜三蛋吓得打赤膊往外逃，因为

天气太冷了，跑到你家鱼塘边，就冻倒在地上……姜三蛋通奸，罚了两百。黄拐子赌博，也罚了两百。昨晚的案子就这样了结了。你嘛，受了点委屈，我现在为你平反，恢复名誉。”

黄拐子和姜三蛋点着头，异口同声说：“是呀是呀，就这样了结了！”姜三蛋还故作羞愧地向刘巧花连连赔礼道歉。

刘巧花望望胖所长，又望望姜三蛋和黄拐子，总觉得这么结了案，太便宜了姜三蛋。她把胖所长拉到一边，小声说：“事情怕不是他们交待的那么简单！我怀疑姜三蛋是个偷鸡贼！”

胖所长忙说：“有什么证据？”

刘巧花便把袋子里的芦花大公鸡倒出来，说：“昨夜，我的芦花大公鸡不见了，我还怀疑是狐狸干的，今天傍晚鸡回来，它嘴上戴着橡皮箍子。这分明是人干的，这人呢，可能就是姜三蛋！”

姜三蛋歪着脖子嚷道：“你别血口喷人，你有……有什么证据？”

刘巧花见姜三蛋已经换下了新衣服，穿了一身旧衣裳。她走到姜三蛋面前，两眼盯着他，看得他直发毛，颤声问：“你，你看我干、干啥？”刘巧花没回答，突然跨前一步，把手伸进他的口袋，一摸一掏，掏出了几根橡皮箍子，跟芦花鸡嘴上的橡皮箍子一样的规格，一样的颜色。刘巧花将橡皮箍子放在胖所长手里，说“这不就是证据？”

胖所长仔细一瞅，气得拎起手铐，把姜三蛋又给铐上了。

黄拐子见姜三蛋上了铐，心里一急，赶忙帮姜三蛋求情：“所长，姜三蛋是个好人……”

刘巧花见了更觉奇怪：姜三蛋扒黄拐子的老婆，他还说姜三蛋是好人，真是乌龟夸王八！她瞅着黄拐子，猛地想到，这两个家伙可能是一伙。刘巧花真有一股泼辣劲，她不管三七二十一，一步上前，伸手去搜黄拐子口袋，搜出一把橡皮箍子。黄拐子脸刷地白了，转身往门外逃。说时迟，那时快，机警的胖所长，人虽胖了些，但动作却奇快，只见白光一闪，“叮当”一声，黄拐子也被铐上了。

两个危害一方的偷鸡贼终于双双落网。

月亮升起来了，孟大和刘巧花走在回家的路上。孟大拎着新衣服，低声下气地说：“巧花呀，我冤枉了你，对不起呵！”巧花用手一点他的额头说：“一声‘对不起’就完事了，也太轻巧了吧。结婚几年了，我是什么人你不知道？这账咱回家再算。”说罢，她搂着芦花大公鸡欢快地往家走去……

（本篇月月评短信代码：2218）

（题图、插图：杨宏富）

政府大院养老虎

本书系《故事会》金栏目“中篇故事”精选，共收9则传奇色彩浓郁的精品。大老虎走进政府大院，还被委以“保卫”重任，它果然尽职尽责，抓到了坏人，真叫新奇荒唐。两头公牛一碰面就眼红气粗，斗得天昏地暗，当它俩遭遇群狼围攻时，竟捐弃前嫌，配合默契，脚蹬角挑，杀得饿狼嗥嗥惨叫，可谓奇妙。还有鹰猴各为其主，舍命拼斗；小黄牛为救女主人，居然初生牛犊不怕狼；民兵营长独闯野猪沟，杀死红野猪；汽车班长迷路斗公狼，血战沙尘……

黑色人物在行动

本书系《故事会》金栏目“中篇故事”精选，共收9则该栏目之精品，主要围绕金钱这一主题多侧面地拓展故事情节。其中有因钱而污染灵魂，导致亲情泯灭，好友成仇；有见财起意，不择手段冒领他人钱财；有为钱所逼，做了违心之事；更有为发横财，行骗作恶等。这些作品的特点是故事情节曲折生动，令人回味无穷。

密访曲家屯

本书系《故事会》金栏目“中篇故事”精选，共收9则有关形形色色的“官”故事精品。或是颂扬清官好官心系民众，为民请命，惩治土顽，巧妙拒贿，秉公施政；或是批评某些干部为创政绩大搞形式主义，弄虚作假，蒙骗上级，苦了百姓；更有一部分作品对那些贪官污吏们以权谋私，仗势欺人，坑害民众，甚至为逃避罪责杀人灭口、销毁罪证等不法行为进行了无情的揭露与抨击。

高原守护神

本书系《故事会》金栏目“中篇故事”精选，共收其9则故事精品，说的是怎么做人的故事。作品通过对人物举手投足的精心设计，形象地描绘做人的道德、原则与气质，展示了人与人之间相互关爱、恪守诚信以及见义勇为的精神。面丑心善的火化工关爱弱女，可歌可泣；好邻里关心失足青年，以情动人；男女青年历尽坎坷，体现了大海可以作证的为人美德，等等。

悲剧故事

本书所收10则故事是从《故事会》刊登的数千同类作品中精选出来的，主人公的遭遇构成了凄怆感人的故事情节，主人公的命运牵动人心，主人公悲惨的结局更令人心颤。

喜剧故事

从《故事会》“幽默世界”栏目中精心挑选成集，按内容分为：谐趣篇、巧计篇、戏谑篇、讽刺篇、荒诞篇、沉思篇。本书的特点是：(1)现代感强。作品均是反映当代生活的各类题材；(2)短小精悍。作品长不过千余字，短只有三四百字，言简意赅，内容丰富。

恩仇故事

构成恩仇的因素是多方面的：由爱变恨，由恨成仇；以怨报德，恩将仇报；忘恩负义，寻仇报复；亲人之间，恩怨仇杀……本书这9则中篇恩仇故事矛盾冲突尖锐复杂，有很强的可读性。

怨女故事

这是一本关于悲怨女人的故事书，54则作品分为“大祸从天降、魂系狼窝口、扭曲的灵魂、水火当有情、红颜怨恨天、情谊伴君行、三女抗争记、情歌绝唱对、亡灵的哭泣、山村血泪情”等10个篇章。

吹牛不上税

□一　笑

一天，两只麻雀吃饱了没事干，就呆在树上吹起牛来，甲说自己本领如何了得，乙说自己如何天下无敌，双方互不相让，争得面红耳赤，可是争来争去，也争不出个结果来。后来甲说：“这样吧，咱俩争也没用，不如拿出实际行动来证明吧！”

乙说：“好的，什么行动？”

甲四下里看看，然后说“你看见树下那个卖烧烤的大胖子没有？咱俩打个赌：谁要把他手里的刀啄掉，就数谁厉害，行不？”

乙心想：这还不容易？不过，我得抢在前边，于是一抖翅膀就冲了下去。

却说树下这胖师傅生意不太好，正在吆喝着招徕顾客，没想到顾客没招来，却看到一只麻雀不知是昏了头还是咋的，竟从树上冲着自己直奔而来，他说声“好嘞”，手疾眼快一伸手把麻雀逮了个正着，然后三下五除二，把麻雀的毛撸了个光，往炉子边儿上一放，转身回去准备拿支竹签串上烤麻雀。

甲简直看呆了！

一开始它见自己出的主意，被乙抢了先，非常生气，可现在一看乙出师不利，心里一阵侥幸，但转念一想：不行，我得救它回来，要是给烤了，以后谁陪自己吹牛呢？

它趁胖师傅离开的当儿，就冲了下去，叼着乙的翅膀飞回树上。此时，它心里甭说有多得意了：这回你说啥也服了我吧，怎么着也是我救了你一命呀！

没想到，乙站稳了脚跟之后，冲着甲就嚷嚷上了：

“你咋这样呢？我正脱光了膀儿，跟他大干一场呢，你拽我回来干什么？是不是怕我比你厉害呀！”

（本篇月月评短信代码：2219）

脑筋大转弯

□陈 健 编译

一辆汽车在路上超速行驶，被新警察泰勒发现后拦住："先生，请出示一下你的驾驶执照。"司机两手一摊，说："我没有驾驶执照。"

新警察说："是吗？那请你出示一下车主证明。"司机解释道："我不是车主，这车是偷来的。""偷来的？""是的。哦，我想起来了，昨天我把枪藏到坐垫下面时，看到那里就有车主的证明。"

新警察竖起耳朵，警觉道："坐垫下面有支枪？"司机说："是的，我杀了车主后，就把尸体拖进后备厢，然后把枪藏在坐垫下面。"

新警察吃惊地问："你杀了人，藏匿尸体？"司机说："是的，一点没错。"新警察听到这里，连忙掏出手枪指向司机，同时，用话机向警局做了紧急报告。很快，数十名警察驱车赶来，把那个司机团团围住。警长亨特走到司机面前，问："可以看一下你的驾驶执照吗？"司机说："当然可以。"说着，他把驾驶执照递给了警长。

警长又问："这是谁的车？"司机说："是我的，不信你看。"司机向警长出示了车主证明。

警长有点搞不懂了，他命令司机："将坐垫掀开，我想看看下面有没有枪。"司机说："可以，不过，我想你看完之后会感到失望的。"司机掀开了坐垫，果然，下面什么也没有。

警长又命令道："打开后备厢，我听说那里面有一具尸体。"司机说："好的。"说完，朝车尾走去。

可是，后备厢空空如也。

警长很不高兴，大声抱怨道："我真是搞不明白，拦住你的那个警察说你没有驾驶执照，车是偷来的，藏了支枪，后备厢里还有一具尸体……"

司机显得很无辜，委屈地说："我打赌，他一定还说我超速行驶了！"

（本篇月月评短信代码：2220）

用眉毛过年

□ 刘六良

从前，村里有个叫二赖的，整天好吃懒做，快过年了连包饺子的面都没有。邻居都替他发愁，二赖却说："不用愁，吉人自有天相，到时候面和肉自会有人送上门来的。"

腊月二十九了，二赖来到一家理发店里剃头修面，每年这时候，理发师傅都忙得不可开交，所以连店里新收的小伙计都开始"上岗"，二赖还专门挑了个小伙计为自己理发。小伙计挺认真，不一会儿就把二赖打理得焕然一新。二赖照着镜子看了看，凑到小伙计耳边小声说："我这眉毛长得不好，听说刮掉后再长出来就好看了，你给我刮掉吧！"小伙计信以为真，挥起明晃晃的剃头刀一下就把二赖的一条眉毛刮掉了。

却不料二赖"腾"地跳了起来，大吵大闹，说这店里坑人，让手艺没学成的小伙计给他剃头，结果把眉毛刮掉了一条。理发店老板赶紧过来连连赔不是，可二赖不依不饶，非要小伙计赔他的眉毛不可。这样闹下去肯定会影响店里的生意，有理发的顾客给老板出主意，说二赖是个穷汉，不如赔给他点东西息事宁人算了。理发店老板只好自认倒霉，赔了二赖一袋白面和几斤肉这才把他打发走了。

大年初一，二赖家又包饺子又炖肉，吃得比隔壁邻居们都好。邻居们都奇怪地问他是哪儿弄来的面和肉，二赖就把事情掐头去尾讲了一遍，当然他没说是自己故意让小伙计剃的眉毛。"我说过吉人自有天相，这下应验了吧！"二赖得意地说。

邻居们心里明白了几分，再端详二赖，见他光秃秃的头上只有一道眉毛，怎么看怎么不舒服，就对他说："眉毛都刮掉一个了，干脆把另一个也让他们刮去不正好吗？"

不料，二赖把头摇得像拨浪鼓，指着另一道眉毛说："那可不行，我还指望这道眉毛过大年十五呢！"

（本篇月月评短信代码：2221）

过一回戏瘾

□金舞炫

黄金周期间，妻子带儿子外出旅游，家中只剩下赵亮一个人“留守”，赵亮一个人也乐得逍遥自在。

这天，赵亮出门听戏回来，到了院门口一摸兜，才知道钥匙给丢了。不过，赵亮一点也不紧张，因为院子那把锁是个坏的，只要用东西插进去，然后拧一拧也就开了。

当然，这秘密也不能让人家知道，他往四周张望了一下，没看见人，接着又朝地下瞄了瞄，弯腰迅速捡起了一截铁片，先打开了院门，然后从一条砖头缝里拿出钥匙，“啪”地打开了家门。

进了屋，他感到有些口渴，便翻开抽屉看有没有茶叶，准备泡些茶水喝。

就在这时，门“吱呀”一声开了，赵亮转身一看，一个黄毛青年，不认识。只见那黄毛青年拍了拍手，说道：“好呀，用截铁片就能打开院门，还知道这户人家的钥匙在哪，一看就是个老手。”

“老手？”赵亮恍然大悟，来者不善，这黄毛是个小偷，他忙吊高嗓子说道：“这是我家，你给我出去！”

谁知那黄毛一听乐了，非但没走，反而一屁股坐到沙发上，问道：“你的家？那我来问你：你在院门外鬼鬼祟祟的，是怕别人看见吧？一进屋就翻什么呢？我看是找钱吧？你少来这一套，蒙我，没门！”

赵亮看对手膀大腰圆，不敢动粗，竟不知道如何是好。

黄毛把脸拉长了，开口道：“好啦，好啦，我们这行的规矩是，见者有份，你别想用这两句话就打发我走，我可不好惹。”

赵亮这下全明白了，忙戏言道：“是！这个一定，我也确实是个小偷，

杀狗灭口

□后标营　编译

格里芬是个大二的学生，眼看就要开学了，可学费还没有着落。

这天晚上，格里芬坐在客厅里苦思对策。就在这时，他看到父亲带着心爱的猎狗比尔从外面回来，突然计上心来。他知道，父亲为了这只猎狗什么都愿意做。

他主动上前，说:“爸爸，你知道吗？最近我们学校开设了一门很适合比尔的课程。”说到这里，格里芬故意卖了个关子。

父亲一听，胃口果然给吊了起来，马上问道:“很适合比尔的课？说下去，究竟是怎么回事？”

格里芬说:“生物系的教授们找到一种方法，可以教狗学会阅读。时间是两个月，需交三千美元学费。”

“天啦！比尔是世间最聪明的猎狗，要是能学会阅读，那真的太不可

你可看得真准。要不这样吧，你找钱，我出去给你放风？”

其实赵亮心想:要稳住小偷，只要自己一出去，马上就叫人抓小偷。

不料黄毛却说:“我信不过你，万一这家主人回来啦，你跑了，我怎么办？不行，你来偷，我放风去。”他站起身来，向赵亮晃了晃拳头，“你可别想和我耍花样啊。”说完出去了。

赵亮想，只要你赖着不走，我就有戏。

于是，他关上了门，拿起电话，按下了一个票友的号码，他要票友赶快来这里，他们今天要合演一段现代版“捉放曹”，过一回戏瘾……

（本篇月月评短信代码:2222）

思议了。虽说三千美元不是小数目，但我认为非常值得。过些天，你回到学校，就把比尔带上。别担心，我不会让你付那三千美元的。”说完，父亲沉入了对美好未来的遐想。

两个月过去了，格里芬再次感到囊中羞涩，于是便打电话回家：“爸爸，你一定想象不到比尔是多么优秀，它的理解能力非常强。教授们都说，比尔是他们几十年来遇到的最聪明的狗，如果不能进一步学习，实在太可惜了。”

“是吗？很多年前，我就知道比尔有多优秀。”父亲纠正道，“不过，你刚才提到的‘进一步学习’是什么意思？”

格里芬马上解释道：“事情是这样的，经过深入的研究，教授们现在已经掌握了教狗说话的方法。”

“你的意思是比尔将来能够开口说话？那就更加完美了！这回需要多长时间，多少学费？”父亲显得非常兴奋。

“还是两个月，不过学费得五千美元。”

父亲爽快答道：“没问题，我明天就给你寄钱。”

又过了两个月，格里芬得回家过圣诞节了。可是，一想到父亲肯定会检查比尔的学习成果，他头皮就有点发麻，不得已使出了最后一招：开枪打死了比尔！然后，带着一副沮丧的神情回到了家中。

看到格里芬回家，父亲从屋里冲了出来，大声喊道：“比尔在哪里？”

格里芬走到父亲面前，低声说：“爸爸，我们可以先单独谈谈吗？”

父亲有点疑惑，跟着格里芬走到里屋。

格里芬说：“今天早上，我在房间里收拾行李，比尔问我要去哪里。我告诉它，回家过圣诞节。它对我说：‘回家？太好了，我真有点想你的父亲，不知道他现在跟那个女人私下里还有没有来往。’……”

父亲睁大眼睛看着格里芬，然后又“镇定”地说：“没想到比尔这么爱搬弄是非，胡说八道，真是该死！”

“我也是这么想的。所以，我就……”格里芬的脸上露出狡黠的微笑。

（本篇月月评短信代码：2223）

征稿启事

“幽默世界”栏目欢迎作者踊跃来稿。来稿要求：1. 题材要有浓郁的生活和时代气息，为广大读者所喜闻乐见。2. 情节新鲜、奇巧，有一定的层次感。3. 字数一般在1500字以内。4. 欢迎原创作品，同时也欢迎翻译或改编最新的外国作品。

来稿可从邮局寄发，也可从网上传递。如为电子邮件，请发以下信箱：xiayiming@vip.sohu.net。

失写症

□解习贵

王总的父母住在乡下，那里很偏僻，到现在还没通电话，书信是主要的联系方式。最近王总得知父亲生了病，于是赶紧写信问问情况。

坐在办公室里，王总提起笔“刷刷刷”写了起来，可写到“儿心急如”时，就写不下去了。怎么啦?“焚”字不会写了。他嘴里不停地念着“焚”啊“焚”的，可就是想不起来该怎样落笔。

不得已，王总想找本字典查查，然而，办公室有文件，也有报纸，可就是没有字典。他又不愿开口问秘书，怕别人知道了笑话，想了想，就一个电话打到了儿子家里。儿子王卫是个大学生，在一家单位做秘书，一天到晚和文字打交道，怎么着也应该会写吧!

此时，王卫正在家辅导自己的儿子小林做作业，接到电话，不禁笑了:“爸，这还不简单吗？是这么写的，嗯……咦……”好了，字就挂在嘴边，他也想不起来了。

见儿子也卡了壳，王总不失时机批评道:“你是名牌大学的毕业生，怎么连个字都不会写？这怎么得了啊？”儿子道:“爸，现在写字都是用电脑。我这是电脑用多了，一些本来熟悉的字，能认，能读，可就是写不出来。报纸上说了，这叫‘失写症’。你别急，我去查一下，再告诉您。”

放下电话，王卫赶紧想办法，可家中没有字典，巧的是电脑刚刚又死机了，怎么办？也算是病急乱投医，他突然想起做作业的儿子小林，不禁计上心头。他来到小林身边，满脸堆笑道:“小林啊，爸爸考考你，心急如焚的焚字怎么写啊？”

谁知儿子哈哈大笑道:“爸爸，爷爷打来的电话，我都听见了，原来你和爷爷都不如我呢！”王卫忙说:“那是，那是。”只听

小林说："让我来告诉你们吧，是这样写的。"

说着，就在纸上写了个大大的"炏"字。王卫哪里知道，儿子是学校出了名的错别字大王！他把纸拿在手上，看着"炏"字，怎么看怎么不像，情不自禁地摇了摇头。小林急着辩解道："老师说了，焚就是烧的意思，火上面有块木头，当然是烧了。"

王卫想想，也对，赶紧打电话告诉王总："心急如焚的焚字，是'木'字下面加个'火'字！"王总听了，皱起了眉："怎么那么别扭啊？"王卫赶紧道："爸，你想啊，焚就是烧的意思，火上面有块木头，不就是烧吗？"王总觉得有道理，也就信了……

却说王总的父母接到信，拆开来，看到"心急如炏"一行时，就愣住了。两个人琢磨了半天，也没琢磨出这是什么字。老伴道："按道理，应该是个'焚'字才对，可怎么就少了根木头呢？难道儿子当了官，连字也不会写了？"

老头把嘴一撇，道："你懂什么！儿子这样写，是有深刻用意的！报纸上说，现在城里人提倡节约能源，能用一根木头的地方，绝不用两根木头。儿子大小是个领导，当然要起带头作用了。他这是在提醒咱俩，以后烧火，不要浪费柴火哩。"

（本篇月月评短信代码：2224）

（**本栏题图**：李　加）

谁没文化

湖南作家叶玲的作品在广州一家杂志得了奖，她坐火车去领奖，对面坐的女孩儿是广州人，两人便聊了起来。

女孩儿问作家"怎么称呼？"

作家说："我姓叶，叫我叶姐好了。"

"哪个叶？"

"叶挺的叶。"

"什么叶挺？"女孩儿没有听明白。

作家又解释说"就是叶剑英的叶呀。"心想，叶挺你不知道，叶剑英是广东人，该不会不知道吧？哪知女孩儿两眼瞪瞪，还真是不知道。

作家没有办法，只好拿笔给她写了个"叶"字。这下女孩儿总算明白了："哦，原来是叶倩文的叶。"

这回轮到作家糊涂了："叶倩文？叶倩文是谁？"

女孩儿一脸的惊讶："怎么？你连叶倩文也不知道？你真是太没有文化了，她是香港大明星呀！"

（文　华　供稿）

（本篇月月评短信代码：2225）

鸡蛋里有骨头

□谢元清

这天，阿P跑长途返程，因回家心切，就上了一条不常走的公路，货主有点担心地对他说：“阿P，据说这条路最近成立了个什么联合执法队，路检很厉害，动不动就罚款。”

阿P把胸脯一拍“怕什么？我这车是返空的，难道他非要鸡蛋里挑骨头？”

说着话，这车就上了路，哪知，车子才跑几公里，远远地就看见路边有个大盖帽向他举起停车牌，阿P定睛一看是路检的，不敢怠慢，赶忙将车子开到路边停下。

车子未停稳，两名大盖帽就跑过来大声嚷道“喂，车子已超重，罚款，罚款！”

阿P吓了一跳，赶忙跳下车辩解道：“这位领导，车上没装任何东西，你看副钢板还悬着呢，不信我打开车厢门让你瞧瞧！”

大盖帽自知说错了话，瞪了阿P一眼，不服气地说：“空车？空车干吗开得比蜗牛还慢？哼，车厢这么大，至少有超载的嫌疑！今天不超载，明天也要超载！”接着把脸一板，一本正经地说“‘十一’黄金周开始了，所有上路的车辆都要检查车况。哼，我就不信，你的车没有其他毛病！”说着爬上驾驶室，启动了汽车。

他揿一揿喇叭，扳一扳排档，摇一摇方向盘，没有发现什么毛病，心里有些不高兴了，对另一名大盖帽说：“你帮助看着，我查查灯光，我就不信找不出他的毛病来！”他试了前灯试后灯，试了大灯试小灯。那名大盖帽一会儿跑前，一会儿跑后，累得气喘吁吁，可是，折腾了老半天还是查不出毛病。这时，大盖帽一下火了，只见他油门一轰，将汽车开动，跑一段路，猛地一刹车，跳下车来，不管三七二十一，张嘴就嚷“喂，制动失灵，按规定罚款50元！”

阿P一听这话，急了：“我的车刚刚保修过，怎么可能制动失灵？你看刹车的拖痕，灵得很！你们可不能不讲道理啊！”

大盖帽两眼骨碌碌地把阿P上下打量一番，冷笑道：“嘿嘿，是你说了算，还是我说了算？看来你是敬酒不吃吃罚酒了！我问你，你的车年检了吗？”

“年检了，上个月刚年检的！”阿P不敢说假话，如实回答道。

“那保险费、养路费缴了吗？”

“都缴了，要不然怎么能上路。”阿P心中无鬼，回答得轻松自如。

“好！你把所有的证件都拿来，让我查验、查验！”大盖帽瓮声瓮气地命令道。

阿P不敢违抗，忙将放证件的皮夹子拿来，恭恭敬敬地奉上，满脸堆笑地说：“所有证件都在这里，手续齐着呢！”

大盖帽接过皮夹子，翻来覆去看了好一会儿，忽然眉头一皱，问道：“你的行驶证呢？”

阿P心里一个咯噔“不是跟驾驶证放在一起吗？”忙接过皮夹翻了翻，不禁愣住了：行驶证果然不见了。

阿P这下慌了手脚，急得翻箱倒柜，可是找遍了驾驶室的每一个角落，翻遍了衣服的每一只口袋，就是见不到行驶证的踪影，额头上的汗就吱吱冒了出来，最后只好老老实实承认说：“行驶证恐怕弄丢了。”

一听这话，大盖帽两眼放光“好哇，弄了老半天，还是无证运营的黑车啊！你可知道无证运营的后果——扣车，拘留证15天！”说着，将其他证件一把夺过来，装进公文包，往胳肢窝一夹，走了。

阿P这下可是庙里长草——慌（荒）了神，赶忙拉住大盖帽解释道：“我的车不是黑车，是有证的，不信你上网查查嘛！”

大盖帽摆摆手，爱理不理地说：“咱们这儿电脑没联网，就算你是有证的，你把证补办来就放行，总成吧！”

阿P知道鸡蛋碰不过石头，只好低头求饶道：“我们跑一趟长途不容易，您就高抬贵手，网开一面，作罚款处理，放我一马吧！”

“你早说这话多省事！”大盖帽说着从公文包内拿出罚款单，垫着膝盖划拉几下，“沙”撕下来，用不容商量的口吻说：“按最低标准，罚款200元！”

阿P拗不过，最后只得乖乖地交了200元罚款。

阿P捏着200元换来的罚款单，望了一眼前方的路，不禁惊出一身冷汗：前方像这样的路检卡少说也有十几个，照此罚下去，这趟车不但白跑，还要倒贴油钱哩！他这么一想，再也不敢开车了。

货主感到过意不去，过来劝慰道："你还是想开一点吧，事到如今也没有办法，还是赶路要紧！"

阿P坐在路边抽了一会儿闷烟，忽然站起身，抽出摇把，"啪"的一声，将一只大灯砸了个粉碎，爬上车，车门"嘭"地一关，上路了。

货主感到不理解，说"你怎么跟小孩子似的，拿车出气呢？"

阿P"嘿嘿"一声冷笑，说："这不叫出气，叫碰运气！"

货主摇摇头，不再说话了。

车子开了七八十公里，果然碰到了下一个检查卡，这时路检人员老远就看到驶来一辆瞎了一只"眼"的车，把车拦下，再也无需问这查那，直接撕下罚款单，按规定罚款20元就放行。这样一来，阿P一路上因灯的事被处罚11次，交罚款二百余元，行驶证丢失的事居然一次也没有被问过。

回到家，货主想起阿P应付路检的妙计：罚款少不说，还节省了不少时间，竖起了大拇指："高，实在是高！"

阿P得意地笑了笑，说："没有这两下，哪敢闯天下？"随即，从皮夹中将所有证件倒在桌面上，准备找有关证件去补办行驶证，哪知，他将所有的证件倒出后，觉得皮夹的内层还有一块方方正正的硬物，他抽出一看，顿时傻了眼：正是行驶证呢！行驶证怎么跑到皮夹内层去呢？这个内层他可是从来没放过东西啊！难道是那位大盖帽做的手脚？

阿P猛地一拍后脑勺，差点晕过去。不过，他很快就镇定了下来。他扳指头算了算，这一趟车扣除罚款和买灯的钱，还能赚上伙食费哩，阿P不禁又得意起来……

（本篇月月评短信代码：2226）

（题图：李 加）

·快乐辞典·

字与字的对白

汉字在字形上有许多相近、相似的地方，有人就根据这个特点，经过自己的“创造”和“发明”，以对话的形式编撰了一些有趣的“情节”来。

◇“比”对“北”说：夫妻一场，何必闹离婚！

◇“巾”对“币”说：儿呀，你戴上博士帽，也就身价百倍了。

◇“尺”对“尽”说：姐，结果出来了，你怀的是双胞胎。

◇“臣”对“巨”说：和你同样的建筑面积，我却有三室两厅。

◇“晶”对“品”说：你家难道没搞装修？

◇“吕”对“昌”说：和你相比，我是家徒四壁。

◇“自”对“目”说：你们单位裁员啦？

◇“茜”对“晒”说：出太阳了，咋不戴顶草帽？

◇“个”对“人”说：不比你们年轻人，没根手杖就寸步难行。

◇“办”对“为”说：平衡才是硬道理。

◇“兵”对“丘”说：看看战争有多残酷，两条腿都炸飞了！

◇“冤”对“兔”说：我总算找到了一个窝。

◇“占”对“点”说：买小轿车了？

◇“旦”对“但”说：胆小的，还请什么保镖！

◇“大”对“太”说：做个疝气手术其实很简单。

◇“日”对“曰”说：你要减肥了。

◇“人”对“丛”说：喂，那对谈恋爱的，不许践踏草坪！

◇“人”对“从”说：你怎么还没去做连体分离手术？

◇“土”对“丑”说：别以为披肩发就好看，其实骨子里还是老土。

◇“菓”对“巢”说：哟，烫发了？

◇“人”对“￥”说：你丫玩倒立，露馅了吧？

◇“屎”对“尿”说：干的和稀的就是不一样。

◇“寸”对“过”说：老爷子，买躺椅啦？

◇“由”对“甲”说：这样练一指禅很伤身体吧！

◇“木”对“术”说：脸上长颗痣就当自己是美人啦？

◇“叉”对“又”说：什么时候整的容？脸上那颗痣呢？

（**整理**：顾　诗）

（欢迎读者为本栏目推荐新鲜有趣的幽默格言、俏皮话和顺口溜，来稿请寄：上海市绍兴路74号《故事会》杂志社，邮编：200020。请写明姓名和联系方法，并请在信封上注明“快乐辞典”字样。电子邮件请发 xiayiming@vip.sohu.net）

332 2004 SEMIMONTHLY 上半月刊 12月

故事会

2004年12月

上半月刊·红版

主　编：何承伟

副主编：吴　伦

社务委员会

何承伟　吴　伦　姚自豪

夏一鸣　冯　杰　张　凯

本期责任编辑：马　峡

美术编辑：李宝强

发稿编辑：

姚自豪　鲍　放

夏一鸣　蔓　石

梁宁宁　潇　白

主管：上海市新闻出版局

主办：上海文艺出版总社

（上海市绍兴路74号）

邮政编码：200020

电话：021-64375030

督印 发行：张凯

（上海市建国西路384弄11号甲）

邮政编码：200031

电话：021-64313938

广告总代理：上海文艺广告传播中心

上海市绍兴路74号（邮编：200020）

广告总监：张　淮

广告业务：021-34010383

广告投诉：021-64333738

广告经营许可证

沪工商广字3101034000029号

发行：中国图书进出口上海公司

本刊与搜狐文化合作推出电子版

本刊各栏目欢迎来稿。来稿寄上海市绍兴路74号《故事会》杂志社，邮编：200020；本期责任编辑 E-mail地址:maxia@vip.sohu.net

·笑话·

区 别

生物课上，老师提问：“青蛙和癞蛤蟆有什么区别？”

刘二答道：“青蛙是保守派——坐井观天，而癞蛤蟆是革新派——想吃天鹅肉！”（杨东杰）

如愿以偿

美术馆里，一位男士一边欣赏一幅油画，一边禁不住坐下来对站在旁边的画家称赞道：“这幅画的色彩真是太美妙了，我真希望把这些神奇的色彩带回家。”

画家答道：“你会如愿以偿的，因为你正坐在我的调色板上。”

（李思韵 荐）

（本栏插图：李 加）

募 捐

有个老头很吝啬，他从来没往教堂的募捐箱里放过一分钱。一个礼拜天，牧师说：“今天收集到的钱，都将用来拯救堕落的女人。”这个老头听了，居然破天荒地往募捐箱里放了钱，众人大吃一惊。

过了几天，老头在路上碰见牧师，着急地问：“牧师，我们凑钱买的那些姑娘什么时候能送来？”

（叶 丹）

别无选择

警官对有偷窃行为的一个少年严厉地说：“是把你关进监狱服刑改造，还是交给你父亲严加管教，你选择吧！”

少年无可奈何地说“那还不是都一样！”

警官一愣：“为什么？”

少年说“因为我父亲正在监狱服刑呢！”

（吴志良）

喝酒

妻子和丈夫争吵道："你别再喝这么多了！你难道忘了大夫对你说过的话了吗？他只允许你每天喝一杯酒！"

丈夫说："记得，我当然记得，而且我一直都在严格地遵守。我现在喝的是2009年10月8日的那杯！"

（韭 泥）

一张卡

有一只猴子捡到一张打电话用的IP卡，它眼神不好，就跳到树上去看。这时正巧一个响雷劈下来，猴子吓得从树上摔了下来。最后，猴子终于恍然大悟，说："哦，原来是张挨劈（IP）卡呀！"（徐 帆）

预测球赛

甲乙两个交警在一次足球比赛期间，被派去路口值勤。比赛开始不久，突然从对面楼上窗户里飞出一只酒杯。甲交警是球迷，见状很有把握地说："我们队进球了！"过了十分钟，窗户里又飞出一只酒杯，甲交警又得意洋洋地说："我们队又进了一个球！"二十分钟后，同样的地方竟飞出一台电视机。乙交警发现甲交警脸色不对，就小心翼翼地问："这是怎么回事？"甲交警沮丧地说："唉，对方进球了！"（陈琳洁）

理发师

一名男子到理发店理发。

男子对理发师说："请你把我左边的头发剪得短点，右边的头发不要剪，让它垂到耳朵边，然后在脑门上修出一元硬币大的一块来，还要留下一绺长发，使我能把它拉到下巴那里。"

理发师越听越糊涂，无奈地说："对不起，先生，这我可办不到。"

"办不到？"顾客怒吼着，"上次就是你把我的头发剪成这个样子的！"

（杜 星）

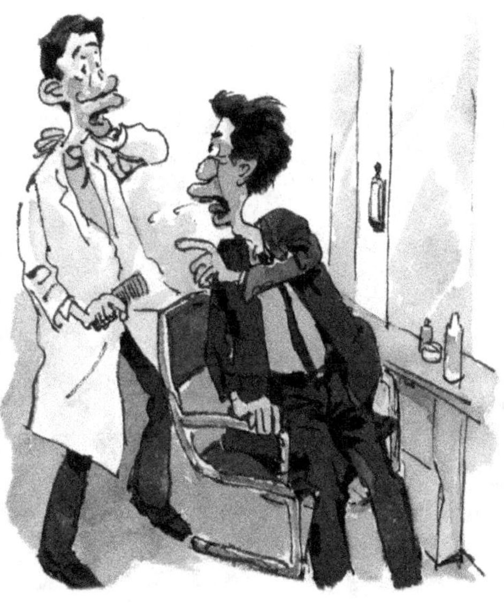

·笑话·

妙招

企业家：我想让所有的女人都看到我的广告，该怎么做呢？

广告代理人：只有一个办法——我们给所有的丈夫写信，信上注明“本人亲启”。（杨鑫芳）

乱用成语

一天，老师布置作文，题目叫《我的家》。小军这样写道：“我的家有爸爸、妈妈和我三人。每天早上一出门，我们三人就分道扬镳，各奔前程，晚上又殊途同归。爸爸是建筑师，每天在工地上指手画脚；妈妈是售货员，每天在商店里来者不拒；我是学生，每天在教室里呆若木鸡。我们家三个成员臭味相投，家中一团和气。但偶尔爸爸妈妈也会同室操戈。爸爸总是心狠手辣地揍得我五体投地；妈妈在一旁袖手旁观，从不见义勇为。”（山　子）

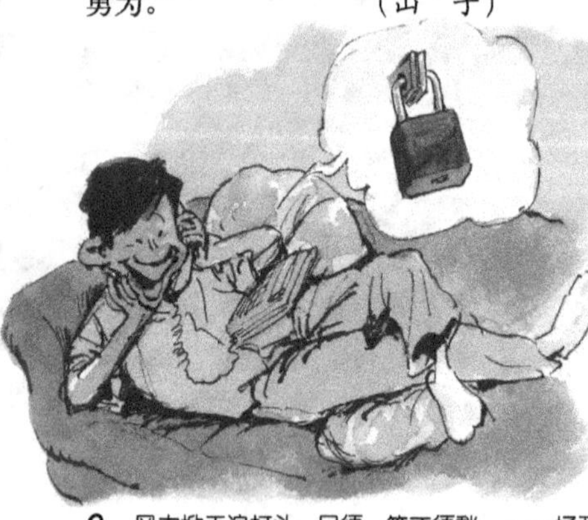

爸爸的照片

小明有一天对爸爸说：“爸爸，给我一张你的照片吧！”小明的爸爸奇怪地问：“你要我的照片干什么用？”小明认真地说“我要把你的照片贴在我的床前！”

小明的爸爸很是感动，便拿了照片给小明。

小明高兴地将照片贴好，小声说道：“嘿嘿，这下好了，你敢打我，我就打你！”

（林　为）

礼物

查理应邀参加一个熟人儿子的婚礼。由于他不了解这对夫妇，所以决定送他们一个实用的礼物：灭火器。主人收到礼物后，给每个送礼人发了一封感谢信。当查理收到感谢信时，禁不住笑出声来。原来，他们的感谢信是批量制作的，上面写着：十分感谢您漂亮的礼物，我们希望能很快地用上它。（张强强）

外行话

有个人对足球一窍不通，却偏偏与一个足球守门员交上了朋友。一天，这人打电话请守门员去酒店吃饭。守门员推辞说“今天我有一场球赛，来不了。”这人不以为然地说：“你不是干守门的活吗？把门锁上不就万事大吉了？”（李达元）

 风力掀天浪打头，只须一笑不须愁。——杨万里

传播力

三个男人聚在酒吧里，争论着谁最有传播力。他们打赌：三人宣传同一件事，谁传得最快、最广，谁就胜出，期限为三天。

一个人便四处打电话告诉朋友，让朋友告诉朋友的朋友；另一个人在网上登出了这件事，他想只要别人一点击，即可知晓；第三个人在外面什么也没说，可是，第二天全镇的人都知道了他们所宣传的那件事。

三天后，他们又一次在原来的酒吧相聚。前面两人惊奇地追问第三个人："你怎么会有那么大的传播力？"

第三个人淡淡地说："没什么。其实我只是把那件事告诉了我老婆而已。"

（燕南飞）

四川袜

一群贵妇人在夸夸其谈，都想炫耀一下自己。李夫人说："我手上戴的是瑞士名牌欧米茄表。"陈夫人紧接着说："我挎的包是意大利华伦天奴的。"刘夫人也不甘示弱："我穿的裙子是法国梦特娇的。"在一旁搞卫生的阿婆再也忍不住了，脱口而出："我的袜子是'四川'的。瞧，袜子上有四个洞，都是被我穿破的。"

（叶　子）

书包太重

老师：校长，最近不少家长反映孩子们的书包太重了。

校长：是啊，孩子们每天背这么重的书包，走这么远的路上学，相当于每天进行四次负重竞走，运动量确实够大的。

老师：这个问题怎么解决呢？

校长：从下学期开始，就把体育课取消了吧！

（小　霞）

（本栏欢迎来稿，作者可将有新鲜感的、有精彩细节的笑话佳作投寄给我们。来稿一经采用，最高稿费为一则100元。本期责任编辑电子信箱：maxia@vip.sohu.net）

·点击网络故事·

似曾相识燕归来

□李　滔

1.夹竹桃林人若雪

叶一是个才华横溢的剧作家，很喜欢上网，网名挺浪漫，叫“朗如风”。一个冬天的晚上，他早早地吃过晚饭，来到城西的夹竹桃树林，等待着即将到来的约会。

去年冬天，叶一上网结识了一个17岁的女网友林燕，网名叫“似曾相识燕归来”。两人聊得非常投机，没多久就约定周六晚上8点见面，因为那天是林燕18岁的生日。

自从约定见面时间之后，叶一紧张极了。人们都说，网友最好不要见面，一见面难免落个“见光死”的下场，何况叶一其貌不扬，身高只有一米六。

周六晚上8点刚到，就见树林外飘进来一个白衣女子，步履轻盈，身段婀娜。“燕儿！”叶一忍不住喊了一声。“朗如风？”白衣女子回过头来，冲他微笑了一下。天哪！这女子真是太漂亮了，就像白雪公主一样！叶一看呆了。很快，白衣女子就来到了他的眼前，红着脸轻声说：“我是林燕，如果我没猜错，你应该是朗如风吧？”“是……是啊……我等你很久了。”叶一激动得有些语无伦次。

渐渐地，两人的陌生感消失了，他们居然谈得比网上更加投机，大有相见恨晚的感觉。尽管天冷得出奇，叶一戴着手套的手指冻得发麻，但他心中却是爱火熊熊。总算这一次逃脱了“见光死”的厄运！

不知过了多少时间，林燕说要去上厕所。叶一孤单地站在风中，痴痴地等。可是三十分钟过去了，还没见林燕的身影。“难道她看不上我，找了个借口不辞而别？”叶一想到这里，心一点点开始下沉。他觉得自己就像掉进了冰海里，四周都是无边无际的海水，冰冷冰冷的。看来今夜一别，今生再无相逢之日了！不知不觉中，叶一早已泪流满面！

又过了很长时间，林燕终于出来了。看到叶一这副样子，她非常奇怪，开始害怕起来：“叶一，你……”叶一转身一看，再也控制不住自己的情感，猛然间紧紧抱住林燕，就像在冰海中抱住了一根救命的浮木一样，嘴里嗫嚅着：“燕，我爱你，刚刚你不在的时候，我就如生离死别一样难受，我不会再让你离开我！”林燕毕竟只是个18岁的小姑娘，什么时候经历过这样的场面呢？她本能地挣扎着，大声喊道：“你想干什么？我要回家！”“回家？”叶一只觉得好像有一大口冰冷的海水灌进了自己的心里。果然没猜错，人家根本看不上自己！叶一突然间变得非常激动，更加疯狂地抱紧了林燕。天很冷，地上早就结了一层薄冰，滑得厉害。挣扎间，突然林燕身体失去平衡，脚下一滑，重重地向后倒去。霎时，林燕的后脑狠狠地磕在坚硬的花岗岩花坛角上，顿时，揉碎桃花红满地，玉山倾倒再难扶！

殷红的血顺着林燕的后脑流了下来，在雪地里显得特别触目惊心。林燕死了！她死不瞑目，眼睛里满是哀怨的泪水。叶一抱着她的尸体，肝肠寸断，好久才回到现实中。叶一挣扎着爬起来，突然感到一阵害怕，不禁“噔噔噔”向后倒退了几步，然后狂奔着离开了这个地方。

叶一连夜逃到了这个城市另一端的城乡结合部。他要离开这个伤心之地，越远越好。过了几天，他买了一张报纸，看到了一条消息，题为“美少女命丧夹竹桃林，作案者疑为生前网友”，正文中还有林燕落寞地躺在雪地里的照片。看来林燕真的死了，而且警方认为是有人“蓄意谋杀”。天哪，“谋杀”！这个词深深刺痛了叶一的心，虽然林燕不是自己杀的，但毕竟是因为自己而死的！可他不敢去自首，他不知道这个良心债要背负到几时。

2.似曾相识烟鬼来

很快一个月过去了，可对叶一来说，这一个月就像一年一样漫长。他不敢上网，怕警方嗅到线索，更怕自己伤心。为了麻醉自己，他学会了抽烟，每天都要抽三包烟。

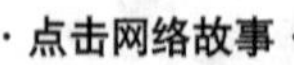

回想起和林燕网上聊天的几个不眠之夜，叶一百感交集，更加思念林燕。这天晚上，他再也忍不住了，像做贼一样溜进了一家僻静的网吧。“朗如风”这个网名是不能再用了，他点了支烟，看了一下自己在窗户玻璃上的影子，胡子拉碴，头发零乱，面容憔悴，嘴里叼着香烟，整个是个老烟鬼的形象。他灵机一动，轻敲键盘，把网名定为“似曾相识烟鬼来”，其他诸如年龄、身高等注册信息全部都换成了新的。

接着，他进了一个叫做“结交新朋友”的聊天室，这就是当时结识林燕的地方。刚进去不久，就有几个推销香烟的人和他聊天，推销他们的走私雪茄，弄得叶一哭笑不得。他呆呆地看着屏幕上花花绿绿的文字，满脑子只有林燕临死前饱含泪水的双眼。正在这时，突然屏幕上一句话跳入他的视线：“我是一个女孩，我叫‘似曾相识燕归来’。你愿意和我聊天吗？”

叶一一愣，赶紧查看对方的注册资料，发现这人已经在线两小时了，这说明这个女孩的网名原本就叫“似曾相识燕归来”，并不是看到自己“似曾相识烟鬼来”的名字才临时取的。

叶一心中一酸，更加想念林燕了。正在发呆的时候，对方又来消息了：“我们有缘才会有这么像的名字。女孩邀请男孩，你的面子太大了。”

叶一颤抖着手指敲下了一行字：“燕，你回来了？没有了你，我的心空如大海……”

“你这烟鬼，别这么肉麻好不好？初次见面，有点风度！”

……

不知为什么，叶一和这只归来的燕子一见如故。他把她当成了林燕的化身，他多么希望这只燕子就是林燕啊！但是林燕已经死了，这千真万确！

3.阴阳相隔情未了

终于有一天，“燕归来”和叶一交换了手机号码，并约他晚上8点在钟杨路23号501室见面。

叶一心里隐隐地觉得有些不安。又是晚上8点？这实在是太巧了。他发短信给“燕归来”：“你是女孩子，晚上8点钟出来不安全吧？”

“没关系，我喜欢晚上。今天白天下雪，晚上会停。”

叶一打了一个冷战，又想到了夹竹桃林的雪地上，林燕躺在那里的情景。过了很久，他才回了一条信息：“好的。但是我长得很一般，年纪也很大了，可能没有你想象中那么英俊。”

“没关系，你的才华加上我的年轻漂亮，不正好是才子佳人吗？”

叶一无话可说了，吃过晚饭，他立刻骑自行车出发。这天晚上，天上没有星月，路上也没有路灯，钟杨路的两边都是高大的梧桐树，阴森森的，就像两排沉默不语的恶魔。叶一又想起那个晚上，心里凉飕飕的。终于快到钟杨路23号了，叶一定睛一看，巷口有一块匾额，上面写着四个大字：

钟杨公墓

叶一差点从自行车上跌下来，童年许多关于亡灵的故事遏制不住地涌上心头。他掉头就走，这时，只听一连串“嘀嘀嘀”的响声，手机短信又来了，这铃声在寂静的夜里显得格外凄厉。叶一颤抖着拿出手机一看，显示屏上清晰地显示出这样一行字：“你已经到巷口了，林子里燕在等你来呢。”

“什么林子？”叶一的每一根汗毛都竖起来了。

“夹－竹－桃－林。”

这时，手机又诡异地响了，一看对方号码，居然不是原来的“139××××××××”，而是“00000”！

“对不起，我有事，要走了，咱们下次再见面吧。”叶一发完短信，正要回头走人，却发现巷口的大门居然已经悄无声息地关上了！

正在他愣神的工夫，短信又来了：“你今晚不要走啦，陪陪我吧，前面就到了。”叶一打了个激灵，向前走去。那里有一间一层楼的大堂，堂前牌子上面写着：

殡仪馆骨灰陈列室

叶一胆战心惊地轻轻一推门，门居然就开了，里面一个人都没有，只有一支昏黄的蜡烛和几炷香。迎面的一个大柜子里分好多层，每层有好多个格子，每个格子里都放着一个骨灰盒。这屋子明明只有一层啊，哪里有什么501室？叶一抖抖索索地给“00000”发了一条信息：“你是在殡仪馆工作的女孩吗？现在还没有下班吗？你说的501室在哪里啊？”

突然，摇曳的烛光中，一个凄楚而沧桑的女声，真真切切地从装骨灰盒的大柜子第五层第一格里飘了出来：“501室，远在天边，近在眼前！就是这个大柜子第五层第一格。朗如

风，你……让我等得好苦!

我不是殡仪馆的工作人员，我是被你害死的网友……林燕! 呜呜呜……”

叶一一下子跌坐在地板上，裤子都尿湿了。他强让自己镇定下来，问道:“你……你……你想干吗? 你不是林燕，你的声音不对! ”叶一很清楚地记得林燕的声音，或许这是另一个林燕?

“人鬼殊途，我在阳间的声音早就消失了……哼，你以为从骨灰中发出来的声音还像以前那么圆润吗? 哼……”

紧接着是一阵死寂，整个空气都要凝固了。叶一突然站起身来，一种求生的欲望驱使他向大门跑去。可刚一转身，他就发现陈列室大门已经关上了。叶一疯狂地拍打着大门，手掌已经血迹斑斑，可大门还是紧闭着，纹丝不动。

“哼，别白费心机了，这扇门你打不开的。今天你是很难活着从这里出去了……”林燕冷冷地说。

沉默了片刻，突然林燕的声音中带了一丝莫名其妙的温柔:“朗如风，你真的爱我吗? ”

叶一意识到今天大概要命丧于此了，想到这点，他反而不怕了，高声说道:“林燕，我今天死在你的手里，也不算冤枉，你掐死我吧。你知道吗，我实在太爱你了，没有你我真的不知道怎么活下去。现在你就出来吧，我临死也想见你一面。这三十多天来，我最大的愿望就是见你一面。你像白雪公主一样美丽，而我却实在太过平庸，掐死我吧，到了阴曹地府，我还要去找你，你若不愿意，我还要紧紧抱住你，不让你走……”

林燕的声音突然变得非常愤怒:“既然你这么爱我，为什么杀我? ”

叶一跪倒在骨灰柜前，用额头“咚咚”地撞击着地板，泪流满面地说“燕，我对不起你，是我太冲动了，想到你可能从此离我而去，我就觉得一定要拥有你，因此我抱紧了你。当时地上的雪都结冰了，你脚下一滑，就……可怜你的头撞在了花岗岩上……我的燕啊……我真的从没想过要杀你……我的好燕儿……如果你真的要我偿命，你就拿去吧……我很愿意和你黄泉做伴啊……燕……你带我走好了，我不会有半句怨言的……”说到这里，叶一哭得背过气去，好久才悠悠醒来。

冥冥之中叶一听到了一声长长的、来自天边的叹息:“唉……听到你说这样的话，我真的很感动。你听说过‘天上一天，地上一年’吗? 同样，人间一天，地府一年。你我阴阳相隔三十多天了，我已经不是18岁的少女，而是40多岁的半老之人了。你还愿意亲吻我吗? 要知道，你若吻了我，就和我一样，不在人世了……”

这时，叶一不知道从哪里来了一股巨大的勇气，连声答道："愿意，我愿意！我真后悔，当时一时糊涂，不小心让你独赴黄泉……我愿意跟你走！"

话音刚落，大柜子后面真的飘出来一个女人，她正是林燕！"燕——"叶一激动地喊道。果然如林燕所说，她已经40多岁了，却仍然光彩照人，长相和气质都那样亲切。林燕眼中饱含泪水，满是哀怨，和她临死时一模一样。她款款地朝叶一走来，幽幽地说："你闭上眼睛……"

叶一闭上眼睛，等待这平生最激动人心的一吻，也是索命之吻！此吻过后，他就要告别这个世界，和林燕黄泉做伴了！他紧张而甜蜜地等待着……

4.只惜此燕非彼燕

突然，叶一觉得手腕一凉，随着"喀嚓"一声，他低头一看，手上居然多了一副明晃晃的手铐。这时，骨灰陈列室一下子灯火通明，照得他眼前直冒金星。旁边不知何时多出了七八个警察，手中的枪锃亮锃亮的。他终于意识到，自己中计了！

正在他发呆的瞬间，一个警官跑过来，拍拍他的肩头说："叶一，大作家，果然是至情至性之人，愿意为爱而死。给你介绍一下，这位不是林燕，她是林燕的妈妈。林燕很小就没有了爸爸，和她妈妈相依为命……"

叶一惊呆了，原来刚刚眼前的女子根本不是林燕！他仔细一看，林燕和她妈妈真是像得出奇！叶一悔恨交加，喃喃地说："阿姨，对不起……"那声音低得自己都听不见。

警官又指着身边的几个男子说："这位是电信局的技术人员，是他让林燕妈妈的手机号码暂时变成了'00000'。这两位是殡仪馆的门卫，是他们把你身后的门一扇扇关上……叶大作家，这么多人搭了舞台，就是等你上镜的！看来你不但剧本写得好，演技也那么逼真！"

见此情景，叶一有些糊涂了，只觉得脑子里一阵恍惚。突然，他的创作灵感被激发了，忙问警官：“这么说你们在演戏？那林燕其实只是个演员，并没有死？这个构思我倒没有想到。”

一听这话，所有的人都沉默了。警官叹了口气，从501号柜子里拿出一个骨灰盒，放在叶一面前。他沉痛地说“可惜你错了，我们也希望是一场戏。林燕并不是演员，她真的已经不在人世了……”说到这里，他哽咽了，林燕的妈妈也开始放声痛哭。叶一却没有了眼泪，他的眼泪早就在心里流尽了。

叶一调整了一下情绪，轻轻地问：“你们一定是从网上查到我的吧？可我的所有注册信息都是新的呀。”

警官说“不错，你改了网上聊天的号码、网名、身高、职业和年龄，只有性别没改，你够谨慎的。当时得知林燕意外身亡时，林燕妈妈伤心欲绝，于是我们警员在做调查、起网名的时候，特意起了一个‘似曾相识燕归来’，借以安慰林燕妈妈。你知道，现在网络有一个搜索相似网名的功能，我们搜过‘朗如风’，没有找到你。那一次无意之中搜索‘似曾相识燕归来’，却搜到了‘似曾相识烟鬼来’，我们不能放过蛛丝马迹，没想到果然找到了你，看来我们真是有缘人。听了刚才你的‘供词’，尽管林燕不是你杀害的，但她的死你有不可推卸的责任。”

叶一颓丧地低下了头。这时候，林燕的妈妈泪流满面地递给叶一一张纸条，这是警察在林燕的小包里搜到的，信上说：

朗如风：

我不是在上厕所，我在给你写一封短信。

出于安全考虑，我从来不和网友见面，但你是第一个。

相见之后，我觉得你虽然不算年轻，长得也很平凡，但是平凡中却有令我难忘的气质。你的才华让我倾倒。你愿意和我相爱吗？还是说从此天各一方？出于女孩子的自尊和腼腆，我不便当面向你表白，只好“鸿雁传书”，借这张小小的纸条，表明我的心意。

不管你如何想，我都愿意把我的真实联系方法告诉你：

手机号码：××××××

E-mail：×××××××

住址：××××××

依依惜别，等着你的消息。我先告辞了。

爱你的　林燕

“天啊！”看完纸条，叶一仰天长叹……

（本篇月月评短信代码：2301）

（题图、插图：安玉民）

造座心灵的桥梁

很久以前，有一对亲兄弟，一直和睦地生活在相毗邻的两个庄园里。可有一次，他们陷入了一场纠纷，这是四十年来两兄弟之间首次发生纷争，他们互不相让，结果发展到反目成仇的地步。

一天上午，哥哥请来一个木匠，对他说："我的庄园需要修缮一下。上周我们兄弟的两个庄园间还是一个美丽的大牧场，但自从发生矛盾后，我弟弟用推土机开了一条渠，现在就有一条小溪横在我们的庄园中间。我想让您在这里造一个两米高的围栏，我永远也不想见他了。"

日落时分，木匠干完了活。哥哥回来一看，惊得目瞪口呆，因为他眼前根本不是什么两米高的围栏，而是一座小桥——一座穿过小溪连通两个庄园的桥，它精美得就像一件艺术品！这时，弟弟走过来抱住哥哥，激动地说："您真伟大！在我做了对不起您的事之后，您却造了一座美丽的桥。"

兄弟俩终于重归于好了，可木匠却要走了。兄弟俩一齐挽留他，木匠笑着说："我倒是很愿意留下来，但是还有很多这样的桥等着我去造呢。"

（**推荐者**：吴扬茂）

不朽的遗嘱

英国马歇尔雷斯郊外的墓地里，有一块墓碑上刻着一则征婚广告，是死去的丈夫为他的遗孀而作的。

"我，约翰·费德斯顿，死于1808年8月11日；我妻，比尔·玛丽亚，芳龄36岁，依旧年轻，富有魅力。她具有一切好妻子的美德，希望有人能爱她，娶她。她的住址是本地教堂街4号。"

可以想象，这个丈夫是用怎样惊人的毅力，在痛苦的呻吟声中，一字一句完成了这则遗嘱广告！近两个世纪过去了，如今去墓地的人都忍不住要对约翰脱帽致敬，因为让人们感动的是当死神袭来时，他不是为自己眼前的生命担忧，而是为妻子今后的幸福焦虑。

这则墓碑上的征婚广告也许不是世界上唯一的，但可以肯定是不朽的。（**推荐者**：黄　颖）

（**插图**：箭　中）

美德故事

本书汇集的是《故事会》相关故事之精品，所选45则作品分类为“见义勇为、扶危济困、真诚待人、洁身自律、亲情似金、夫妇同心、师生谊重、知过悔改”等八大类，生动形象地讴歌了中华民族传统美德。

生意经故事

故事形象地描述了生意人的思维方式和经商才能。他们或巧做广告而振兴企业，或施展其经营绝招而“妙笔生金”，或审时度势掌握顾客心理而销售产品，或运用《孙子兵法》中的战术而出奇制胜。

16岁故事

在人生漫长的旅途中，16岁是一个最展辉煌、最富朝气、最显青春的花季。本集收入的36则故事，是为16岁少年编织的一支支动人的歌谣，一个个扑朔迷离的美梦，一首首催人泪下的诗篇。

口才故事

口才即说话的才能，当今社会人们演讲、论辩、访谈、讲解、教学以至主持节目、说相声、讲故事等等，都十分讲究口才，口才好与不好，其效果大相径庭。此书收入103则故事，集中表现了千百年来中华民族一些帝王贤臣、文人名士和民间机智人物的智慧、幽默以及其思维的敏捷和即兴论辩的才能。

说大事、小事,普通人的身边事
讲闲话、实话,老百姓的心里话

三个老师的故事

有个孩子一直想不通一个问题：为什么他的同桌想考第一，一下子就考了全班第一名；而他想考第一，结果才考了全班第二十一名？回家后他问妈妈：“我是不是比别人笨？我觉得我和他一样听老师的话，一样认真地做作业，可是，为什么我总比他落后？”

妈妈不知该怎样回答。

在又一次考试中，孩子考了第十七名，而他的同桌还是第一名，儿子又向妈妈问了同样的问题。妈妈知道，人的智力有高低之分，考第一的人，往往比一般的人聪明，但她不能这样说，不能让孩子认为自己是个愚笨的人。

儿子小学毕业了，虽然还是没有赶上他的同桌，但他的成绩一直在提高，母亲为此特意带他去看了一次大海。母子俩坐在沙滩上，母亲指着前方对儿子说：“你看那些在海边争食的鸟儿，当海浪打来的时候，小灰雀总能迅速地飞，它们拍两三下翅膀就飞上了天空，而海鸥总显得非常的笨拙，它们从沙滩上飞到天空中总要很长时间，但是，真正能飞越大海、横穿大洋的还是海鸥。”

后来，儿子以全校第一名的成绩考入了清华大学。

这个故事耐人寻味，这个母亲称得上是个教育家。教育是个大问题，它好比是炼一炉钢：学校、家庭是炉，老师、家长是炉工，孩子、学生是铁砂。可世上的事就是这么怪，同样的炉，同样的炉工，同样的时间、环境、材料，有的就成了好钢，有的却成了废渣。钢铁是这样炼成的，人才也是这样培养的。教育之法，精妙无比呀！

教师节过去几个月了，教师节期间，茶余饭后，街谈巷议，人们传说着不少有关教师的故事。好多热心的作者、读者还把这些故事寄给了我们。我们选了三个，请大家读读、听听……

山西大同机床厂子弟小学一位老师讲的故事：

三顶小白帽

于慧是小学教师，有一年夏天，她和一名男教师带着一群五年级的学生到郊外野营。城郊山清水秀、绿树成荫，景色十分迷人。这些生活在城市里的孩子，来到这新鲜地方，一个个玩得十分开心。白天大家采野花、捞小鱼、扑蝴蝶，晚上围在篝火前唱歌跳舞，时间一眨眼就过去了。回城前的一天晚上，孩子们一致要求在营地附近的小溪里洗个澡。年轻的男教师也说：“同学们玩得一身汗臭，洗洗也好，再说溪水也不深，不会有危险。”

于慧觉得男教师的话有道理，再说她也很想洗洗一身的汗渍，于是就点头答应了。营地附近有两条小溪，中间隔着一片小树林。于慧带着女孩子在右边的小溪里洗，男教师带着男孩子去了左边。皎洁的月光下，孩子们一个个脱光了衣服，像一群快乐的小青蛙，在清凉的溪水里嬉闹起来，有的打水仗，有的趴在石头上戏水，也有的躺在溪水里，让小鱼小虾自由自在地从身上游过……

谁知就在这时，突然一个女同学高声惊呼：“于老师，有人偷看我们洗澡！”

于慧大吃一惊，大喝一声：“什么人？”她匆匆穿好外衣，第一个冲进了小树林。小树林里静悄悄的，一个人影也没有。在一片草地上，于慧看到了三顶白色的旅游帽，她一怔，立刻明白是怎么回事了。她迅速地把这三顶小白帽藏在草丛中。

这时，那个男教师跑过来问道：“怎么回事？”穿好衣服的孩子们也纷纷跑了过来，大家七嘴八舌地嚷嚷着，说是一定要把这个偷看女生洗澡的坏蛋找出来；也有人愤怒地说，要把这个流氓送派出所……于慧则非常平静地说“大家静一静，听我把情况说一说，我是第一个冲进小树林的，可是，我什么也没看见。营地周围没有人家，不大可能会有坏人过来。我分析，很可能是这个同学看花眼了，夜晚光线不好，产生一些错觉，也是常有的事，大家都回帐篷休息吧。”

男教师看出于慧好像是在掩饰什么，他连忙对孩子们说：“好了好了，大家先回去休息吧。”

男生和女生陆陆续续分别回到了各自的帐篷里，男教师看身边没有别人，这才低声问道：“于老师，到底是怎么回事？”

于慧淡然一笑说“没什么，孩子们长大了……王老师，你通知同学们到篝火前集合，我要给大家上一堂生理卫生课。”

男教师疑惑地问：“什么？你要给大家上生理卫生课？”

于慧非常认真地说“是的，现在的孩子成熟早，他们已经到了对异性产生兴趣的年龄，我们当老师的应该想到这一点。对了，王老师，你宣布一条纪律，一会儿听课的时候，任何人都不能戴帽子！”

男教师听了于慧这个莫名其妙的决定，更是一头雾水。这次野营活动，学校每人发了一顶旅游帽，男生是白色的，女生是红色的，讲课就讲课呗，干吗还不让戴帽子？于慧看出了男教师的疑惑，就从草丛中拿出那三顶小白帽，说“这三个孩子一时冲动，做了错事，我相信他们现在一定也非常后悔……大家都不戴帽子，就没人怀疑这三个孩子了……”男教师终于明白了于慧的良苦用心，他立刻走到孩子们的帐篷前高声宣布：“全体集合，马上到篝火前听于老师讲课！大家听着，任何人不许戴帽子！”

孩子们很快就在篝火前坐下了，

果然没有一个戴帽子的。就这样，于慧在篝火前深入浅出地给大家上了一堂生动有趣的生理卫生课。而这时，男教师悄悄来到小树林，取回了那三顶小白帽，神不知鬼不觉地送到了男生的帐篷里……

如今，于慧老师已经退休了。教师节这天，三个成年男人来到了于慧家，他们一个是大学副教授，一个是上校军官，一个是一家上市公司的董事长……

河南郑州市上街区登封路长城铝业公司一家长讲的故事：

“一剑飘香”和“神仙姐姐”

陈老师今年27岁，是高一（2）班的班主任兼数学老师。这天早上的最后一节课是他的数学课，他讲课讲到一半时发现有好几个学生在打瞌睡。他把书往讲台上一扔，气愤地说：“最近我去很多学生家家访，不少家长反映，有的学生经常上网玩游戏，玩到深更半夜，不肯睡觉，严重影响了学习，好像那游戏叫什么‘传奇’来着……”陈老师见韦明还在睡梦中，便一拍讲台，又加大了声音：“特别是像韦明这样的男生居多！”

韦明正在半梦半醒中，听到老师叫自己的名字，“霍”地站了起来说：“到！”教室里马上哄堂大笑。陈老师更恼了，盯着韦明说：“到什么？你是不是昨天又玩通宵了？”韦明没有开口，低着头，心想：班里玩“传奇”游戏的人少说也有十来个，为什么就光点我的名字？韦明觉得很委屈。

下课以后，韦明突然内急，就往厕所跑，找了个空位刚蹲下来，隔壁就传来陈老师和另一个老师的说话声。

那个老师问：“小陈呀，你最近有没有玩那‘传奇’游戏？”

“唉，快期末了，忙着备课，哪有空玩呀，只是周末偶尔玩玩。”

那个老师接着又说：“哦，听说你等级很高了，是吗？什么时候扶持兄弟一把，让我也升级一下。你在哪个区？没改网名吧？”

陈老师这时有点得意了，他说：“没问题，我在游戏21区。男子汉大丈夫行不改姓坐不更名，还是老名字——‘一剑飘香’！”

韦明听完，心想：呵，原来陈老师也是“传奇”迷。他有点想笑，可转念一想：万一陈老师看到我，知道他的秘密被我发现了，那多尴尬！想到这里，韦明马上提裤子走人。

到了周末，韦明晚上七点就登录了“传奇”网站。他迅速更改了自己的个人资料，取了个新网名，叫“神仙姐姐”；性别：女；年龄：23岁。韦明是个游戏高手，不费吹灰之力就在游戏21区找到了陈老师——“一剑飘香”。“神仙姐姐”那晚一直跟着“一剑飘香”，两人并肩作战，互相帮助，杀敌无数。那晚“一剑飘香”又升了一级，他高兴极了，十分感激“神仙姐姐”，就利用休息时间和“神仙姐姐”聊开了。呵，“神仙姐姐”好像很善解人意，让陈老师乐翻了天。

正在陈老师聊得兴起时，突然“神仙姐姐”说：“已经十一点了，我要下线了，拜拜！”

韦明刚想下线，不料陈老师发来了信息：“江湖险恶，我愿做你忠实的护卫。通过刚才的沟通，再看看你诗意般的名字，我想你一定是个美女，什么时候寄张照片给我看看吧？”

韦明看到这里，嘴里吃了一半的饼干“噗”地全都喷了出来。嘿嘿，没想到在我们面前道貌岸然的陈老师，在网上也露出了俗气的尾巴！

韦明快速在键盘上敲下了这么几个字：“来日方长，后会有期！”做完这一切，他心里暗暗好笑：呵，到时寄张照片吓死你！

第二天，韦明趁父母上班时，偷偷翻遍了家里的抽屉，终于找到了父亲的那本旧相册。他从里面找出一张照片，然后打开扫描仪扫描后，很快就把照片保存到了自己的电脑里。一切准备就绪，韦明脸上露出了得意的笑容。

又到了一个周末，“一剑飘香”和“神仙姐姐”又并肩作战，一直玩到深夜。就在“一剑飘香”快要下线时，“神仙姐姐”传来消息：“我们相识一场，也算是有缘了，我打算寄张我的照片给你看，不过我不知道你的电子信箱，能告诉我吗？”陈老师一看暗暗欢喜，立刻把自己的电子邮箱地址发了过去。不多工夫，“神仙姐姐”发来了消息：“我已经把照片发到你的信箱了，快去看！”

陈老师一阵欢喜，迫不及待地打开了信箱。呵，终于可以一睹美女的风采了！可就在陈老师看到照片的一刹那，他突然从电脑椅上跳了起来，眼睛瞪得大大的：“鬼，见鬼了！”照片上是谁？那竟然是学校里上个月刚

去世的张校长!

其实韦明的父亲和张校长以前是老战友，韦明知道父亲有张校长的照片，于是就想出了这个鬼主意。

陈老师也是个电脑高手，他很快就知道是韦明搞的恶作剧。那天下课后，陈老师把韦明单独留了下来，笑着说“韦明呀，说实话，我也是个‘传奇’迷，但我只在周末才玩玩，从不影响工作。我在和你玩游戏时，发现你是一个很聪明的学生，只要努力学习，你的成绩一定能好的。”

这以后，韦明真的变了，他再也没有在课堂上打过瞌睡。期末公布总成绩的时候，韦明竟是班里的第三名。

广东广州市海珠区一化妆品公司老总讲的故事:

神奇的一吻

九月的校园，分外热闹，新学期开始了。新宇技校生化（三）班来了个新生，叫呼维。这呼维有点怪，整天沉默寡言，一脸郁闷，好像有着满腹心事。不久，同学们都知道了呼维的父亲因犯强奸罪锒铛入狱。原来他是个强奸犯的儿子!

班主任杨沁沁是个刚分配到技校任教的女大学生，剪着短发，漂亮文静，学生们都喜欢她，听她的话。可是她在安排座位时，一个女同学就是不买她的账，死活不愿意和呼维坐在一起，其他女生也都躲着呼维，都不乐意坐在他周围，好像他也是强奸犯似的。没办法，杨老师只得让呼维一个人坐在教室最后一排。

你们想想，同学们这个样子，呼维能读好书？加上他性子倔强，索性破罐子破摔，上课要么做小动作，要么看武侠小说，下课打架骂人，还经常偷偷跑到校外上网打电脑游戏，成了一个“混世魔王”。第一学期期中考试结束，呼维考了个全年级倒数第一名。

这天，杨老师特地找了个没有旁人的时候，把呼维叫到了办公室。呼维进了办公室，歪头杵脑，吊儿郎当，一副毫不在乎的模样。杨老师没有计较这些，还是耐心地给他讲了好多道理。当呼维正要走出办公室的时候，突然被杨老师叫住了。杨老师走上前，来到呼维面前，叫了一声“呼维”，停了停又说，“请你闭上眼睛！”

呼维不知道这位年轻漂亮的女大学生老师葫芦里究竟装的啥药，也不知道她到底想用什么特殊的方式来惩戒他。于是他按杨老师的口令，闭上了眼睛。就在他纳闷时，突然觉得一阵微微的香气扑鼻而来，紧接着额头一热，杨老师竟然在他额上轻轻地亲吻了一下！呼维感动得直想哭，一个强奸犯的儿子，同学看不起他，而杨老师却用一个甜甜的、香香的吻来表示她并不嫌弃他!

从此，也不知道怎么的，呼维开始尊重杨老师了，上课认真听讲了，成绩也明显好了起来。

后来杨沁沁老师考取了研究生，毕业后留在省城一家科研单位工作。有一天下午，她在一份晚报上看到这样一则化妆品广告“沁沁——我的老师！”杨沁沁觉得这则广告做得挺新鲜挺有趣的，于是，便开始留意“沁沁”系列化妆品。有一次，她在超市化妆品专柜买了“沁沁”牌护肤露，在产品说明书上看到那家化妆品公司的总经理叫“呼维”。她心头微微一怔，猛然想起以前在新宇技工学校任教时班上曾有个名叫“呼维”的学生。她立即掏出手机，照着产品说明书上的电话号码拨了过去。

一番询问之后，没过几分钟，她的手机里果真传来一个令她惊奇的声音：“杨老师，我就是您的学生呼维啊……”

杨沁沁的手开始颤抖，她小心地问：“你真的就是以前新宇技校生化（三）班的那个呼维同学吗？”

“是呀是呀，杨老师，您让我寻找得好苦哟，现在您在哪里，我马上坐飞机来见您！”

当天下午，呼维就乘飞机赶到了杨沁沁所在的那个城市，在他们事先约定的一家茶楼见了面。茶香袅袅，古筝悠悠，两份红茶，两份西点，唤回了往日的一片师生情。

呼维一边给杨沁沁续水，一边说：“那时候，全班同学都鄙视我，骂我是强奸犯的儿子，是小流氓，女生们更是唯恐避之不及，只有您，没有蔑视我，反而用这一吻来鼓励我……从技校毕业后，我被分配到了南方一家化工厂。我立志要开发一种全新的环保护肤产品，于是我就一边自修大学的生物和化学课程，一边借助工厂的设备搞实验，经过三年时间，终于取得了成功。我给这种护肤系列产品命名时，不假思索地使用了您美丽的名字——沁沁，就是为了报答您的那一吻……”话没说完，呼维

"掌上灵通杯"《故事会》优秀作品月月评

《故事会》与上海掌上灵通咨询有限公司联合举办"掌上灵通杯"《故事会》优秀作品月月评活动，全年共设价值48万元的奖金和奖品。参加方式如下：

1. 请选出本期你最喜欢的一篇作品，将其篇尾的月月评短信代码（如1701，没有短信代码的作品不参加评选）发送到200056（中国移动）或900056（中国联通）。每次限选一篇，可多次投票。

篇名与短信代码

代码	篇名	代码	篇名	代码	篇名
2301	似曾相识燕归来	2308	鼠痴	2315	有文凭的乞丐
2302	三顶小白帽	2309	真正的杀手	2316	迟到奖你三十元
2303	"一剑飘香"和"神仙姐姐"	2310	两个妻子	2317	不见不散
2304	神奇的一吻	2311	给老板当替身	2318	老婆，我离不开你
2305	中奖也烦恼	2312	绝情剑	2319	四个打一个
2306	意外收获	2313	第三种情感	2320	吹牛皮
2307	王婆卖瓜	2314	擦亮你的眼睛	2321	油饼

2. 凡选中故事在得票数前三名的读者均可参加抽奖。本期共设：一等奖3名，奖金各500元；二等奖10名，奖金各300元；三等奖20名，奖金各100元；阅读奖200名，各获价值30元的纪念品一份。所有参与读者将另获赠精彩梦网信息服务。

3. 本期活动截止期为：2004年12月5日。得奖读者在评选结果揭晓后将得到短信通知。本活动接收短信：0.10元／条。客户服务电话：021-33184600。

的泪水早已挂满了两腮……

杨沁沁听到这里，笑了笑说："知道吗？那时候我决定给你一个吻，是因为在一次批改你的作业时，看到你作业本里夹着一张字条，上面写着几行字，大致意思是说你非常想得到某个女生的吻，还说那才是学习的最好催化剂……"

呼维一下子不好意思起来："杨老师，那时候我父亲入狱没多久，我又刚考进那所技校，哪有什么花花肠子呢？那段文字，我是从一本小说里摘录下来的……"

杨老师笑了，呼维也笑了。是呀，不管这个吻因何而起，它却实实在在地改变了一个学生的一生！

"三顶小白帽"作者：崔新三（本篇月月评短信代码：2302）；"'一剑飘香'和'神仙姐姐'"作者：袁小明（本篇月月评短信代码：2303）；"神奇的一吻"作者：陈笑海（本篇月月评短信代码：2304）

下期话题：三个保姆的故事　　　　（**题图、插图**：安玉民）

中奖也烦恼

□黑 子

这天，天上掉下了馅饼，沈军买彩票竟然中了三十八万元大奖！

这一夜，沈军和妻子阿英几乎一宿没合眼，他们兴奋得说了一夜的话。第二天一早，沈军就将奖金兑了出来，除留一千元现金外，其余的全部悄悄存进了银行。回到家，阿英点着沈军的鼻子告诫道：“这事千万别让人知道，人心隔肚皮，要是别人知道我们家有一笔巨款，难保不会出事！”

沈军说：“你以为我傻呀，这事当然说不得！”

接下来，夫妻俩就商量着怎样安排这笔钱。零工当然是不会再打了，有了三十多万，谁还去受那份罪？沈军提了很多想法：先买一套大点的房子，住得舒服一点；再买一间商铺，做建材生意；全家的生活也要大大改善……开始阿英觉得丈夫的这些想法都不错，可后来一琢磨，又全都推翻了。阿英十分担心地说：“这样不太张扬了吗？原来我们那么困难，现在突然就阔起来了，能不引起人家怀疑？常言道，不怕贼撬门，就怕贼挂念。我们不能让人察觉出什么来……”

沈军听了，觉得妻子说得有道理。他从报上看到过，有人中了大奖，后来却因此丢了性命。晚上，小两口

又躺在床上合计了大半宿，最终想出了这样一个办法：钱就让它存在银行里生利息，两人还是像原来一样出去打零工，只有这样才不会引起别人怀疑。

三天后的一个晚上，沈军和阿英正在家中看电视，突然听见“笃笃笃”的敲门声，小两口顿时警觉起来，相互交换了一下眼色，沈军才起身开门。门开了，只见隔壁邻居大奎站在门口。出于礼貌，沈军对大奎说：“大奎哥，快进屋。”大奎笑了笑说：“好，好。”一边说，一边就进了屋。

有道是，无事不登三宝殿，沈军两口子心里都觉得大奎今晚串门，肯定有什么事。然而，大奎坐下呷了口茶后，却不说别的，只问小两口打零工的事。

“沈军，现在好不好找活干呀？”

沈军刚要张口，阿英已抢在前头回话了：“难找！难找得很哟！”

大奎“嗯”了一声，把头转向沈军，又问：“你们一月收入多少呀？”

阿英又抢在丈夫前头说：“唉，也就五六百元，只够喝口稀的。”

大奎“喔”了一声，端起茶杯又呷了一口茶。过了一会儿，大奎像突然想起了什么似的，问：“我记得你们爱买彩票呀，咋样，有收获么？”

小两口一听，心里顿时一紧，大奎过来原来是为这事呀！他们下意识地用一种警惕的目光看着大奎，这回还是阿英开口回话：“嘿，倒霉透了，买空卖空了这么多年，连个五元尾奖也没捞着几次。唉，没财运，早不买了，不如干零工挣点小钱实在。”

沈军也赶忙说：“买那东西没用！那奖是水中月，镜中花，看得见，摸不着，买也白丢钱！”

大奎神秘地笑了一下，说：“就是，就是，大部分人都白丢钱。”顿了一下，大奎又道：“不过，也难说，说不定就中了呢……”

沈军夫妻俩一下就听出大奎话里有话，心里更紧张了。不过，他们都尽量努力使自己保持平静。片刻，阿英说：“嘿，万一中了奖也是别人的，我们可没那财运！”大奎没说什么，只是笑笑。

因为话题太敏感，气氛就显得有些局促。还是大奎主动岔开了话题，对沈军说：“沈军，你们打零工，真是太辛苦了，收入又没个保障，其实可以开间铺子做生意呀，人不那么累，收入也好点。”

沈军夫妻俩立刻意识到大奎转向了旁敲侧击，他们心里提醒自己：决不能露出一点蛛丝马迹！阿英马上装出一副无可奈何的样子说：“开间铺子，至少也要个三四万块，可我们哪有那个本钱啊？借又借不到。开倒是一直想开，可没法子。”阿英说着，故意瞟了大奎一眼。当初，他们为开铺子也曾找过大奎借钱，可大奎说实在没办法，他和老婆的收入都低，没有多余的钱！阿英一面说，一面观察大奎有何反应。

大奎呷了口茶，然后意味深长地丢下一句话："没问题，你们的铺子开得成！"说罢就起身告辞了。

虽然大奎走了，但沈军夫妻俩心里还是紧张得要命，他们都猜测大奎十有八九是知道他们那笔巨款了。大奎这人可不能小看，他搬运工出身，一拳能打死一只老虎，在社会上还有一帮子朋友。这几年，大奎和他老婆的收入都不高，每月一共只有五百多元，日子过得紧巴巴的，心里能不馋钱？

然而，大奎是怎样知道他们中了大奖的呢？

沈军和阿英坐在沙发上，分析来分析去，最后认为有两种可能：一是他们到银行存钱时，被大奎暗中发现了；二是那天他们在家中商量如何安排那笔钱时，被大奎偷听到了。两口子认为第二种可能性最大，因为他们住的是老房子，木板墙壁，隔音效果一点也不好。

他们为这样严重的失误后悔不迭，不过，现在责怪谁都于事无补，得赶紧想出一个办法来。如果大奎始终惦记着这笔钱，那他们以后就别想过太平日子了。商量来商量去，两口子最后一致认为只有拿钱封住大奎的嘴，堵住他的心，才是最保险的办法。

可要封住一个大活人的嘴，堵住一个大活人的心，钱少了自然不行。最后，两人商定，拿五千元出来打理大奎。

第二天他们很晚才起来，吃过早饭，就决定去银行取钱。就在两人刚要出门时，大奎突然又来了。沈军打开门，只见大奎提着一个包走了进来，大大咧咧地说："沈军，阿英，你们不是一直想开间铺子做生意吗？我借给你们本钱！"说着，就从包里拿出四沓钱来，又道："这是四万元，你们拿着吧！"

沈军夫妻俩大吃了一惊，一动不动地看着大奎。过了好一会儿，沈军才疑惑地问："大奎哥，你哪来……这么多钱？"

大奎笑了笑说："前些日子见你们买彩票，我也忍不住去买了一注闹着玩，没想到我的运气比你们好，竟中了个二等奖，十五万元！昨儿个到你们家，知道你们还没本钱开铺子，我回去和你嫂子一商量，决定借四万元给你们作本钱。这不，今儿个一大早我去银行取钱了。"

小两口看着大奎放在茶几上的钱，想想自己的举动，张着嘴半天说不出话来……

（本篇月月评短信代码：2305）

（题图：安玉民）

（本期责任编辑电子信箱：maxia@vip.sohu.net）

· 中国新传说 ·

意外收获

□李　冉

李小才初到城里打工，人生地不熟的，转悠了一个星期，也没找到一份活计。正走投无路时，突然想起村里有一个姓黄的乡亲在这座城市里当老师。于是，他四处打听，终于打听到了黄老师家的住址。

这天中午，李小才拎了家乡的土特产，按响了黄老师家的门铃。黄老师开门一看，眼前这个小伙子土头土脑，风尘仆仆的，不禁一愣，问道“你是……”“黄老师您不认识我了吗？我是李家湾的‘才娃子’呀！”

黄老师想了半天，似乎想起来了，他皱着眉头淡淡地说：“哦，哦，我有印象了。”招呼李小才在沙发上坐下后，黄老师又不冷不热地问道：“大老远跑到城里来，找我有什么事吗？”李小才一听这口气，就后悔不该贸然登老乡的家门。但人家已经开口问了，总得有个说法呀。于是李小才支吾着说：“黄老师，我刚到城里来，也不认识什么人，您看……能不能帮忙给我找个事做做。”话音刚落，黄老师就连连摆手，说道：“哦，要是这样，你找错人了。我一个穷教书的，又不认识什么大老板、包工头，实在是爱莫能助啊！”

李小才一听，觉得再也呆不下去了，便说："那就不为难您了，我走了。"说罢，就要起身告辞。黄老师一见，觉得有些过意不去，拉住他说："既然来了，无论如何也得吃了饭再走。"李小才这才勉强留下。

吃饭的时候，黄老师对李小才说："其实城里也好，乡下也好，一个人要想改变自己的命运，还要靠自己努力！"李小才有些茫然地说"我一没念过大学，二没什么专长技能，真不知道该做点啥子好哩！"

黄老师默默思考了一阵，把碗一推，说："你会编故事呀，记得小时候你编的故事很好听，很生动，为什么不拿去换稿费呢！"

真是一语提醒梦中人！李小才心里一热，对呀，自己小时候是喜欢讲故事，而且讲得还挺像模像样哩，既然黄老师这么有学问的人都这么说，自己肯定能编出好故事来！临别时，黄老师又从书架上拿出厚厚一摞书给李小才，嘱咐道："没事多看看书吧，你能从中学到不少东西呢！"

人有了动力就是不一样。李小才回去后，找了一些别人不愿干的零活、苦活来维持生计。他一有空就拼命读书，琢磨创作技巧。真是功夫不负有心人，李小才很快找到了感觉。过了一段时间，他终于在当地晚报"百姓故事"栏目上第一次看到了自己的文章。他欣喜若狂，拿着报纸亲了又亲。

这天，李小才去城郊办事，偶然看到一家网吧正招聘服务员，包吃住，不过月工资只有两百多元。李小才灵机一动，就去报名，很快就被录取了。在网吧，他学会了打字，收发电子邮件，更有机会在网上浏览新的征稿信息。他的创作热情被大大激发了，工作之余，他废寝忘食地写故事、投稿，命中率越来越高了。

两年后，李小才竟成了一个小有名气的网络写手，累计在各类报刊上发表了二十余万字的作品。南方一家报社领导很欣赏他，给他发了邀请信，请他去当"故事生活"栏目的采编人员。李小才双手捧信，乐得合不拢嘴，心说："没想到我李小才也会有今天！"

自从当了采编，李小才经常有外出采访任务。这一天，他采访路过省城，猛然想起了自己的老乡黄老师。如果当初没有黄老师的点拨，自己哪能走到今天？于是，他买了重礼，来到黄老师家。

当黄老师再次见到李小才时，惊奇得瞪大了眼睛："你……你是才娃子吗？"李小才激动地说："是啊，是啊，我就是当年李家湾的才娃子！"黄老师看着眼前这位风度翩翩的年轻人，感慨万分地说："真是后生可畏呀！快进来。"

李小才刚坐下，就忍不住激动地

·中国新传说·

说："黄老师，我有今天，多亏您呀！""此话怎讲？"黄老师有些莫名其妙。李小才说："黄老师，您真是慧眼识人哪。您早在两年前就看出我是个当作家的料，一个劲地夸我编的故事生动、精彩，临走时还给了我很多好书。本来我找不到工作，想破罐子破摔，是您鼓励我写作的。现在我可真吃上这碗饭了！"

听李小才这么一说，黄老师的脸上有些尴尬，可李小才却一点没有察觉出来，他饶有兴致地追问道："我记得黄老师出来工作以后，很少回农村老家，您怎么知道我以前爱讲故事，而且还那么肯定我，说我编的故事生动、精彩呢？"

黄老师极不自然地笑了笑，忙扯开话题，不肯正面回答。可李小才却是一根直肠子通到底，仍不依不饶地追问。最后被逼急了，黄老师才说："记得你六年前第一次来我们家，你说我父亲的坟被雨水冲垮了，你要帮忙修理，就从我这里拿走了两百块钱的工料费。可没过几天，我姐来说父亲的坟根本就没垮，说你是骗……"说到这里，黄老师好像意识到了什么，突然打住了，笑笑说："那时你还小，我想你一定是遇上了什么困难吧，要不然你肯定不会的！"

李小才越听越糊涂了，心想：我六年前根本就没来过你们家，那时我还在上中学呀！但黄老师说得有板有眼，不像是假的呀。这究竟是怎么一回事啊？再仔细一想，他突然明白了，不禁笑道："您说的那件事，一定是我哥干的！我们兄弟俩长得很像，他的小名叫'天才'，我小名叫'小才'，平时村里人都叫我们'才娃子'！我哥平时总爱和一些不三不四的人混在一起，三年前犯了诈骗罪，被判刑了，现在还没有出来呢！"

这回轮到黄老师惊讶了，他一拍脑袋，大声说："哎呀，原来根本就不是一个人，对不起，是我对错号了！其实，我当初说你会编故事，那是在挖苦你、寒碜你！送给你那些书，是想让你明白做人的道理，好改邪归正，却万万没有想到竟意外成就了个作家！唉，没想到你们兄弟俩长得虽像，本质区别却这么大！"

李小才上前紧紧握住黄老师的手，激动地说："不管怎么说，我能走到今天，绝对有您的功劳！"

（本篇月月评短信代码：2306）

（题图：安玉民）

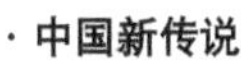

王婆卖瓜

□黄廷洪

石桥村的王婆卖西瓜卖出了路径。她从村卖到县城，后来见省城西瓜畅销，就瞄准了那里的大市场。

八月初六这天，太阳刚一出来，地上已经像着了火。王婆雇了春狗的小四轮去省城卖瓜。一路上春狗恭维说："王婆啊，你这市场经济学得不赖，西瓜卖进大省会，咱们石桥村坎子乡可是无人能比呀。"

王婆哈哈大笑："常言道猪往前拱鸡往后刨，想赚钱就得有绝招啊。"

春狗说："俺这小四轮已经过了报废期，拉完这趟瓜，俺可就要跟你学做生意啦。"

王婆笑着说"行啊，做俺的干儿子，磕三个头叫声干娘，俺一招一招细细教你。"

春狗说"这叫干娘不成问题。这磕头嘛，老封建，还是免了吧！这样吧，今天这趟运费俺分文不要，就陪你进城，陪你卖瓜，再陪你回来，这叫全程三陪服务。你把生意经传授给我，不算吃亏吧？"

王婆告诉他"天机不可泄漏，现在还不能说。你睁大眼睛看着点，到时候自然知道。"

快到中午时，省城到了。王婆十二分的纳闷：往年贩运西瓜，一路上关卡重重，要遇到十六顶"大盖帽"，他们不是打白条，就是伸手检查、罚款，罚款、检查。两百里路走下来，手中的纸条总是攒了一大扎。可今天真奇怪，竟然没见到查车的、收费的。那些"大盖帽"是开会去了还是放假旅游去了？王婆正想着，迎面过来一个年轻的交警，他很有礼貌地冲着他们

敬了个礼。

哪知警察一敬礼，突然“啪”的一声脆响，小四轮爆胎了。坐在西瓜堆上的王婆被震得差点摔了下来，她嚷道“哎哟我的妈呀，春狗，你小子这四轮车肯定没交养路费！”

春狗说“王婆看你说的，不交养路费俺敢跑到省城来？”

“那这小蚂蚱怎么这么怕警察？一见到‘大盖帽’就爆胎了？”

春狗打趣道：“王婆，不怕你笑话，俺这小蚂蚱没见过世面，长这么大头一回进城，一见到‘大盖帽’就吓得直哆嗦。”

王婆说：“你小子天生一张鹩哥嘴，王婆我卖西瓜怕‘大盖帽’，你这小四轮也怕‘大盖帽’？新鲜！”

春狗借题发挥说：“‘大盖帽’谁不怕？二癞子老婆怀孕六个月去城里，过马路不知道走人行道，一个‘大盖帽’走过来朝她敬礼，好家伙，当场就把那娘们儿吓流产了。”

王婆听了哈哈大笑。这时候，年轻交警说话了：“大哥，那里有我们一个义务修车铺，我帮你去把车胎补好。大妈您刚才坐在西瓜上，这可不安全。趁着我们修车的工夫，您在这遮阳伞下面歇会儿。”

王婆心想：今天是怎么了？太阳打西边出来了？交通警察不罚款，还帮修车？他们修车，俺也不能闲着呀！于是拉开架势在十字路口吆喝起来：“卖瓜啦，新品种的航天西瓜！”吆喝了一阵子，看见有人驻足观望，王婆就唱起了黄梅小调，别出心裁地宣传她的“航天西瓜”：

过路各位看一看，
俺这西瓜非一般。
它的种子上过天，
坐的是“神舟五号”大飞船。
营养丰富又可口，
吃在嘴里透心甜。
降血压，降血糖，
延年益寿保健康。
能治癫痫疝气梦游症，
还有动脉硬化脂肪肝。
大姑娘吃了俺的瓜呀，
一天更比一天靓；
孕妇吃了俺的瓜呀，
胜过服了保胎丸；
学生们吃了俺的瓜呀，
北大清华争着抢；
公务员吃了俺的瓜呀，
前程似锦金灿灿。

交警帮春狗补好了车胎，看见王婆眉飞色舞地在十字路口唱着“卖瓜歌”，赶紧走过来说：“大妈，这里可不是卖瓜的地方啊，时候不早了，你们赶快进城吧。”说完，他还告诉春狗，这小四轮超过报废期三天了，按照规定是不能放行的，考虑到西瓜是新鲜货，耽误不得，就特殊情况特殊对待，但嘱咐他们一定要小心慢行。

春狗听了挺高兴，刚要发动四轮车，王婆不乐意了，她一把拦住交警问道："小同志，就这么让俺们走了？不扣车？"

交警说："不扣不扣，大妈，请上路吧。"

王婆得知交警不扣车，反而急了："俺刚才坐在西瓜堆上，不符合交通规则，是不是？"交警说："是啊。""这小四轮过了报废期了，对不对？""对啊。""那你为什么不罚俺们呢？求求你，把俺们扣留几天吧。"

春狗心想：稀奇稀奇真稀奇，这婆娘叫乱罚款罚出毛病来了，不罚心里不舒服呢。

交警说："大妈呀，今年咱们省城专门为进城卖瓜的农民开辟了绿色通道，为瓜农解决实际问题是我们交通警察的职责，过去乱扣车、乱罚款的事情不会再发生了，你就放心去卖瓜吧。"

"啊？这么说……你是真的不肯扣留俺了？"王婆拉着交警说，"小同志，求求你了，你无论如何扣俺三天，要不然俺可要上门投诉你！"

交警大吃一惊："什么？你要投诉我？"

"就是要投诉你！你徇私舞弊讲人情，你执行规章不坚定，你工作失职……"

春狗一听不对劲，在王婆的前额上摸了一把："王婆，你没有发烧吧？人家给你开了绿灯，还不快走？你这叫狗咬吕洞宾，不识好人心哪！警察兄弟，这婆娘过去叫乱罚款闹得二极管出了问题，你别跟她一般见识，啊？来，大热天的，吃个西瓜解解渴。"

"大哥，我不渴……"交警话没说完，王婆就一把夺过春狗手上的大西瓜说："不，这瓜不能给！"

春狗真的生气了，冲王婆吼道："你怎么这么抠门？一个西瓜值多少

钱？我偏要给！”

两人为了一只西瓜争吵起来，一个要给，一个不给，争抢之中，西瓜掉在地上，摔成了两半。王婆捡起摔破的西瓜，对交警说：“小同志，不是大妈小气，舍不得一个瓜。实话告诉你们吧，这是一车生瓜！”

接着，王婆便道出了事情的真相：“俺往年贩运西瓜，一路上关卡多哩，检查、罚款，罚款、检查，得罪了交警还要把俺的车扣上几天。每次一车西瓜运到省城早已经倒了瓤子，谁也不愿意买。今年俺得了教训，专门收购生瓜，算计着一路折腾进了省城，半生不熟的瓜刚好熟透。”

听到这里，交警问：“这生西瓜不甜，咋办？”

王婆红着脸说：“俺这人造革包里有个注射器，半路上不停地给西瓜注进白糖水，不就好了？可没想到今年运西瓜一路绿灯，提前几天到了省城，这可把俺难坏了。没熟透的西瓜不能卖啊，可又没地方放，所以俺才想要你扣俺几天。而且一扣留，有人管吃管住，西瓜也有地方放了，几天以后刚好熟透……”

春狗听完，摇着头埋怨道：“王婆，你让俺认你做干娘，原来就是要教俺这一招？这是什么绝招？这是昏招！臭招！糊涂招！”

“唉，难为情哟！”王婆有些无地自容，“这不都是过去乱罚款闹的嘛。将心比心，如今你们城里人对俺们乡下人这么好，为瓜农专门开辟了绿色通道，俺……唉，俺都做了些什么啊！小同志，你等着，俺要把这车西瓜拉回去全都扔掉，再运一车子又大又熟又甜的西瓜来，首先让你尝尝。”说罢，一挥手，对春狗说：“干儿子，俺们打道回府！”

（本篇月月评短信代码：2307）

（**题图、插图**：张　恢）

· 本刊信息传真 ·

培养一支骨干队伍　推出一批优秀作品

2004年《故事会》作品改稿会在贵阳举行

为进一步壮大骨干队伍，多出故事精品，本刊10月下旬在贵州贵阳举办了2004年《故事会》重点作家作品改稿会。此次会议是《故事会》改半月刊后的第一次笔会，因此具有较强的现实意义和历史意义。

25位来自全国各地的故事作家与本刊编辑相聚一堂，聆听了何承伟主编对“故事化”的思考及对故事作品的分析。

为使故事更加吸引读者，打动人心，作家们广泛征求意见，对自己的作品作了进一步的修改。

改稿会期间，作家和编辑们还游览了黄果树等著名景点。

鼠痴

□任瑞羽

那一年，大江南北闹饥荒，这普通人家别说是吃碗苞谷饭了，就连找碗菜面糊糊都很困难。这一天，有个叫麻秆三的孤儿肚子饿得吃不消了，就跑到一个大户人家的门口蹲着，人家一看还没到开饭的时候，这小子就早早地跑来了，觉得有点晦气，就懒得搭理他，把门一关忙自己的事去了。

麻秆三没讨到吃的，心里正急着呢，却突然看见那大户人家的墙脚处有一个鸡蛋在慢慢地向前移动。他以为自己饿花了眼，再揉揉眼睛，确定没有看错，就蹑手蹑脚地朝着鸡蛋走了过去。

这一看不打紧，麻秆三那双小眼睛乐开了花。原来是两只灰老鼠偷了一个鸡蛋，一只仰着身子，把鸡蛋抱在肚皮上，另一只则小心翼翼地用嘴咬着抱蛋老鼠的尾巴，一步步地往窝里拖。

这麻秆三多了个心眼，没惊动这两只老鼠，等它们把蛋运进洞里再出去偷东西的时候，他就找来几根稻草秆子，编成一个长把小套子，往那鼠窝里掏。嘿！没想到这一掏竟掏出些鸡蛋、花生和玉米来！

从此以后，麻秆三就有事没事地去掏那鼠洞，不过他每次都只拿一点食物出来，然后把多余的重新放回鼠窝。久而久之，那洞里的老鼠闻惯了他的气味，有时候还从洞里探出头来和他打个招呼，表示友好。再后来，那对老鼠生了一窝小崽，麻秆三就不碰

这鼠窝里的食物了，有时他还把自己从别处讨来的食物放进去。等到那窝小老鼠长大出洞的时候，它们就已经把麻秆三当做自家人了。

麻秆三自从和这群老鼠交上朋友后，整个人就变得“痴”了起来，啥事都不闻不问，也很少到大户人家的门口守饭吃了，因为他找到了“天上掉馅饼”的美事。那一窝老鼠，总能从外边偷回来许多食物。而麻秆三也乐得整天和他的鼠朋友们泡在一起。时间一长，他就掌握了这些老鼠的习性，比如说它们什么时候出洞觅食，什么时候搬家移窝。他麻秆三甚至还可以通过这些老鼠的活动知道季节气候的变化。后来，麻秆三干脆把这群老鼠引到家里来养。

随着麻秆三对老鼠习性的熟悉，他尝试着训练这些老鼠来玩。嘿，还真奇了，这些老鼠居然真的能按照他的指令，绕着他的手臂转圈，到指定的地方拖取东西！

一天晚上，麻秆三突然发现这群老鼠变得异常惊慌不安，一个个对着他“吱吱”乱叫，然后就一个跟着一个地往家外面逃去。麻秆三弄不清怎么回事，便没命地跟在后面追。就在这时候，恐怖的大地震发生了。麻秆三由于跟着老鼠跑到了户外，得以幸免于难。他的邻里乡亲们可就苦了，还在睡梦之中，就被震塌的房屋压住了，死伤无数。从那天起，麻秆三就不仅把这群老鼠当成朋友看待，更是当作救命恩人一般爱护有加。

麻秆三玩鼠避祸的事，很快就传开了。一些大城市里的人听说了这件奇事，千里迢迢带着妻儿老小赶来看这个有趣的“鼠痴”麻秆三和他的这群老鼠朋友。有些人临走时，还留给他一些钱物和食品，让他好好喂养这群老鼠。

邻里们一看这往日的败家子，现

在居然变成了大名人，也就一改往日的冷淡态度，热情地把自家一些空闲的屋子打扫干净，供前来观奇的城里人留宿，几个月下来收入还颇为丰厚，于是就整天麻大哥长、麻老弟短地围着麻秆三打转转。

麻秆三也是个聪明人，一看这大城市来的人对他的老鼠那么好奇，就灵机一动，选出一些反应灵敏的花毛小鼠，教它们荡绳子打秋千，钻竹筒走钢丝。你别说，这一招还真灵，城里人可开眼界了，争先恐后地找他去表演。慢慢地，麻秆三的腰包鼓了起来，头抬高了，说话声音也变粗了。

随着麻秆三的老鼠会表演的节目越来越多，难度越来越大，有个叫“金算盘”的投机商，看出了其中巨大的商机，他自告奋勇充当麻秆三的代理人，四处帮他联系演出，一年下来自己也着实捞了一大笔。

春节前夕，“金算盘”又帮麻秆三联系了一场利润丰厚的演出，演出地点在一个小岛上。没想到，就在他们准备登上出海的船只时，麻秆三随身带的那几只会表演的老鼠，一下子变得骚动不安起来。

麻秆三一看，知道肯定要出事，就二话不说拉着“金算盘”往回跑，弄得“金算盘”丈二和尚摸不着头脑。结果，那只出海的船当晚遇上了大风暴，沉没在海里了。

这件事让麻秆三和他的老鼠再一次轰动了大江南北，来“朝拜”的人排起了长队，麻秆三一步登天，变成了一个大富翁。自然，麻秆三把鼠儿们当成吉星一样宠爱有加，特地花大价钱为鼠儿们在城里买了一幢豪华大宅，整日里给它们吃牛奶、面包，还专门雇了几个仆人为这些鼠友们梳洗皮毛。

慢慢地，麻秆三和他的老鼠们，一个个养得肚大腰圆。别说是让鼠儿们表演节目了，就连让它们动一动都挺费事的。有人上门邀请，麻秆三也不再像过去那么热情周到了。他总是不客气地把手一挥，说：“我已今非昔比了，不想再干那跑江湖卖艺的事了。”

时间一长，麻秆三便多了许多冤家，社会上开始传言，说麻秆三现在养的老鼠，整天只会胡吃猛睡，别说什么预测灾害了，就是火烧到它们眉毛上，它们也懒得翻一下身。这样一来，麻秆三的生意开始走下坡路了！

麻秆三心里是既着急又不服气，心想：你们这些家伙懂个啥，我自己的老鼠，我还不知道？那是现在没灾，要是真有灾了，我的幸运护身鼠还能不马上报告？

这一说老鼠报灾，这灾可就真来了！这几天，麻秆三的这些鼠儿们突然变得不吃不喝起来，而且还一个劲地跑肚拉稀，四腿打颤，那平常难得一动的胖身子，也开始焦躁地四处拱

动起来。

麻秆三一看这老鼠们的状态，知道是要出大事了，而且将是一场史无前例的大灾难！麻秆三本想向外界发布这一重大危险警告，可转念又一想：人都说我的幸运鼠不灵了，这回我就借此次灾祸，报以往“暗箭中伤”的仇，让这些乱嚼舌根的人，吃个大亏！

打定了主意，麻秆三就悄悄地联系房产商，让他们帮他把这座豪宅处理了。没想到，麻秆三发财后得罪了不少人，好多家房产商联手压价，不但不愿意出原价购买他的豪宅，就连出十分之一的成本价也不干。

麻秆三一咬牙一跺脚，狠下心来，通过房产商把这幢豪宅按照普通小平房的价格，贱卖给了一个不愿意留下真实姓名的人。麻秆三心想：不留名更好，免得以后这房子出问题了，还跑来找我的麻烦。随即，他打发走了所有的仆人，然后偷偷摸摸地带着他的一群鼠儿逃回了老家。

回到家后，老鼠们又恢复了常态，整天吃了睡，睡了吃。麻秆三一看鼠儿们已恢复了昔日的安详，那心才放回了肚里。他暗自思忖：卖豪宅，虽然几乎赔进了全部家产，但是只要自己的命还在，只要宝贝鼠儿们还在，这翻身的日子还在后头呢！这样想着，他的心又宽慰了许多……

平静的日子一天天地过去，麻秆三始终没有听说外界发生了什么大灾大难。他觉得非常奇怪，就托人回城帮他打听过去住的那幢豪宅近期是否发生过什么灾祸。打探消息的人很快就回来了，报告说：“那宅子好好的，没发生什么事，只是在你搬走前，隔壁的房子里曾经搬来过一个新住户，你搬走后没多久，这家新住户就搬进了你贱卖的那幢豪宅。”

麻秆三听了觉得非常奇怪，怎么当时自己就没有注意到隔壁搬来过一家新住户呢？更奇怪的是，自己搬走后，这家人怎么这么快就搬了进去？难道这场史无前例的大灾难会和这新搬来的人家有关？想到这儿，他坐不

真正的杀手

□吴 天

哈里森是个职业杀手，干这一行从没失过手。最近，他在电话里接到一宗大买卖，雇主开价二百万美元。

这个雇主名叫布莱特，是将要进行的州长竞选的候选人之一，他要刺杀的目标就是自己的竞争对手卡罗斯。

住了，便再次对打探消息的人说："你再去帮我打听一下，这户人家搬进豪宅前后，发生过什么奇特的事没有？"

打探消息的人很快又回来了，说是这家人搬来后确实有一件不寻常的事……

麻秆三一听就来劲了，果然有事发生了！他心想：好在我跑得快呀！要不就活该我倒大霉了！于是他兴奋地追问道："是件什么奇特的事？"

那人说："其实说起来也不算太奇怪，那户人家在搬到你隔壁住的时候，买了上百只猫回来喂，等你搬走以后，人家又把所有的猫全都给卖了，然后就搬进你的豪宅去了。听说这家人姓金，好像叫什么……金……算……盘……"

"啊！"麻秆三听到这里，大叫一声，眼前一黑晕了过去！

（本篇月月评短信代码：2308）

（**题图、插图**：魏忠善）

·海外故事·

卡罗斯也不是任人摆弄的。他高度警惕，防备森严，还雇了一大帮保镖，跟着他进进出出，寸步不离。然而人总是有软肋的，哈里森通过各种渠道打听到，卡罗斯在郊外有一幢别墅，里面住着他的情人。金屋藏娇，这就是卡罗斯的致命弱点。哈里森当机立断，准备在这里下手。

经过一番细致的观察，哈里森制定了一个周密的行动计划。周六，卡罗斯照例到别墅和情人幽会，哈里森埋伏在周围一个隐蔽处，通过红外线望远镜，把屋内的一切看得清清楚楚。当他确认卡罗斯正和情人在床上亲热时，打开黑色手提箱，组装好狙击枪。可是当他再次举起望远镜，向卧室看去时，目标却不见了。

哈里森好不后悔，只得耐心再等待时机。大约过了五分钟，他终于发现一个男子站在窗帘旁边，不用说，那肯定是卡罗斯了。哈里森害怕再失良机，立即扣动扳机，"噗"的一声轻响，只见卡罗斯身子一挺，双手抓住窗帘，人一阵挣扎后，连同窗帘一起重重地倒在地上。哈里森收起枪，不经意地看见一张女人的脸，他一下愣住了：卡罗斯的情人竟是自己刚认识不久的女友维尼！他又妒又恼，恨不得再补一枪连这个贱女人一块儿嘣了，但转念一想，维尼也是个职业杀手，为什么不让她当自己的替罪羊呢？

哈里森收拾好工具，迅速撤离现场，回到公寓，他立即拨通了布莱特的私人电话，可是没人接。想到将要到手的二百万美元，哈里森美滋滋的，不知不觉睡着了。

第二天一早，哈里森就被电话铃吵醒了，拎起话筒一听，是布莱特打来的，他在电话那头怒气冲冲地说："蠢货，你杀死的不是卡罗斯，是他的替身！你打草惊蛇，坏了老子的大事！"哈里森听了，如遭雷击一般 什么，替身？难道是我看走眼了？这怎么可能呢？哈里森懊恼得说不出一句话。布莱特在扔下电话前，恶狠狠地说："你要是不相信，就自己去核实吧，如果是真的话，按黑道上的规矩，你自己看着办！"

哈里森只好立刻去调查。卡罗斯果然毫发无损地活得好好的。哈里森感到自己犯下了无法弥补的错误，即使自己不死，以后也别想在黑道上混了。作为职业杀手，哈里森第一次把枪对准了自己，就在这时，只听门"砰"的一声响，维尼闯了进来，她看见哈里森这副模样，惊恐地说："你……你想自杀？"一见维尼，哈里森气不打一处来，不由得破口大骂"你这婊子，还有脸来见我？说，你和卡罗斯是什么关系？"维尼一头雾水地问："亲爱的，我听不懂你说的话，你一定是误会了。我跟卡罗斯一点关系也没有……对了，我还有一件事没来得及告诉你，不久前卡罗斯雇我绑架布莱特，现在布莱特已经被他杀了。”

哈里森一听，更加火冒三丈，他把枪口一转，对准维尼骂道：“骚货，都到了这种地步，你还想骗我！卡罗斯杀了布莱特？哈哈，痴人说梦……我不想听你狡辩！”哈里森一时情绪激动，难以自抑，手指扣动了扳机，维尼“啊”地应声倒了下去。哈里森彻底崩溃了，他随后掉过枪口，对着自己也开了一枪。

两个人倒在血泊中，但都还在喘息，维尼不甘心地伸手掏出一张布莱特死时的照片，对哈里森说：“布莱特真的……死了！我按卡罗斯的要求把他带到别墅，装作勾引他的样子，卡罗斯说他会派另一个人隐藏在附近，找机会干掉布莱特……所以布莱特是被卡罗斯的杀手杀的。”

别墅？在别墅被杀的？哈里森艰难地爬向维尼，拿起照片一看：只见布莱特双手抓着窗帘，倒在血泊中。天哪，窗帘！那天自己杀的“卡罗斯”倒下去时，不也是抓着窗帘的吗？维尼那时候也站在不远处啊。哈里森紧紧盯着维尼问：“难道我杀的是布莱特，不是卡罗斯？可我接到的电话里，是布莱特的声音啊！”维尼一愣，苍白的脸上浮现出讽刺的神色：“我明白你为什么自杀了！没想到那天的杀手是你……我们全中了卡罗斯的诡计……哈哈！看来请你杀卡罗斯的就也是卡罗斯自己！他骗了你，让你杀了三个人：布莱特，我，还有你……哈哈！好一个杀手！”说完，维尼眼一闭，死了。

什么？出高价请自己杀卡罗斯的人竟然是卡罗斯自己，在别墅被杀的却是布莱特？难道打电话给自己的只是布莱特的替身，而这个替身是卡罗斯聘请的？哈里森死也不肯相信这个事实。他竭尽全力爬到电话机旁，拨通了布莱特的电话。电话那头传来洋洋得意的笑声：“我就是卡罗斯，你还没死啊？刚才我听到‘砰砰’两声，还以为你早见鬼了。哈哈，有什么不明白的到阴间去问吧，布莱特和维尼在那儿等你，他们一定会给你一个满意的答复。哈哈……”

听到这里，哈里森急火攻心，一口气没上来，便去了阴间，临死时还瞪着一双不甘心的大眼睛！

不久，人们都知道卡罗斯当选了州长，而布莱特却神秘地失踪了，可谁也不了解其中的原委。其实哈里森不算真正的杀手，卡罗斯利用他，仅仅玩弄了一个小小的阴谋，就除去了竞争对手——布莱特，又让哈里森和知情人维尼同归于尽，还不花一分钱。真是一箭三雕！他，才是真正的杀手！

（本篇月月评短信代码：2309）

（题图：箭　中）

□黄胜 改编

最成功的律师

罗伯特非常有钱，这不，在一次拍卖会上，他挫败各路富豪，以天价将一盒有史以来最名贵的雪茄烟买到了手。这样的贵重物品自然不可等闲视之，买到手后，为防止意外，罗伯特马上为这盒雪茄保了盗险、火险等数个险种。

本来罗伯特打算长期收藏保存这个“宝贝”，可一个礼拜后，他实在受不了雪茄烟的诱惑，就拿出一支品尝了起来，啊！这烟的味道果然不同凡响。品尝了一支，还想品尝第二支，就这样一支一支地品尝，不到一个月，24支雪茄烟便灰飞烟灭，化为乌有了。

这事本来就算完了，可是两天后，本市著名的大律师迈克不知从哪里得到消息，突然登门拜访罗伯特，他开门见山地问：“听说你为雪茄保了火险？”

罗伯特正在为白白花了一大笔保险费懊悔呢，便随口答道：“是呀。”

迈克立刻笑容满面地说：“恭喜你，罗伯特先生，你要发笔横财了！你现在可以以雪茄遭遇火灾为由，向保险公司索赔了。”

罗伯特听后差点没乐出声来：“迈克先生，亏您还是个大牌律师呢！

 好律师不是好邻居。——美国谚语

雪茄是被我自己抽掉的！向人家索赔，开什么玩笑？”

迈克却没有一点开玩笑的样子，他认真地说：“这你就别管了，我可以全权代理你的索赔事宜，保证你可以得到一大笔赔偿金，不过，我要收取其中的一半作为佣金。当然，若索赔失败，我分文不取。我以我的名誉担保，决不食言！”

罗伯特一看这架势，不由怦然心动。他清楚，迈克可是一名很成功的律师，不会打没有把握之仗，何况自己不费吹灰之力，就可以白白得到一大笔赔偿金，这种有赚无赔的好事，何乐而不为呢？想到这里，罗伯特便下了决心：“好吧，就这么定了！”迈克笑了，他拍了拍罗伯特的肩膀说：“这就对了，咱们一言为定！”

在迈克的指导下，罗伯特首先向保险公司索赔，说他的雪茄被一连串的“小火”烧没了。保险公司的老板一听，冷冷地说了一句：“开什么国际玩笑？”当即断然回绝了罗伯特的要求。

一方索赔，一方断然回绝，双方僵持不下，最后闹到了法院。这下，迈克可有用武之地了。他作为罗伯特的代理律师，在法庭上唇枪舌剑、据理力争……

不久，奇迹出现了。法官虽然觉得罗伯特的索赔要求相当荒谬，但他必须依法办案，于是法官不得不宣布：“在罗伯特先生与保险公司的保险契约中，并没有规定‘火’的种类，也就是说罗伯特先生点烟时的小火并不能被排斥在火险的‘火’字之外，因此，保险公司必须无条件赔偿罗伯特先生的损失。”

啊！胜诉了！罗伯特简直跟做梦一样，不敢相信眼前的事实，自己平白无故竟获得了二百万美元的巨额赔偿金！

赔偿金很快就到了手，罗伯特喜出望外，他按照事先的约定，与迈克律师二一添作五，各发了一笔横财。当晚，罗伯特到一家高档酒店里大吃大喝了一顿，直到凌晨方才尽兴而归。

第二天早晨，罗伯特刚从睡梦中醒来，酒还没醒透，迈克律师又不约而至。罗伯特现在对他佩服得五体投地，赶紧把贵客请到客厅落座，然后笑嘻嘻地说：“大律师，您果真名不虚传，我真是太感谢您了。这次来是不是又有什么好事啊？”

不料迈克脸上却没有任何欣喜的表情，他沉默了片刻，忧心忡忡地低声说：“噢，对不起，罗伯特先生，你有麻烦了。”

罗伯特一怔，困惑不解地说：“咱们的案子不是已经胜诉了吗？还有什么麻烦？”

迈克依然低声说：“是这样的，我刚得到消息，保险公司控告你犯有24

油饼

□曹　昶

翠翠很贪吃，这天，她抱着半岁多的小侄子出门溜达，走到一个油饼摊前，被那扑鼻的香味一熏，就流下口水了。可她身上一分钱都没有，怎么解馋呢？

翠翠心生一计，在小侄子屁股上掐了一把，小侄子“哇”的一声哭起来。翠翠一边哄着侄子，一边往油饼前挪：“唉，乖乖别哭，想吃油饼啊？可姑姑没钱买呀……”

那卖油饼的看着小孩怪可怜的，就拿了个油饼递给翠翠说：“给孩子吃吧，不要钱，别饿着孩子。”翠翠装着不好意思的样子说：“真是太谢谢你啦！”

小侄子见有东西吃，马上不哭了。翠翠往前走了几步，回头一看，卖油饼的还瞅着自己呢。于是她一掐，侄子痛得又哭了起来。翠翠忙说：“乖乖，是不是太烫了啊，姑姑帮你吹吹。”她吹着吹着，一口咬下去，三分油饼就去了一分。小侄子见油饼被咬了一口，越发哭得厉害。翠翠又哄着他说：“乖乖，是不是嫌油饼太大了呀？”又是一口下去，油饼只剩下三分之一了。小侄子哭得更凶了，翠翠说：“乖乖真乖呀，知道疼姑姑了，剩下这点油饼是不是要让给姑姑吃呀？”又是一口——油饼没啦！

（本篇月月评短信代码：2321）

项纵火罪，因为你烧毁了24支被保险的财产。假如罪名成立的话，罚款倒在其次，恐怕你难逃牢狱之灾了。”

罗伯特大惊失色，猛地拉住迈克的手臂，结结巴巴地说：“这、这、这是怎么回事……迈克，你得赶快想办法救我！”

迈克咧了咧嘴，耸了耸肩，摇摇头说：“事到如今，已经没有什么办法了，因为上一个案子你已胜诉，你的索赔要求和证词在这个案子里，都成了不利于你的铁证。”

罗伯特眼泪都急出来了：“我把赔偿金退回去还不行吗？”

本期有奖竞猜的题目是：A.律师迈克再次救了罗伯特（短信代码IA）；B.律师迈克反过来帮了保险公司（短信代码IB）；C.律师迈克袖手旁观（短信代码IC）。

（题图：箭　中）

两个妻子

□孙庆章

有个山民叫卢阿根，年轻时父母相继去世，后来娶了个手脚勤快、脾气温柔的巧珍姑娘为妻，小日子倒也过得恩恩爱爱。谁知好景不长，这一年巧珍突然得了不治之症，撇下一双未成年的儿女撒手西去。

为了生活，卢阿根又续娶了邻村一个姓欧阳的老姑娘为妻。原以为儿女从此又有了照顾，谁知这欧阳女外貌虽美，但内心却很歹毒，把巧珍遗下的孩子视作眼中钉肉中刺，稍有不顺就一顿打骂。卢阿根心疼亲生骨肉，有时实在看不过去说了几句，欧阳女便一蹦三尺高，一口气骂上三天三夜也不歇气。卢阿根是个老实本分的乡下人，见家中实在呆不下去了，便独自一人出了门，想到外面先干它个一年半载的再说。

谁知这天上路不久，突然下起了瓢泼大雨，卢阿根被淋成了落汤鸡。为了赶快找一个避雨的窝棚，他在山道上一路狂奔，突然一脚踩空，掉进了一个洞里。

卢阿根跌得眼前金星直冒，忽听下面一阵响动，有人大喊："捉贼啊！"他一看，奇怪，自己这一跤怎么竟跌到了人家的房顶上？接着就跑出个人来，把他抓小鸡似的从房顶上拎了下来。卢阿根又惊又怕，刚想为自己申辩几句，一抬头却吓得魂飞魄散：眼前这人竟是自家隔壁死了多年的邻居阿大！

阿大生前是个穷光蛋，常在他家帮工混口饭吃。阿大一看是卢阿根，不好意思地连连道歉说：“我还以为是谁呢，原来是少爷来了，我马上报告老伯去。”卢阿根这才恍然大悟，原来这一跤是跌在自家的祖宗坟穴里了。

不多时，他死去的双亲一起从屋里走出来。父子相见，抱头痛哭了一场。他爹说：“想不到咱们还能见面！”他娘急着把卢阿根领进了屋。令他万万没有想到的是，一进屋就看见自己日思夜想的亡妻巧珍正坐在窗前绣花。卢阿根奔过去一把抓住了巧珍的手，他发现相隔这么多年，巧珍的容颜依然如故，只是额头上平添了一道深深的刀痕。

卢阿根觉得十分蹊跷，问：“巧珍，你额头……”正想问个明白，巧珍却神情漠然地极力挣脱开来，气恼地说：“你是什么人，居然这般无礼？”

卢阿根惊异地说：“巧珍，我是阿根啊，你怎么不认识我了？”

巧珍还是漠然地摇摇头。

卢阿根搞不懂是怎么回事，瞠目结舌地呆在那儿。他娘问他：“儿啊，你后来又续娶了？”卢阿根点点头。他娘说：“这就对了，你在阳间续了弦，那就是与巧珍断了结发之情，难怪她认不出你了呢！”说着，她娘把巧珍拉到一边，如此这般地给她絮絮叨叨讲了一通，巧珍这才仿佛醒了过来，成串的泪珠顺着她的脸颊直往下掉。

卢阿根深深叹了口气说：“那个女人姓欧阳，长得不错，进了门才知她原来凶悍异常，两个孩子经常遭她打骂，我自己也是逃难出来的。”巧珍一听此话，面容惨变，失声痛哭。

他爹在一边斥责道：“你独自外出，把儿女留在虎狼窝里，你还有点当爹的样子吗？既要续弦，就该先为孩子着想，怎么能把这种母老虎娶进家门？罪孽是你一手造成的，能怨谁呢？”

他娘不忍心儿子太受委屈，便劝道：“话是这么说，可你知道咱儿子向来是个老实疙瘩，为了咱家这脉香火，你就替他出个主意吧！”

他爹倒背着双手，在屋里踱了半天，对卢阿根说：“现在只有使‘调包计’了，把这个十恶不赦的欧阳女捉了来，由我和你娘来调教她，巧珍贤媳随你回去，替你料理家务，养育儿女。十二年是大限，到时孩子也已成人，阴阳两界再换回来，你以为如何？”

卢阿根和他娘都觉得这主意不错，拍手称好，巧珍也羞红了脸。卢阿根心急火燎，拉起她就要上路，他爹大喝一声：“慢，你一定要记住，巧珍随你去，只有十二年的时间，不得反悔。”卢阿根点头答应，他爹这才命阿大在屋顶处架设长梯，嘱咐卢阿根带着巧珍拾级而上。

穿过一段黑咕隆咚的隧道，走出

自己跌进来的那个洞口，外面雨早已停了，一缕阳光照在身上，暖洋洋的。卢阿根带着巧珍返回村里，刚到家门口，巧珍已飘然而入。卢阿根推开院门，一双儿女迎面扑了上来，说“爹，自从你离家以后，继母就要拿木棍打我们，可她刚举起手来，天上突然打了个响雷，把她打翻在地上，到现在还躺在那儿呢！”

正说话间，卢阿根忽听身后有窸窸窣窣的衣裙声，回头一瞟，只见欧阳女满脸笑容，迈着碎步走了过来。两个孩子立刻吓得簌簌发抖，一起躲到了卢阿根的身后。可是欧阳女今天却一反常态，走到儿子跟前，撩开他的衣襟，抚摸着那遍体伤痕，禁不住泪如雨下；又一把搂住女儿骨瘦如柴的身子，“呜呜”地哭出声来。

卢阿根一听，这分明已是巧珍的哭声，细一看，欧阳女的额头上也有一条又深又长的刀痕，他明白巧珍已在欧阳女身上附了体，于是欣喜万分地对两个孩子说：“别怕，她已经不是你们那个继母了，她是你们的亲娘！”孩子们乍一听还有些不明白，可巧珍已经紧紧地把这两个孩子拥入怀里，亲也亲不够。从此，巧珍辛勤操持家务，督促儿子读书，教会闺女做女红，一家人和睦相处，日子一天天红火起来。

这一日，卢阿根和巧珍在屋后菜园里劳作，巧珍指着一根枯树桩问卢阿根：“记得我刚嫁到你家那年春上，在这儿栽了一棵碧桃，以后年年开花结果，如今怎么只剩下一截枯桩了？”卢阿根叹息道：“唉，欧阳女知道树是你栽的，便百般容不得它，经常往它根上浇卤水，这碧桃树是活活被卤水渍死的啊！”

巧珍黯然神伤道：“树犹如此，何况孩子，怎么忍受得了这天长日久的虐

待？你不是一直想知道我额头上这条刀痕的由来吗？唉，你去看一下我当初陪嫁的衣箱，就知道了。”

卢阿根一听，撂下手中家伙，疾步走进屋子，打开那口衣箱。箱子里全是巧珍当年自己绣的嫁衣，可惜都已经被欧阳女用剪刀剪得支离破碎了。他一直翻到箱底，终于发现一张巧珍年轻时的画像，不过那秀美的脸庞上，已经被欧阳女当头剪了一刀。抚摸着这张残破的画像，卢阿根终于明白了巧珍额头上刀痕的由来。

时光荏苒，十二年的光阴一晃就过了，卢阿根实在舍不得巧珍走，巧珍何尝不是这样？可两个人心里都明白，分手就在眼前。好在儿女已长大成人，并且都已先后成家，巧珍总算没了后顾之忧，可以放心上路了。她仰面躺在床上，气息渐渐微弱，卢阿根紧紧地抱着她，呼天抢地地喊她的名字。

不一会儿，只见巧珍微微睁开双眼，随即坐起身子道：“姐姐已经走了，家中之事又该妹子来操持了。”卢阿根一惊，怎么又变成欧阳女的声音了？他不由得撒了手。其实他不知道，巧珍和欧阳女已经阴阳互换了。

见卢阿根脸有惊惶之色，欧阳女连忙安慰说：“阿根，往事如烟，我在你爹娘处得了十二年的教诲，深知自己过去的罪孽。从今往后，咱们一起好好过日子吧！”说话间，脸上映出了甜蜜的微笑。

（本篇月月评短信代码：2310）

（题图、插图：王申生）

《十面埋伏》原创小说由本社独家出版

由著名导演张艺谋精心打造的武侠巨片《十面埋伏》原创小说由上海文艺出版社独家出版。小说作者李冯假武侠题材，在作品中倾力呈现动人心魄的爱情传奇和复杂纠曲的人性渊薮。这是一个“现代眼光中的武侠世界”，江湖组织并不总是除暴安良、行侠仗义；江湖组织也有违背人性，压抑人性，损伤个人感情、权力和人格的时候。小说《十面埋伏》不仅成功承继了武侠大家古龙的快节奏语言风格，同时也承继了古龙小说中对人物角色特点的安排——最好的朋友就是最大的敌人，最美的姑娘则是隐藏最深、最诡秘的人物。小说采用第一人称叙述，叙述人头脑中萦回不去的是当年他任奉天县府衙捕头时，江湖组织“飞刀门”覆灭过程中发生的一系列刻骨铭心的事情。

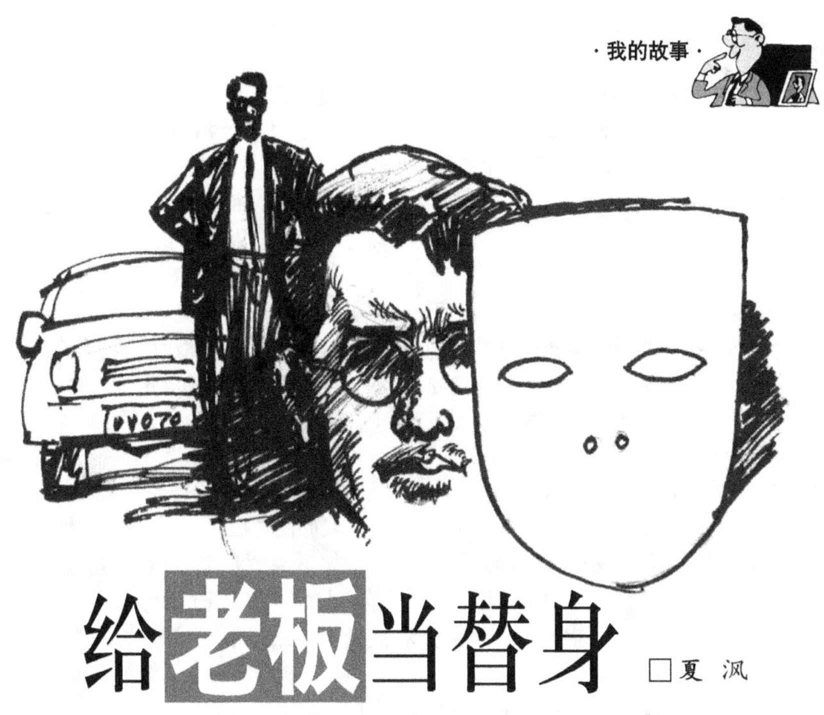

给老板当替身

□夏 沨

我原是个司机，下岗后没事干，一天上街看到有家公司招工，便去应聘。这是一家保健品公司，专门生产“脑年轻”口服液，在当地小有名气。据说，这玩意一喝，人脑子会变得非常清晰，记忆力也能迅速增强。至于是真是假，谁知道呢？

按照招聘启事上的地址，我找到了这家公司。公司的老板叫纪念，他一见到我，就显得非常惊奇，对我也十分热情，倒让我有种莫名其妙的受宠若惊的感觉。他开门见山地问：“你会哪些技能？应聘什么职位？”我忙答道：“开车写文章武术都行，不过当司机可能会比较合适。”他上上下下打量了我一阵，然后高兴地一拍我肩膀，说：“你小子文武全才，行呀，就做我的司机兼秘书保镖吧！”我做梦也想不到天上会掉下这么个馅饼，激动得不知说什么好。

接下来，老板对我进行了简单的训练，嘱咐我留跟他一样的发型和胡子，穿一样的衣服，第二天就开始上班，每月工钱800元。我感激涕零，发誓一定好好干。

没料到第一天上班就碰到了麻

烦。门卫打电话进来说，有两个外地人来讨债。纪老板一听，连忙对我说：“阿锋，你给我顶住！”我有些摸不着头脑，忍不住问道：“我又不是老板，如何顶得住呀？”

纪老板说“你长得像我，人家不会认出来的。”接着，他在我耳旁悄悄说了几句，就从后门溜走了。我这才明白，原来纪老板第一眼就看中了我的长相，他是想让我当他的替身！

来讨债的是两个女人，看来是老手了。她们一进办公室，就一个堵住门口，另一个坐在我对面，挑衅地说“老板，我们的货款该付了，全厂职工都在等着这钱买米下锅呢，今天拿不到钱我们就不走了。”

我便按照老板的吩咐，说“现在的企业谁不难呀，我真的没钱，要有早就给你们啦。”不料那女人根本不理睬，自顾自地说：“纪老板，你今天要是不给钱，我们就不走啦。”说着，就开始脱衣服，还从办公桌上探过身来要搂我的脖子，堵在门口的那位连忙拉开包，拿出相机就要拍照。这是女人讨债的绝招，男老板最怕这个，因此她们出马，总是屡屡奏效。我没料到这两个女人会来这一手，刚才纪老板教的办法根本就派不上用场。一时间，我只好把头低下去，免得招惹是非。

真是天无绝人之路！就在我低头时，突然看到桌底下放着半瓶汽酒，大概是纪老板喝剩下的。我急中生智，“哎哟”一声装作从椅子上倒下来，快速拿起瓶子喝了一大口汽酒，在嘴里“咕噜咕噜”了几下，然后让泡沫从嘴角流出来，装作不省人事的样子，躺着不动了。

这两个女人显然没料到事情的发展竟会是这样，见我口吐白沫倒在地上，一下子慌了神。“怎么办？”一个忙问。另一个颤抖着声音说“一定是吓着了，这小子恐怕还没见过女人，我们快走吧。”

接下来便是穿衣服和逃跑的声音。估摸着她们出了大门，我赶紧爬起来，抹去嘴角的泡沫，长长地舒了一口气。我马上打电话给纪老板，说人已经走了。

老板回来时，我把智退讨债女人的经过一学，他笑得前仰后合，当即拍着我的肩膀说“你小子真行，今天倒教了我一招！好，下月工钱加200元！”我谢过老板，心说，这当替身的钱也不好挣呀。

过了几天，纪老板中午喝完酒，要我开车送他去河边的观涛楼。我不敢多问，按照他的吩咐办了。到了观涛楼，看他一副醉醺醺的样子，我不放心，便扶他上到三楼的楼梯口。这时，他突然回过头，小声叮嘱我说：“阿锋，对谁也不要说我在这里。”“哦。”我随口答应道，心中暗笑，都喝成这样了，脑子里那根弦还绷得挺紧!

我刚要走，忽然听到里面传来一个娇滴滴的女人声:“哟，纪老板，你又喝醉啦。”甭说了，这就是纪老板包的那个二奶。我怕招来是非，赶快离开了观涛楼。

下午上班，门卫又打电话进来，说有一个穿制服的带着两个人要找纪老板，已经进来了。纪老板一听，脸色马上就变了。但他很快就镇定下来，对我说:“咱们这次换个位置，我开车，你坐在我旁边。”我立刻心领神会，他是要我扮成老板啊。

果然，车还没开到门口就被穿制服的拦住了，我摇下车窗，穿制服的探头进来对我说:“纪老板，请回办公室去吧，我们有事要和你说。”下车时，纪老板压低声音对我说:“我在观涛楼，随时保持联系。”

回到办公室，穿制服的出示了证件，是工商局的。他把一张化验单递过来说:“纪老板，我们接到消费者举报，你们公司生产的‘脑年轻’口服液是假货，里面掺了不少安眠药。这两位就是受害者家属。现在我们要处理这件事。”

我一听头皮就发麻了。这替身还如何当得下去?但我又不能说出事情真相，因为那样我就会再次下岗。可我更不可能和纪老板通电话，现在穿制服的就站在我面前，那样立刻就会露出马脚。

正在这时，忽然闯进来个女人，很凶的样子。她一看到我就上前猛拧我的耳朵，一边拧还一边骂:“好啊，怎么不去跟那小妖精厮混，缩在这里干什么?”我一听，立刻明白了，一定是纪老板的老婆孙姨听到什么风声来“捉奸”，误把我当成纪老板了，于是我便轻声叫了一句:“孙姨。”孙姨吃了一惊，凑近仔细一看，才发现我不是纪老板，她马上大声喊道:“啊，

·我的故事·

你这个纪念是假的，快说，真的纪念在哪里？”

我不敢对孙姨说纪老板在观涛楼，可找不到纪老板，我岂不是要替他背黑锅？再说了，像纪老板这样的黑心老板，制假货不知害了多少人，也该整治整治他了。我当即下定了决心。

于是，我故意用手往河边一指说：“孙姨，纪老板他在观……观……啊，我不知道他在哪里，真的不知道。”

孙姨一听，“哦”了一声说：“果真这死鬼被那小妖精迷住啦，看我怎么样收拾他！”孙姨说着，冲出门往河边跑去。穿制服的和那两个受害者家属见我不是纪老板，就跟着孙姨跑了。可我还得接着把戏演下去呀，于是急忙打通纪老板的手机：“纪老板，我顶不住啦，孙姨已经亲自出马，正带着穿制服的去观涛楼找你呢，你还是赶快跑吧！”

打过电话，我立刻抄近路来到观涛楼，只见纪老板已经到了河边，我赶紧赶到他身旁。河上没有桥，河里也没有渡船。纪老板急了，冲着我大吼：“快帮我想想办法！”可我能有什么办法呀？这时，孙姨的喊声已经越来越近了。正在绝望中，纪老板忽然看到有一个老人坐在一条小船上，戴着竹笠，低着头正在钓鱼。纪老板顾不得许多，跳上船大声说：“老头，快把我送过江去！”

可那老人却纹丝不动。纪老板急了，自己拿起桨就划。可他哪会划船呀，划了几下，船还在原地打转。他急得发起慌来，大声对老人喊道：“老大爷，快把我送过河去，要钱我给你。”

纪老板喊了几声，还是不见老人回应，以为人家故意不理他。眼看孙姨和大盖帽就要追到河边了，他一时火起，过去一把揪住老人的后衣领，喝道：“你这老家伙，是耳聋还是装死，快给老子顶住，把船划过河去！”

老人终于被揪醒了，回头一看是纪老板，一把夺过桨，将他打倒在船里，然后大声骂道：“你这畜生，老子打游击的时候，我们队长冲大家喊‘给我顶住’，你算什么东西，也喊‘给我顶住’，老子要不是喝了你搞的‘脑年轻’，会大白天在船上睡着吗？”我觉得这话有些奇怪，便问：“你……”话没说完，纪老板猛拍了一下我的肩膀，说：“别啰嗦了。”接着，就见他毕恭毕敬地冲着老人喊了声：“爷爷！”

后来，纪老板倒台了，我这个替身自然也当不成了，其实即使能够当下去，我也没兴趣了。堂堂正正地做个普通人，比什么都好。

（本篇月月评短信代码：2311）

（题图、插图：王申生）

绝情剑

□李承阅

热闹的集市上，有一个老汉领着一个十几岁的小姑娘站在路边。老汉满脸沧桑，眉头紧锁；小姑娘瘦得皮包骨头，衣衫褴褛，领子上插着一根稻草，脸色蜡黄，却掩盖不住她的天生丽质。谁都知道，老汉这是要卖亲生女儿哪！“只要十两银子……”老汉向围观的人哀求着，一脸无奈。

大家正在议论纷纷，忽然一辆豪华的马车停在父女俩面前，马车上走下来一位风度翩翩的公子，手里还摇着一把羽毛扇。公子走到姑娘跟前，仔细打量着她，然后拿出五十两银子，递给老汉说：“你女儿跟我走，我不会亏待她的。”老汉“扑通”一声跪倒在地，磕头如捣蒜，等他再抬头看时，马车已载着他女儿远去了。

姑娘被带到一座深宅大院，公子让仆人伺候她沐浴更衣。不一会，一位眉目清秀的姑娘站在了公子面前。公子笑着点点头，说：“你眉如新月，双目含情，从今天起，你就叫含月吧。”姑娘红着脸说：“一切听凭公子安排。”

第二天，含月被带进一间宽敞的屋子，那里面有十几个和她一般大小的姑娘正在抚琴。从此，含月开始和这些姑娘一起读书、弹琴、跳舞，而她们的老师都是当时的一些名流。

几年后，这些姑娘个个亭亭玉立，都出落成了标致的美人。含月天

资聪慧，相貌闭月羞花，又受了几年不凡的调教，在众姑娘中鹤立鸡群。

不知道从哪天起，公子开始经常邀请衣着考究、气质高雅的贵人来喝酒。宴席上，他总是让除含月以外的姑娘们为他们抚琴、跳舞。每隔一段时间，就会有一位姑娘被人带走，从此再也没有回来。

最后，就只剩下了含月一个人了。而教含月读书、学琴的老师，也换成了公子自己。公子除了教她吟诗、抚琴，还教她舞剑。含月确实聪明过人，每次公子身手敏捷地练完一套剑法，她都过目不忘。只见含月持剑在手，脚下动如脱兔，演练到快捷处，宝剑的银光如披在她身上的一条丝绸大氅，剑锋亮闪闪、凉飕飕的，神出鬼没。渐渐地，含月变得文武双全。她吟诗抚琴时，万般妩媚动人；而舞剑时，又显得英姿飒爽。

一天夜里，含月偶尔看到公子在月光下独自抚琴，音调十分忧郁悲伤，好像心中郁积了千年的怨愤，万载的忧思。其实经过这几年的朝夕相处，含月早已爱上了公子。看着心上人这般哀愁，含月心都碎了。她悄悄把琴搬了出来，为他奏出行云流水的音调，想借此替公子分忧解难。可是，当公子爱怜地抚弄含月的长发时，她还是能感觉到公子的泪水一滴滴滑落在她的脸颊上。

终于有一天，公子不再教含月任何东西了，他把含月喊到跟前，却半晌都没有说话。含月有些莫名其妙，便轻声问：“公子，您有什么事情吗？”公子想了半天，才说：“含月，不瞒你说，我就是当今国王的三王子。

含月笑了：“这个，我早就猜到了。”公子极为惊讶，忙问：“你怎么会猜到？谁跟你说过什么吗？”含月说：“自从来到恩人家，我虽没走出大门一步，可几年来，我的所见所闻告诉我，恩人家不是一般人家，而您的

衣着，也只有贵为王子的人才有资格穿。我来恩人家前，就听说当今国王的三王子多才多艺。我听恩人抚琴，音律大气磅礴，仿佛胸中可以承载天下万物，这说明您的志向不是俗人可以想象的，所以，我思忖恩人必定是当今三王子殿下了。”

三王子听了，连连点头：“含月，你真是太聪明了，我没枉教你一场。”含月脸微微发红，低头不语。接着，三王子庄重地说：“可惜，我的父王耽于声色，他似乎并不想传位于我，他器重生性顽劣的六弟。六弟常和其他几个兄弟串通，他们一鼻孔出气，商量谋位之事。我担心六弟登基后，我国百姓难享受太平日子，现在邻国日渐强大，怕就怕‘人为刀俎，我为鱼肉’的日子不会太远了。”

含月一听，心里“咯噔”一下，试探着问：“恩人是想把我送给您的父王吧？”

三王子轻轻地点点头说：“你真是绝顶聪明，明天我就送你去见父王。他一定视你如珍宝，将来你的话一定重如千钧。”

含月没有答话，转过身去，陷入了沉思。她心里矛盾极了。眼看着自己心爱的人要忍痛把自己送给别人，含月心中万分难受，忍不住滴下泪来。三王子见状，大惑不解，他拿出手帕帮含月擦去泪水，问道：“含月，你不想去吗？”含月勉强地笑了笑说：“恩人的意思我明白，知恩图报是做人的根本，我怎么会不愿意呢？只是我有点舍不得离开这里。”三王子一听，心潮起伏，他再也忍不住了，一把将含月搂在怀里，激动地说：“含月，其实我又何尝舍得你呢？”

含月任自己的泪水尽情地流淌，这么多年了，她终于等到了这一天。半晌，含月才说：“我知道该怎么做了，恩人教我抚琴、跳舞，是希望国王宠幸于我，然后通过我改变国王传位的想法；恩人教我习武，是作最坏的打算……”

三王子慌忙捂住含月的口，“扑通”一下给含月跪下了。他无奈地说：“含月，我真的没有别的办法了，只能委屈你了!”含月吓坏了，慌忙也跪倒在地，声音哽咽地说：“我的命是恩人给的，只要恩人需要，为您做任何事情，我都心甘情愿！”

三王子站起身，从腰间取出一把精致的宝剑，递给含月：“这把剑，出自名家之手，名为‘绝情剑’，你把它带在身边，如果父王无意传位于我，我希望见到剑上的血痕。”

含月接过绝情剑，向三王子又拜了两拜。她抬起一双泪眼，看见三王子也已是满面泪痕。

含月进宫后，果然深得国王恩宠，真是“春宵苦短日高起，从此君王不早朝”。不久，她就被封为贵妃。

国王对含月言听计从，可就是在立储上固执己见。几年过去了，三王子失去了耐心，心灰意冷。他感觉到含月过上养尊处优的生活后，心也变了。

终于有一天，国王因过度迷恋女色而病倒了。驾崩前，国王宣众大臣到病榻前，传旨道："王位传于含月贵妃！"大臣们虽然惊讶，但还是磕头遵旨了。

在国王的丧礼上，几位身披重孝的王子对含月怒目相向。三王子更是大声谩骂含月："你真是红颜祸水！竟然如此绝情寡义！"新女王像没听到他们的话似的，喝令侍卫赶走了众王子。

过些日子，她举行了隆重的登基典礼。就在这天，王子们一个个接到被流放的圣旨，三王子顿时有种兔死狐悲的感觉。他知道，新女王是不会放过他的，因为，他是新女王最大的劲敌。看来自己几年的心血换来的只是一场噩梦而已！

回到家，三王子更加绝望了，他抽出一把宝剑，准备自尽。突然，一队全副武装的大内侍卫来到了他的府上："三王子接旨！"三王子一见这阵势，心里更加明白了：没想到这个恶毒的女人这么快就下手了，现在自己就连死的自由也没有了！

领头的一名官员站到院中间，宣读圣旨："三王子人品贵重，深孚众望，当今国王愿禅位于三王子。钦此。"

三王子一下子懵了，半天才颤抖着双手接过圣旨，仔细看了三遍，没错！是让自己当国王！

接着大内侍卫又递上一把宝剑，这正是当年他赠予含月的那把绝情剑！"不好！"三王子好像预感到了什么，急忙抽出宝剑，只见剑锋上的血迹还是新鲜的。

三王子撇下众侍卫，疯了似的往宫里跑。可是已经晚了，含月一身素白，安静地躺在床上，颈下已是殷红一片，可嘴角却带着笑。

三王子伏在含月还有些温热的身体上，撕心裂肺地喊道："含月，是我错怪了你呀！"

在含月的手上，三王子发现了含月给他的留言：

剑上无血，为公子尽孝
剑上有血，是含月报恩

他终于明白了，含月这几年是多么痛苦，她是用死来拯救国家、报答自己啊！可她也用绝情剑了断了和自己那段纯真的爱情！

三王子登基后，果然没有辜负含月，他大举改革弊端，造福于民，国家日益强盛。

若干年后，三王子始终忘不了含月，下令为她重新修了座陵墓，让她的绝情剑也陪在她的身旁。

在含月陵寝的外殿，三王子亲笔题写了挽联：

恨绝情宝剑，冷酷天下无二
惜含月圣女，多情古今第一

横批是：

永失我爱

（本篇月月评短信代码：2312）

（**题图**、**插图**：黄全昌）

漂来的狗儿（青春系列小说）

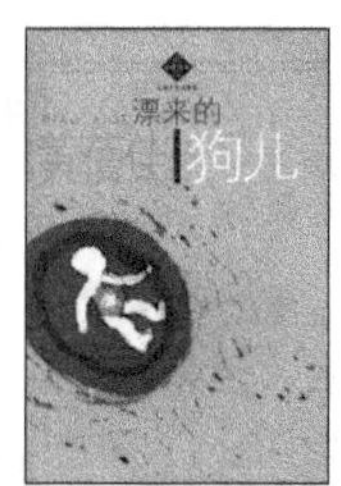

七十年代是一个奇特的年代，灰暗沉闷的生活禁锢了成年人的灵魂，却无法遏制孩子们自由奔放的性情。在"梧桐院"的小小天地里，一群中学教师的孩子和一个邻家女孩狗儿结成玩伴，玩得上天入地，花样百出，趣味无穷。聪明的小爱、博学的方明亮、高贵的小兔子、调皮的小山和小水、精灵般的小妹、心比天高命比纸薄的狗儿……这些可爱又可敬的孩子，是凡俗土地上开出来的摇曳的花朵，每一片花瓣都涂抹着温情和理想，闪耀出那个奇特年代的人性之光。因为他们"教师子女"的独特身份，每个人都在书香的氤氲中出生长大，相比于同时代的同龄孩子，他们的知识面更广，见识更多，胆子更大，脑子更灵，更能够创造乐趣，让童年的每一天都过得精彩纷呈。

这是一部讲述成长的小说，趣味盎然的小说，快乐而忧伤的小说。书中的背景和人物仿佛一段封存已久的电影，作者架起放映机，银幕亮起，胶带走片发出"沙沙"的响声，人物就动起来了，笑起来了，招手把你带进银幕中去了。你跟着他们一起捞小鱼，粘知了，去中学图书馆偷书，看连环画《红楼梦》，给伟大领袖写信，在漂亮的芭蕾舞演员面前自惭形秽，惶惑于身体的发育长大，被侮辱被伤害而后抗争，品尝少男少女的朦胧恋情……最后影像定格，灯光熄灭，银幕隐入黑暗，你会有一声轻轻的叹息，心里想：物质最贫困的童年其实是精神最自由的童年。

黄蓓佳著

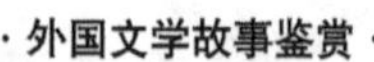

·外国文学故事鉴赏·

小池真理子（1952- ）日本当代著名作家，毕业于成蹊大学文学系，主要作品有《无伴奏》、《灵柩里的猫》和《爱闻毒牌香水的女人》等。她的作品多以妇女、儿童、家庭为写作对象，在情节构思上有一种怪诞、恐怖之美。

第三种情感

□李华 改编

志津子的丈夫叫广中肇，他们的女儿智子今年三岁了。志津子平时喜欢自己做手工和家务，家里到处是她的手工作品：针织坐垫、动物椅垫、刺绣窗帘……就连女儿的玩具都是她自己做的，最近她又参加了法国大菜培训班。

这天晚上，有个叫多田美雪的女人登门拜访。

这个多田美雪是志津子大学时的同学，两人关系十分融洽。大学一毕业，多田美雪就去了美国，和一个美国人结了婚。后来不知为什么她和那个美国人离了婚，十多天前回到了日本，买了一套离志津子家不远的新公寓。多田美雪不但人长得漂亮，而且现在还是个畅销书作家呢。

自打多田美雪一进门，广中肇就觉得眼前一亮，这位美雪果然漂亮，是那种只在影视剧中才能见到的美女，而她的这种美貌，正好和妻子形成了鲜明的对比。妻子小时候患过小儿麻痹症，到现在右腿还有点瘸。

美雪和志津子坐在沙发上谈得很

投入。最后，美雪问志津子："你们有没有认识的佣人？"

志津子摇了摇头。

"这可麻烦了，这次我搬过来，买了不少家具。一套三大居室的房间，根本打扫不过来。"

"这个嘛，"志津子低头想了想，"这一带还真没有职业介绍所……"

"别找什么职业介绍所，我还真不喜欢陌生人来我家，有认识的人最好。志津子，过去你不是挺喜欢厨艺和打扫房间的嘛，你能帮忙吗？"

听到这话，志津子不禁涨红了脸，问道："我行吗？"

"行！你每个星期只要去一次就可以了。我不在的时候，钥匙就交给你，我家里有吸尘器、洗衣机。你只需帮我收拾收拾厨房、起居室什么的，怎么样？当然，酬金方面我不会让你失望的。"

"行，那我就试试！星期三吧，这天下午我有空。"志津子小声地念叨了一句，她想把上午的烹饪课和下午的外出服务集中在一天。

"那就这样定了，星期三！"说完，美雪起身告辞。广中肇和志津子连忙站起来，把美雪送到门口。

很快星期三就到了，志津子上午去参加了烹饪培训班，下午第一次去美雪家做事。傍晚广中肇回到家，志津子兴致勃勃地讲起了在美雪家的见闻。广中肇听得有些不耐烦，便换了一个话题说："烹饪学校怎么样啊？"这时志津子依然满脸通红，兴奋地回答了一句："也不错呀！老师讲得很棒，今天教的是法式奶酪的做法。我想让你尝一下，就没舍得吃，带回来了。"

接下来的每个星期三，志津子都是这样度过的。而且星期三的晚饭，大体上都是志津子根据课堂上讲的内容，做上一道法国菜，而饭桌上的最后一个话题就是美雪家如何如何……

广中肇却越来越感到家中杂乱无章了。美雪起先只是在星期三才叫志津子去，可后来每星期竟要志津子去两三次，而且也不单单是打扫卫生和买买东西了，有时美雪还要志津子做好晚上招待客人的开胃小菜，准备夜宵，甚至还要她去银行交房租，把支票兑换成现金等等。

广中肇渐渐不满起来。他觉得美雪太不像话了，自己不缺胳膊不少腿，总不见得一辈子靠别人伺候吧，况且志津子的右腿还有残疾呢！于是，他心里渐渐有了杀机……

三个月后的一天，志津子的母亲突然得了轻度的脑血栓，家中带信说要志津子回去照顾母亲。广中肇暗想，这是个天赐的良机。晚上下班一回到家中，他就给美雪挂了个电话。美雪这几天患了重感冒，又没有志津子照料，她整整一天连饭都没有吃过呢！广中肇一听，正中下怀，忙说：

“那么这样吧，家里有志津子买来的水果，我给你送点来怎么样？”美雪听了，连声道谢。挂断电话，广中肇立即换上早就准备好的衣服，把皮革手套塞进裤袋里，然后把腰带团成一团放进另一侧的裤袋里。

广中肇没关灯，也没关电视机，锁上门后就悄悄溜了出去。来到美雪家，他先咳嗽了一下，然后敲了敲门。门是虚掩的，并没有锁。这时，从里间传出美雪的声音：“是阿肇君吧，太感谢了，请进请进。”“好的，美雪小姐。”广中肇应了一声，然后换下皮鞋，走了进去。房间里干干净净，一定是志津子打扫过的。广中肇的脑子里立刻出现了妻子弯着腰，拖着一条残疾的腿，辛辛苦苦打扫房间时的情景，想到此，他不禁流下了眼泪。

广中肇忽然意识到自己的处境，赶忙擦去眼泪，调整了一下情绪，打开卧室的门，只见美雪正穿着一件火红的睡衣冲他微笑。看得出来，美雪化了淡妆，看上去气色挺好。她笑着说道：“辛苦你了，我一个人可无聊呢，一起喝点威士忌好吗？”说着转过身朝酒吧台走去。广中肇的心跳陡然加快了，他戴上手套，紧走几步，把事先准备好的腰带套在美雪的脖子上，美雪一面用手拼命地推广中肇，一面用力蹬踹着地板，广中肇则用尽全身的力气勒紧腰带。几分钟后，美雪发出一声细长的叹息，一下子靠在广中肇身上，双手最后挥动了一下，然后无力地垂了下来……

见此情景，广中肇心中突然觉得有些恐怖。他从尸体上抽出腰带，然后随手关上门，快步下了楼梯。真幸运，这一路上他竟没碰上一个人。回到家里，广中肇一下子瘫在了地上。过了好一会儿，他才缓过劲来，仔细检查那条腰带和手套……这时，他禁不住得意地笑了起来，这次行动真是天衣无缝啊！笑着笑着，他突然怔住了，一股不可名状的异样感觉直冲他的嗓子眼：自己袖口上的一枚纽扣竟然不见了，原来纽扣所在的地方还吊着几根线呢。他又看了看另一只袖口，上面有一枚茶色的纽扣！这枚剩下的纽扣上刻着“H·H”字样，那是自己和志津子姓名的第一个字母。这纽扣是订婚时志津子特意买回来的。

广中肇想：肯定是当时美雪拽自己的袖口，把这枚扣子给揪下来了。怎么办？他看了一下手表，已经十点半了，现在再去美雪家肯定是很危险的……同时，他又想到，也许那枚纽扣早就掉在别处了，志津子从来没有发觉，所以一直没有补上。但愿如此！想到这里，他心里稍许平静下来了一点……

可毕竟因为心里有事，第二天上班时，他生怕被别人看出心事，一直提心吊胆的，直到下班后他才松了一口气。回到家，他发现志津子已经回来了，一进门，志津子就说美雪被杀了。

“怎么会呢？”广中肇故作惊讶地反问了一句。他没料到妻子居然成了第一目击者，他也没料到妻子从娘家一回来就去了美雪的公寓。

“你去美雪家干吗？”广中肇问。

“今天是星期三呀！而且妈妈现在只需要静养，所以我就赶回来了。”

广中肇“哦”了一声，接着问：“到底是谁干的？”

“还不知道，但警察认为是熟人作案，因为什么东西也没有被偷走。”

饭桌上，志津子还在说美雪，广中肇有一句没一句地闲搭着。吃过晚饭，广中肇就拿起晚报看起来，这天的晚报也刊登了多田美雪被害的事，内容不多，只是说警方正在调查此事。就在这时，门铃忽然响了起来，广中肇心里一惊，差点从沙发上蹦起来。志津子奇怪地看了他一眼，赶紧过去开门。不一会儿她就回来了，对丈夫说：“是两位警察！他们过来向我们调查一下情况。”

两名警察走进屋来，先问志津子关于美雪的社会交往情况。虽然志津子心情非常紧张，但还是爽快地回答了问题，说到动情处，还流了几次眼泪。问完了志津子，警察又开始问广中肇。在警察眼里，这个人有些神经质，是个名副其实的办事员式的小人物。听完广中肇的介绍，他们点了点头，“啪”地一下合上了笔记本，从沙发上站了起来，准备告辞。正在这时，志津子和广中肇的女儿智子穿着粉红色的睡衣出现在大家面前，她的手里还抱着一只茶色的布缝的玩具，那是一只广中肇没见过的布熊，大概是志津子用旧的大浴巾做的。

“她是你们的女儿吧？”一名警察微笑着问道，并弯下腰来问智子：

"几岁了？"智子灵活地伸出三个手指答道："三岁。""好可爱的熊呀！是妈妈做的？""嗯，是熊宝宝。"

大家的目光全都集中在智子手中的那只玩具上。广中肇的心"咚咚咚"剧烈地跳动起来。他装出一副若无其事的样子，把女儿叫过来抱在怀里。其实他并不是想抱女儿，而是因为那只玩具熊的两只眼睛，正是茶色纽扣做的，上面也有"H·H"两个大写字母！

幸亏警察什么也没有察觉出来，客客气气地走了。警察一走，广中肇立刻叫住志津子，用颤抖的手指了指玩具熊上的两枚纽扣问："这个是你缝上去的？"志津子答道："对呀，智子非要一个新的玩具，我为了做得更像一些，就用了这两枚扣子……"

"你……"广中肇低沉地说，"这个扣子你是在哪里找到的？"

志津子低下头，哆嗦着嘴唇说："非要我说出来？"

"是的。"

志津子突然抬起头，痛快地答道："在美雪那儿找到的。我像个女佣人一样为她干活，她家的地毯上别说多了一枚我非常熟悉的纽扣，就是多了一根针，我也一清二楚。要不是我在警察到来之前收了起来，这会儿你还不定……"广中肇沉默了，他一句话也说不出来。半天，他才用嘶哑的声音问道："你打算怎么办？为什么一直不说出来？"

"我知道你憎恨这个女人，其实我也烦了，只不过为了多赚几个钱。可在别人看来，你并没有杀害美雪的动机，所以我可以掩护你。不过作为交换……"她看了看丈夫，接着说，"你和我离婚吧。"

广中肇突然屏住了呼吸，以为自己听错了："你说什么？"志津子像变了个人似的，一字一顿地说了下去："对不起，请和我离婚吧，我说的是真心话，我已经厌倦了这样的家庭生活。我和烹饪学校的老师好上了，这个老师非常活泼，也非常爱我。他说我一离婚，他就娶我，然后我们一块儿经营这所学校。"

广中肇张大了嘴巴，觉得志津子像个陌生人。志津子丝毫不顾丈夫的反应，继续说道："我成了美雪的专门佣人，但她也爱上了我的恋人。她在这件事上很有一套，晚上我和老师幽会时，她就会打电话找我。多亏你下了手……"

"不会的！"广中肇大声吼道。"如果你不同意离婚的话，"志津子胸有成竹地说，"我就把纽扣的秘密告诉警察。"说着，她抱起玩具熊，凝视着窗外的夜色，仿佛恋人就在她的眼前一样……

（本篇月月评短信代码：2313）

（**题图**、**插图**：箭　中）

一个人无论往哪里走，无论从事什么事业，他终将回到本性指给的路上……

擦亮你的眼睛

□ 李子胜

1. 发现尸体

这天下午，刑警队副队长肖强和未婚妻宋佳佳拍完结婚照，去帝豪酒家吃饭。帝豪酒家是宋佳佳父亲宋士文开的。这酒家等级较高，是座欧式建筑，二楼以上是客房，底层大堂宽敞豪华，富丽堂皇，周边是一间间装潢各异、优雅别致的包房。肖强和宋佳佳刚走进大堂，宋士文就笑呵呵地招呼他俩进入包房。已经坐在里面的肖强母亲韩英见他俩进来，微笑着招呼他们落座。

坐在酒桌旁，韩英笑眯眯地看看英俊的儿子，又看看清秀美丽的宋佳佳，亲切地询问他俩度蜜月的安排，肖强笑而不语，宋佳佳脸上溢满了甜蜜。宋士文诚恳地说："等你们度蜜月回来，佳佳就来集团工作吧。强子，你也考虑一下，我老了，想好好休息啦。"

肖强的母亲也用期待的眼神看着肖强，肖强不想让老人扫兴，就含糊地点点头。

这时，肖强的手机响了，他拿起来一看，是刑警队严队长打来的。严队长语气凝重地说："强子，丽达公寓工地有情况，你赶快过来！"

肖强急忙起身，歉意地对大家说："发现了情况，我得赶快去现场。"

宋佳佳立刻撅起了嘴，宋士文笑着叹了口气，向肖强挥手说："去吧，孩子，争取尽快回来。"

肖强朝佳佳做了个鬼脸，急忙转身出了酒家，驱车赶到了丽达公寓工地。肖强刚下车，就远远地看见队里的几个人围在一个挖掘机旁指指点点，严队长正和法医说着什么。

严队长回头看见肖强，边向他招手，边说道："发现一具尸骨，很奇怪。"

这儿是一块好几十亩地大的工地，到处是工人和各种机械。肖强看见挖掘机巨大的铁铙下边，有个棺材大小的水泥块，水泥块的四周是潮湿的黑土，被发现的尸骸就是被浇注在这水泥块里的。尸体被水泥包裹的那面，没有完全腐烂，但肌肉已经风干；而尸体接触土壤的部分，只剩下瘆人的白骨，死者的面部，恰好朝向土壤，已经是个骷髅了。

严队长指着附近场地说："这儿原来是一排居民平房的地基，根据位置推测，这尸体是埋在一户居民卧室地下约两米深的地方，我怀疑是凶杀，这个案子至少发生在十年前。"严队长接着轻声对肖强说："你赶快去查查

十年前这个城市的报案记录，找出所有未能侦破的案卷。”

包着尸骸的水泥块被运走后，肖强指挥大家在泥土中再寻找线索，结果只发现一个破破烂烂的黑色人造革提包。

法医鉴定很快出来了，死者属于被钝器击伤致死，死亡时间大概是二十多年前，死者的年龄约三十岁。肖强查遍了档案室死案案卷，竟然没有发现二十年前的有关报案记录。这让他感觉非常诧异。

第二天，严队长和肖强把情况和想法向主管副局长汪峰作了汇报。然后，肖强走访了房地产管理局、城市规划局以及政府档案部门，结果几乎是一无所获。他只查出那排平房原是一个木材加工厂的职工宿舍，而这个工厂早在十几年前就倒闭了。

肖强感到事情有些蹊跷。他想：公安局没有案底，房管局也没有这排平房的资料，这种巧合是偶然的，还是……想到这里，肖强的胃口被吊起来了。

肖强回到局里，想再看看那具尸体，再找找灵感。可是，让他更为吃惊的是，尸体已经被拉到火化场去了。法医告诉他，是局领导指示这么做的。

肖强冲进副局长汪峰的办公室，汪峰不在屋内，肖强急忙开车直奔火化场。

那具尸体已经在火化炉里熊熊燃烧，透过观察孔，肖强看见尸体只剩下脊椎骨，活像一截通红的木炭。肖强急忙让火化工熄火。

等骨灰冷却后，肖强仔仔细细观察了一番，竟然意外地发现骨灰里有个豌豆大的黑色金属片，这个发现让肖强十分惊喜！他小心地收好那个金属片，迅速赶回单位。

2. 死者是谁

这天下午，肖强被汪峰叫到办公室。汪峰曾经担任过多年的刑警队长，有极其丰富的侦察经验。汪峰听了汇报，两人又简单地分析了案情，他俩一致认为：这不是流窜作案，这个案子取证难度很大，破案周期也许会很长。

接着，汪锋说“你们严队长建议这个案子由你负责，我和局长都同意。不过眼前有很多案件需要侦破，咱们人手少，经费又很紧张，你还要兼顾其他侦破工作。有什么困难，及时向我汇报。”

肖强来到队部办公室，见到严队长，拿出那个金属片，严队长皱着眉头仔细观察了半天，对肖强说：“你去找退休的老法医金钟，让他看看这是什么，我感觉像弹片。”

下班后，肖强来到金钟家里。

“这是弹片！”金钟用放大镜仔

细观察了那个金属片后，肯定地说，“死者肯定是参加过军事战斗的。这种弹片，应该就是当年边境反击战，敌我都普遍使用的自行火炮的弹片。”

肖强兴奋地说：“这个死者的年龄在三十岁左右，那么，他一定参加过当年的边境反击战，我可以查出二十年前这个城市参加过那次战役的退伍人员名单，我想这个人复员后，很可能分配在原来的木器加工厂！”

金钟说：“从推理上判断，应该如此，如果查清了他的身份，那么他生前的亲友中，也许就有知情的人啊。”

在武装部掌握的资料里，肖强很快找到了当年参加过边境反击战的退伍人员名单，一共三个人，其中确实有个人曾经在木器厂工作过，这个人叫肖长存。这个发现，让肖强看到了希望，但也有个让他非常困惑的问题：这个肖长存被杀害，为什么没有留下任何报案记录？最起码他的家属也应该报案啊！肖强决定下一步去寻找他的家属，寻找当年木器厂的知情人。

肖强仔细思考后，决定先从外围的知情人开始查询。在失业人员资料里，肖强很快找到了一些木器厂的人员名单，经过筛选，他抄下了几个工龄较长的人员名单和家庭住址。

这天，一身便装的肖强来到一片街道窄小、房屋破旧的居民区，他想找一个叫张万年的人，这个人曾经担任过木器厂的总务科长。

在街口，肖强向一个摆烟摊的老头打听道：“大爷，您认识一个叫张万年的老人吗？”那老头用手摸摸红红的酒糟鼻，眨巴眨巴布满血丝的眼睛说：“认识啊，你找他干吗啊？”

“您可以告诉我他住哪里吗？”肖强环顾了一下四周说，“这里连门牌都没有。”

老头狡黠地说：“告诉你可以，可我的烟摊还没有开张呢……”

肖强拿出二百多元钱说：“给我两条红塔山。”

老头立刻喜笑颜开，拿出烟递给

肖强，然后慢吞吞找零钱，肖强摆摆手说："算了，别找了。"

老头一听，连忙把钱掖进口袋，然后笑嘻嘻地说："我就是张万年，有什么事情啊？"

肖强真是哭笑不得，心里说，好狡猾的老头！但他仍诚恳地问："您认识一个叫肖长存的人吗，原来和您一个厂的，木器厂！"

"让我想想……"老头思索了一会儿，猛地拍拍脑袋说："他是不是厂子里的会计啊，好像二十年前，他携工资款潜逃了。"

肖强一听，惊诧地脱口而出："什么，他携款潜逃？他没有死？"

老头说："他死了？怎么会呢，他把我们厂三百多人一个月的工资三万多元都卷跑了，不过后来，他又都还上了，好像还多还了一万块钱呢！"

肖强问："那您还记得他携款潜逃后，单位报案了吗？""应该是报案了，可是，因为他是当兵出身，上过前线——单位就不让声张吧，具体的情况我也不知道了。""那他现在人呢？他怎么还的钱啊？""他好像去别的什么地方发财了，工资款是从外地汇给厂里的，公安局按照地址去抓他，他跑了。""那他后来还有消息吗？""这个我就不知道啦。"

最后，肖强问了一个关键的问题："这个肖长存，他结婚了吗？他妻子的名字您还记得吗？"

"韩英！他老婆叫韩英，韩英可是当年全城知名的美人啊！唉，当年，连我都偷偷追求过韩英呢！"老头感慨地说。

肖强愣住了：自己的母亲就叫韩英啊！

肖强从小没有父亲，母亲也从来没有和他说过任何关于父亲的情况，难道死者是自己的父亲？自己的父亲名叫肖长存？

3. 为父昭雪

肖强心情沉重地回到家，对母亲说："妈，把您年轻时候的照片给我看看，好吗？"母亲瞅了他一眼，说"这孩子，怎么想起看妈的照片？妈现在都老了，过去的照片有啥好看的。"她嘴上这么说，还是打开箱子，拿出了照片。肖强看着母亲年轻时的照片，脑子里不由自主地闪现了一个词——倾国倾城。

肖强边看照片边心情沉重地说："妈，告诉我关于我的父亲的事情好么，我想知道全部！"

母亲走过来，摸摸儿子的额头，说："孩子，你今天怎么啦，需要你知道的，我会告诉你的。"

肖强突然冷冷地说："妈，我的父亲叫肖长存，参加过边境反击战，复员后分配到木器厂当会计，后来，他携工资款潜逃了，对不对？"

一听这话，母亲像突然遭雷劈一

般，惊得喊起来“天哪，你是怎么知道的？这是谁告诉你的啊？”

肖强激动地说：“我父亲没有携款潜逃，他很可能是被人杀害了，我们在丽达工地发现了一具尸体，很可能是他！”

“不可能啊，孩子，你爸爸绝对没有死！”母亲说着，犹豫了一会儿，走向自己的卧室，拿出一个上了锁的红漆小木盒子，吃力地拧开锁，从里面拿出一叠颜色各异、大小不同的信封。

她把这些信递给肖强说：“这是你爸爸前些年偷偷写给我的信件，你自己看看吧。”

信封大概有十几个，从邮戳上看，信来自不同的城市，而且，信封上的字迹都不同，有的工整，有的潦草。从邮戳的时间可以看出，这些信几乎是每年一封，而且邮寄自不同的城市，最后一封信的邮戳时间是十年前。

肖强把信纸抽出来，信的内容都是雷同的：“我在XX城市，勿念。”而这些字，都是由报纸上剪下的字粘贴拼凑而成的，只有落款的签名“肖长存”三个字是手写的。

肖强的大脑一片混乱，难道死者真的不是自己的父亲？那么，死者是谁？

“妈，您能不能找到我爸爸潜逃前的手迹啊？”肖强忽然想起了什么，问母亲。

母亲沉思了片刻，又回到卧室，一会儿，肖强隐约听到母亲在撕开纸张的声音，接着，母亲拿着一张发黄的纸片出来。肖强接过纸片，看见上面有这么几个字：保证人肖长存。

肖强把纸片和信笺摆放在一起。“肖长存”三个字和那些信笺的签名，字迹完全一样，他反复仔细观察也看不出任何破绽。肖强困惑了。他脑子里忽然闪现出一个问题，便问母亲：“我爸爸如果还活着，为什么这么多年还不露面？他已经偿还了携走的工资款，那他还怕什么啊？即使法律处罚，也不会很严重啊。”

母亲也被这个问题问得愣住了，她低下头，有些无奈地说“他也许根本不愿意回来，也许他现在生活得很好啊……”

肖强看着已经开始苍老的母亲，内心也很难受。他想这么多年，母亲一直独自生活，一定有一肚子的苦水啊。

肖强沉思片刻又说“妈，我爸爸原来有哪些朋友啊，谁和我爸有过矛盾啊，您能回忆起他们的名字吗？”他顿了顿又说，“我还是怀疑我爸爸是被杀害的，凶手也许就在他的朋友中间。”

一听这话，母亲的神情忽然惊惶起来，她愣了一愣，猛地抓住肖强的胳膊，声音哽咽地说：“孩子，这个案子不要查了，千万别再查下去了，妈妈求你了……”

肖强没有料到母亲这么激动，他一时有些不知所措，但还是说服了母亲，把那些信件和那张纸片带到了老法医金钟家，让金钟帮他再次鉴别签名的真伪。

鉴定结果不出肖强所料，这是属于两个人的笔体，尽管模仿得很像，但是，极其细微之处还是有很多破绽的。这个结果让肖强内心产生了一丝喜悦，也感觉到一丝酸楚。这个凶手是存在的，此人和肖长存很熟悉，他熟悉肖长存的笔体，他很有心计地精心策划了嫁祸于死者的凶杀案，还不断奔走于很多城市，制造肖长存还活着的假象！肖强暗下决心，一定要让真相水落石出；他要为含冤而死的父亲平反昭雪，讨回公道。

肖强不顾家人亲友的反对，决定为死去二十多年的父亲开追悼会，为父亲昭雪于天下。他不能让父亲在蒙冤这么多年后还继续被大家认为是个潜逃的罪犯。他内心的另一个用意也是试图借大张旗鼓地开追悼会，敲山震虎，震慑凶手。

追悼会在殡仪馆的吊唁厅举行。肖强通知了肖长存所在单位所有可以找到的同事，包括那个卖香烟的张万年。刑警队的朋友们帮他忙前忙后，布置灵堂。肖强亲自写了挽联：

慈父蒙难含冤二十余载
凶手作案真相不日揭晓

到了追悼会快开始时，肖长存生前的同事只来了一个人，就是张万年。

一辆汽车在追悼会开始前悄悄停在会场旁边。宋士文走下车，他打开另一侧车门，把肖强的母亲韩英搀扶下车。接着，又有一辆车也停在一旁，车上下来的是副局长汪峰。肖强忙迎上去，和汪峰握手，汪峰神情凝重地握紧肖强的手说：“是好事啊，老人家在九泉之下该瞑目了。”

肖强旁边的张万年忽然高喊起来：“学武啊，老朋友，你来了，好多年不见啊！”肖强侧过头，只见张万年快步走向宋士文，两人亲热地拥抱在一起。肖强心里一动：他们认识？否则张万年为啥叫宋士文“学武”啊？

4. 谁是父亲

按照当地的风俗，追悼会七天后，要焚烧死者生前的遗物。

肖强在母亲指导下翻箱倒柜，折腾了半天，才翻找到父亲的一套旧军装。母亲告诉肖强，这套军装，曾经历过炮火的洗礼。肖强忽然想起那个弹片，看来父亲负伤的位置，就是在左小腹的部位。

肖强把军装拿到野外，他眼睛有些潮湿地点燃烧纸，烧纸立刻燃起熊熊火苗，正当他抖开衣服准备投入火中时，忽然发现上衣里面有些字迹。一看，上面写着：肖长存，血型O……

肖强像被闪电劈伤了一样，浑身顿时一麻。他清楚，母亲韩英的血型是O型，而自己的血型却是A型！作为公安大学的高材生，他当然知道，父母都是O型血，子女绝对不可能是A型血！他又把衣服上的部队番号还有其他字样翻来覆去看了几遍，确认肖长存的血型就是O型！

肖长存不是自己的父亲？肖强被脑子里闪现的推断吓了一跳。那自己的父亲究竟是谁啊？肖强全身不由阵阵发冷，好像陷入了冰天雪地之中。他的内心在悲怆地呼喊着：天哪！我到底是谁？谁能告诉我啊？

他木然地看着烧纸渐渐熄灭……

肖强猛然站起身，想回家去质问母亲，但他很快又冷静下来：自己这样去质问母亲，问自己的生父是谁，不等于去指责母亲是个不贞洁的女人吗？这不等于在羞辱母亲吗？

肖强悄悄回到家，把那套军装偷偷收藏好。

他躺在床上，正胡思乱想时，听见宋佳佳和母亲打招呼的声音。接着听到母亲高兴地喊他：“强子，佳佳来啦。”

肖强走出卧室，见母亲和佳佳亲热地坐在沙发上，茶几上摊开着精美的相册。

“来啊，快看看你们的结婚照！”母亲眼睛眯成了一条线，乐得合不拢嘴。

看见每张照片照得都很精美，肖强心情豁亮了许多。

母亲感叹地说：“佳佳真漂亮啊，强子，你真是前世修来的福气！”

佳佳羞涩地说：“伯母，瞧您说

的，您年轻时候，才是真正的美人啊。”

母亲的眼光忽然黯淡了片刻，站起身对肖强说：“你们聊吧，我得去做饭烧菜，中午把你宋伯伯叫来，我们一起吃饭。”

看完相册，佳佳神秘地凑到肖强耳边轻声说：“强子，等我们结婚了，我们也撮合二老结合吧。”

肖强吃了一惊：“我妈妈和宋伯伯？”

佳佳点点头：“是啊，你不知道吗，他们原来是一对恋人啊。我爸爸有张照片，是他们年轻时候的合影，

他经常偷偷看呢。就是不知道为什么，他们没有成为夫妻……”

肖强忽然想起什么，低声问佳佳：“你知道宋伯伯是什么血型吗？”

佳佳说：“A 型啊，怎么啦？”

“那你是什么血型啊？”

佳佳嗔怪道：“也是A型啊。我们不是婚检过吗，你怎么忘记啦？”

5. 奇怪的信

这天，肖强收到一封神秘的来信。信封上没有寄信人地址，从邮戳上看，是本市寄来的。拆开一看，信的内容让肖强大吃一惊。信笺的内容是从报纸上剪下的大小不等的宋体字：

我是凶手，我原来在木器厂工作。我会通过三封信慢慢告诉你一切，我的信，不要告诉任何人！切记！

落款是手写的签名：肖长存。这三个字的笔体，和肖强母亲保存的那些信的签名完全一样！

凶手终于出现了，这使肖强既振奋又恼怒。他想这个凶手似乎也太嚣张了吧。看来他是在暗中一直窥视着我们的行动，控制局势！他又转念一想，难道凶手要自首？要自首就干脆投案好了，为什么要“慢慢告诉你一切”呢？这家伙到底在玩什么花招！

肖强百思不得其解，但他可以肯

定的是，凶手一定知道他在调查这个案件！他自称是木器厂职工，眼下知道肖长存是木器厂职工的只有张万年啊！难道张万年就是凶手？为了以防万一，肖强立即秘密安排侦察员，悄悄监视张万年的行踪。

过了两天，肖强又收到了第二封信，这封信是电脑打印的，内容很多：

……1980年11月3日中午，我知道肖长存要去银行取工资款，就在半路尾随他。等他提着黑色人造革提包走出银行，我就装作偶然遇到他，我告诉他，我家里有件皮夹克，问他要不要。他和我很熟悉，我俩经常一起喝酒，所以他对我没有任何戒备。我把他领到我家——木器厂职工宿舍，在他试穿皮夹克的时候，我猛然用榔头击打他头部，他没吭一声就倒下了。我又用绳子勒住他脖子，确认他已经死亡，就挪开我的单人床。床下边，我用了一个月时间，挖了个两米深的大坑。我把肖长存的尸体扔到坑里，把提包里的三万多元巨款收好，扔掉提包，然后，我开始用早准备好的水泥一点点灌注这个大坑，等我把一切处理好后，就赶往广州，把提前准备好的模拟肖长存语气、笔体的信投到邮箱。这样，我就成功转移了警察的视线。后来的事情，就很简单了，我陪这具尸体，整整睡了十年，我不敢搬家，我也整整做了十年噩梦啊……如果你不把我这两封信的内容告诉任何人，我还会再寄给你一封信，把我用过的火车票寄给你——我每年都要到不同的城市，给肖长存的妻子韩英寄封类似的信，暗示大家肖长存还活着。

信的落款，还是肖强熟悉的那三个字：肖长存。

这封信让肖强更加矛盾，他想要不要等第三封信呢？要等多长时间？如果这是凶手的诡计怎么办？

最后，肖强决定两条腿走路，他先把对张万年的怀疑向汪锋作了汇报，但他没有提到自己收到这两封奇怪的信的事情。汪峰听了高兴地连声夸赞肖强，他提议，先严密监视张万年，等时机成熟了，就抓捕他！

一个暴雨之夜，肖强被巨雷声“炸”醒，他翻身起来，习惯性地看表，当时是午夜一点一刻。

就在此时，侦察员打来电话：“肖强，坏了，张万年死了！”

“什么什么？死了？”肖强怒吼起来，“你是干什么吃的！”

“你快过来吧，他喝醉了，失足掉进河里淹死的……”

肖强给值班的严队长打了电话，很快，严队长开着警车来接肖强。

赶到现场，只见侦察员和几个警员站在雨水里，他们脚下躺着张万年的尸体。

侦察员说：“张万年在一个排档喝酒，当时雨下得很大，我一直监视他，他大概喝了一瓶白酒，就摇摇晃晃地回家，我一直尾随着他。走到桥边，忽然有个人过来向我问路，我回答了问路人，再寻找张万年的身影，突然听到有个人高喊：‘有人掉河里啦！’我急忙用手电筒照向河面，果然看见一个人在水里挣扎，等我跳下水抓住他，他已经不行了……”

肖强摸了摸张万年的身体，果然一点热气都没有了。

肖强说：“先通知家属，然后解剖尸体。”

天亮后，肖强回到单位，向汪峰汇报了这个意外情况。

“他一定察觉到了什么，然后畏罪自杀了，”汪峰叹息着说，“我们动手晚了啊……”

肖强十分恼火地说：“局长，如果就这样结案，实在太窝囊啊！我想去张万年家里看看！”

肖强在路上边走边想，觉得张万年不应该是畏罪自杀。如果他真是凶手，他给自己的那两封信，明明流露出他要自首的想法啊。他到底是失足落水，还是……

肖强去张万年家，是想找那些火车票，可是在张万年家，肖强没有任何发现……

6. 我是凶手

两天后的中午，肖强的手机忽然响了。是宋士文的电话！

“孩子，我在香山别墅23座，你现在到我这里来，我有重要的事要告诉你。你别告诉任何人，赶快打车过来吧。”宋士文说完，挂掉了电话。

肖强感到奇怪了：这位多年来像慈父一样照顾自己关心自己的人，难道有什么重大的秘密瞒着自己？否则为什么要到香山别墅和他见面呢？

香山别墅建在有山有水、景色宜

人的近郊，这里居住的，都是这个城市的富豪。肖强以前根本不知道宋士文在这里还有房子。

出租车停在23座门口。别墅小楼几乎隐没在绿树丛中。肖强刚走下车，别墅朱红的铁门就自动打开了。肖强感觉这个铁门活像张着血盆大口的鲨鱼嘴。走进铁门，肖强看见宋士文站在二楼的窗户前在向他点头招手。肖强身后，“鲨鱼嘴”悄悄合上了。

“孩子，你不要担心什么，我今天要把一切都告诉你。”宋士文边说边拉肖强坐在柔软的皮沙发上。

“这个别墅，是我打算在你和佳佳结婚后送给你们的礼物。我一直没有告诉你和佳佳，也是想给你们个惊喜啊。唉——”宋士文叹了口气，脸上挤出些苦涩的笑容说：“我告诉你一件事情吧。本来，我打算等你们结婚后再告诉你的，因为我太希望看到你们的婚礼了，我甚至奢望看到我的孙子，不，不，是外孙子，可是，这些恐怕只是幻想了。”

宋士文说着，拿出一张旧照片，那是一对青年男女的合影，肖强立即认出，是母亲与宋士文的合影。接着，宋士文便滔滔不绝地说起来：“大概三十年前，我和一个女孩子恋爱了，这个女孩很美丽很善良，她是我这一生唯一爱过并且一直还深爱着的女人。这个女人，就是你的妈妈韩英。那时候，很多游手好闲的小青年不断骚扰韩英，我成了她的保镖，那个时候我的名字叫‘学武’，生得健壮，很能打架的。因为我是个穷孩子，靠母亲卖冰棍养活，你母亲家的人瞧不起我，但你母亲对我很好。我和你母亲都在木器厂上班，本来我们私下商量，到了结婚年龄就登记，可后来发生了一件事，成了终身遗憾。那是一天晚上，我和你母亲下夜班，有三个小流氓拦住我们俩，他们想要流氓，我就和他们打了起来，我用刀子把三个人都捅成重伤，结果被判了五年劳教。

“等我出来，一切都变了。我的母亲去世了，韩英已经和肖长存结婚。开始我很恨韩英，可是后来我才知道，张万年和肖长存都疯狂地追求韩英。一次，韩英下夜班，肖长存用刀子拦住了她，并侮辱了她，韩英迫不得已才嫁给他的。我心里好苦啊。后来，韩英偷偷给了我一些钱，让我做点小生意。我卖水果，卖服装……有一天，韩英找到我家，一见我，就扑到我怀里放声痛哭。她告诉我，肖长存简直不是男人，他几乎每天夜里都虐待她，韩英给我看了她身体上的伤痕，我惊呆了。她的胸前，都是被肖长存咬过的牙齿印记，后背上，是皮带抽过的血印子。她告诉我，肖长存是复员军人，他的小腹有个弹片，结婚不久就不能做男人了。我简直气疯了，我偷偷去教训他，他跪在地上哀求我，还写了保证书，可是，没过多久，他又开始痛打韩英，还扬言，如果韩英敢和他离婚，他就要杀她全家！

“你知道吗，我也住在木器厂的职工宿舍，距离肖长存家很近，每天，只要躺在床上，我耳边似乎就能听到韩英痛苦的呻吟声！一想到我心爱的女人在饱受折磨，我的心就跟被油煎一样的疼。后来的事情，你都知道了，我模仿了肖长存的笔体，精心策划了这个携工资潜逃的案子。我寄给你的那两封信，你一定都收到了吧？”

宋士文又拿出一叠火车票，递给肖强，肖强发现，车票和信件完全能对上号。

“这些车票，本来想在你们结婚后再寄给你……我就是凶手，我一直没有勇气去自首，有很多牵挂啊。”宋士文长舒了口气，继续说：“我牵挂韩英，牵挂你，牵挂佳佳……我经常做噩梦，可是，我一直在等待，等我没有什么牵挂了，再去自首！”

听到这儿肖强大脑像火山喷发一样，乱成一片，难以自控。他双眼喷火，猛地站起来一把揪住宋士文的衣领，厉声质问道：“难道，你除了杀死我父亲，就没有别的办法吗？”

宋士文没有反抗，点点头，说：“是的，孩子，没有别的办法。因为……因为我太爱你的母亲了！”

肖强冷笑道：“这就是你杀人的理由？”

宋士文沉默了许久，然后点点头。接着，他突然扑通一声，跪在肖强面前，老泪纵横地说：“孩子，求你答应我，等你和佳佳结婚后再逮捕我好么？”

7. 山顶之夜

婚期到了。肖强和宋佳佳要去旅行结婚了。宋士文亲自开车把肖强和佳佳送到火车站，宋士文一个劲地嘱咐他俩路上要小心，注意安全。

此刻肖强内心十分焦急，他在等

一个重要的结果。他怀疑宋士文就是自己的亲生父亲。为了证实他的判断，他刚搞到几根宋士文的头发，悄悄去做了DNA检查。如果检查结果和他的判断一样，那么宋佳佳就是自己同父异母的妹妹，自己怎么能和妹妹结婚呢？可是，DNA结果要好几天才出来啊！

肖强的手枪一直带在身上，这次旅行结婚，不知出于什么原因，他也带了手枪。

在软卧包厢里，佳佳像只乖顺的小猫，偎依在肖强怀里。火车经过一昼夜的奔驰，才到了一处新开发的旅游景点。他们来到大山脚下，开始徒步登山，观赏山景和日出。

登山路上，肖强和佳佳衣着光鲜，充满青春活力，他们互相抢着背行李包，亲昵得令人羡慕。尤其佳佳小鸟般的奔跑和不时发出的银铃般的欢叫，引起游客们的注目和微笑。然而，就在这欢声笑语中，肖强凭着侦察员的敏锐，他觉得有个神秘人物一直尾随他俩。他把这一发现对佳佳耳语几句，佳佳立刻安静下来了。他们足足用了五个小时，才登上山顶，住宿在一家小旅店。

说是小旅店，其实是个农家小院。为了安全起见，肖强花了两倍的价钱把整个小院包了下来。此时此刻，晚风轻拂，月光如水，雄伟的大山中，远远近近闪烁着点点灯光，与天空中的星斗相连，形成了星罗棋布的夜景，好一派清新自然的风光。

肖强和佳佳爬了大半天的山，累得腰酸背痛，他们吃过晚饭，看了一会儿夜景，就关门休息了。佳佳拉好所有的窗帘，然后满脸期待地望着躺在床上的肖强。肖强强抑内心痛苦，关掉了灯，把佳佳拉到床上，佳佳的心怦怦狂跳起来，她微微闭着眼睛，脸上挂着笑容。谁知肖强忽然扭过身去，背对着佳佳说："我累了，睡觉吧。"

一会儿，他听到佳佳在抽泣。肖强心里像油煎一样难受。最后，他实在忍不住了，转身把佳佳搂在怀里。

佳佳哭泣着说:“你不爱我……”“我爱你，你不知道我有多爱你，我很累，真的很累……”“可是……这是我们的初夜啊……”佳佳用小拳头捶打着肖强，肖强也哭了，他泪流满面地把佳佳搂得更紧了。

他们就这样相拥而眠。

临近午夜的时候，肖强被轻微的“窸窸窣窣”的声音惊醒了。

肖强微微睁开眼，眼珠子四处搜寻，一只手悄悄伸到枕头底下，把枪握在手上，并无声无息地打开了保险。就在这时，一个黑影突然站立起来。借助照进窗户的月光，肖强看到这个人手里拿着把反射着寒光的匕首。黑影摸向床边，猛地举起匕首，就在此时，肖强飞起一脚，踢中来人的胳膊。

黑影“嗷”的一声惨叫，“咣当”扔下匕首，接着两个人便“呼哧呼哧”扭打在一起。对手力气很大，显然学过专业搏击，肖强很快就被对方压在身下，并被卡住了脖子……肖强透不过气来，眼前越来越黑，头脑也模糊起来了。

就在这千钧一发的时刻，突然传来“砰”的一声石破天惊的巨响。肖强感到压在身上的黑影忽然像棉花一样瘫软下来，他推开黑影，翻身爬起，拉亮电灯，只见满脸惊恐的佳佳正双手端着手枪，黑影的头部，鲜血喷涌。

枪声惊醒了周围居住的游客和房东。肖强稍微安慰了一下惊恐中的佳佳，然后和她来到小院外面，向大家说明了刚才发生的事情。这时周围的灯光都亮了起来，人们看到肖强居住的房门都被撬烂了。

天蒙蒙亮时，当地警察来到现场。在随警察们下山的时候，佳佳孩子似的显得既兴奋，又紧张，她的手颤抖地抓住肖强的胳膊，生怕一放手，肖强就会像氢气球一样飞走。

让肖强震惊的是，当地警方从死者身上，发现了肖强的照片。这是肖强被人偷拍的照片，照片的背景，竟是帝豪酒家。

三天后，刑警队严队长亲自开车来接肖强，当地警方答应，先让肖强回去，帮助侦破取证，但是，由于宋佳佳主动承认杀死了人，她暂时不能离开。

8. 血洒街头

肖强回到市里，知道了DNA的鉴定结果，心情更加难以平静，他果然是宋士文的亲生儿子。他怀疑那个死在山顶的杀手，可能是宋士文雇用的。因此，他怒气冲冲地冲进宋士文办公室。宋士文抬起头，看见一个乌黑的枪口正指向他的额头。他一看是

肖强，顿时惊愕地问：“怎么了，孩子？为什么拿枪对着我啊！”

肖强眼睛喷着火，厉声责问：“你为什么要杀人灭口？你难道连亲生的儿子都不放过吗？”

“什么，杀人灭口？我？”宋士文几乎喊叫起来，“孩子，你怎么知道我是你亲生父亲啊？是你妈妈告诉你的？”

肖强转身把房门反锁上，然后盯着宋士文的眼睛，足足看了几分钟，忽然觉得这双眼睛除了慈爱，的确没有别的什么。

肖强稍稍缓和了一些语气说：“你和我妈妈知道我是你们生的！”

宋士文说“当然知道啊，我为什么非要杀死肖长存？就是因为你妈妈怀上了你，而肖长存根本没有生育能力！如果这个事情被他知道，我怕你们母子都会被他杀了！”

一听这话，肖强简直气疯了。他冲着宋士文吼道：“我的天啊，那你们为什么还要让我和佳佳结婚？你们连这些基本常识都没有吗？”

宋士文说：“孩子，对不起，我一直没有告诉你，佳佳不是我亲生的女儿，她是我抱养的啊。我……我一直没有结婚。再说，除了韩英，我再没有爱过别的女人。”

肖强痛苦地“啊”了一声，把手枪放下，两手抱着头，颓然坐在沙发上，嘴里喃喃地说着：“老天啊，为什么非要这样安排啊！”他顿了好一会儿，又问宋士文：“你们为什么都要瞒着我们？我冷落了佳佳，伤害了佳佳啊！”

宋士文老泪纵横地抚摩着肖强的头发，一个劲地说：“对不起，对不起！”

等到两个人都平静下来了，肖强简单地把在山上发生的一切向宋士文讲述了一遍。

宋士文越听眉头锁得越紧。最后，他颓然地坐在椅子里，目光呆滞地自言自语道：“是他干的，我真没想到，他比我想象的还要残忍啊！”

肖强追问：“谁？您说的他究竟是谁啊？”

“这个人了解我很多情况。他曾经帮我很多忙，比如，把肖长存当年的报案记录秘密撤掉，帮我销毁了其他的罪证，我给他的好处是，他享受我每年纯利润的十分之一。我当年劳教的时候，就和他打交道，我精心策划的案子，也是他早就侦破的。孩子，尽管你也破了这个案子，但是，这个人比你发现我要早很多年，我是他的摇钱树！这些年，我们互相牵制，他要的是钱，我要的是安全。我告诉你，张万年一定是他雇杀手干掉的。他这是为了巧妙结案啊！你知道他是谁了么？”

宋士文这番话，让肖强听得心惊

肉跳，他低声说：“汪……难道是他？”

宋士文既没有点头也没有摇头，他继续说道：“这个人唯一不知道的，就是我们俩的亲父子关系。他也许是为了我继续给他提供财富而杀你灭口，现在，他败露了，我和你一样要被他除掉！”

宋士文忽然站起身，紧紧握住肖强的手说：“孩子，不能等了，你现在就送我去检察院，我必须先告发他，然后再去投案自首！”

肖强拉着宋士文，仔细观察着四周的情况，然后坐进汽车里。肖强开车，宋士文坐在副驾驶位置上。

在发动车子的时候，肖强忽然想起来什么，就给金钟打了个电话，请他给汪峰打个电话。一会儿，金钟回电说，汪峰三天前去南方开会了。

肖强恨恨地说：“他跑了，这个老狐狸真狡猾啊！”

“很难说啊，你还是小心一些好，”宋士文显然还很忧虑，“也许他还在这个城市，暗地里注视着我们。”

肖强心情沉重地缓缓开动汽车，他小声问道：“要不要去看看我妈妈，向她道个别？”

宋士文用手捂住脸，许久，他摇摇头说：“不用了，在我行刑前，你们记得多来看看我好么，孩子？”

肖强忍住泪水，点点头说“实在对不起，爸爸，我是警察啊。”

“孩子，我怎么会怪你呢？你是爸爸的骄傲啊！”宋士文说，“集团的事情，以后就交给你和佳佳了。用我们的钱，多为社会做些有益的事情吧。”

汽车行驶在一条宽阔的路上，距离他们要去的地方越来越近了。这时已经接近中午，路上车辆很少，忽然，一辆巨大的卡车呼啸着迎面飞驰过来。

宋士文猛地产生一种不祥的预感，大声惊呼道：“儿子，小心！”

肖强急忙踩刹车，但那辆大卡车显然是要故意撞过来，就在那一刹那，肖强把方向盘向右猛打，同时猛地推开车门，把宋士文推下车去。接着，肖强身子猛地一震，在听到金属猛烈撞击的声音后，就失去了知觉。

宋士文安然无恙，卡车早没了踪影，他呆愣愣地看着被撞瘪的汽车，看着趴在方向盘上满身血污的儿子，大脑一片空白。突然，他回过神来，奔到马路中间，边哭喊着拦截过路的汽车，边掏出手机。

一会儿，救护车和交警的车子都呼啸着开过来了。

医院的手术室里，深度昏迷的肖强身体周围插满了各种管子。

手术室外面，宋士文和韩英都泪水涟涟。尤其是宋士文，他内心充满了愧疚和懊悔。他哭着对韩英说："他知道我是他爸爸了，他这都是为了救我啊……唔唔……"

这时，远远地传来了哭声："强哥，强哥！"宋士文和韩英一看，是佳佳。原来，宋佳佳的行为最终确定属于正当防卫，无罪释放回来了。她泪水纵横地奔过来，望着手术室号啕大哭。

肖强的队友把手术室严密保护起来，检察院的人也破例在隔壁的病房临时办公，接受宋士文的检举。

几个小时后，追捕汪峰的通缉令发往全国各大飞机场、火车站。

大概十个小时后，肖强被护士推出手术室。白发苍苍的老医生走了出来，宋士文扑上去，抓住医生的胳膊，充满期望地凝视着医生的表情。

老医生摇摇头说："在手术过程中，他曾经说过唯一的一句话就是：'爸爸，实在对不起，毕竟我是警察！'唉，请家属节哀吧，我很抱歉……"

医生的话音未落，手术室外，已经是哭声震天……

（本篇月月评短信代码：2314）

（题图、插图：杨宏富）

·本刊信息传真·

"掌上灵通杯优秀作品月月评"9月份评选结果揭晓

9月上获得选票前三名的作品分别为：《与老爸竞考》（1716）、《平安果》（1711）、《爱情遭遇抢劫》（1717）。

9月下获得选票前三名的作品分别为：《阴棺》（1818）、《不该漏扫的墓》（1806）、《爱可以储蓄》（1808）。

1至7月的月月评得票结果已公布在搜狐网《故事会》专区9月下的内容中，欢迎登录culture.sohu.com查询。

家庭故事

家庭是一个舞台，千千万万个家庭演绎着万万千千的故事。这本故事书里的51则作品，艺术地再现了家庭中的矛盾纠葛、悲欢离合和儿女情长，内容亦庄亦谐，或耐人寻味，或令人捧腹，有较强的可读性和可传性。

情爱故事

集中所收38则故事，几乎覆盖人们情爱生活的各个环节，社会众生相在作品中得到了不同程度的映照和折射。这些故事不仅在情节设计上精于构思、巧于安排，而且在艺术风格上也各有所长。对看惯小说电影戏剧的诸位来说，浏览此书是一种全新的享受。

聪明人故事

本书犹如一叶风帆，引您在智慧之海遨游。故事中的主人公活跃在各自的人生舞台，凭着自己的聪明才智，斗强蛮，蔑权贵，助弱小，解万难，演绎着一出出绝妙无比的连台活剧，内容既有情节性又有趣味性。

傻子故事

傻子故事在民间流传极广。本书共收72则傻子故事，内容生动风趣，人物栩栩如生，一群言行可笑、可悲而又憨厚可爱的艺术形象，如一幅幅色彩奇特而又耐人寻味的漫画，让你目不暇接。

阿P故事

阿P是一个社会群体的缩影，他独特的对事对人的处理方式，使这些故事充满了情趣。不过洋相百出的阿P，他的内心世界又是复杂的，他的所作所为留给读者的思索是多层次多元化的。阿P故事不仅仅是消遣作品，还有着揭示社会矛盾、启迪人生和思考未来的认识和教育作用。

滑稽故事

滑稽是一门引人发笑的艺术，被称之为生活和艺术中一种特殊的“调味品”。本书所选故事均取材于社会生活，作者想象力丰富，倾向性鲜明，作品内容极具口传性，诙谐色彩浓郁，是人们茶余饭后上佳的精神伴侣。

芝麻官故事

芝麻官故事旨在全方位地展示这一特定社会角色的思想境界和人格境界。他们或两袖清风，为民请命；或贪赃枉法，假公济私；或昏庸糊涂，装腔作势；或廉洁奉公，兢兢业业。由于他们同老百姓的距离最为接近，因此他们的故事就更具现实意义。

打赌故事

古今中外73则打赌吹牛故事，按内容分为“逗趣、斗智、惹祸、戏丑”等四大类，多为表现人们的诙谐与机智，有的立意鲜明，寓有讽刺味，而较多的则是娱乐与逗笑。

有文凭的乞丐

□赵再年

陈明大专毕业后，满怀希望地来到南方一座城市找工作。

刚走出车站，他就被一个乞丐拦住了。"先生，可怜可怜我吧。"陈明随手掏出两块钱给了乞丐。他又向前走了几步，见一个人低头长跪在地，前面有张纸，上面写着："本人大专学历，来这里已有一个多月，因找不到工作，钱又被骗，无法回家，恳请南来北往的好心人向我伸出援助之手，我将不胜感激之至。"

陈明一看，那纸上果然端端正正地放着一张大专学历证书。他心里"咯噔"一下，忙俯下身去问那人："怎么你一个大学生会找不到工作？"那人愁眉苦脸地说："现在就连本科生和研究生找工作都难，何况我才是个大专生……"说到这里，他说不下去了，只是一个劲儿地流眼泪。陈明心里凉了半截：自己也是大专毕业啊，看来前途不容乐观啊！再看看眼前这个人，陈明不由生出"同是天涯沦落人"的感慨，就特意从包里拿出五十元钱，郑重地递给了他。那人对他深深鞠了一躬，连声说："谢谢……"

陈明摇着头离开了，不觉有些心灰意冷，便决定先在这座城市呆两天看看，实在找不到工作就打道回府。于是，他找了个偏僻的小旅馆住下，却发现隔壁的客房人来人往，热闹非凡。一打听才知道，这是一个出售假文凭的窝点。他灵机一动："干脆买张假研究生文凭，这样找工作岂不方便多了？"陈明觉得这主意不错，正要敲门，突然从里面走出来一个人，陈明一见，惊得嘴都合不拢了，这不就是今天在车站碰到的那个"大专生"乞丐吗？

·幽默世界·

迟到奖你三十元

□芙 韬

这“赵大肚子”没啥本事，就是肚子大，直到快退休了，才熬上了个副科长。照理说这是件可喜可贺的事儿呀，可他却一副闷闷不乐的样子。为什么？手下没兵呀！整个单位里，副科级干部满天飞，谁把他当回事呀？

嘿，你还别说，瞌睡恰巧有人扔过来一个枕头，最近单位来了个新职工叫小李，领导让赵大肚子负责带他。这下可把赵大肚子乐坏了，动不动就拿腔拿调地训他，过足了官瘾。

小李家离单位特别远，乘公共汽车要转三次车，时间算不准，所以经常迟到。这可让赵大肚子逮到了把柄，每天早晨小李挨训便成了科里的一景。小李心想，这样下去总不是办法，于是特意买了一部新自行车。这下时间能算准了，小李再也没有迟到过，自然也没再被训。可是赵大肚子的脸色却一天比一天难看了。

这天一大早，小李照例去车棚推车，准备上班。可刚推了几步，就觉得不对劲，怎么这么沉呀？低头一看，前后两个轮胎全瘪了。没办法，只好去补胎，结果耽误了不少时间，到科里时，已经足足迟到了二十分钟。

这时，那个乞丐也认出他了，大方地走上前问：“你来这儿干吗？”陈明脸一红，支吾着说：“我……我……你……你怎么也来了？”乞丐嘿嘿一乐：“和你一样，买张文凭呀！”陈明满脸狐疑地问：“当乞丐也需要文凭？”那乞丐洋洋得意地说：“可不是？没文凭人家最多一次只给一两块钱，有文凭就不一样了，老哥你一次不就给了我五十块吗？等我买好研究生文凭，一次给一百块钱都不算多！”

（本篇月月评短信代码：2315）

 没有人能比笑得过多的人更感到深切的悲衰。——里克特那赵大肚子呀，老早就在门口候着了，见他一来，把肚子挺得更大了，板起脸劈头盖脸地训道：“一个年轻人，天天睡懒觉，跟你讲了多少次了，别说我看扁你，这副德行，你一辈子都没出头之日了！”小李哪有解释的机会呀，只好蔫头耷脑地说：“赵科长批评的是，我以后一定改。”

正在这时，他的女朋友兴高采烈地来科里给他送东西。小李一看，不好！便赶紧向赵大肚子使眼色，说：“赵科长，这是我的女朋友。”那女朋友也很大方地上前打招呼：“赵科长好。”赵大肚子当然明白小李的意思，那是让自己“手下留情”呢！可他却不想这么做，这个表现机会千载难逢，怎么能轻易放掉呢？于是，他不仅不收敛，反而更来劲了：“‘三大纪律八项注意’是什么？第一条就是服从命令听指挥，你这个年轻人，怎么连革命纪律都熟视无睹，看看人家姑娘，多懂事，你看看你，要多散漫有多散漫，一点组织纪律性都没有，怎么配得上人家？自己不争气就算了，别把人家好好一个姑娘给耽误了！”小李一听，急得直冒汗，再看女朋友的脸，早已由晴转阴，就差点没下雨了。赵大肚子却一副洋洋自得的样子。终于，女朋友听不下去了，皱着眉头，勉强地对赵大肚子说：“赵科长，您忙，我有事先回去了。”说完，也没和小李打招呼，就甩脸走了。小李心中懊恼不已，可又不能对赵大肚子发火，人家毕竟是自己的顶头上司，于是只好忍气吞声。

可是，这厄运却如影随形般地盯上了他，接连三天早晨，小李的自行车两轮都是瘪瘪的，为了修车，他总是迟到。这赵大肚子呢？每天守在办公室门口等着他，当然是一逮一个着，一批一个准。赵大肚子得意极了，小李却感到蹊跷：不行！一定是有人捣鬼，非得抓住他不可！

这天下班后，小李偷偷找了个能看见车子的地方藏了起来。不多时，只见一个十一二岁的小孩溜进了车棚，看看左右无人，从兜里掏出一个长钉子。在他就要扎轮胎的时候，小李一个箭步蹿了出来，一把揪住小孩，大声吼道：“小兔崽子，原来是你！”小孩满脸惊恐，一个劲地说：“不是我自己要这么做的。”小李气坏了，骂道：“好啊，还敢抵赖！小小年纪，不学好！不是你做的，是谁？”小孩想了半天，才嗫嚅着说：“是一位大肚子叔叔让我这样做的，他说扎一次给我一块钱！”

“赵大肚子！”小李一下子明白过来了。“这家伙真是卑鄙无耻，居然用这么损的招算计我！”小李回到家，把这件事告诉了老妈，说要立刻去找赵大肚子算账！老妈一把拉住他说：“你这孩子，怎么这么任性？你才上几天班，屁股还没坐热呢，就耐不

住了，等你站稳脚跟再说吧。那赵大肚子找人扎你的车，你就每天把车搬回家好了，反正咱家住二楼，也不麻烦。”小李想想也对，就这样做了。

第二天早晨，赵大肚子哼着小曲来到单位，正准备拉开架势像往常一样逮小李。可一进办公室，他就傻了，人家小李早就满脸笑容地坐在椅子上了！见他一来，小李很有礼貌地叫了声：“赵科长早。”这赵大胖子满脸尴尬，脸色发紫，半天才结结巴巴地说：“早……早……”看到他这副狼狈的模样，小李心里偷着乐呢！

转眼半个月过去了，风平浪静，小李再也没有挨过骂。人都说心宽体胖，小李心情一好，人真的胖了，脸色红润红润的。再看赵大肚子，一脸憔悴，那肚子也瘪下去了不少。

这天，赵大肚子没来上班。小李觉得奇怪，打电话一问，才知道原来他突然生病住进了医院。小李思忖了好几天，到底去不去看他呢？想来想去，这赵大肚子虽然可恶，可好歹也是个领导，这个时候得罪他不值，再说别人看了影响也不好啊。

于是，小李买了几斤水果，硬着头皮赶到医院。没成想，刚进病房，还没等他开口，赵大肚子却先发起了脾气：“你怎么回事呀，现在才来？年纪轻轻的，这么不懂事，目无尊长，以后怎么能担当重任？”小李一听，脸涨得通红，心说：“来看你就不错了，摆什么臭架子？”再看赵大肚子，说完这话，长长地舒了口气，红光满面，根本不像有病的样子。“哦，敢情没病，玩我不是？”小李想起自己进单位以来所受的种种委屈，再也压不住心中的怒火，扭头摔门就走。这时，只听背后护士们惊呼：“不好了，病人犯病了，快抢救！”

说时迟，那时快，赵大肚子的老婆一个箭步，从病房里蹿出来拉住小李，“扑通”一声跪下了，声泪俱下地说：“小李呀，求你救救老赵吧！”小李气乐了：“我又不是医生，怎么救他？”“你不知道哇，自从你准时上班，不再迟到后，老赵没了批评对象，回家坐卧不安，这事成了他的一块心病。他没办法，只好让一个小孩子扎你的车胎，可你又换了一个地方停车，他愁得吃不下喝不下，这才引发心脏病住进了医院！你要是真体谅他，麻烦你受累挨他一顿批评就行了！”

听了这话，小李哭笑不得，只好又返回病房。还真别说，小李回去挨了十多分钟的批评，赵大肚子的心电图居然真的恢复了正常！

打那以后，为了保命，赵大肚子总是鼓励小李迟到，还私下里跟他定了个“君子协定”：小李迟到，一次付30元。小李呢，心态也平衡了。谁跟钱过不去呀？不就挨一顿训吗，值！

（本篇月月评短信代码：2316）

不见不散

□一夫

快下班的时候，老莫接到一个电话，对方是个娇滴滴的女声："你大概已经把我给忘了吧，你知道人家现在还惦记着你吗？"老莫一惊，不过心头还是掠过一丝暖意，声音有些激动："你……你是谁？""别问我是谁，周日上午9点'发发发商城'门前见，人家等你。"老莫的胃口已经被吊起来了，有些不甘心地追问道："你到底是谁呀？""见面不就知道了？到时候不见不散哟！"说完，对方"啪"地把电话挂了。

放下电话，老莫的心像被什么抓挠着，痒痒的，一连抽了几根烟，也没理出个头绪。难道是初恋情人小芳，难道是那个她……

好不容易熬到周日上午，老莫起了个大早，把浑身上下收拾利落，跟妻子说"今天约了个客户"，便揣着颗"通通"乱跳的心出门了。

到了"发发发商城"门口，只见这里人头攒动，热闹非凡。原来，今天人家开张大吉！老莫暗暗叫苦：私下见面，放着僻静的地方不去，怎么偏偏选在这鬼地方？人那么多，如何去找那个她呀？老莫真后悔自己当时没有问清具体位置和接头暗号。

他在人群中来来回回地搜寻了半天，像是大海捞针一般，最终还是一无所获，倒是先后遇见了几位头发油亮、西装革履的办公室同事。大家遇见时彼此都是匆匆招呼一句，掩饰不住心不在焉的尴尬。老莫心烦意乱，一阵阵鞭炮声又震耳欲聋，最后只好逃回家去。

第二天，老莫刚走进办公室，就听到本室唯一的女士"小广播"在手舞足蹈地发布消息："你们知道吗？昨天'发发发商城'开业，这家商场里的人居然事先打了很多匿名电话，蒙骗了一帮大傻帽前去捧场，这事今天都见报了。听说呀，不少像你们这样的都市白领也上当了呢！"

听到这话，老莫和其他几位男士都不答腔，只是彼此相视一笑，那笑的样子比哭都难看！

（本篇月月评短信代码：2317）

老婆，我离不开你

□瑞　鸿　编译

阿甘是一家公司的计算机软件编程员，性格大大咧咧的，平时有点马大哈，可大家还是非常羡慕他，为啥？还不是因为他有个好老婆！自从结婚以来，他阿甘还从没有为什么事操过心，每天他要做的，老婆都早已给他安排好了，根本不需要他劳神去想。老婆常说："你这个计算机编程的精英大脑，只要记得那些运算公式就行了。别的，甭操心!"

这不，今天是他们结婚三周年纪念日，夫妻俩商量好了要到外地共度浪漫时光。本来说好昨天动身的，因为阿甘单位有事，老婆就先去"打前站"了，等着他今天来团圆。

早晨7点钟，阿甘睡得正香，突然桌上的语音电子闹钟响了。"老公，该起床了……老公，该起床了……"唉，阿甘真想多睡一会儿，可"老婆"一刻不停地在耳边催促。她说阿甘早上老是起不了床，于是特意为他买了一只和自己音色相近的语音电子闹钟。这样，即使不在老公身旁，也能一遍又一遍地远距离"提醒"他。

阿甘的睡意很快就被驱散了，他猛地记起老婆昨晚临走时好像交代过，让他一早赶紧买机票过去与她会合。"糟糕！我怎么这么糊涂？差点忘了这事！"阿甘心里有些自责。他一屁股坐起来，伸手拍了一下电子钟的语音暂停键，这钟的嘴巴里竟然吐出了一张留言条，哈，是老婆留下的！上面写着：别忘了打扮得帅一些哟！阿甘看了，会心地一笑，连忙往洗漱间冲去。哎呀，平时洗漱用品可都是老婆递过来的，今天阿甘正担心找错牙具毛巾，却见剃须刀、男用香水、护发摩丝等等，一应俱全，老婆都提前帮他放置得整整齐齐。“还是老婆好啊！”阿甘禁不住赞叹道。他吹着快乐的口哨，精心地打扮起来。等他最后拿起吹风机的时候，忽然看见上面又贴了一张纸条：记得穿那套新买的浅蓝色西装呀！嘻嘻……

阿甘顺理成章地按照老婆的指示打开大衣柜，嘿！那西服就挂在最显眼的地方，衣领处还贴着一张纸条：别忘了，扎那条镶金边的素条纹领带呀！要乖乖地听话哦……

老婆留下的温柔指示，让阿甘心里感到说不出的舒畅。难怪大家都羡慕自己有个那么细心的老婆！穿戴完毕，阿甘来到鞋柜前。呵！那鞋柜上又贴了一张纸条：记得穿那双白皮鞋呀！这样你才会显得潇洒帅气一些，呵呵…… 阿甘心中又是一荡，多么可爱的老婆呀！

当他穿好鞋向门边走去的时候，又一张纸条迎风飘动：粗心鬼，记得把门锁好呀！要不回来打你的屁股。

阿甘屁颠屁颠地把门锁好朝民航售票处赶去。这售票处离家挺远，阿甘跑了好一阵才赶到。

到了售票窗口一看，人还挺多。好不容易排到了，阿甘正准备掏钱买机票，这一掏不打紧，钱包竟然忘带了！这下，他紧张得满头大汗。正准备打道回府拿钱，他忽然从新西装的口袋里翻出了一张纸条：嘻嘻，小笨蛋，是不是没带钱呀？就知道你是个糊涂蛋，摸摸你上衣的怀表袋吧，那里面给你放了一张信用卡，密码就是我们的结婚纪念日。

阿甘虚惊了一场，心想：还好有个好老婆，这个结婚纪念日真是有惊无险呀！他满面春风地把信用卡递过去买机票。

售票员照例抬起头来问他：“去哪儿？”“去度结婚纪念日！”阿甘爽快地回答。“我是问你买去哪儿的机票？”售票员又问。“去哪儿……”阿甘一阵头晕，自语道：“是呀，去哪儿呀？老婆好像没告诉我呀！”售票员一听，自己连去哪都搞不清，怕是脑子有问题吧，就把信用卡还给了阿甘。

阿甘有些沮丧，看来只好打电话问老婆了。他用手一摸腰间，糟糕，手机忘带了！老婆的电话号码都输在手机里呢！没办法，只得回家去拿手机了。阿甘一边往回赶，心里一边在嘀咕：这老婆怎么搞的呀，什么都安排得清清楚楚，怎么就忘了告诉我在哪儿会合呀？看来她也是个粗心鬼……

阿甘好不容易气喘吁吁地赶到了家门口，一摸口袋，空的！要命了，这钥匙也忘在家里头了……

看着关得严严实实的门，阿甘都快哭出来了。他一屁股瘫坐在门口，忍不住大声哀叹：“老婆，你什么时候才能旅行回来呀……”

（本篇月月评短信代码：2318）

·幽默世界·

四个打一个

□李如有

有消息称，本市的见义勇为奖金上涨到5000元了。毛天得知后，顿时来了劲，琢磨着什么时候施展身手去挣上一笔花花。

机会终于来了。星期天上午，毛天骑着摩托车在街头闲逛时，看见有一胖一瘦两个男子，同乘着一辆摩托车，在路上东张西望。很快，毛天发现这两人正死盯着前边不远处一个挎着背带包的红衣女人，并慢慢向她靠近了。这时，那瘦子身体向前倾了一下，对着胖子耳语了几句，胖子立刻会意地点点头。接着，摩托车突然加速了，就在与红衣女人擦肩而过的一刹那，坐在摩托车后面的瘦子一伸手，抢走了红衣女人肩上的长背带坤包。还没等那红衣女人明白过来，开摩托车的胖子将摩托车猛一掉头，转身朝着相反的方向狂飙而去，后面的瘦子还旁若无人地高声叫嚣道："噢呵！我们的东西又到手喽！"

那个红衣女人回过神来后，顿足捶胸，对着远去的摩托车高声叫骂着："遭天杀的！你们不得好死！"

这一切，都被毛天看得真真切切。这不正是电视、报纸上经常提到的抢劫吗？毛天连忙调过车头，加大油门朝两个夺包的男人追了上去。追进一胡同口，前面的摩托车已经开始减速，毛天猛地一提速，超过了对方，而后，他又把车身一横，刚好拦住两人的去路。

"你怎么回事？"骑车的胖男人恼羞成怒地朝毛天吼道。毛天跳下车，口中一边说着"对不起，对不起"，一边向两个抢包的男人靠近。

就在那瘦男人准备跳下车时，毛天已经先发制人，一挥拳向瘦子面部

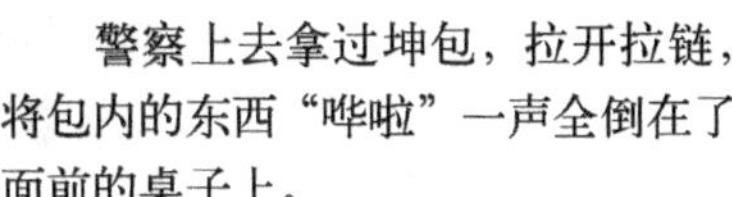

击去。瘦子头一偏，还是没躲掉，额头上被打出了个青包。

瘦子疼得大叫："大哥，有人要暗算我们！"胖子赶紧下车帮忙。毛天挥起铁拳，与二人"乒乒乓乓"地交起手来，很快就吸引了众多看客。

俗话说："双拳难敌四手，好汉架不住人多。"几个回合下来，毛天已经应接不暇了，只感到眼前四个拳头乱飞，自己的手臂却很沉，渐渐地已无还手之力，眼看就快要招架不住了。

正在这时，围观的人群中冲出来一个年轻的小伙子，毛天连忙向来人求救："快，快，快出手呀，撂倒那个胖子，抓住有奖金！"

话音未落，来人真的出手了。一记轰天拳劈头砸下，毛天顿感眼前一黑，重重地摔在地上。

这时，忽听耳边警笛大作。也不知围观的人群中谁拨打了110，附近的巡警驱车赶到了斗殴现场。

很快，四人都被带进了派出所。

"说吧，你们几个为什么打架？"办案的警察问。

毛天急了，跳着脚喊道"警察同志，我可不是打架的，我是见义勇为呀！他，他，他们两个是抢包贼，这个八成也是他们的同伙！"

"哦，真是这样吗？"警察转过脸去，威严地问那三个人。

毛天眼尖，一眼就瞅见瘦子手里还拎着从红衣女人肩上夺下来的坤包，于是理直气壮地说："还想抵赖？瞧，包都还在手上拎着呢！"

警察上去拿过坤包，拉开拉链，将包内的东西"哗啦"一声全倒在了面前的桌子上。

毛天一看，愣了。咦，坤包内没有钱，怎么装着一些乱七八糟的麻将牌呢？警察也愣了，问瘦子："这究竟是怎么回事？"

瘦子耸耸肩说："星期天哥们几个聚在一起摸了几把，正在兴头上，老婆硬要扯我去陪她买鞋，见我不理她，就趁哥几个上茅房时，把麻将倒进背包里背走了。我们找不着牌，胖子就骑车带我去老婆那儿'抢'。哎，警察同志，这'抢'自己老婆的包，不算犯法吧？"

毛天一听，连忙叫道："不对，他撒谎！我亲眼看见那个红衣女人站在路边跺着脚骂他们遭天杀，我一定要找她来对质！"

正在争执间，被抢包的红衣女人一步跨进了屋内。见瘦子额头上肿起了老高，她一边心疼地上前帮他揉，一边高声叫骂道："是哪个混账王八蛋，敢打我老公，姑奶奶跟他没完！"

毛天吓得一屁股跌坐在地上，惊呼道："警察救命，他们要四个打一个了！"

（本篇月月评短信代码：2319）

（本栏题图：李　加）

·快乐辞典·

情话杂记

◇ 1900年:“你比咱大清的娘娘还俊! ”

◇ 1910年:“有你陪我，让我做皇上都不干! ”

◇ 1915年:“都已经民国了，还不让我亲一口……”

◇ 1930年:“你放心地跟着红军走吧，俺等你一辈子! ”

◇ 1935年:“我已经决定，组织上也同意了，你就做我最亲密的战友吧! ”

◇ 1945年:“小日本让你等了我八年，我就还你一辈子的情! ”

◇ 1968年:“我们来自五湖四海，为了一个共同的革命目标走到一起来了! ”

◇ 1985年:“把你的爱交给我承包吧! 我一定种好咱的自留地。”

◇ 1995年:“我对你的爱没有涨停板。”

◇ 1999年:“爱你在世纪末的最后一天! ”

·漫画故事·

爷爷跑了（文: 李如有; 图: 枫　叶）

1. 爸爸领着三岁的儿子去扫墓。

2. 儿子看见墓碑侧面有一只蜥蜴在爬，就指着墓碑上的蜥蜴问爸爸：“这是什么呀？”

3. 爸爸误解了，说：“傻孩子，这就是你爷爷呀！”

4. 不一会儿，鞭炮声响了起来，蜥蜴迅速钻进草丛不见了。儿子大叫：“爸爸，爷爷被你吓跑了！”

 人生最大的快乐不在于占有什么，而在于追求什么的过程。——本生

吹牛皮

□徐　鹏

阿P经常在亲戚朋友面前说，在社会上认识这个，认识那个，大家有什么难事，尽管来找他，没有摆不平的。

一天，阿P正在家闭目养神，忽然被一阵急促的敲门声惊醒。开门一看，原来是表哥两口子，还带了一条“大中华”。阿P一愣，心中好生奇怪：表哥表嫂和自己一向没什么往来，今儿一定有重要的事！果然表嫂刚坐下，就一把鼻涕一把眼泪地说：“阿P表弟，你可要救救你那表侄……”阿P一时摸不着头脑，问道：“表侄咋啦？”表哥叹了口气说：“你侄儿年轻气盛，昨天在小饭店里因为一点小事，把别人砍伤啦，被抓进了公安局。咱家没权没势的，又没有门路可走，只好求你帮忙啦。横竖把这个不肖的东西保出来才好。”

阿P一听，可傻了眼：以前自己只是说说大话，没想到他们还真相信了。别说认识公安局的人，就连公安局大门口摆小摊的他都不认识，这可怎么办？但是自己以前可是夸过海口的，如果这次不答应，那不太丢人，太没面子啦？这么一想，阿P脑子一热，又吹了起来。他拍着胸脯对表哥两口子说“嘿！我当什么大事，原来就这么件小事啊！我认识他们副局长，那是我的铁哥们，明天就能摆平！你们放心回去等好消息吧。”

送走表哥两口子，阿P可真犯了难，这到底咋整？对了，自己不认识，可以找亲戚朋友啊，或许他们认识呢。阿P赶紧把电话打了个遍，还真邪门，竟没有一个认识公安局的人。这下阿P可愁得饭也吃不香了。不过阿P就是阿P，一会儿他就想通了：这事非同小可，表哥肯定也找别人了，用不着自己那么起劲!

可这次他又想错了。第二天早上，阿P还没睡醒，表哥就风风火火地来了。原来，他见阿P一天没有动静，就再也坐不住了。阿P见表哥来了，忙穿好衣服，硬着头皮出来接待。表哥问:“阿P，那事儿咋样了?你有没有联系到那个副局长?他答应什么时候放人哪?”阿P脸一红，结结巴巴地说:“唉，忘了告……告诉你，这个副局长前……前几天出差了，昨晚才回来，现在我就去找他，你……你回去听好消息吧。”阿P本想把表哥打发走，自己再想办法，哪知表哥一看阿P这个样子，越发不放心了:“阿P，你到底有几成把握呀?该不是吹牛吧?”这下，阿P可不干啦，打肿脸也得充充胖子:“谁说我吹牛，你到处问问去，我阿P什么时候骗过人?”“那你什么时候去呀?我和你一道去。”表哥坚决不松口，死活要和他一起去。

阿P暗暗叫苦:糟了，这下可要露馅了。可他又一想:事到如今，怕丢人也不行了，谁叫自己平常爱吹牛?再说了，光在家呆着发愁也不是个事儿，去了兴许还有办法。

一路上，阿P还在苦苦思索，突然想起去年在朋友的结婚筵席上，新娘给自己介绍过一个客人叫周建国，好像是在公安局工作。对!就是在公安局工作!想到这，阿P像抓住了一根救命稻草，高悬着的心终于放下来了。

一到公安局门口，阿P就领着表哥往里闯，门卫一把拦住他们:“你们找谁?”阿P趾高气扬地说:“找谁?当然是找你们领导周建国了。”其实，阿P也不知道周建国是什么职务，只好说找领导。哪知门卫一听，哈哈大笑，对正在院子里打扫卫生的一名清洁工喊道:“周建国，有人找。”

阿P一看，又傻眼了，忙问:“你们这里有几个周建国?”门卫一听，不高兴地说:“还能有几个?就这一个!难道我还骗你不成?”阿P顿时臊得满脸通红:“这……这……怎么可能?”

表哥一看苗头不对，赶紧问道:“阿P，你搞什么名堂?他到底是谁?”阿P硬着头皮说:“当然是这里的副局长喽!”表哥不信:“既然是副局长，门卫怎么对着那个清洁工喊‘周建国’呀?”阿P心里急得团团转，突然急中生智，拍了拍表哥的肩膀说:“瞧，瞧我这记性!唉，这个周建国犯了错误，前几天刚撤了职，被贬为清洁工了。我怎么把这事给忘了?心里想着他还是副局长哩。”

一听这话，表哥更是一头雾水。阿P心中却轻松了不少:总算蒙混过关了!

(本篇月月评短信代码:2320)

(题图:李　加)

333 2004 SEMIMONTHLY 下半月刊 12月 STORIES

故事会

2004 年 12 月

下半月刊 · 绿版

主 编：何承伟

副主编：吴 伦

社务委员会

何承伟 吴 伦 姚自豪

夏一鸣 冯 杰 张 凯

本期责任编辑：鲍 放

美术编辑：李宝强

发稿编辑：

姚自豪 蔓 石

夏一鸣 梁宁宁

马 峡 潇 白

主管：上海市新闻出版局

主办：上海文艺出版总社

（上海市绍兴路 74 号）

邮政编码：200020

电话：021-64375030

督印 发行：张 凯

（上海市建国西路 384 弄 11 号甲）

邮政编码：200031

电话：021-64313938

广告总代理：上海文艺广告传播中心

上海市绍兴路 74 号（邮编：200020）

广告总监：张 淮

广告业务：021-34010383

广告投诉：021-64333738

广告经营许可证

沪工商广字 3101034000029 号

发行：中国图书进出口上海公司

本刊各栏目欢迎来稿。来稿寄上海市绍兴路 74 号《故事会》杂志社，邮编 200020；请在信封上注明“××栏目”收；本期责任编辑 E-mail 地址:baofang@vip.sohu.net

·笑话·

老弟不服

一对双胞胎兄弟吵架。

吵急了，弟弟捏着拳头冲着哥哥吼：“你有什么了不起，只不过比我大一小时二十五分三十秒，这又不会写到身份证上去！”

（徐海林）

（本栏插图：李 加）

侮辱两次

饭店里，服务员对客人说：“只给5 元钱小费，简直是侮辱人嘛！”

客人问：“那我应该给多少呢？”

服务员：“起码再给5元。”

客人说：“对不起，我怎么敢一下子侮辱你两次呢？”

（王 岩）

推销员的恋情

一个洗发水推销员经人介绍前往公园约会，见对方是一个长发飘飘的美女，十分欣喜，说到情动之处，推销员便对美女动手动脚。不料美女一脚把他踢倒在地，怒道：“小色狼，你姑奶奶可是跆拳道黑带。”推销员叹了口气：“原以为遇上个‘飘柔’，没想到碰上个‘力士’！”

（王 芬）

酒后真言

某酒馆内，两个男人在聊天。一个说“这酒真害人，你瞧见我脸上的伤没？昨天我喝醉了，把以前结过婚的事情说了出来，今天就变成这副模样了。”另一个说：“你这算什么，我昨天喝醉了，把以后还要再结婚的事说了出来，结果今天早上醒来发现，我已经被赶出家门，睡在街上了。”

（余 璇）

唯恐不犯

杰克做错了事，爸爸非要揍他一顿不可。

“就饶了他这一回吧，”妈妈求情说，“下次再犯，罚他也不迟。”

“哼！”爸爸怒气冲冲地说，“要是他下次不再犯怎么办？”（楠　琪）

打　针

两个女人在交谈。

甲：我丈夫开的私人诊所，给病人打一针就有5块钱的收入。

乙：嘿呀，这算什么收入！不瞒你说，我丈夫打一针可以赚进好几十块呢！

甲（万分惊讶）：他给什么人打针，能收那么多钱？

乙：甲鱼！（林惜英）

爆笑登记簿

一天早上，胖子睡过了头，迟到了。刚想偷偷地溜进校门，却被门卫拦住了：“迟到的同学过来登记一下。”

无奈，胖子只好接过登记簿。一看，乐了，上面签的是：157班，蔡依林迟到；143班，周杰伦迟到……”全是明星大腕，胖子于是赶紧给自己签下：148班，阿杜迟到。

（叶　丹）

也一样

成亲当晚，媳妇对大憨说：“以后咱家的钱得由我管，要不，你别挨着我。”

大憨为难死了：“这可不好办，从来钱都是咱妈管着的。”

“有啥不好办的！”媳妇说，“我管钱，让咱妈管屋子，管屋子跟管钱是一样的。”

“哪能一样呢？”大憨问。

“哪能不一样呢！”媳妇振振有词地说，“咱家的钱再多，还不都放在这个屋子里？”

（江五振）

·笑话·

上课好睡

老师推醒在课堂上睡得正香的学生："你怎么能上课打瞌睡？""老师——"学生揉着惺忪的眼睛说，"下课太吵，睡不着！"

（江　林）

我不是逃兵

一位先生去一家大公司应聘，主管人员从他的申请材料中发现，他以前无论在哪一个单位干，最后总是被开除的。

"先生，"主管人员为难地说，"您有不止一次被单位开除的经历，这可不是什么好事情。"

"可是，"这位先生指着申请表强辩说，"要知道，我至少不是一个逃兵啊！"

（阎树声）

再来一曲

有一个小朋友，圣诞节时上台演奏钢琴，奏完了观众不让他下台，一直喊"再来一个！再来一个！"老师就问他要不要再演奏一曲，他急得快哭出来了，问老师"我又没有弹错，为什么还要叫我再弹一次？"

（张建平）

两次婚姻

甲：我的两次婚姻都失败了。

乙：怎么啦？

甲：第一个老婆，走了。

乙：第二个呢？

甲：她不肯走。　（王　言）

爱情全过程

小茶客因为要准备一篇发言稿，便就何谓"爱情历程"问题向老茶客请教。老茶客对小茶客说："这有什么说不明白的？譬如你太太同你刚认识时，你叫她'李素芬'；关系进了一步，就改叫'素芬'；接过吻之后，叫'芬'；上了床，叫'芬芬'；蜜月时，就'芬芬、心肝儿、肉肉'混叫；生过孩子，又还原为'芬'；人老色衰，叫'素芬'；闹离婚时，指名道姓叫'李素芬'；法院判决后，又回到最初的'李素芬同志'。怎么样，这么说你该懂了吧？"

（胡长修）

视力阻碍

两位男子在一起聊天:“结婚后我的视力出了问题。”

“这与结婚有关系吗?”

“是的,现在我看不见钱了。”

(胡先生)

钱 包

爸爸:皮尔,你拾到钱包为什么不交给警察呢?

皮尔:爸爸,因为那天警察局里没有人。

爸爸:第二天也没有人吗?

皮尔:爸爸,第二天倒是有人,可是钱包里已经没有钱了。

(严书胜)

像婴儿

汤姆和迈克相约去拉斯维加斯豪赌,结果两个人都输掉了全部的家当。

几天后,两人见面时,汤姆对迈克说“哦,我这几天睡得像婴儿一样。”

迈克:“真难得,你看得这么开?”

汤姆:“不,你难道不知道婴儿怎么睡觉吗,每睡一会儿就要起来哭一会儿……”

(李振华)

早那么干了

丁二这一辈子过得挺窝囊,他把希望寄托在儿子丁小二身上,决心把他培养成爱因斯坦第二,规定他上午学高等数学,下午学大学物理,晚上做实验。

这天丁小二向丁二哭诉:“爹,这实在太难了。”

“混蛋!要是容易,我早那么干了!”

(王 逢)

(欢迎来稿,本期责任编辑电子信箱:baofang@vip.sohu.net)

哲理故事

生活中处处有哲学，57则作品无不通过曲折生动的故事情节与矛盾冲突，揭示丰富和深刻的哲理内涵，让你从中看到智慧的闪光与思想的火花，并由感情的激荡而升华为哲理的思索，从中悟出事物深层的蕴含与人生命运的真谛。

打官司故事

“打官司”这个词具有强烈的民间语言色彩，官司一打起来，各种矛盾冲突就无可回避，无法隐藏。本书共收集涉及法制的故事30则，分6大类，它们是: 精彩个案，愚昧法盲，弄权枉法，道德法庭，回头是岸，法永道恒。

校园故事

一生最好是少年，一年最好是青春。

这是一本充满活力的书，学生的时代，校园的生活，如花盛开般奔放，如火焰般热烈，全书34则故事，也许能唤起您少年时代最美好的回忆。

愿这本书能成为学生和老师的朋友!

打工故事

随着改革的不断深化，打工的观念将会成为社会普遍认同的一个观念。本书收编的24则故事，就是生活中打工仔、打工妹们打工生活的真实写照与缩影，它们是同类故事中的精品，相信能引起您的阅读兴趣。我们祝愿打工者们: 明天会更好!

这扇大门不好守

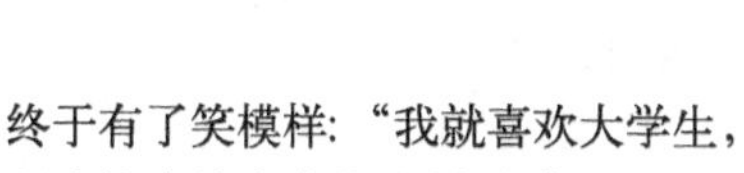

□翟德军

大学毕业后，我幸运地考取了机关公务员，可是到镇政府报到后，却又被晾在家里等通知。

一晃小半年过去，家里人实在等不及了。那天，父亲准备了一万元血汗钱，领着我去镇长办公室。进门后，父亲把门在里面插上，从口袋里掏出钱，毕恭毕敬地放在桌上，就让我给镇长跪下磕头。

这一下可把镇长给震住了：“你们这是……”

父亲说：“镇长大人，从今往后，你又多了一个干儿子。”

镇长没有儿子，只有一个女儿，听明白父亲的来意之后，镇长的脸上终于有了笑模样：“我就喜欢大学生，那我就拿他当亲儿子用了。”

还真别说，父亲这招挺管用，没半个月时间，镇长就给父亲打电话说：“叫我干儿子快来报到吧！”我乐得一蹦三尺高，父亲也喜滋滋地搓着两只大手掌说：“总算这钱没白给啊！”

我欢天喜地地跑到镇政府，可万万没想到，镇长说是让我去守大门。就像一盆凉水从头浇到底，我心里很不高兴。镇长解释说：“现在镇里实在没有位置，这还是我想了好几天才想出来的办法。我让人在镇政府办公楼的后面开了一个门，这样才缺了一个守后大门的差使，反正工资一分钱不少，你就先来图个清闲吧。”

看来也只能这样了，这总比待在家里强吧？于是，我这个门卫就上岗了。

一个星期天，我正守着门呢，镇长来了，进门就给了一条烟，说：“别人送的，我不习惯这个牌子，你拿去抽吧。”

我简直受宠若惊“镇长，我怎么能抽你的烟呢？”

镇长挺大度地拍拍我的肩膀，说：“谁让你是我干儿子哩，替我守好门，我到办公室去有点事，谁也别让进来。”

看来镇长真把我当亲儿子了，我心里很兴奋，乐滋滋地把烟收起来。儿子用老子的东西，天经地义！

半个小时之后，我正“呼呼”抽着镇长给的烟呢，进来一个女人，大约三十多岁，穿戴很时髦。我问她找谁，女人打量我一眼，说：“你是新来的吧？”

我点点头。

她又问：“镇长让你把门，一定告诉你把门的规矩了？”

我又点点头。镇长的确告诉过我，他说看大门的学问就是该认真的时候认真，该装聋作哑的时候就得装聋作哑。

女人从手提包里拿出两盒茶叶，朝桌子上一放，说：“闲着没事多喝点水，把嘴堵上。”我不明白她要干什么，想到看大门也能捞着好处，心里便有些得意。

女人拎了包就要进去，我急忙拦住她说：“今天是星期天，谁也不能进。”

她不高兴了：“镇长不是进去了吗？”

我说：“这是镇长刚才吩咐的。”

“你知道我是谁不？”

我摇摇头。

“没有外人时，我管镇长叫‘老公’。”

啊，原来是干妈到了！我原本前几天就想去镇长家拜访，可是一直没抽出空来，心里就有点不好意思。我立刻赔上笑脸，讨好地说：“你快请吧，镇长在上面等着你呢。”

镇长夫人进去后，我想告诉镇长一下，可是电话打到镇长办公室，却没人接。

就在这时，我好像隐隐约约听到楼上传来一阵吵闹声，不知出了什么事，我慌忙关了大门就往楼上跑。刚上楼，就见镇长满脸挂花，拉扯着一个姑娘，镇长夫人气势汹汹地站在一边。

镇长看到我就冲我发起火来：“我让你把好门，你怎么搞的？我今天特地到机关来，就是要图个清净，没想还是被这两个上访的找到了。”

我知道镇长在说谎，看这阵势，谁会想不明白是怎么回事，我又不是小孩！不过，这个姑娘是怎么进来的？我分明没有见过她呀！说不准是镇长自己趁我还没上班就把她给藏进来的呢！

镇长又骂了我一顿，这才领着两个女人走了。我心里真是觉得委屈：明明是你镇长自己的事，怎么毫无道理地怪罪到我头上来了？这时候，正好我的一个老同学打电话来，约我下班后去他家玩电脑游戏，我也不管他爱听不爱听，忍不住就在电话里嘀咕了一番，这才觉得心里好受了些。

两天后，镇长在镇政府工作会上宣布要暂停我的工作，我很沮丧，知道这都和那天的事情有关。下午，守前门的小王拉我喝酒，小王问我："听说镇长休息天跟情人鬼混，被人撞见了，那人是你放进去的？"我正想说呢，事情经过可不是这样的，可小王没让我开口就教训我了："关键不是这件事本身怎么样，而是这件事已经传出去了，这就明摆着是你的问题了。咱看门的没别的本事，就是这张嘴要严，嘴严了，领导才能对你放心，你也才能称领导的心。"

被小王这么一调教，我知道自己给镇长捅漏子了，于是当晚就带着礼物去镇长家赔礼道歉。来开门的正是镇长，见到我他似乎有些意外，但还是客气地让我进去了。我正要开口解释那天的情况，镇长抢在我前面说："你别解释了，我心里有数。"

我听了如释重负。

镇长有一搭没一搭地和我聊着话，招呼厨房里的小保姆削几个苹果招待我。不一会儿，小保姆就从厨房里端着苹果出来了，我一看，这不就是那天跟镇长鬼混的那个姑娘？镇长一边让我吃苹果，一边朝里屋喊："老伴，咱干儿子来了，你不出来看看？"

镇长这一喊，我的头立刻就大了：那天已经太尴尬了，今天我还能说什么呢？正想怎么开口好呢，谁知镇长夫人一出来就把我惊呆了：怎么不是那天送我茶叶的那个女人？

镇长夫人问我："老周的脸就是

·我的故事·

和你一起喝酒摔的吧？”

我马上反应过来：老周不就是镇长吗？我连忙说“那天我也喝多了，腿也跌破了。”

镇长用赞许的眼光瞥了我一眼。

我知道这种场合不宜久待，话说多了容易再捅漏子，搪塞几句之后就急忙起身告辞。镇长一直把我送到门外，拍拍我的肩膀说：“干儿子，好好干，我不会亏待你的。”

我匆匆忙忙下楼，没想到半道上竟碰上那天冒充镇长夫人送我茶叶的那个女人，后面还跟着镇政府办公室的吕主任。我吃不准他们是怎么回事儿，不知道怎么开口，只见吕主任大大咧咧地对我说：“听说镇长的脸摔破了，我们两口子去看看。”

天，他们是两口子！我总算明白了那天镇长演的是一出什么戏。看来，新一幕又要接着开始了！

第二天，镇长把我叫到他的办公室，告诉我他要想办法给我在机关里弄个位子，正式提拔我。可是我已经不想领这个情了，我昨晚想了一夜，下定决心外出打工去。外面的天地大得很，我要靠自己的真本事活着。

（本篇月月评短信代码：2401）

（**题图、插图**：安玉民）

（欢迎来稿，本期责任编辑电子信箱：baofang@vip.sohu.net）

·漫画故事·

天使长得什么样 （文：珉　哪；图：枫　叶）

1. 小汤姆：“妈妈，天使是什么样的？”妈妈：“天使是一个长着翅膀会飞的漂亮女人。”

2. 小汤姆：“可是我们的女佣她并不会飞啊！”妈妈：“你为什么会这样说？”

3. 小汤姆：“因为昨天我听到爸爸对她说：‘亲爱的，你是我的天使。’”

4. 妈妈：“我今天就叫她飞！”

□轻　羽

恶魔归来

小镇上的人这几天都高兴得要发狂了，因为镇上有名的恶魔杰克终于被警方抓起来关进了监狱，等着他的将是死路一条。

人们对杰克恨之入骨，他仗着自己身高马大到处生事，打断人家的腿，打瞎人家的眼睛，虽然被关进去蹲了几年监狱，可出来后反而更加劣习难改。这回好了，杰克看中一个外乡人的钱财，敲诈不到就一刀杀了他，这事儿正好被小镇上六十多岁的孤身老人里德太太无意中撞见，里德太太鼓起勇气向警方报案，指证杰克是杀人凶手，这才有了杰克的今天。

不过高兴之余，里德太太总有一丝隐隐的忧郁，因为杰克曾在法庭上恶狠狠地对她说："该死的老太婆，你等着，我会来找你算账的！"

一个月之后，果然出事了！这天吃罢晚饭，里德太太正在看报，一条消息把她吓坏了：杰克真的越狱了，警方要求大家配合抓捕。里德太太相信杰克越狱后的第一件事，肯定就是回来杀自己，所以吓得脸都白了，她丢掉报纸疯狂地跑进跑出，关好房子里所有的门窗，把灯也拉了，躲在黑暗中瑟瑟发抖。她知道，杰克要杀自己简直比弄死一只猫还容易，她总觉

得他那双粗大的手就要拧到自己的脖子了，里德太太决定向警方求助。

大卫警长对这件事很重视，特地派出两名年轻的警员埋伏在里德太太家的花园里。他告诉里德太太，只要她一摇手里的小铃，警员们立刻就会出现在她眼前，里德太太这才稍稍安下心来。

这一晚雷雨交加，可是杰克并没有来。

三天过去了，杰克还是没有来。

又过了十天，杰克还是没有出现，不但没在里德太太家出现，而且任何地方都不见他的踪影，杰克好像从这个世界上神秘地失踪了。里德太太坐不住了，只要一想起杰克可能就在某个角落冷冷地窥视自己，她就感到毛骨悚然。

可要命的是，小镇上的警力这时候十分紧张，也不可能长时间的一直守着里德太太，于是大卫警长在安慰了里德太太一番之后，给她留下了一名警员，把另一名带走了。当晚，里德太太仍然熄灭了房子里所有的灯，胆战心惊地从窗帘的缝隙里向外张望，总觉得浓密的树影中，有一张可恶的面孔正在向她狞笑。

里德太太的这种紧张不是多虑，两天后，她真的被这个魔鬼拧断脖子杀死在了床上。可恶的魔鬼嚣张至极，还特地在她身上留了一张纸条，上面是打印了的几个鲜红的大字：我就是杰克，我回来了！而那个被大卫警长留下埋伏在花园里的警员，却对这一切浑然不知。

小镇上的人们愤怒了，纷纷要求警方一定要尽快抓捕杰克，给里德太太一个交代。否则，以后谁还会出头为大家除害？

此时，大卫警长正在外地办案，听到里德太太的死讯深感自责，发誓一定要抓住杰克，亲手把这个恶棍送上绞刑架。回到警局，他调出里德太太被杀害的案情卷宗，仔仔细细地研究起来，希望能从中找到什么线索。看着看着，他浓浓的眉毛渐渐紧锁起来……

几天后，小镇上来了个陌生的老太太，她告诉人们她是里德太太失散多年的姐姐，是偶尔听到妹妹被害的消息后特意赶来的，她说她有办法抓住杰克，警方就把老太太暂时安排在镇上的旅馆里。

这天晚上，老太太早早地睡下了，突然一个黑影悄悄地潜入了老太太的房间，那手里握着的尖刀在黑暗中闪着寒光。只见黑影走近老太太的床边，举刀就要刺去，可就在这个时候，突然房间里灯光大亮，几支黑洞洞的枪口对准了他。再看床上，空空的，哪有什么老太太！

大卫警长慢慢走进来，朝来人轻蔑地喝了一声："山姆，果然是你！"

来人是里德太太的侄子山姆。里德太太没有别的亲人，只有这个从小带大的侄子，里德太太本来对山姆寄予厚望，并打算死后把家产留给他，可没想到山姆长大后不学无术，而且喜欢跟着杰克鬼混，里德太太一气之下就把他赶出了家门。大卫警长是在调阅卷宗时发现这个重要线索后才设下的计谋，没想山姆这么轻易就上当了。

大卫警长说："山姆，我知道，为了独吞里德太太的遗产，你一定会来的，而且杀死里德太太的人，其实就是你！"

"大家都知道老太婆是被杰克杀死的。"山姆还想狡辩。

"别玩鬼把戏了，山姆。"大卫警长一字一句地说，"如果我没有猜错的话，杰克也是你杀的。其实你早就在打里德太太钱财的主意了，杰克的越狱给了你最好的机会，大家都知道杰克会来找里德太太报复，于是你趁杰克先来找你的机会把他干了，然后又对里德太太下了毒手。可是你疏忽了，你在干蠢事的同时也为自己的罪行留下了破绽：杰克留下的字条为什么不是手写而是打印的呢？里德太太的脖子被拧断了，可为什么脖子上却没有留下任何指纹——现场指纹都被人有意抹去了。这就不由不让我们思考：杰克一方面扬言自己回来报复，可另一方面却又要有意掩盖什么，这不是很矛盾吗？"

山姆傻眼了。

（本篇月月评短信代码：2402）

（题图、插图：安玉民）

青春读本 1、2

——感动中学生的 100 个故事

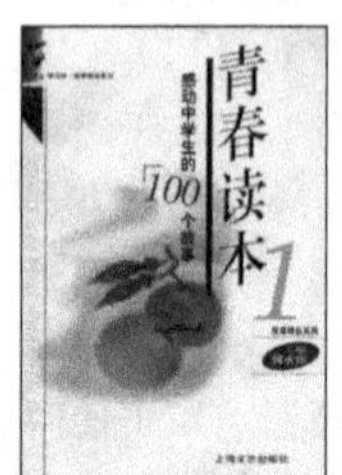

这是我国第一种由中学生全选、推选和评选而成的作品集。它来自全国各地的中学生之手，是从数万件推荐作品中大浪淘沙，筛选出一千来份，然后又特邀上海市的几所重点中学的同学们组成“读书会”，依其多数同学的公认，最后才集镌了这二册共 200 个故事。

据先睹为快的同学们坦言，读了这些作品，才知道什么叫轻松阅读，体会到愉快教育的真正魅力；因为它不但使人学会了感动，而且还让人在感动中留下生命的暗记；用不着逐字逐句地诵读，这些故事已完全潜入了意识领地，在需要的时候喷薄而出。

当然对于其他读者来说，看这些作品，一方面，可以了解我们中学生到底喜欢什么样的作品，另一方面，也可以从中探究他们的心理世界和价值取向。

* * * * * * * * * * * * * * * * * * * *

滴水藏海

——300 个 3 分钟典藏故事

我们常有这样的生活经验 有时，想说出一番道理容易，而想让人接受这番道理则难，但如果你借助一个精彩的故事来述说道理，借事寓理，托事言志，情况则完全改观。

这就是故事的魅力。

本书收录的 300 则作品正是这样魅力洋溢的精彩故事。这些故事内容精深，构思精巧，篇幅精短，形式精致。学者撰文，教师授课，干部讲话，家长训导，学生作文，都可从中得心应手地广征博引，如同置一架书橱于身边。

本书会是你的良师益友。

·中国新传说·

红牌牌 绿牌牌

□赵　新

农历九月初九那天，八里庄的胡春去城里赶集。八里庄离县城只有八里地，又是柏油路，所以骑车子一会儿就到，跟在村里串个门儿一样方便，也就是抬抬腿的工夫。

胡春是去卖豆芽菜的，菜卖完了，装在口袋里的钱却被人偷走了。胡春骂了半天小偷不是东西，倒骂得自己“扑簌簌”流下两行泪水。他一是心疼那钱，觉得自己好没出息，三十多岁的汉子咋就这么窝囊；二是觉得自己回去以后没法向媳妇交代，那钱是给媳妇买药吃的，买不回药去，岂不让媳妇生气？

时间已是正午，胡春饿着肚子却不敢回家，只好苦着个脸在街上转来转去，看那秋风中的黄叶悠悠地飘零，胡春觉得自己也是一片黄叶，饥肠辘辘，今天不知会飘到哪里去。正不知何去何从时，突然有人拍他的肩头，扭头一看，是表哥张大水。

张大水是邻乡很有名气的年轻乡长，比他大一岁。胡春挺惊奇地拉住张大水的手说：“表哥，怎么这么巧，会在这里见到你，开会来的？”

“是啊！”张大水说，“来开秋粮征购会。”

胡春这才注意到，张大水的胸前别着一个出席会议的红牌牌。胡春问：“家里我舅舅他们身体好么？”

张大水说：“好，他们都好。”

两个人在那里寒暄了几句。此时

胡春饿得肚子咕咕直叫，又不好意思对张大水说，张大水扫一眼胡春，拉了他的手就走。胡春问去哪儿，张大水说去招待所吃饭，他们开会的人就在招待所吃住。

胡春的脸“唰”的一下就红了，停了脚步，犹疑着问：“那是你们的会，人家让我吃吗？”

张大水说：“怎么不让吃？参加会议的人有县里的，有乡里的，还有村里的，那么多人吃饭，不差你一个，白吃饭的人多哩。”

胡春说：“可是你胸前别着出席证，我没有这个牌牌，还不让人家轰出来？”

张大水笑了：“你别担心，这个牌牌只是个样子，不别这个牌牌也照样能吃饭！”说完，就把自己胸前别着的红牌牌拿下来，别在了胡春的胸前，说：“这回你放心了吧？”

胡春心想：表哥说的也是，再说自己一顿饭又能吃多少，去就去吧。他低头看了看表哥别在自己胸前的红牌牌，把胸脯挺了挺，就跟着张大水去了招待所。

此刻正是会议开饭的时间，那么大的餐厅，那么多的人，熙熙攘攘，红火热闹得就像彼此都在唱戏，谁还顾得上问你一声是从哪来的。倒是胡春很认真地把他的前后左右看了看，发现那些人中果然有别牌牌的，也有不别牌牌的，不过无论别牌牌的还是不别牌牌的，个个都是喜笑颜开的样子，都在大大方方地忙着找自己的座位，一张桌子上只要凑够了10个人就开桌。

张大水拉胡春在一张很大的圆桌前坐了下来。桌子上已经摆满了鸡鸭鱼肉生猛海鲜，还有白酒和啤酒，还有高档的香烟。胡春从没见过这么盛大的酒宴场合，凑近张大水的耳朵悄悄说“爷呀，你们天天吃这？顿顿吃这？这一顿饭得花多少钱哪？”

张大水瞥了他一眼：“今天是你赶对点儿了，我们下午散会，中午这是会餐。”

胡春说：“那要是不会餐呢？”

张大水说“不会餐是12个菜，会餐是22个菜；不会餐时吃饭的人少，会餐时吃饭的人多。”

正说着话的时候，这一桌10个人满了，于是也不用谁招呼，大家立刻就开始忙着喝酒，忙着吃菜，忙着说笑话，那笑话还有荤的，逗得大家大笑不止。

这时候，胡春突然发现他对面的那个人老是看他，看他的脸，看他胸前别着的牌牌，胡春做贼心虚，就尽量避开那个人的眼光，自个儿低着头吃，可是想不到那个人竟站起身来，举了酒杯要和他碰杯喝酒。那个人说：“这位兄弟，咱是初次见面，咱得喝杯认识酒，喝了这杯酒，交情你有我有大家有！”

胡春胆小，红了脸站在那里不知道该如何动作，张大水忙给他们介绍说：“表弟，你快碰杯呀，这是咱们办公室的刘强主任，我和他是哥们。”又对刘强说“这是我表弟胡春，我们乡里新上任的一位村支部书记，刚从外地参观回来，今天上午赶来听大会报告的。”

胡春心里顿时狂跳不止：表哥怎么这么说话，自己连个党员都不是啊！可又不便当面讲穿，只好装装样子去和人家刘主任碰杯。

才抿了一小口，忽然间满桌子的人都端着酒杯站了起来，脸上堆满了谦恭的笑意。胡春不知道出了什么情况，傻傻地愣在那里，只听一阵“主任好，主任好”的问候声，看到一个胖胖的颇有风度的人从隔壁桌子走过来，方才明白原来是领导来给大家敬酒了。

胡春的腿不由打起抖来，往起站了几次，好不容易才站稳了身子，脸上挤出几丝笑容。他怕领导识破自己的身份，他怕自己给表哥惹出什么祸来，他还怕事情传出去了之后，自己会被乡亲们骂作骗子，这么一害怕，他就想赶紧悄悄离开这个是非之地。可是还没开溜，表哥张大水一把就拉住了他：“你给我站好，你给我笑好，你胸前别着出席证，你不就是一位代表么？”

这时候，领导正笑容可掬地一个一个和这桌的人碰杯，向大家问候祝福，请大家吃好喝好。领导一而再再而三地说：“同志们辛苦了，同志们要保重身体，要把工作做好。”走到胡春跟前和他握手碰杯时，领导对胡春说：“你很年轻啊，朝气蓬勃，活力旺盛，让人羡慕啊！”

胡春正不知怎么回答哩，张大水在桌子底下狠狠踩了他一脚，胡春急得额头上冒出一层汗，一急倒也急出一句大白话：“谢谢领导，谢谢领导，领导永远年轻！”

领导感慨地说：“你们基层干部担子很重，生活很苦，你们很不容易哪！”

胡春立刻点点头：“谢谢领导关心，请领导保重身体，火车跑得快，全靠车头带啊！”

领导一听哈哈大笑：“好，好，你这个同志很会讲话，我再敬你一杯！”干罢，领导满面春风地端着酒杯到下一桌敬酒去了。胡春此时双腿一软，“扑通”一声跌坐在了凳子上：谢天谢地，总算没有被领导看出破绽来。

散席的时候，已经是下午3点整了，张大水把桌子上吃剩下的鸡鸭鱼肉全都打包装给了胡春，还让他带走三瓶未开封的白酒，两盒上好的烟。胡春满心欢喜地说：“表哥，咋样，我没给你丢丑，没出什么纰漏吧？你不知道，我真害怕万一领导问我是哪个村的人，姓什么叫什么，那我可就没辙啦。”

张大水“嘿嘿”边笑边摇头：“这种热闹的场合，领导怎么可能问你这么具体的问题，他问得过来吗？就是问了，他也记不住，他这个人只管问不管记，这一桌问了，到下一桌就忘光啦，放心吧，下回见了面他照样不认识你。”

胡春是在天傍黑的时候回到家里的，三瓶白酒，他在县城的铺子里处理掉了两瓶，用这换来的酒钱给媳妇买了药，剩下的那一瓶他带回来孝敬自己父亲；至于那一大袋子的鸡鸭鱼肉，他把它全搁在了自家人的饭桌上。

一星期之后，胡春又去城里卖菜，卖完时又是中午吃饭时间，他推了车子正要往回家路上赶，忽然听见有人喊他一声：“胡春兄弟！”回头一看，原来是上回认识的那个刘主任刘强，胸前别着一张绿色的出席证，正站在街口笑嘻嘻地向他招手。

胡春走过去，刘强紧紧握住他的手问：“胡支书，你这是去哪儿？”

胡春愣了一下才回过神来：表哥上回不是介绍自己是新上任的村支书吗，刘强叫的“胡支书”其实就是自己。他赶紧回答说：“我刚卖完了菜，准备回家。”

刘强说：“你是张大水的表弟，也就是我的表弟，走，跟我吃饭去。”

胡春吓得连连摆手：“不行不行，刘主任，要吃吃我的，我今天兜里有钱。”

刘强拉起他就走：“兄弟，你真是个实在人，我能让你掏钱么？你尽管跟我走，我是让你跟我到招待所去，咱们去吃会议上的饭——看见我别着的这个绿牌牌了吧，水利局正在那里开会，伙食好啊！”

胡春立刻想起上回跟着表哥张大水蹭饭吃的事儿，那满满一桌山珍海味“刷”地出现在他脑海里。他犹疑着：“可是，那饭……能吃吗？”

刘强在他肩上狠狠拍了一下，说：“兄弟，你是支部书记，想当个代表还不容易？”说着就把自己胸前的绿牌牌摘下来，别在了胡春的胸前：“出席证上又没印照片，谁别谁就是代表，谁别谁就能吃饭。哼，就是印上照片，餐厅里也不会一个个地查你，来的都是客，没有关系他来得了吗？”

胡春不好意思地说：“那你……刘主任，你没了出席证……”

刘强哈哈大笑“好我的兄弟，我这张脸就是出席证，来开会的谁不认识我呀，凭我这张脸，吃遍天下都不愁！”

胡春于是就跟着刘强往招待所走。此刻胡春家的抽屉里，已经躺着上次表哥张大水给他的那个红牌牌，张大水告诉他，以后县里只要开这个别着红牌牌的会，他就可以正大光明地进去吃饭，吃饱了喝足了再出来。记得张大水曾经对他说过，县里的出席证只有两种，要么是红的，要么是绿的，胡春想：现在我又有了一个绿牌牌，莫非今后只要县里开会我都可以进去吃？

正胡思乱想着，只听刘强“嘿嘿”笑着，得意地附着他的耳朵悄悄说：“以后来县里就来找我，我回回请你吃这样的饭。”

“回回？”胡春愣愣地站住了，“不会这么巧吧，哪有回回正碰上你开会的？”

“哈，开会又有什么了不起？开会就是我们的工作嘛，不开会干啥？今天这个水利会散了，接下来还有交通会，税务会，文化会，教育会，植树造林会，计划生育会……这会那会的，一开就开到年底，开到过年了！”他一边说着，一边就硬把胡春拖进了招待所的大门。餐厅里，依然是那样的熙熙攘攘，依然是10个人一桌，坐满了就吃。吃饱了喝足了，临走时，刘强也把桌上吃剩下的都替胡春打了包。

有了这两次蹭饭吃的经历，胡春如今胆子也大了，那红牌牌绿牌牌不是躺在他家的抽屉里，而是揣进了他随身的衣兜里，胡春还因此觉得非常得意哩！

可是有一天，胡春却实实在在地傻眼了：在县城卖菜时他碰上了一个小偷，幸亏警惕性高，手眼灵活，他一把就把那个小偷给抓住了。把小偷按倒在地的时候，他伸手去掏小偷衣兜里被偷去的钱，可谁知却掏出一把出席各种会议的牌子来，可不就是那些红牌牌绿牌牌！

（本篇月月评短信代码：2403）

（**题图、插图**：杨宏富）

（欢迎来稿，本期责任编辑电子信箱：baofang@vip.sohu.net）

两条尾巴的狗

□文兴传

人生一世，总有些片段当时看着无关紧要，而事实上却牵动了全局。

城西新开了一家酱肉铺，铺子门口竖着一块大招牌，上面写着八个醒目的大字：祖传名吃，宫廷珍品。这年头谁不会吹呀，光这几个字就想把顾客招了来？做梦！酱肉铺的主儿憨二本来就是个憨实人，生意一冷清，那两片厚嘴唇里就更吐不出一个字来。

这天，酱肉铺门口来了一只狗，样子跟其他狗好像没什么两样，就是右腿根上多长了一条小尾巴，有路人走过的时候，它的小尾巴会随着大尾巴一起摆动。

大概是憨二铺子里的酱肉香味儿把它引了来的，那狗在憨二的铺子门口卧了一整天，逢上憨二正好瞧它一眼的时候，它就讨好地朝憨二摇摇它的两条尾巴，于是收摊的时候，憨二就丢了一块酱肉给它。

没想第二天，这长着两条尾巴的家伙又来了，来得比憨二还早，而且从这以后天天如此。

憨二心想：也罢，反正铺子里的酱肉天天不过夜，自己又能吃多少？

于是收摊的时候留下自己晚上吃的，剩下的统统都喂了这条狗。

时间长了，看见的人都说憨二真是憨到家了，白拿酱肉喂野狗，可谁料此举反倒是替酱肉铺做了活广告：天天卖新鲜出炉的酱肉，这么实在的肉铺，谁还信不过？

酱肉铺的生意于是就渐渐红火起来，到后来连城东的人也愿意多跑几里路，到城西来买憨二的酱肉，顺带着看看那条长着两条尾巴的狗，或者说是特地来看看长着两条尾巴的狗，顺带着来买一点憨二铺子里新鲜出炉的酱肉。

憨二的生意越做越大，雇上两个人也忙不过来，而且每天出炉的酱肉还不够卖。不过越到这种时候，憨二越要每天把给狗吃的一份留着，铺子的生意是靠这条狗发起来的，再怎么着，哪怕得罪了买家，也得把肉给狗留着。

就这样，憨二挣下了两年的卖酱肉钱，后来在城中心热闹地段重新盘下房子，开起了“憨二熟食店”。熟食店开业那天，店门口张灯结彩，锣鼓喧天，左邻右舍上上下下来送花篮贺喜的还真不少。

那狗自然不知道是怎么回事，还在城西老地方找憨二的酱肉铺子，找啊找啊，足足找了两天，终于凭它灵敏的嗅觉找到城中心来了。它在熟食店门口转了两圈，一看到憨二熟悉的身影，立刻就撒开四蹄奔进店来，像久别了的亲人一样围着憨二直摇尾巴，使劲儿地舔憨二的鞋子。

憨二不由皱起了眉头：我现在在城中心开店，做生意今非昔比，再这么让一条野狗随便在店堂里出出进进，总不太好吧？他朝伙计们一抬眼：“去，拿块酱肉给它，喂饱了就把它赶出去。记住，以后不许它再进门，现在我们是门店经营，不能让这条野狗坏了我们的门风。”

于是就有一个小伙计把那狗引到店堂后面，拿了一块大大的酱肉给它。谁知那狗也是“人来疯”，大概是看今天这么热闹的场面，三口两口把酱肉吞下肚之后，居然就在店堂里撒起欢来，把人家来贺喜的花篮都碰倒了一大片，小伙计怎么也赶不走它。

这下可把憨二气坏了：“这个不知好歹的畜生，给我狠狠打出去！”伙计们一看老板发号施令了，抡起木棍就涌了上去。

一开始狗还不知情，等明白过来是怎么回事的时候，它就一边吼叫一边用求助的眼光看着憨二。谁知憨二毫不理会，操起一根捅炉子的铁条，照着狗的那一双哀怜的眼睛就捅了过去，那狗一声惨叫，这才夹着尾巴跑了。

憨二对伙计们交代说：“以后它

再来就再打，反正是野狗，打死也不犯法。”

知道的人都说：“其实憨二不是真憨，是狗不识时务。”

憨二撇撇嘴：“这世道，谁比谁傻？都能着哩！”

那狗后来就成瞎了一只眼睛的独眼狗，可它似乎并不记恨憨二，虽然不敢再进憨二的熟食店了，可总是远远地在店门口徘徊，望着进进出出的人，有时候见到模样不善的人进店，还会发出低低的嗥声，好像在警告他们不要去店里捣乱似的。逢上憨二出门了，那狗一准晃着两条尾巴远远地跟在后面，好像在替憨二做保卫似的，回回让看到的人感叹不已。

老话说，天有不测风云，人有旦夕祸福。没料憨二的熟食店红火没多少日子，一天夜里突然起了大火，浓烟滚滚。当时，店里的伙计们都只顾自己逃命，憨二偏偏那天酒喝多了，摇摇晃晃地在店堂里打转，最后一屁股瘫在地上，眼看着就要被熏死。

不知怎么，那条狗就闻声赶到了，它低嗥着在店门外转了好几圈，然后瞪着那只独眼，不顾一切地冲进店堂里，扯着憨二的衣袖把他拖出了店外，而它自己的那只瞎眼，却被一块从门梁上掉下来的火团烧成了焦糊状。

人们都为这条狗对憨二的忠义感叹，有人指着憨二的鼻子问：“狗还知道滴水之恩涌泉相报呢，看你今后怎么待它！”

憨二茫然地看着大家，什么话也不说。他心想：总不至于把这条狗像请贵宾一样请回来端坐在店堂里吧，那还是什么狗，不成了大爷了？可再让它蹲在店门口也不是回事啊，旁人还不把自己的脊梁骨给戳了？

想来想去，憨二决定索性还是像过去一样，每天关店门之前扔一块酱肉给它，反正自己现在生意做大了，每天也不在乎这一块

 你希望别人怎样对待自己，你就应该怎样对待别人。——马克思

肉。憨二把这个事情交给伙计们去办。

那狗依旧每天来憨二的熟食店，睁着一只独眼静静地伏在离店堂不远不近的地方，见到憨二时依然是一副很亲热的样子，不住地摇晃着它的两条尾巴。不过它的眼睛从那以后就一直没好过，不是流脓就是流血，招来很多苍蝇，还散发着一股臭气，很可怜的样子。而且，那狗居然对丢在它面前的酱肉嗅也不嗅。来来往往的人看到这情景开始骂起憨二来，说他一发财人就变，连狗都不如。人们反感了憨二，也不愿再到他的店里来买酱肉，憨二的熟食店生意渐渐冷落起来，最后伙计也雇不起了，房租也付不出了，憨二只好关门走人。

关门那天，除了憨二自己外没有一个人来，只有那狗伏在那里，一动不动地看着他。

憨二瞪眼瞅着这条狗，心里恨恨地说“都是你这个畜生，害我关了店门。”他真想冲上去一脚把这条狗踹了，只是碍着众人的眼，不好下手。他不想再看到这个畜生了，狠狠地朝它吐了口唾沫，随后扭头就走。

只见那狗欢叫了一声，摇着两条尾巴迅速跟了上去。

憨二走出好大一段路，发现那狗依然跟在后面。想起当年开酱肉铺的情景，憨二心里突然就有些感慨起来：“你倒还真是个有情有义的畜生啊，还这么跟着我？唉，都说狗眼看人低，我看是人眼看狗低啊！好吧，要跟你就跟吧，以后有我一口吃的，也就少不了你……”

憨二一边说着一边就蹲下身子，把那狗唤到跟前，很有感慨地把它抱到自己的怀里。他想：自己是该亲热亲热这条狗了，是该认真看看那只被自己捅瞎了一只眼的狗了。可是，就在憨二很有感慨地把脸凑上去的时候，那狗突然就对着憨二的大鼻子猛咬了下去，几乎把他的整个鼻子都要掀下来了。

憨二疼得哇哇大叫，那狗一看，摇晃着两条尾巴，立刻一蹦三跳地跑远了。

（本篇月月评短信代码：2404）

（题图、插图：魏忠善）

刀尖上跳舞

□刘春山

记者铁汉的文笔非常犀利，在圈里素有“铁笔”之称。这天，他正伏案赶写一篇稿子，主编匆匆走进来，交给他一项重要任务。

啥任务？铁汉所在的城市位于西南边陲靠近缅甸金三角一带，大小毒贩常常云集于此。按说现在贩毒吸毒也不是什么稀罕事，可奇怪的是警方缉毒稽查这么严，毒贩们到底是怎么进行毒品交易的呢？铁汉的任务就是配合警方深入贩毒集团内部，挖出贩毒集团偷运毒品的内幕，然后写出一篇有分量的报道。

主编把这个任务交给铁汉是有缘由的。铁汉在十多年的记者生涯中，曾扮成乞丐深入丐帮达半年之久，曾只身打入非法传销队伍内部，回来之后用手中的铁笔写下了数万字的长篇通讯报道，戳穿丐帮内部的重重黑幕，揭露非法传销的骗人伎俩，在社会上引起了巨大的反响。警方也正是因为看中了这一点，所以想与报社合作，联手作战。

但铁汉领了任务却犯了愁。为啥？丐帮好找，传销好进，可贩毒团伙却诡秘异常，上哪去找？主编似乎看透了铁汉的心事，说“你何不去找找老广东。”主编一句话无疑是提醒了铁汉，他立马有了主意。

说起这个老广东，他曾是丐帮的帮主，是个毒瘾奇大的瘾君子，丐帮取缔后，铁汉考虑到老广东的孤苦身世，积极联系戒毒所帮他戒毒，后来又东奔西走帮他找了一个门卫的差事，还时不时地去看看他。老广东过去长年吸毒，和毒贩混得烂熟，从他那里肯定可以找到线索。

铁汉开门见山，请老广东帮助联系毒贩，老广东极不情愿，因为毒犯个个是把脑袋掖在裤腰带上的主，亡命徒呀，要是他们知道是自己把记者引了来，还不把自己给零拆活卸了？但碍于铁汉有恩于自己，思忖良久，老广东终于决定豁出去了。他对铁汉说：“好吧，我就提着脑袋帮你一回，不过你可千万不能露出破绽，否则咱俩脑袋都得搬家。”

当晚后半夜，老广东就带着铁汉转大街拐小巷，最后来到一个黝黑的巷口，老广东幽灵一般闪了进去，铁汉也紧跟了进去。摸黑走了一段路，老广东压低声音说：“到了！”他掀开脚旁一个下水道的窨井盖，推了铁汉一把“快下去！”随后自己也紧跟着跳了下去。

两人下到井里，老广东似乎早有准备，掏出备好的手电筒引路。下了竖巷便是横巷，刚刚走出几米，铁汉差点惊奇地叫出声来。咋回事？原来井下面另有一番天地：横巷足有一人多高，两人宽，到处是纵横交错的管子，选择这样的地方做交易，真是又安全又隐秘，毒贩子的眼光真不赖呀！

在巷道里走了一段路，老广东停了下来，掏出一支烟，把它点燃了，不大工夫，巷道里就隐隐传来脚步声，但远远的不肯靠过来。此时，就见老广东把手里点燃的烟卷在空中顺时针方向划了三个圈，又反时针方向划了三个圈，远处的脚步声这才又重新响了起来，越走越近。

来人精瘦精瘦，老广东一看就认识，这人外号叫“黑泥鳅”。黑泥鳅见老广东领来一个生面客，抹头就走。

老广东急忙拽住他，指着铁汉说：“你别小看人家，这可是个大主顾，我的生死哥们，放心吧，翻不了船！”

见老广东这样介绍，黑泥鳅停了下来，不过那双贼眼始终上下打量着铁汉。

看着看着，黑泥鳅突然朝铁汉挥拳打了过来，那拳头结结实实地砸在铁汉胸口上。铁汉趔趔趄趄倒退了好几步。

黑泥鳅哈哈大笑，双手一抱拳：“得罪得罪，看来你真不是‘雷子’，一点躲闪的功夫也没有。”

铁汉这才明白：黑泥鳅怕自己是

警察呢！

消除了戒心，黑泥鳅单刀直入问铁汉："你要多少？"

铁汉并不正面回答，反问他道："你有多少？"

黑泥鳅瞥了他一眼："胃口不小啊，多少你都能吞下？"

铁汉故作漫不经心的样子说："咱都是江湖上混的人，不打诳语。我要这个数。"说着，他伸出两个手指。

"二十克？"黑泥鳅惊喜地问。

铁汉摇摇头。

"二百克？"黑泥鳅的眼睛瞪出来了。

铁汉还是摇头。

"你要二千克？"黑泥鳅惊讶得叫出了声。

铁汉这回才点了点头。

黑泥鳅顿时就像霜打的茄子蔫了。为啥？因为他只是一个马仔级的毒贩，撑破天只能提供百八十克的东西，铁汉要两千克，那就是整整两公斤哪，这么多货，上哪去弄？

眼见到嘴的肥肉吞不下，黑泥鳅当然不会甘心，他对铁汉说："这样吧，我去跟老板商量商量，看有没有这么多的货。"说完，他要了铁汉的手机号，双方就此分了手。

等到黑泥鳅走远了，老广东和铁汉两个人也出了下水道。走出黑巷子，铁汉先打发走了老广东，自己则钻进了街边的一家"红玫瑰舞厅"。

此时虽说已是后半夜了，可舞厅里照样灯火通明，人头攒动，铁汉一个响指叫来舞厅老板，指名要了两个坐台小姐，然后就与她们堂而皇之地在大堂里边喝边聊边打情骂俏。

这当中，铁汉发现，有个戴着墨镜、帽沿压得低低的人进来了两次，环顾四周后又悄悄退了出去。铁汉料到对方一定会不放心自己，表面上不露声色，故意在舞厅里混了好长时间，断定对方不会再来人了，才埋单离开。

第二天一早，铁汉的手机就响了，是黑泥鳅打给他的，说让铁汉把钱准备好带上，晚上在老地方，老板要见他。

铁汉心里一声冷笑："哼，这种招数我在丐帮又不是没有领教过，他们一定是在玩什么花样，后台老板哪有这么轻易就露面的？"

铁汉一整天怎么准备的，这里不提，反正到了约定的时候，他欣然而至，可在场的却只有黑泥鳅一个人，并没有见到什么老板。

铁汉故作恼怒的样子，责怪黑泥鳅不守信用。黑泥鳅以为铁汉真生气了，急忙安慰道："你也别急，老板是谁呀，神龙见头不见尾，不到关键时候不会出场的。"

于是两个人只好等呀等，差不多等了将近一个小时，黑泥鳅的手机忽然响了起来，接完电话，黑泥鳅对铁汉说："快走，老板要见你。"两人便一前一后朝下水道出口处走去。

走到出口处，铁汉才刚刚探出半个头，一块黑布突然就蒙了上来，紧接着身子就被几双大手给拖了上去，然后立刻又被塞进一辆轿车，飞驰而去。

不知过了多长时间，车停了，车门一开，一股难闻的臊臭味儿扑鼻而来，铁汉被拥下车，旁边一双大手摘了他头上的蒙布，铁汉一看，原来眼前是个养猪场。

铁汉被他们推推搡搡着走到场子里面，突然从旁边暗影里幽灵般地闪出一个人来，铁汉不看则已，一看顿时惊呆了：眼前赫然站着一个妙龄女子，唇红齿白，艳若桃花，尤其是她那婀娜多姿的体态，好一副跳舞的身材。铁汉的脑海里突然掠过一个闪念：有了，这回文章题目就可以叫"刀尖上跳舞"。

女老板开口问铁汉："是你要买？"

铁汉点点头。

"钱带来了吗？"

铁汉拍拍手上的密码箱。

女老板示意旁边的几个大汉验钱，铁汉高喝一声："住手！"

女老板一时愣在那里。

铁汉不紧不慢地说："道上的规矩，先验货，后付钱，怎么忘了？"

女老板抿嘴一乐："瞧我这脑子！来人呀，让他验货。"

不多时，几个大汉牵来一头猪。铁汉吃惊地问："怎么，这就是毒品？"

女老板嫣然一笑："别着急，待会你就看到了！"话罢，刚才还美艳至极的女老板突然变得凶神恶煞起来，眼睛里射出阵阵寒意，只见她手持一柄尺把长的尖刀，慢慢逼近了铁汉，突然闪电一般就直刺过来。

铁汉再怎么经历过场面，可毕竟是个书生，这会儿他绝望地闭上了眼睛，心想：完了，任务没完成不说，连命都搭上了。

突然，只听一声撕心裂肺的惨叫声冲破了宁静的夜晚，铁汉吓了一大跳，不由自主地睁开眼睛一看，才发现女老板手中的尖刀不是冲着自己来的，利刃已经划开了猪的肚子，此刻她正从猪肚子里面小心翼翼地掏出一团血淋淋的东西来。看着她那熟练的动作，铁汉心想：怪不得她能当老板呀，原来这么心狠手辣。

女老板并不理会铁汉的神情，她把那团血淋淋的东西洗净，放在案板上，然后得意地对铁汉说："这是特制的塑料袋，那玩意儿就放在塑料袋里塞进猪的肚子，既方便运输又能逃过检查，没想到吧？"

这样的藏毒方式铁汉还真是第一次见，他把塑料袋打开，一看一捏一闻，果真是那东西，心里不由非常感慨。

女老板说"货你已经看到了，现在可以给我们看你的钱了吧？"

铁汉也爽快，把手里的密码箱往地上一放，立刻有大汉上去打开，可是才看一眼，就骂了起来。

咋回事？里面装的全是冥币。女老板顿时满脸罩霜，站在四周的那些大汉们也都伸胳膊挽袖管地逼近过来。

铁汉胸有成竹地说"慢着，我有话说。一是没见货之前谁也不会贸然带钱，这是行规；二呢，干咱这行的，常常有黑吃黑的事儿，我不得不留一手。"

见铁汉这样沉着冷静，女老板不由哈哈大笑起来："好好好，看来你是干咱这行的老手，今天你要真把钱带来了，我倒反而会起疑心。"

事情到了这一步，铁汉也算是"旗开得胜"了，既见到了真货的秘密藏处，又消除了女老板对自己的疑心，接下来是要探察这帮毒贩的运货渠道了。

铁汉趁热打铁对女老板说："货我已经看到了，这笔钱我当然不会赖账，但你们得负责帮我运出去。"

女老板说："好吧，老规矩，明晚十二点，我们把这批猪替你运到黑风岭去，咱们在那儿一手交钱一手交货，怎么样？"

"行！"铁汉表面上装作欣喜异常的样子，心里却冷冷一笑：这儿距离黑风岭有不下百十里的路，中间要经过好几个稽查站，我看你们怎么把货运出去！他连夜用短信的方式把消息悄悄送了出去，让通知稽查站，凡是猪肚子上有伤痕的一定要仔细检查。可谁知第二天，这批肚子里藏毒品的猪居然还是平平安安地闯过了一道道关卡。

难道稽查人员没看出蛛丝马迹来？铁汉表面上不露声色，晚上依然准时赶到了黑风岭。到那里悄悄一看，发现运到黑风岭的这批猪，肚子

上根本就没有刀痕。怪不得稽查人员发现不了呀！可这到底是怎么回事呢？莫非女老板让人私下里调了包？铁汉很纳闷。

此刻，铁汉知道黑风岭上已经埋伏了大批公安，就等着他发信号来收这批毒贩的网了，可是为了弄清贩毒分子到底用了啥魔法，铁汉仍然按兵不动。他沉住气，故意做出一副气恨恨的样子，对女老板说：“不对呀，你们想蒙我还是咋的？这批畜生都不是昨天开过膛的，你们把货藏哪儿去了？除非当着我的面再开膛验一次货给我看看。”

铁汉原以为女老板可能会勃然大怒，或者再玩出什么花招来，没想却答应得非常痛快：“行，那咱就重验一次货给你看看。”

或许是这次交易的诱惑太大，女老板豁出去了，她哈哈大笑着，主动对铁汉解释说：“也难怪你说我蒙你，嘿嘿，这里的奥秘我当场给你看。”

女老板让手下人拉过一头猪来，“嘶”一声把它的肚子划开，肚子里果然藏着一个特制的塑料带。她把塑料带拿出来，朝铁汉手里一塞，说：“仔细看看，是不是昨天放进去的东西？”

铁汉当然知道女老板说的东西指的就是毒品，他认认真真地验过，点点头，然后又把它塞进了猪肚子里。

女老板得意地笑了：“怎么样，不会再说我蒙你了吧？你接着看！”

一眨眼，她不知从哪里拿来一个塑料瓶，拧开瓶盖，往猪肚子的划口处撒了一点粉末，顷刻之间，上面爬满了密密麻麻的白蚁。

铁汉惊得目瞪口呆：“你这算是给它缝伤口了？你把它弄成这副样子，还让它怎么过关卡？你可别收了我的钱坏了我的事啊！”

女老板一听哈哈大笑：“放心吧，这地方马上就会愈合的。实话告诉你，这种白蚁原产于南美亚马孙原始森林，它有个名字叫割叶蚁，闻到血腥味就会死死咬住伤口，只要揪下蚁身，留下的蚁头就成了最好的羊肠线；又因为蚁头也是白色的，所以根本看不出缝合的痕迹！”

女老板说的一点没错，几分钟之后，猪肚子上果然就没有留下一点痕迹了。

铁汉做梦也没有想到，贩毒分子会有如此妙招。在彻底摸清了他们的底细之后，铁汉立刻果断地按照事先的约定，给埋伏在四周的公安缉毒人员发出了信号。

至此，罕见的偷运毒品案终于大白于天下。后来，铁汉以《刀尖上跳舞》为题记述了这次历险经历，成了轰动一时的爆炸新闻……

（本篇月月评短信代码：2405）

（题图、插图： 黄全昌）

二流子出丑

□王艾仁
张成基

原先，乐平县有一任县官，姓郝，心也好，深受百姓爱戴。

这天，郝县官带着随从骑马下乡巡视，正行间，忽见有一后生正“噌噌噌”地打着赤脚大步在前面走着，可手里却拿着一双布鞋。郝县官心中不免感到奇怪：布鞋又不值几个钱，而脚下这条路碎石连片，再结实的脚也经不起磨呀，这后生为什么有鞋不穿呢？莫非其中还有隐情？或者他是个疯子？

郝县官催马紧走几步赶了上去，那后生听到马蹄声，便很有礼貌地让到一边。郝县官细观此人憨厚老实，不像有病之人，就命随从停了下来，将他叫到马前。

那后生还以为是自己挡了郝县官的道，慌了手脚，跪在马前战战兢兢地说：“小的不知老爷从此经过，还请老爷恕罪。”

郝县官说：“老爷不怪于你，老爷只是见你拿着鞋子而赤脚走路，其情为何？”

后生一听老爷这么问，喉咙就有些哽咽，说：“不瞒老爷，小的因为家境贫寒，三十来岁尚未娶妻，只有八十老母与小的相依为命，苦度日月。平时，老母为我做一双鞋足足要半年时光，她老眼昏花看不准针眼，常常将自己的手指扎破，鲜血直流，做儿子的真是看在眼里疼在心上。所以小的视这双鞋比自己的性命还金贵，平时小的一直舍不得穿它，只是在回家见老母时才套一套脚，让老母看着高兴，出了家门我就脱了它……”后生说着说着，不禁又动起了感情，眼眶里盈满了泪水。

郝县官被后生的这番话深深地感动了，他翻身下马，伸出双手扶起后生，赞叹道：“你真是一个大孝子啊！老爷我今天非但不怪罪你，还要重重地赏你。来呀——”

他一声令喝，手下随从立刻应声过来，郝县官吩咐：“拿五十两白银来，给这后生。”

郝县官对后生说：“你拿着这些银子回去好好孝敬老母，再好好给她娶个媳妇回去。从今往后，你有什么难处尽可来府里找我，你可不能不认我这个老哥啊！”

说罢，郝县官“哈哈哈”放声大笑，带着随从策马而去。

那后生捧着手里的这五十两白银，觉得自己就像在做梦一样。回到村里，他把事儿一讲，立刻就在四邻八乡中传开了。

有个二流子，成天游手好闲，还不时干点偷鸡摸狗的事，听说人家赤脚走路发了家，非常眼红，私下里就琢磨开了，想着自己怎么有朝一日也能撞上这样的机会。说也凑巧，这时候邻村出了一件命案，传说郝县官第二天要亲自下来验尸，二流子灵机一动，想出了一个主意。

第二天一早，二流子就到大路上等着了，过了好一阵，果然见前方尘土飞扬，来了一队人马。二流子赶紧脱下鞋，将它抱在怀里，然后赤脚迎着大队人马走去，为了郝县官不至于因为赶路不理睬自己，他索性大模大样地走在路中央。

片刻，他们就碰上了。

郝县官见得此景，不觉皱了皱眉头，问：“你怎么也赤脚走路？”

二流子连忙点头哈腰地回答说：“回老爷的话，只因小的家境贫寒，好不容易娶了个媳妇，可眼睛还有病，她给小的做一双鞋得半年时光，小的见她如此辛苦，于心不忍，所以……”

"所以你就舍不得穿？"

"小的想省着点。"

"这么说来，你是非常喜欢你的这个媳妇罗？"

"是的，不怕老爷笑话。"

"哼！"郝县官鼻子里冷冷地哼了一声，说，"你手里的鞋子是老婆做的，而你的身子是爹娘给的，你情愿要顾惜老婆的辛苦而故意糟蹋爹娘给你的身子，这有什么好怜悯的？来呀，给我重打二十大板！"

衙役中有不少都认得这个二流子，刚才远远认出他来后已经报告给了郝县官，所以郝县官也是故意趁着这个机会教训他一顿。此刻，衙役们闻得郝县官下令，立刻蜂拥而上，将他按倒在地，一阵猛打，而后才继续跟着郝县官赶路。

望着大队人马远去的背影，二流子痛得"哇哇"乱叫，心里这个悔啊！没办法，他只好硬撑着"哼哼唧唧"地从地上爬起来，一瘸一拐地走回村里去。可还没走到村口，就听一群孩子冲着他大唱："二流子，不要脸，赤脚走路想骗钱，重重打了二十板，屁股得了大赏钱。"

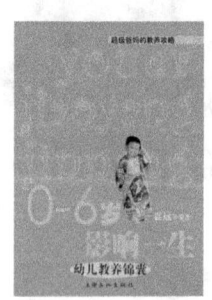

二流子肠子都悔青了：这回丑出大啦！

（本篇月月评短信代码：2406）

（**题图**、**插图**：黄全昌）

贼心思

□吴瑞林

清朝同治年间，上海有个名叫赵清的小偷，其人偷技非凡，最拿手的绝技是割包，两指夹一刀片往你身上一靠，你钱包里的东西就神不知鬼不觉地到了他的手里。他胆子也大，谁的东西都敢偷，一次竟把道台大人最心爱的金怀表和一个精致的鼻烟壶给偷走了。这下子可捅了马蜂窝，道台心疼得大发雷霆，当即派出所有的官兵捉拿他，还告示百姓，如见之不报，一律按包庇罪处置。这样一来，赵清不敢再在上海呆了，便将道台的金怀表和鼻烟壶往怀里一揣，逃到京城，投靠了他舅舅黄飞虎。

黄飞虎在京城开着一家镖行。什么是镖行，就好比是现在的保安公司呀！由于他武艺高强，手下保镖又个个是高手，所以绿林中没有一个敢同他作对的。平时出镖时，黄飞虎把绣有飞虎镖识的镖旗插在镖车上，那些强盗见了非但不敢阻截，反而还设宴款待他们，所以黄飞虎的镖行生意特别好，他保的镖从来没有出过差错。

这天，黄飞虎接了一揽子镖活，到最后所有的镖手都派出去了，还剩一镖没人护送。这是一家老主顾，不便推辞，黄飞虎心想：反正有我的镖旗插着，就让赵清去护送吧。于是就让人把赵清叫来，嘱咐了几句，亲手把镖旗给他插上了车。

赵清和车夫一行十余人出了京城，一路行走，三天后来到山东地界，正当路过一座山头时，突然迎面刮起了一阵狂风，那插在车上的镖旗像一张风帆迎头顶着，使他们寸步难行。赵清嫌镖旗碍事，便拔了下来，果然前行时轻快多了，可是不一会儿，突然从山上下来一伙强盗，拦住了他们的去路。

赵清一看不妙，慌忙拿出镖旗，一面晃动一面喊："我们是京城黄飞虎镖行的——"强盗们原来挺凶神恶煞的样子，一看到镖旗口气立刻软了下来，说："原来是飞虎大哥的镖车，失敬，失敬！今日天时已晚，就请各位到小寨一歇，如何？"

一连三天的奔波，赵清浑身的骨头早已脱了臼似的酸痛，现在一听有人请他们歇息，正是求之不得，于是便相跟着上了山。

强盗们设宴为赵清接风洗尘，十多个大小头目围桌而坐，先是互通姓名，继而举杯问候。酒过三巡，他们中一个叫李文的头领恭恭敬敬地对赵清说："飞虎大哥镖行里的兄弟，我们全都认识，他们的武艺真是了得！这位大哥与咱们是初次相见，能不能也露上一手，让兄弟开开眼界？"

赵清一听，不免有点心慌，不过他毕竟也是在大地方待过的人，加上平时胆子大，贼心眼儿又多，眼珠子一转，就站起来向大家拱了拱手，说："在下其实没什么本领，不过既然大爷发了话，在下只好献丑了。"说完，他偷偷摸出随身带着的刀片，走到众强盗背后，飞快地转了一圈，又回到了自己的座位上，说"得罪，得罪！"一边说一边举起一捋头发，在众强盗面前晃了晃。

众强盗一看，再一摸自己头上梳着的辫子，一个个都惊呆了，心想：他在我们身后这么一转，我们的辫子就少了一截，要是再往上一点，我们的脑袋不就搬家了？他们立刻对赵清佩服得五体投地，你一杯我一盏地纷纷站起来向他敬酒。

赵清心里乐得哈哈直笑，不由又动起了贼心思：这帮蠢货，我何不把他们灌醉，趁机把他们平时抢来的金银财宝一起掠了？于是，他假惺惺地对大家说："兄弟们，我今天能有幸结识众位，这是缘分。大家如此抬举我，我实在不敢当。请恕我借花献佛回敬众位，咱们今天索性来个一醉方休，怎么样？""好哇！"宴席上顿时热闹不已，喝到最后，这帮强盗果然一个个酩酊大醉，趴在了地上。

赵清于是就假惺惺地打发车夫一行人早点休息，他自己趁着黑夜偷了强盗们的全部金银财宝，悄悄溜下山，跑到杭州，在西湖边用偷来的一部分财宝兑换成银两，买了一栋房子住下来，每天不是去赌场就是去窑子，散碎银子很快就花完了。

这天，赵清找了一个在窑子里认识的姓"姜"名"起"的嫖友，托他帮自己寻找买主，说是手里还有一些财宝，要兑换成银两。可是赵清没料到这个姜起其实是一个心狠手辣、诡计多端的大骗子，他听说赵清手里有财宝，就动起了歹念。表面上，他对赵清说："我在这里人熟地熟，给你找个好买主不成问题，你尽管放心。"可是背地里却特地办了一桌酒席，请那帮衙门里的差役大大吃喝了一顿，要他们按他说的帮忙，答应事成之后给每人五两银子。

待一切都安排好了，姜起装得非常热情的样子，跑来对赵清说："老兄，找着了，你运气真好，府台大人要买，不过他要先看货才定价。我同府台大人约好了，今天傍晚把东西送去给他看。"

赵清听说府台大人要买，乐得嘴都合不拢了："太谢谢啦，这可是个好买主啊！行，傍晚我跟你去。"赵清把当初在上海偷得的道台那两件心爱之物也一起带上了，他心想：还留着这东西干啥用，不如换了银两吃了爽快！

很快就到了傍晚，姜起带着赵清一起去了府衙。走到门口，姜起对守门的衙役说："公差兄弟，是府台大人让我们来的。"那衙役早被他买通了，点头应着："进去吧！"进了衙门，姜起对赵清说："你在这里等着，我拿去给府台大人过目，若看中了，你再去跟他谈价钱。"赵清不知是计，就把货统统交给了姜起，自己独自在院子里等着。

差不多等了快两个时辰，还不见姜起出来，赵清急了，大着胆子进去一问，说是根本没有这回事，这才知道上了姜起的当，这小子不知什么时候从后门溜了，赵清急得差点晕过去。

赵清恨透了姜起，发誓一定要找这小子报仇，可是找遍了杭州城也不见他的人影。一天，赵清在街上碰巧遇到原来姜起在窑子里的一个老相好，怕她不肯说，就骗她："我要还姜起一笔银两，你知道他现在在哪儿吗？"

那老相好信以为真，就说："你问

他呀，发大财啦，现在在上海当大老板啦，住的那地方我说不上名儿来，对了，好像人家都叫它‘城隍庙’。”

赵清听说姜起到上海去了便有些犹豫，因为他当时就是为了逃避道台的追捕才离开上海到京城投靠舅舅的，如果现在回去，岂不是自投罗网？但想想自己好不容易到手的财宝就这么轻易地被姜起吞了，又实在心有不甘。就这样思前想后地琢磨了半天，决定还是冒险回去一趟。

到上海，赵清悄悄找到自己过去一个最要好的同伙，打算在他那里先住几天，等找到姜起把东西要回来，立马就走人。可偏偏这个同伙怕赵清连累自己，连夜就偷偷把赵清给告发了，道台立刻派人把赵清抓了起来。

道台为了尽快要回自己当初丢失的那两件心爱之物，就连夜开堂审问赵清。赵清眼珠一转：正好，这回也省得自己去找那姓姜的小子了。于是就对道台说：“老爷，那东西全被一个叫姜起的贼人骗走了，他就住在城隍庙那里。”

道台立刻派几十名衙役去搜寻，果然把姜起连同珠宝一起带回了府衙。

道台对赵清说：“你知道你犯的是死罪吗？”

赵清早已吓得浑身哆嗦。

道台说：“不过你要不死也容易。”

“真的？老爷，我可不想死哇！”赵清呼天抢地地喊了起来。

道台说：“好吧，看在你总算还替我留着那两件心爱之物的面上，老爷我成全你。明天一早我当堂问你话的时候，你就说你被姜起骗走的这些东西，当初都是偷了我老爷的。”

赵清当然怕死，于是立刻点头答应。其实赵清不知道，道台看着衙役带回府衙的那一堆金银珠宝，心里早起了歹念：如果想办法让赵清招认这些东西当初都是从我这儿偷走的，那它们不就全归我了吗？

第二天一早，道台果然当着众多官员的面审问赵清，赵清为了保命，也就按道台昨晚教他的说了。道台叫衙役让赵清画押，随后就把他押了下去。道台狡猾地笑着对众官员说：“我的心爱之物这下总算完璧归赵了。你们都知道，这金表和鼻烟壶是吏部刘大人赏赐给我的，我视之如珍宝；这些金银珠宝是我夫人陪嫁之物，她平时看得比自己的命还贵重，被这贼偷走后真是痛不欲生。总算老天有眼，如今这贼终于被抓住了，也是我命中注定不该破财啊！”

众官员虽然都很怀疑道台的这番话，但都不敢说个“不”字。

就这样，道台把赃物全吞了。

（本篇月月评短信代码：2407）

（题图、插图：黄全昌）

还你一条命

□阿　辞

高老板家有条名贵的西施犬，叫“贝贝”，高老板夫妻俩对它宠爱得不得了。可是一个月前，高老板的司机李俊来接高老板上班时，不当心在高家门口把贝贝给轧死了，高老板的老婆莫云见状哭得呼天抢地，李俊吓得脸都发白了。幸得高老板通情达理，觉得再怎么说毕竟是一条狗嘛，他反倒宽言安慰了李俊一番，李俊这才定下心来。但是，高老板经不住莫云的一哭二闹，还是把李俊给辞退了。后来，莫云叫人把西施犬埋在自家后花园里，好一段时间，只要一提“贝贝”，她还是泪流满面。

这天高老板下班回家，刚刚在沙发上坐定，莫云就过来神秘兮兮地对他说“我给你说个事儿，咱们得赶快给贝贝挪个地方。”

“怎么啦？”高老板奇怪地问，“当初你不是坚持要把它埋在后花园里的吗？”

莫云嘴一撇“我今天才听说，原来狗是不能和猫埋在一起的，否则它们就要成精。”

高老板知道莫云指的是他们前几年养过的宠猫珍珍，因为岁数大了，老死后当时就被埋在了后花园里。高老板不屑地笑了：“你在家里闲着没

事，就爱信这种话。”

莫云颤声道：“你还别不信，今天打牌时我听他们说了，猫狗埋在一起，成了精就会变成鬼来缠你。怪不得今天打牌回来时，我就觉得家门口有个穿青衣拿饼子的老太太，鬼鬼祟祟地朝我们家张望，一看到我立刻就不见了人影。”

高老板根本不相信莫云说的话，可谁想第二天早上自己开车去上班的时候，车子刚刚驶出小区大门，前面突然就冒出了个老太太，果然穿着一身青衣，手上拿着个饼子，像幽灵一样迎着他的车就冲了过来。

高老板赶紧一个急刹车，吓出一身冷汗，可是等他回过神来，老太太已经不见了。高老板怀疑是不是自己看花了眼，可奇怪的是，一连几天天天如此，这下不由高老板对莫云说的话不相信了，夫妻俩顿时紧张得不得了。后来再一打听，就连老太太的这身打扮都是有来由的：老早这一带有个风俗，人在断气的时候，一定要在他手上放一个饼子，这样他死后进入阴间的时候，守门的恶狗看见饼子就误以为是石头，就不敢咬他了；青布寿衣，软底寿鞋，这都是专门给死者穿的。

难道这世上真的有鬼魂吗？真还要回到那个迷信的年代去？高老板冷静下来细细一想，总觉得这里有名堂。

几天后的一个黄昏，高老板下班后从公司开车回家，车子刚上开发区大道准备加速时，那个青衣老太太突然又冒了出来，高老板又赶紧一个急刹车，车子“吱——”的一声猛停了下来。前几次因为没撞上人，高老板也就一直没下车，今天他决定要探个究竟，于是一边开门下车一边高喊“老人家，你等一下，我有话跟你说。”

可那老太太像没听见似的，猛劲

儿往大道旁边浓密的绿化带里蹿，那速度比小年轻还快。高老板疾步上去一把抓住她的衣服，谁知老太太也不吭声，用力一挣扎，就听见“哗啦”一声，老太太的衣服被撕扯了下来，可她还是拼命往前挣脱身子，高老板慌忙松了手。

这时候，只见一个手帕包从老太太的身上掉了下来，高老板捡起手帕包想追上去，但这时正是下班高峰，开发区大道上车流量特别大，高老板的车一停，后面立刻就堵了一长串，已经有人在不耐烦地按喇叭了，高老板犹豫了一下，只好回到车里。

到了家，高老板迫不及待地把手帕包打开来看，除了一些零钱，就是一个身份证了，上面正是老太太的照片，看名字她叫张翠娥，就是开发区大道旁沿河村的人。有身份证自然就好办了，高老板决定去沿河村寻根究底。

沿河村离城中心有八十里路，当村民们听说高老板是来找张翠娥的，就七嘴八舌地说开了。张翠娥年轻守寡，一个人带大了儿子大毛，大毛挺孝顺，在城里有了工作就把张翠娥接了去，可是大毛上个月突然回来找张翠娥，说他娘失踪了，还拜托村里人帮他一起找，可是到现在都没有消息。

高老板忙打听张翠娥儿子大毛在城里的地址，有个年轻人正好要进城办事，就自告奋勇坐上高老板的车，带他去见大毛。

可令高老板怎么也料不到的是，见了面一看，这个大毛不是别人，竟然就是前不久给他开车的司机李俊。高老板惊讶地拿出张翠娥的身份证，问李俊：“她就是你母亲？”

李俊的神情比高老板还要惊讶万分，着急地说：“是啊，是我母亲。高总，你见到我母亲了？她在哪儿？”

高老板把前前后后事情一说，李俊立刻求高老板：“高总，你帮帮我的忙吧，老人家把我养大太不容易了，我一定要找到她。你能不能让我坐在你的车上，说不定会再遇上她老人家？”高老板当然愿意帮忙，何况，他也想弄明白这个老太太到底想干什么。

可让他们两个人都非常失望的是，整整一个星期，高老板一直开着车子在街上转，可老太太就是没有出现。

这天，高老板和李俊几乎是同时接到交警队电话，请他们立即去一趟。到交警队一看，老太太就在那里。李俊扑上去紧紧抱住母亲：“娘，你到哪里去了，怎么走了也不对儿子说一声？”转头又问交警队长：“我娘这是怎么啦？”

交警队长拿出一张纸条，说：“你也别着急，先看看这上面写的，再听我慢慢说。”

李俊接过纸条一看，只见上面写着：我是李俊的妈，一命抵一命，求

·中国新传说·

你不要让我儿子赔你家的狗了。李俊一把抱住母亲，大哭道："娘啊，你怎么能不要自己的命了呀？"

交警队长说，这张纸条是老太太在路边找一个学生写的，这个学生觉得很奇怪，写完纸条就打电话报了警，于是老太太被带到了派出所。开始她什么都不肯说，但经不住交警队长的好一番劝慰，终于说出自己叫张翠娥，儿子李俊轧死了高老板家的一条狗，高老板的老婆说这条狗最低价也要15万元，背着高老板非要她儿子赔钱不可。儿子实在赔不起，儿子的女朋友见他这么倒霉，就跟他"拜拜"了。老太太不想儿子的前程就这么毁了，想来想去觉得只有一个办法可以帮儿子，就是让自己被狗主人家的车子撞死，一命抵一命总可以了吧？所以她就盯上了高老板的车。可是没想到撞了几次都没成功，反而把身份证给弄丢了，老太太担心没有身份证到时候交警查不出她的身份，所以就特地请学生帮忙写了这样一张纸条，随时带在身上……

看着纸条上歪歪扭扭的字，想起老太太穿着青衣拿着饼子一次次迎车而上的样子，高老板的心碎了……

（本篇月月评短信代码：2408）

（**题图、插图**：张　恢）

《红色天网》

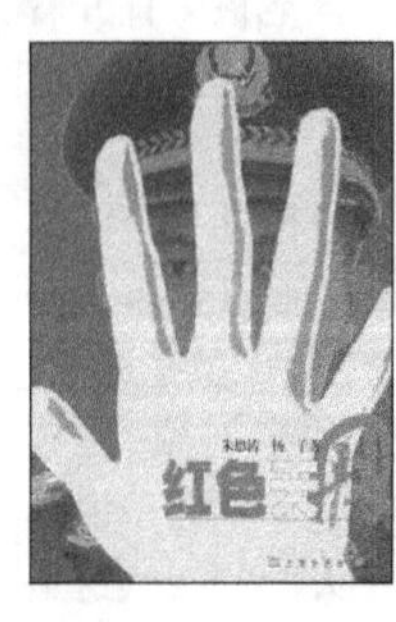

本书是作家朱恩涛、杨子继长篇小说《公安局长》之后精心打造的又一部反腐力作，也是内地第一部正面描述中国国际刑警跨国追捕金融诈骗逃犯、淋漓尽致地展现年轻的中国国际刑警英姿风采的长篇小说。

故事大意是，一个专门针对金融界人士的雇佣杀手已潜入国内，而此时东海市发展银行副行长又突然离奇自杀，某贸易公司老总曾假这个副行长之手将巨额美金转移境外，此时也匆忙携情人外逃。高层领导下令限期破案，国际刑警总部也对该老总下达了红色通缉令。受命处理此案的国际刑警联络处高级警官李鑫立即率女警官郭璐等奔赴南美洲某国抓捕逃犯，他们在异国他乡依靠同行的鼎力支持与配合，以及华人社团的全力协助，历经艰险，不怕磨难，最终胜利完成了任务。然而在这场尖锐复杂的斗争中，女警官郭璐却永远躺在了异国他乡……故事情深意切，又不乏峰回路转的悬念惊奇，作品内容时刻牵动着你的心。

美好前程谁作主

□红　玉

刘平的儿子金宝今天刚好满周岁，按老家的习俗，晚饭之后要给儿子抓一次阄。一般人家给儿子抓阄的东西除了食品和算盘就是书了，食品表示有吃，算盘表示有钱，书嘛不用说也猜得出，当然是表示将来读好书做大官。可是刘平两口子今天给儿子抓阄的东西很特别，最重要的书没有了，代替它的是一枚文化局的公章。

刘平在文化局给局长当秘书，拿枚公章回来还不是小菜一碟！抓阄抓公章，这是刘平的妻子阿英的主意。阿英说现在光读书好有什么用，有的人书读好了连工作也找不到，有的人读书的时候笨得像头牛，不照样能当官，所以得直接把官印抓在手里才最实用。

可两口子的这点心思金宝怎么能懂？晚饭时，阿英特地把儿子喂得饱饱的，然后把他平时最不喜欢吃的鸡腿当作食品，把一只用旧了的计算机当作算盘，把那枚文化局的公章端端正正地放在中间，旁边还特地放了一盒红印泥，这才让金宝去抓。谁知金宝的小手在空中舞了两下，竟一把把鸡腿抓了起来。

两口子气得简直要吐血。阿英说："这小子怎么这么没出息？抓个计算机倒也罢了，明明吃饱了，却偏

偏要去抓这号子东西。”

两口子闷闷不乐。突然，阿英对刘平说：“不对呀，金宝是8月31日夜里十二点零六分出生的，是因为要赶上每年8月31日这个读书报名的截止日子，我们才硬把他的出生时间算作今天8月31日的，金宝真正的周岁应该是明天9月1日呀，我们应该明天晚上再让他抓一次，那才是真的。”刘平一听，直夸阿英脑子转得快。

也是老天帮忙，正好第二天是星期天，公章还可以在家里留一天。为了确保明天晚上金宝能自己抓到美好前程，第二天，刘平和阿英一大早就起来了，每隔一小时就拿公章给金宝玩一次，想培养儿子对公章的感情。可公章这种东西到底不是玩具，又不会变形，又发不出声音，怎么玩呢？哎，孩子就是有孩子的乐趣，金宝一看这东西印在手上有红红的颜色，就乐呵呵地到处印，凡是小手够得着的地方，都敲下了红红的大印，到后来，连他自己的小脸上也成了红彤彤一片。看金宝这么有兴趣地摆弄着这枚公章，刘平和阿英才稍稍宽了点心。

晚饭后，鸡腿和计算机照例摆了出来，可是两口子发现公章不见了。不但公章不见了，就连金宝也不见了。阿英一想：金宝不会是被隔壁翎子抱走了吧？翎子是个才八岁的小女孩，平时特别爱抱金宝去玩，赶紧过去一看，真在！只是金宝手里空空的，什么也没有。

阿英问翎子：“我们金宝手里玩的公章呢？”翎子还小，哪里知道什么公章不公章的，傻瞪着两只眼睛直望着阿英。阿英着急了，说：“就是金宝手里玩的那只木头东西！”“啊，阿姨说的是这个呀，我看它红腻腻的把衣服都弄得一塌糊涂，就扔垃圾车里了。”

“什么？”阿英叫了起来，“就是刚开走的那辆垃圾车？唉呀，你怎么不问问我们就扔了？”她疯了似的冲出门去一看，哪里还有垃圾车的影子？不由急得号啕大哭起来。

刘平听到声音赶紧过来问怎么回事，阿英一说，刘平立马就吓得两腿发软：“都是你出的馊主意，这下你让我怎么办？怎么办哪？”

想来想去，唯一的办法是刻一枚一模一样的公章来代替。两口子当晚就干了起来，先去买和原先那枚同样材质的毛坯章，又找出过去曾经留有公章印鉴的文件纸，拿去给刻章师傅，请他照着刻一枚。师傅摇摇头说：“没有公安局的证明，我不敢帮你刻，这是违法的。”刘平只好把实情和盘托出，又给了师傅两千块钱，师傅这才答应下来，还一再叮嘱刘平两口子，这事儿万万不能说出去。刘平和阿英鸡啄米似的点头：“怎么会呢，我们比你还怕呢！”师傅这才干了起来。公章刻好后，师傅搬来一摞旧报纸，把新刻好的章子蘸上红印泥，拼命往报纸上盖印，直盖到新章子的每一个缝隙都蘸透了印泥，和旧公章相差无几了，才交给他们。

星期一，刘平一大早就把这枚公章送还到局长办公室，一整天，他都提心吊胆地注意着局长的反应。还好，他亲眼看到局长用过两次公章，但都没说什么，心中的石头才落了地。儿子抓阄的事是黄了，可总算单位里没出什么大事，想想也算了。

原以为花了钱就消了灾，不料下班回家路上，刘平从一个立交桥下走过，无意中瞥见一张治性病的广告上盖着一个鲜红的公章。这种广告怎么会盖公章呢？刘平很纳闷，凑近去仔细一看，吓出一身冷汗，那上面盖着的竟然是文化局的大印。刘平四下一看没人注意，赶紧伸手把它撕掉。可才走了几步，发现前面另一张“房产交易”的广告上也盖着文化局的大印。刘平的头“嗡”的一声大了：看来那枚正宗文化局的公章并没有被真正当作垃圾处理掉，而是被人家捡了去了。这个人究竟要干什么？刘平慌里慌张地往前一边走一边看一边撕，可是他哪里撕得干净，不光立交桥下有，其他地方也有，有一枚公章竟然盖到了法院的通告上面，把法院的公章都给盖住了大半。

刘平又害怕又着急，一路跌跌冲冲地回家，把这个新发现悄悄对阿英说了。事情到了这一步，该怎么收场呢？两口子懊恼不已，想了一夜也没想出什么好办法。

第二天，刘平刚上班就被局长叫进了办公室，原来是法院把电话打到了局长这里，还有很多人连夜举报，说是文化局的公章满街乱盖。平时除了局长，这枚公章只有刘平经手，局长问刘平这是怎么回事，刘平的额头上冒出豆大的汗珠，他不敢再隐瞒了，只得原原本本地把事情经过说了出来。局长气得指着刘平的鼻子说：“等把这个案破了，再跟你算账！”

·中国新传说·

扔砖头

□郭　强

张森被村民选上当了村主任，哼着小曲回到家里已是月上树梢。

他老婆从大喇叭的广播中得知自己男人让她成了村里的第一夫人，早激动得炒好了菜温好了酒做好了饭，让孩子做好功课吃了饭睡去了，她想今晚好好犒劳犒劳自己的男人。

张森这几年不容易，从部队复员后就甩开膀子把所有的气力都用在了过日子上。当过兵的人就是不一样，做什么事情都像打仗，有勇有谋，弄出了不少新花样，种大棚，养蛤蟆，几年奋斗下来，票子房子车子妻子孩子都有了。什么车？农用拖拉机呗，这东西除了在地里显神威，还能又载人又载货，可实用哪！如今，他又坐上了村主任的位子，这不就是六子登科

局长立即向公安局报案，警察一出动，案子就破了。原来文化局的公章和印泥被一个掏垃圾的疯子捡了去，他高兴得像捡到宝贝似的，走到哪盖到哪，被警察抓到时，他正在往市政府的通告上盖呢。

文化局的公章失而复得，不过刘平则被开除了公职。小两口本想拿公章给儿子抓个美好前程，没想到却先把自己的前程给抓丢了。

（本篇月月评短信代码：2409）

（题图、插图：安玉民）

了嘛！

张森心里高兴，于是就多喝了几杯，酒足饭饱，蒙蒙眬眬地把老婆往怀里一搂，伸手拉灭了灯刚要睡，突然听到“扑腾”一声，像是一块砖头砸在了自家院子里。

“谁个挨千刀的！”老婆是个直性子,刚想破口大骂，张森一把捂住了她的嘴:“吵吵个啥,咱现在身份不一样了，让左邻右舍知道了光荣？”

张森这时候脑子里乱乱的，他想起了前任村主任赵老二，因为当不好家，夜里老有人往赵家院子里扔砖头。可自己今天才上任啊，是谁这么快就来扔自己的砖头了？难道是赵老二今天落选了心里不痛快，扔几块砖头出出心里的窝囊气？可说起来赵老二还是自己的姐夫哩，不至于这么不讲人情吧？

要不就是钱寡妇？前天自己的农用拖拉机在地里调头时压坏了她家10棵小白菜，钱寡妇嚷嚷着硬要自己赔10棵大白菜的钱,当时没理她，扔下5元钱就走了,闹了个半红脸。对了,兴许是孙老头？孙老头前两年承包了村里的果树园，没想今年收益特别好，所以合同还没到期，村里就有人眼红得想出高价承包他的园子，就连村委会也想毁约，莫非孙老头这是在给自己扔“警砖”？再可能就是李大伯了，李大伯的三个儿子哪个都不咋孝顺他，村里不知给他们调解了多少次，可都不管事……

张森心里七上八下，就这么猜来猜去地在炕上“烙起了烧饼”。

第二天，张森起了个大早，郑重其事地把院子里的砖头拿进屋里放好，随后喝几口粥就出了门。他先到钱寡妇家赔礼，又去孙老头那儿给他吃继续承包果树园的“定心丸”，随后来到李大伯家，叫人把他那三个儿子找来，一条一条让他们制定赡养李老伯的计划。

整整忙了一整天。晚上，张森刚

拉灭了灯躺下，这时候“扑腾”一声又响了，不用说，肯定又是一块砖头砸在了院子里。

张森老婆气得就差冲出去逮人了，硬是生生被张森给拉了回来。张森又琢磨开了：这又会是谁扔的呢？周叔？对了，周叔的责任田离家远，家里的劳力少，他自己身体又不行，找村里调多少次了都没成。吴嫂子？吴嫂子的儿子前年给村里盖房时砸坏了手，村里要给的补偿费到现在还没算清。郑校长？小学校的房子都快成危房了，村里没钱，就说让他先凑合凑合，可这一凑合就是两年。

张森睡不着了，拉亮灯，找来笔，在本子上把这些事一一记了下来。第二天，他把砸在院子里的砖头又放进了屋里，然后又忙了一整天，一件事一件事地落实。

晚上，张森累了，倒头就想睡，谁知“扑腾”一声砖头又砸进来了。还有啥事？这回张森索性从村东头的王家想到村西头的蒋家，从村南头的沈家想到村北头的韩家，一家一家地想，一家一家地记，隔天就一件一件地去落实。他这才发现，有许多事看似很难，其实只是因为没有去做，真正动脑筋了，办法很多。

不过，这砖头到底是谁来砸的呢？张森心里一直在想。

到了第四天的晚上，张森看看屋子角落里的那3块砖头，对老婆耳语了几句，便悄悄从屋子外的一侧爬上了院墙。他示意老婆拉灭了灯，果然就看见一个人其实早就蹲在那里等着了，“扑腾”往院子里扔了一块砖头后扭头就走。张森刚想跳下去拽住他问个清楚，却突然愣住了。为什么？那个人走路一高一低的样子他太熟悉了，那是全村唯一一个瘸子，是他的爹呀！爹的腿是年轻时为村里垒猪圈时跌的。

张森当村主任，爹在为他用心思呀！

（本篇月月评短信代码：2410）

（题图、插图：安玉民）

谁懂你的

□王东生

潘老板有个远亲找不到工作，潘老板硬是辞退在店里干了十多年的最老实的帮工庄梦，腾出位子来解决他自己远亲的问题，而且连最后该给庄梦的半个月工钱也赖掉了。庄梦一个老实疙瘩能与潘老板理论个啥，只好重重地叹口气，勾着头走了。

没了工作就等于没了养家的钱，可一家三口饭总得吃吧，靠老婆那一点收入怎么行？无奈之下庄梦只得找了辆板车去菜市场卖菜，用每天挣得的块儿八毛钱勉强度日。

这天庄梦卖菜回来，看见路边草丛里躺着一只死老鼠，他一眼就看出这只老鼠是老死的，因为老鼠的胡子都白透了。庄梦灵机一动，便把死老鼠捡回家剥了皮洗干净，一家人炖着吃。这一带人们老早就有吃鼠肉的习惯，因为他们认为老鼠跟人一样，是吃五谷的动物，所以吃起来无妨，只是如今生活好了，吃鼠的人才渐渐少了，想不到这旧习如今却为庄梦一家救了急。

不过，庄梦从来只捡老死的鼠吃，吃过后还将鼠皮鼠骨找一处绿地埋了。这事被鼠王知道了，鼠王很感动，决定帮帮庄梦，这天一大早，它就把自己鼠国的玉米和大豆装了满满一袋，送到庄梦家里来。庄梦正准备出外卖菜，突然发现灶台前放着一个袋子，里面全是黄灿灿的玉米和大豆，惊讶极了，问老婆是谁送来的，老婆说不知道，问儿子，儿子也摇头。庄梦猜不透是怎么回事，心想 这不明不白的东西,咱可不能随便吃啊！就没去动它。可是第二天，灶台前又放着一个新袋子，这回里面装的全是白花花的大米。

庄梦心里更疑惑了：是谁在这么帮自己啊？这晚，他索性就守在灶台前不睡觉，想弄明白这个好心人到底是谁，可等了大半夜，什么动静也没有。庄梦忍不住自言自语道："好心人，你快出来吧，否则我可不敢动这不明之物啊！"庄梦话音刚落，就见一只兔子般大的老鼠从门缝里挤进来了，恭恭敬敬地蹲在庄梦的脚前。

"你一定是鼠王吧？"庄梦猜测着说，"这两个袋子都是你送来的？"

胖乎乎的鼠王翘着它那两根长长的胡须，冲着庄梦微微一笑，点头作揖说："一点小礼物，以报答你对我们鼠类的善待。"

庄梦急得连连摇头："可这都不是你们自己的劳动所得，我怎么能接受呢？"

鼠王笑了："你说得不错，这些东西确实不是我们劳动所得，可却是你们人类随意浪费而被我们搜集起来的啊，这难道有错吗？我们这是'物尽其用'啊！"

庄梦细细一想，鼠王这话好像有点道理，便不再拒绝。从此，鼠王隔三差五便给庄梦送东西来，数不清的老鼠们也与庄家走动起来，庄梦的儿子更是与老鼠们玩得火热。

忽一日，庄梦的儿子与一只鼠仔蹿上蹿下地玩耍，不知咋地被逗恼了，他狠狠地拍了鼠仔一巴掌，没想下手一重，鼠仔竟倒在地上死了。庄梦得知后，把鼠仔装入盒里埋了，把儿子狠狠打了一顿，责怪儿子怎么这么不知轻重。没料儿子长这么大还从来没被庄梦打过，这一打就被打出病来了，医生说还病得挺重，需要住院治疗。

庄梦哪里付得起这笔钱？事情被鼠王知道了，劈头就责怪起庄梦来："你哪能这样打孩子？我一看就知道你儿子是个善良的根性，他失手误伤鼠仔，那定是鼠仔的寿数已尽，万物生于土复归于土，也属自然，只是鼠仔早走了些时日罢了。”

面对鼠王的大度大义，庄梦感动得哽咽起来。鼠王劝他说：“别再耽搁时辰了，我这里有采来的草药，你快煮了让儿子喝，抓紧治病吧！”边说边就拿出一个布袋递给庄梦，同时还塞给庄梦1000元钱。

庄梦惊愕地瞧着鼠王说：“你……你们也太过头了吧？这总不会也是我们丢弃不要的东西吧？”

“嘿嘿，给你你就拿着呗！”鼠王朝庄梦眨眨眼，“你知道这是谁的钱？你那个潘老板的！”鼠王边说边朝庄梦扮了个鬼脸，随后一蹿离开了庄家，庄梦喊也喊不住它。

第二天，庄梦卖完菜回家，在大街上看到鼠王悠悠地迎面走来，正要招呼，突然鼠王站住了，原来它发现有块萨其马就在它的脚旁。庄梦一眼就发现这萨其马里有毒鼠强，“别——”话还没喊出口，鼠王却已经三口两口把萨其马吞下肚里，不一会儿果然就抽搐着身子痛倒在了地上。鼠王无奈地对庄梦说：“我枉为鼠王了，千防万防还是人类厉害呀！我死后，你就把我埋了吧。”说完，它跌跌撞撞想扑进庄梦的怀里，可不知怎么，突然又猛地一个挣扎，踉踉跄跄地拐进了旁边一家人家的院子里。

庄梦一看：这不就是潘老板的家么？他心里突然明白了：有情有义的鼠王是怕它有毒的身子染了庄梦哩！

眼看着鼠王刚迈进潘家院门，就倒在了地上，庄梦刚想冲过去看看，突然潘家院里那只大黄狗“嗖”地蹿过来，一口就将鼠王吞下肚去，转眼间也倒在地上不动了。庄梦眼看着自己的义鼠死了，伤心得号啕大哭。潘老板搞不清是怎么回事，还以为这狗是吃得太饱撑死的，又舍不得把死狗丢掉，当晚就把狗皮剥了煮煮吃，结果潘老板也被毒死了。

三天后是潘老板大殓的日子，由于他平时为人刻薄，所以除了稀稀拉拉的自家亲戚外，店里没有几个人来为他送行。可让人看不懂的是，寥寥的送行者中却有庄梦，而且还戴了重孝。有人对庄梦说：“潘老板硬卡了你的饭碗，扣了你的工钱，你还这么为他哭葬，也太黑白不分了吧？”

庄梦被众人奚落得红了眼睛，有生以来第一次与人怒道：“我不是在哭潘老板，我是在哭我的义鼠，我的义鼠啊！呜呜呜……”

人们都怔在了那里，谁也听不懂他说的是什么意思，只有庄梦自己心里清楚：潘老板的肚子里有狗肉；狗的肚子里有他的义友鼠王啊！

（本篇月月评短信代码：2411）

（题图、插图：安玉民）

酒魂

□孙绍禹

清朝末年，云雾山地界上强盗横行。

这天半夜，一个叫“高盛老店”的栈房里，十来个男女路人刚歇下脚，一伙蒙面强盗就闯进来，二话不说把他们连同随身财物摁进一个个麻袋里，扔到了大车上，拉起就走。其中一个叫仇三郎的路人被压在最底下，闷得连气都喘不过来。

大车“吱呀吱呀”走了大半夜，直到第二天早上才在云雾山上一个大庙前停下来。

车上的麻袋一个个被拽下地，解开了袋口，仇三郎从麻袋里爬出来，深深地吸了口气，四下里一看，发现一个满脸大麻子的人正得意洋洋地坐在庙前的空地上喝酒，像欣赏猎物一样地看着他们哆哆嗦嗦地从麻袋里爬出来。仇三郎明白了：这个大麻子肯定就是人们传说中的麻子匪首刘奎，看样子这里就是土匪的老巢了。

果然，大麻子咳嗽了一声，仇三郎他们就被几个小土匪带到早已摆放好的一排桌子前，勒令给自己家里人写信，让拿钱来赎他们。

大麻子警告说：“你们都给我听着，有不服者当众斩杀，要么索性丢进山里去喂狼。”

仇三郎脑袋瓜子一转，眨巴眨巴眼珠子，对大麻子说：“我说，好汉爷们儿，咱颠了半宿啦，给咱壶酒喝喝行不？喝了酒，我就给我爹写信，让他多带点儿钱来赎我。”

“好，爽快！”大麻子指指他身边一只还没启封的酒坛子，对仇三郎说，“老子今天破个例，这坛老酒让你喝个够。不过有个规矩，你得一口气把这坛老酒喝完，要是剩下了，我可得叫人掐着你的鼻子给你灌下去。”

仇三郎二话不说，抱起酒坛子，打开封口，“咕咚咕咚”张口就朝嘴里灌了起来。

谁见过这种喝酒法？别说是酒啦，就是水，能一口气喝下一坛子，也得撑个半死。这时候，旁边不管是与仇三郎一起被劫来的路人，还是云雾山上的土匪，一个个都傻了似的瞪眼瞅着仇三郎。

不一会儿，仇三郎就把酒坛子里的酒喝了个精光。他把酒坛子轻轻往地上一放，抬手抹了一下嘴巴，朝大麻子挤挤眼，然后仰起头，鼓起嘴巴，只听“噗——”的一声，从仇三郎的嘴巴里吐出一团浓浓的酒雾，酒雾里，一个黄色的光球若隐若现。

酒雾迅速向四周弥漫开来，众土匪还没弄明白到底是怎么回事儿，酒雾已经把大庙前的整个空地笼罩起来了，众土匪，还有那些一起被劫来的路人，还没来得及出声，就都一个个被醉倒在了地上，就连天上飞的鸟，地上跑的兽，也醉倒了一大片。

直到这时候，仇三郎才猛吸一口气，把那个黄色的光球吸回到自己嘴里。

“哈哈哈！”仇三郎仰天大笑，他知道，是自己多年的喝酒经历，铸就了与酒的奇特缘分，是神奇的酒魂救了自己的性命。

正得意哩，突然一个银铃般的声音在他身后响起：“大哥好身手啊，什么时候练的这套本事？”

仇三郎回头一看，自己身后笑嘻嘻地站着一个姑娘，有点面熟。对，想起来了，是一起被劫持来的路人。

“咦，你怎么没醉？”

“醉？”姑娘的笑声比仇三郎的更响，“我可没那么容易醉趴下，我和酒的缘分不比你差，不信咱们比试比试？”

仇三郎一愣。可是现在哪还顾得上与她斗嘴？和自己一起被劫持来的那些路人还都倒在地上，得赶紧把他们弄醒，大家一起逃命要紧。

仇三郎好不容易找到个木桶，提了满满一桶水，挨个把这些路人冲醒，让他们赶紧走人。他自己最后一个离开的时候，一咬牙，从脚边一个小土匪手里捡起一把匕首，闭着眼睛就朝大麻子的脸上插上去：“哼，你这

个祸害头，我叫你以后没脸见人！”

可是这一刀子下去，大麻子愣没痛醒，只是用手胡捋了一把，满脸是血地翻了个身，接着又沉沉睡去了。可仇三郎却是头一次碰刀子，一见大麻子这副样子，自己反倒吓傻了，扔下匕首拔腿就跑。

跑出没多远，就听后面有人喊他：“嗨，大哥，你怎么也不等等我就跑啦？”

仇三郎回头一看，是刚才在他身后笑声比他更响的那个姑娘，背着一个挺沉的大包袱，跌跌撞撞地追了上来。

仇三郎脱口嚷道：“好你个丫头片子，捡了条命还不快逃，你不想活啦？”

“嗨，‘丫头片子’是你随便叫的吗？”姑娘快人快语地说，“告诉你，我叫古九妹，以后你得叫我大名。亏你还是个男人哩，他们大老远把我们劫了来，就这么走，也太便宜他们啦，总得让他们吐点血吧？你不知道，他们老窝里金银财宝还真不少，我挑了些值钱的背来了。你这傻大个，你跑那么急干什么？要不，我还能多拿些哩！”

“嘿嘿，看不出来，你还挺财迷的嘛！”仇三郎笑她，“可这么老沉的东西，你能背回家吗？”

“不是还有你吗？”古九妹说，“你想扔下我自己开溜啊？别那么绝情好不好，咱们不是还要比试比试的吗？”

仇三郎连连摇头：“一个姑娘家，跟个大男人比喝酒，你家里人知道了，还不得打死你啊？”

“我，”古九妹的神情立刻暗淡下来，“我没有家了，四海为家都好几年啦，我也早习惯了，这次能遇上你，也是缘分不是？”

仇三郎听她这么说，想想莫非真

 在一切创造物中间，没有比人的心灵更美、更好的东西。——海涅有缘分在里头？于是脚步也慢了下来，两个人一路走一路便说起话来，果然越说越投缘。

走着说着，就这么又回到了高盛老店，两人觉得要说缘分，应该是从这里开始的，就决定还在这里歇脚，于是便要了一壶酒，相对而坐，继续聊。

话匣子一打开，两个人越谈越觉得相见恨晚，最后一碰杯，古九妹对仇三郎说："三郎哥，来，咱们干完它，不是说好要比试的嘛！"

仇三郎不放心地问："九妹，你能行吗？可别伤了身子。"

好久没有得到亲人的关心了，仇三郎一句简简单单的问话，把古九妹感动得差点儿没掉下泪来："没事，我和酒有缘分着呢！"于是，两个人满满当当地干了一杯。

只见仇三郎一大碗酒喝下去，把嘴张开，一团酒雾裹着一个黄色的光球，慢慢地又从他嘴里飘了出来。不过，这回这团酒雾并不弥漫开来，就像个气球似的裹紧着在空中飘荡。

古九妹一瞧，笑了，也张开嘴巴，不得了，就见从她的嘴巴里也飘出了一个充溢着浓浓酒香的雾团，雾团里的光球却是红色的。

两个雾团在空中上下飘舞，旋转追逐，哪知不一会儿竟合成了一个，雾团里的红、黄两个光球，也慢慢地粘合在一起，形成了一个白色的实体，越来越清晰，越来越清晰，最后，变成了一颗晶莹的酒珠，滴落进了放在桌上的酒壶里。

仇三郎和古九妹急得都噘起嘴巴想把酒珠吸回去，两个人几乎同时往酒壶上凑，结果酒珠没有吸住，两个人的嘴巴却吸在了一起——他们再也不想分开啦！

比试没分出胜负，却铸成了一个酒魂珠来，这个结局是他们两个人没有想到的。当晚，他们就结成了夫妻，后来一起回到仇三郎的老家，在镇上开了家酒店，过起日子来啦！

（本篇月月评短信代码：2412）

（**题图**、**插图**：黄全昌）

·本刊信息传真·

郑重声明

为严肃出版纪律，编辑部再次郑重声明：1.本刊拒绝重发稿、抄袭稿。一经发现，编辑部将视情节轻重，对其作出相应的处理，如通报有关部门、在刊物上公开曝光等，并保留向司法部门起诉、追究法律责任的权利。2.所有来稿务请注明：原创、翻译、改编、推荐、搜集整理以及需要说明的事项（包括该作品是否已投寄其他刊物）。3.来稿三个月内未接到任何通知，作者可另投他处，编辑部不再退稿。

·海外故事·

□张伟良

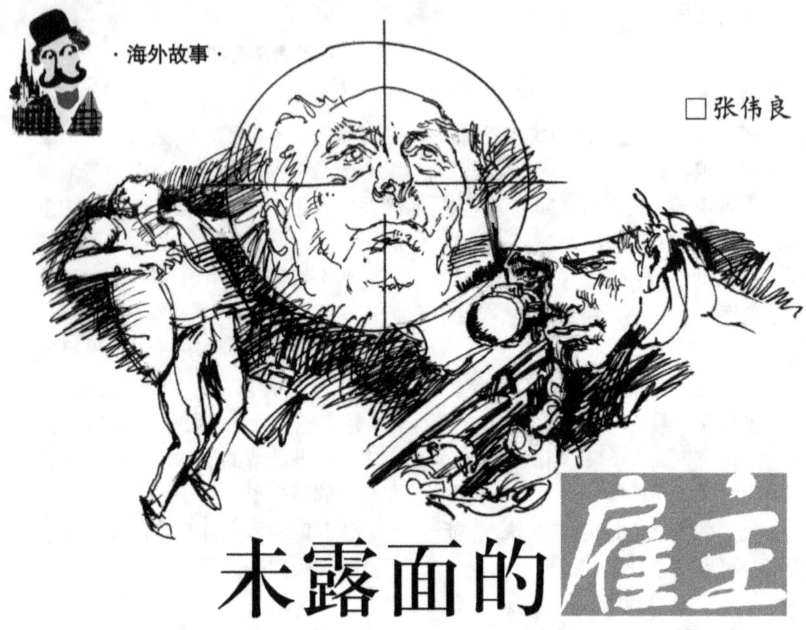

未露面的雇主

卡罗13岁那年他母亲病故了，他一直跟着父亲老卡罗一起生活。

老卡罗操持着家里的一个小农场，所以平时很忙。但再忙他也不忘关心卡罗，他一心希望卡罗成人后能继承他的农场，或找一份正当的职业有所作为。可谁知偏偏事与愿违，卡罗成人之后不知怎么竟会鬼迷心窍地做起了职业杀手。老卡罗痛苦异常，竭力劝说卡罗回头，可卡罗就是固执地不予理睬，直言除非自己在行动时失手，否则就一辈子不会改行。

无奈之下，老卡罗只好等待卡罗会有哪一次失手的时候。可卡罗是个办事谨慎的人，每每受雇，他都要仔细验证被刺杀的对象，不致发生错杀。而且他的枪法又特别准，百米之内射击百发百中，每次行动都是一枪解决问题。为此，老卡罗十分沮丧，而卡罗却越干越有劲，到后来他甚至在外面买了自己的寓所，经常不回家。

这天，卡罗正在自己的寓所里擦枪，电话铃响了，是一个陌生男人打来的："你是卡罗先生吗？我想马上见到你，我在南大街咖啡店等你，请你马上过来。"

卡罗知道又有买卖来了，当即驱车过去。

南大街咖啡店里静悄悄的，只有三四对情侣在那儿喝着咖啡聊天，卡罗进去之后就找了个靠窗的位子。刚坐定，一个服务小姐走上来问："您是卡罗先生？”

卡罗点点头：“是啊！”

服务小姐把手中的一封信递给他，说：“刚才有个先生要我把它交给您。”

卡罗一怔，接过信撕开一看，里面有一张照片，一张50万美金的支票，还有一封信。看照片，这是个五十出头的男子，穿着名牌西服，看上去挺有钱，气度不凡的样子。

信上这样写道：“卡罗先生：因有急事，来不及与你见面，只好先走了。照片上的那个人叫威尔森，是蓝佛公司的总裁，我愿意出100万美金，你替我蒸发了他。我先预付50万，另50万事成之后再付。留个手机号给你：319875427。克德曼。”

卡罗觉得奇怪：这个叫克德曼的人既然约了自己，为什么又不露面呢？看来这是个特别谨慎的人。好吧，既然你愿意出大价钱，而且已经预付了一半定金，那还有什么可犹豫的？何况自己干这一行，从来就没有去了解雇主与仇家恩怨是非的习惯，只要自己行动时谨慎小心，不错杀对方，事成之后拿钱就是了。

当天下午，卡罗就去蓝佛公司验证威尔森的长相，确认照片上的人就是威尔森本人。之后，他又进一步了解威尔森的活动情况，寻找自己下手的最佳机会。不想这一了解，他才明白对方为什么愿意开出这么高的酬金了。原来威尔森平时特别注意保护自己，其防范程度简直不亚于一个总统，他平时有四个保镖不离左右，而且办公室内外都装着闭路电视监视器，即便杀手能侥幸进入也无济于事，就连他坐的小车也有防弹功能，子弹根本没法击穿。所以要想刺杀这个人，简直比登天还难。

事情非常棘手，可酬金又非常诱惑！卡罗不肯轻易放弃这笔买卖，却一时又想不出好办法。这天他从外面回来，发现邮箱里有封信，取出一看，是雇主克德曼写来的：“卡罗先生：上次未能与你见面，十分抱歉。现向你提供一个关于威尔森的情况：市郊爱克路上唯一一幢外墙爬满了青藤叶的别墅，是威尔森金屋藏娇的地方，无人知晓，他去那里与情人幽会从来不带保镖。明晚8点，他会去那儿。克德曼。”

这个情报此刻对卡罗来说真是太重要了，只是他十分惊讶：既然无人知晓，那克德曼又是怎么知道的呢？也不管它了，第二天上午，卡罗便悄悄来到市郊爱克路上踩点，做好了当晚行动的一切准备。

晚饭之后，卡罗便带着装有红外线夜视镜、强力瞄准器和消音器的高性能步枪，来到爱克路上白天找好了的伏击点等候。趁着这会儿，他又在步枪上装上红外线同步摄像机，当子弹射击出膛的一瞬间，摄像机会同步

拍摄猎物中弹的情形，到时他就凭这个向雇主克德曼提供实证，领取余下的那一半酬金。

准8点，果然见一辆小车急驶而来，在别墅门口停了下来，车门打开，从里面走出一个五十出头西装革履的男子。借助夜视镜，卡罗一眼认出这男子就是威尔森。只见威尔森转过身，朝四下看了看，正要迈步朝别墅走去，就在这当儿，卡罗瞄准他的脑袋扣动了扳机，威尔森应声倒地，前后不到两秒钟。

原本那么棘手的事情居然这么轻易就解决了，卡罗真不敢相信自己的运气。回到公寓，他将照片冲洗出来之后，就马上给克德曼打电话，准备领取余下的另50万美金。可是一拨号码，他才知道，克德曼留给他的其实是个空机号，卡罗上了克德曼的当！该死的克德曼只给了他一半的佣金就溜号了。

对卡罗来说，这样的失手还是第一回，他非常恼火，后悔自己当初被100万美金迷住了心窍，没坚持见到克德曼之后再动手。现在好了，克德曼长什么样都不知道，还怎么去找他要钱？

猛地，卡罗想起了一件事：克德曼当时不是让咖啡店里的小姐转信给自己的吗，只要从小姐那里弄清克德曼的长相，就不愁找不到他。哼，到时非好好收拾他不可。

第二天，卡罗要去咖啡店，突然发现自己的邮箱里又来了一封信，拆开一看，上面写着：“卡罗：你完成了任务，但完成得不漂亮，因为昨晚被你杀了的不是威尔森，而是我——你的父亲老卡罗。不过你不必为此感到惊讶，因为这个事情从头到尾都是我一手设计的。我这辈子就你一个儿子，一心希望你成人成才，谁知你竟然会这么令我寒心，也让我日后实在无法向你母亲交代。你曾说过，除非在干这种事情时失手，你才会考虑改行。为了让你改行，我决定用我的生命为代价。那幢别墅不是威尔森而是我的一个朋友的，他出国旅游去了，委托我帮忙照看他的房子。至于我为什么选择威尔森，是因为我的朋友平时都说我长得非常像他，只需稍稍整整容，就能跟他一个样。你是神枪手，一枪命中我绝对没问题，所以我不怀疑我的计划会落空。现在你终于失手了，你应该信守自己的诺言，彻底抛弃你现在的职业。家里的农场留给你了，如果实在不愿干，你就去找一份正当的职业，堂堂正正地活着。你的老卡罗。”

看完信，卡罗如雷轰顶，这样的结局是他万万没有想到的。悲伤地处理完老卡罗的后事之后，他把所有的枪械都交到了警察局……

（本篇月月评短信代码：2413）

（题图：王申生）

乡村御医

□崔　陟

慈禧在大清朝掌了几十年的权，那威风可是耍到家了，一班文武大臣在她的眼里，她是看着谁不顺眼就跟掐豆芽菜似的那么一掐，谁的脑袋就得搬家，就连光绪皇帝也受她的窝囊气，日子过得还不如个老百姓呢!

可就是这么着，慈禧的心里也不痛快，你想呀，她虽然有名分有地位，可是年纪轻轻的就守寡，几十年都是咬着牙过来的，心里能好受吗？甭说她看着光绪和珍妃恩恩爱爱的就来气，就是看见鸳鸯戏水燕子双飞，也是气不打一处来呀!

这天，正是端阳佳节，太监李莲英看出慈禧不高兴来了，就想借机会讨她个欢喜。

端阳节不是都吃粽子吗？他就让御膳房给包了六个粽子，六个粽子六种馅，豆沙的、枣泥的、五仁的、火腿的、莲蓉的，还有一种是桂花的。那粽子三角尖尖，小巧玲珑，放在一只

青花瓷盘里，甭说吃了，看着出气都顺溜。

慈禧一高兴，一口气都给吃了。吃完了，她一抹嘴，对李莲英说："小李子，可真有你的呀！"

慈禧一高兴就去颐和园昆明湖边散步。不过这回可是麻烦了，那粽子是糯米做的，在胃里不好消化，湖边风大，这么一吹，再加上慈禧本来心里就有事，于是胃里火辣辣的就不住地翻腾，赶紧回宫喝口热热的莲子汤，原以为早点儿上床休息就没事了，哪知道到了夜里越发疼痛，躺在床上哇哇直叫。

李莲英一看马屁拍马蹄子上了，赶紧把御医找来，切脉、问询、开方子、配药，等药煎好了，他又自己亲手端上来给慈禧喝下去，折腾了大半夜，慈禧的病情才稍稍缓解了一点。

李莲英这才松了口气，可没想到第二天天还没亮，慈禧的胃又不对劲了，疼得在床上直打滚儿。

御医们一个个都吓得束手无策，李莲英更是着急，因为这漏子是他捅的啊！他脑子一转，立即让小太监陈太保到宫外去请名医。

这个陈太保平时没干过什么利索事，这回就想趁此机会显显自己的身手，于是立即出了宫，逢人就打听："哪有好大夫？进宫去给太后老佛爷看病啦！"

他这么一咋呼，大夫们赶紧摘牌子收幌子，找地方躲起来。为什么？进宫给慈禧看病，那不是捋老虎须子吗？谁愿意去冒这种险？

就这么着，陈太保从早找到晚，连个大夫的影子也没见着。他找来找去就找出了城，后来找到郊区大溜庄，在村口碰见一个捡柴禾的老头儿，就问："这村里有医生吗？"回答说是有，姓寿，就住前边那排瓦房里。他谢过老头儿，就朝前边去了。

叫开门，陈太保看见一个五十上下、戴一副玳瑁眼镜、穿一身马褂的瘦子，他问："你是看病的寿……"

那人点点头："是啊，没错，是我。"

陈太保乐了："哎呀，找了一天，可找到你了。赶快跟我走！"

那人一怔："上哪儿？"

陈太保说："走吧，你的时运来了，赶快跟我进宫去吧！"不由分说，拉了他就走。

进宫以后，陈太保让那人在偏房里等着，他自己去见李莲英。

李莲英早就等得心急火燎的了，见了他就问："你怎么刚回来，找到没有？"

陈太保得意地把办事经过说了一遍，李莲英二话没说就去了偏房。

那人也正着急呢，见了李莲英就说："我家里还有事情，你快带我到御马圈去吧！"

李莲英一愣："上哪儿？"

那人说"叫我来，不就是给宫里的老黄马看病的吗？"

"胡说！"李莲英一瞪眼，"是老佛爷病了！"

那人一听"老佛爷"三个字，吓得腿都软了，"扑通"一声跪在地上，连声说："小的该死，小的耳背，小的只会给牲口看病，哪能给……给老佛爷看……"

陈太保早在一边吓得筛开了糠，朝着那人直喊："你怎么不早说啊？"

那人说："我说什么呀？你问我是看病的吗，我说是，你就带我来了……"

不得了，这个口误可是闹大了呀！这就叫猴吃麻花——满拧，陈太保把事情给办糟糕了。

李莲英本打算放了这个寿医生算了，可他又一想，不能放。他对寿医生说"你一个兽医贸然进宫，可是死罪呀！"

寿医生一听害怕了："那可不是我要来的啊……"

李莲英把脸一沉，说："不过，要想活命也不是没有办法——从现在起，你就是给人看病的大夫，不许再提什么兽医不兽医的。你马上跟我去给老佛爷看病。"

寿医生哆嗦了："我……可我不会呀！"

李莲英压低嗓门儿说："我琢磨着，人和老黄马什么的，肚子里的东西也差不到哪儿去。老佛爷其实也就是着凉停食了，御医们都不敢用药，所以就难见效果，你就大着胆子给老

佛爷开一个方子，药量用多少你看着办吧。”

寿医生一听，这不是让自己提着脑袋去赶集吗！他正犹豫着呢，李莲英可急了：“你不去，咱们三个一准得死，你如果去试试，我看八成就是条活路！”

寿医生一想，也对，家里老婆孩子都等着自己呢，可不能这么糊里糊涂大家都完蛋了啊，于是牙一咬，就答应了下来。

李莲英怎么带着寿医生给慈禧看病号脉开方抓药，这里就不一一细说了。只说后来慈禧吃了寿医生开的平时用来灌牛的泻药之后，工夫不大肚子里就“咕噜咕噜”乱响，急着要出恭，泻完之后，顿时觉得身体舒服了，又喝了碗参汤，马上就有了精神。

慈禧心里一高兴，就问李莲英：“哪儿的大夫啊？”

李莲英赶紧说“是大溜庄的，还在外边伺候着呢！”

慈禧就把寿医生叫进来，夸奖了几句，又叫李莲英磨墨，当场挥毫写了“乡村御医”四个大字，赏给了寿医生。

回到家里，寿医生把慈禧赐的字请人制成金匾，挂在家门口。

这下他可出大名儿了，可是有一样他没有料到，打这儿以后，就再没人找他给牲口看病了。为什么？你想，他是慈禧命名的御医，你牵着驴来，这不是明摆着污蔑老佛爷吗？就是人自己生了病也不敢找他，谁不知道他的底细，这药量用得合适不合适对不对路啊？

这一下麻烦了，寿医生的生活来源没了，本来还以为因祸得福，这回可好，谋生的手段用不上了，干别的又不会，只好靠典当过日子。卖来卖去，就卖剩下那块金匾了。

他天天看着大门口的金匾发呆，不住地问自己：“我……我这是招谁惹谁啦？”

幸好没几年，慈禧老佛爷驾崩了，紧接着大清王朝灭亡了，寿医生才又有了出头之日。他把金匾摘下来，买了挂一百响的鞭炮在门口就点上了。鞭炮“噼里啪啦”一响，街坊四邻都来了，问：“寿医生，你这是怎么啦？”

寿医生一蹦老高，说：“乡亲们，从今天开始我又可以给你们看病了！”

“什么，你说什么？”大伙一听，“你也要给我们吃泻药啊？”

“哪儿啊，”寿医生朝大伙儿作了一个揖，“我是说……我又能给大伙的牲口看病啦！”

（本篇月月评短信代码：2414）

（**题图、插图**：黄全昌）

（欢迎来稿，本期责任编辑电子信箱：baofang@vip.sohu.net）

割喉之谜

□梁柱生

红石镇的人都喜欢到剃头师傅谭岗的铺子里来剃头，不但是因为冲着他手艺好，收费便宜，而且碰巧的话还可以看到他那手谭家绝活“耍剃刀”：你在剃头的时候若有苍蝇蚊子飞过，谭岗只要一剃刀过去，它们立刻被腰斩两截。

后来镇上来了日本人，听说他们的司令“一尺七寸”也有一手飞刀斩蝇的绝活，不过他用的不是剃头刀，而是他们的“武士刀”。这天，一尺七寸硬要和谭岗比试飞刀的绝技，谭岗根本不把日本人放在眼里，比试了三回，他足足比一尺七寸多斩了三倍的蝇子。

一尺七寸为了显示自己的大度，竖起拇指对谭岗说：“你的，飞刀大大的好，以后我们皇军的剃头，你的大大的包了的？”

谭岗先是一愣，而后一想：这样的活儿为什么不接？点点头，就接下了。镇上的人都骂谭岗是汉奸，都不到他的铺子里来剃头，他的生意一下子就冷清下来，可谭岗不理会。

不久，人们就发现镇上出了怪事儿：日本兵正在街上巡逻，走着走着突然就倒地死了；正在饭馆里吃饭，吃着吃着突然就伏在桌子上不动了；正在妓院里寻欢作乐，突然就瘫在床上一命呜呼了……这些死去的日本兵都有一个共同的特征：喉咙被割断，但没有一丝血迹。

日军兵营里一时风声鹤唳，日本兵都躲在据点炮楼里不敢出来，就是

出来了，也是成群结队，而且脖子上都围着铁皮，以防不测。一尺七寸下令一定要揭开这个神秘的割喉之谜，就派了大批便衣特务下去，可是明查暗访一个多月，什么结果也没有。最后，一尺七寸下令把谭岗抓起来。

谭岗对一尺七寸说："是你叫我来给你们理发的，你怎么能凭我手里有把刀就说这事儿是我干的呢？"

一尺七寸气急败坏地嚷着："你这个王八蛋，不是你还会是谁？你还装蒜！"

谭岗冷笑道："好啊，你们自己中了人家的金蝉脱壳计，还要拿我来顶缸。告诉你，那个真正的割喉人早跑啦！"

一尺七寸不相信，命令立刻搜查谭岗的剃头铺和他随身带的剃头箱子，可是除了那几件普通的剃头工具之外，什么可疑的地方也没有。

谭岗说："我说你们抓错了人，你们还不信。其实，要抓那个割喉人也不难，我明天就可以带你们去，我知道他藏在什么地方。"

"真的？"一尺七寸有点将信将疑。

谭岗点点头："男子汉大丈夫，说话算话！"

"那好！"一尺七寸大喜过望，"姓谭的，你的如果抓到的，功劳大大的有，花姑娘的你的大大地挑！"

"好，那就这样定了，我现在得先回去了。"谭岗一边说着，一边顺手就飞快地在一尺七寸和周围人的脖子上抹了一下。在场的人顿时脸色都变了，这才知道上了谭岗的当。

一尺七寸狂吼道："快，快给我毙了他！"立刻就有人拔出手枪朝谭岗射去，只见中弹倒地之前，谭岗把右手指伸进了自己的嘴里。

那个朝谭岗开枪的日本兵赶紧冲

 在命运的颠沛中，最可以看出人的气节。——莎士比亚

最成功的律师（结尾部分）

（12月号上半月刊说到：罗伯特非常着急，想把赔偿金退回去……）

律师迈克冷冷地说："已经晚了，现在保险公司要求你赔偿四百万，不然的话，就送你去坐牢。"

"四百万？"罗伯特惊叫起来，"天哪，这怎么可能！"

迈克看了一眼罗伯特，淡淡地说："以我的经验，这一次你在劫难逃了。"说罢，便站起身来告辞。临出门时，这位成功的律师像是想起了什么，回过头来，神色自若地说："对了，顺便告诉你，我现在是保险公司的代理律师，负责你与保险公司的官司，如果你想私了的话，可以打电话给我。"

"什么？"罗伯特的眼珠子差点暴了出来，他瞪着洋洋得意的迈克，忽然全明白了：原来从头到尾都是迈克搞的鬼！怪不得保险公司那么轻易就把赔偿金给了自己，连上诉的要求都没提……想到这里，罗伯特一屁股瘫坐在沙发上，脑子里一片空白……

所以，正确答案是：B.律师迈克反过来帮了保险公司（短信代码IB）

过去，从谭岗嘴里拔出右手指，一看，奇怪，什么都没有！可是转过身来再看周围的人，凡是刚才被谭岗抹过脖子的，此刻都已经一个个先后倒地身亡，他们的喉咙都被割断了，割痕要比那些先前死在大街上饭馆里妓院内的人深得多，但也都没有一丝血迹。

日本人永远不会知道，奥妙其实就在谭岗的右手指上。谭岗割喉用的是他摸索多年的断喉指甲刀，这种刀片薄小而锋利，并用一种名叫"断喉"的毒药淬过火，被断喉者当时毫无感觉，不疼不痒不流血，但过后伤口马上就会自动裂开，变深变宽，直到喉断为止。谭岗把断喉刀片做成指甲状，天衣无缝地套在无名指的指甲上，平时因为割得浅，被割者都不是马上发作，所以神不知鬼不觉，日本兵根本想不到会是这么回事，今天谭岗早做好了与他们同归于尽的打算，所以一刀下去立刻就结束了这些狗日的生命。中弹倒地的时候，谭岗果断地把刀片嚼碎，吞进了肚子里，看到一尺七寸那张痛苦挣扎的脸，他笑着闭上了眼睛。

日本人投降后，红石镇的人特地为谭岗修了一座墓，墓碑很简单，形状像一枚指甲，但是上面什么字也没有写。

要写的字在他们心中……

（本篇月月评短信代码：2415）

（题图、插图：张 恢）

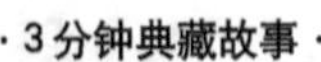

上帝只给了他一只老鼠

他是一位孤独而窘迫的画家，他一直梦想着自己的作品有朝一日能够出现在画展的一角，然而失败却如影随形。一年又一年过去了，遭遇了无数双冷眼，碰了无数次壁，除了理想，他依然一无所有。为了生存，他在一家教堂里找了一份修补壁画的工作，由于报酬低廉，他只好借用一个废弃的车库作为临时住所。生活的艰辛和工作的劳累他还可以忍受，最痛苦的是每次熄灯后都有老鼠在房间里乱窜，发出“吱吱”的尖叫声。

也许在几年前，他会怒不可遏地随手抓起一件东西砸过去，但现在，生活的磨难已把他修炼得心如止水。反正睡不着，他索性趁着车库外面透进来的一点光亮，观察起这只小老鼠来，他发现这只小精灵有着一双亮晶晶的小眼睛，充满了机警和好奇，还不时表演出各种滑稽有趣的动作，于是临摹小老鼠就成了他度过漫漫寒夜的最好方式……几年过去了，卡通世界里名闻遐迩的“米老鼠”终于诞生了，画家的名字也迅速红遍全球。

成功不会如期而至，就看你能否领悟生活的真谛，善于利用稍纵即逝的机会。正如上帝送给画家的那只老鼠！（**作者**：韩会朝；**推荐者**：陈　超）

给芝麻加上糖

父亲做了一辈子的生意，如今已到花甲之年，所幸儿子从美国一所著名的工商大学毕业，准备回来接手父亲开创的事业。如何将自己毕生的经验传授给儿子呢？父亲陷入了沉思。

几天后，他带着儿子走出公司豪华的办公楼，来到一条破旧的街道。他对儿子说：“你想知道我这几十年来做生意的秘诀吗？”儿子的眼睛里立刻充满了渴求的目光，于是父亲指指身后一间狭小的店铺，对儿子说：“这是我开办第一家店铺的地方，我当年就是从这里起家，一步一步发展到今天的。”

儿子脸上的表情既敬佩又迷茫：就这么几十年的时间，父亲究竟用了什么神奇的办法，居然能把一个小小的店铺发展成今天这家著名的跨国公司？

父亲大概猜到了儿子的心思，问他：“你知道一斤芝麻卖多少钱？”儿子说：“这还用问，一斤芝麻卖7元钱嘛！”“那一斤黄糖呢？”父亲又问。“黄糖最多也只能卖到3元钱。”“那一斤芝麻加上一斤黄糖，值多少钱呢？”“这还不简单，一斤芝麻加上一斤黄糖，正好是10元钱。”

儿子话刚出口就觉得不对：为什

么父亲会用这么简单的数学题来考自己呢？果然就见父亲摇头了，缓缓地说：“你得用脑子来解这道题啊！一斤芝麻加上一斤黄糖，是10元钱，可如果你把一斤芝麻和一斤黄糖做成芝麻糖，就不止卖10元钱了吧？其实做生意的秘诀就在于此：你只要动脑子，想办法，把不同的东西按照人们的要求重新加以组合，就能创造出翻倍的价值来。”

儿子若有所思。

（**推荐者**：吕树辉）

考试

十几年前的一天，一群对表演艺术情有独钟的青年报考北京广播电影学院导演系，考试的题目是一个名为《遭遇抢劫之后》的集体小品。应考者纷纷各施所长，力求用自己惟妙惟肖的表演征服在场的老师，于是有的扮演警察，有的装扮成打电话报警的老百姓……总之，大家都希望用自己生动的表演给老师们留下一个好印象。

与别人积极抢镜的举动不同，一个其貌不扬的精瘦小伙子一直站在原地，东瞅瞅西望望，看上去给人一种因为怯场而放不开的样子。这不由引起了老师们的注意，问他表演的是什么。小伙子有些胆怯地说：“我扮演的是看热闹的人。”后来他自己也没想到，就是这个小角色，却让他最终成了这次考试唯一的入选者。老师说：“他的表现，让所有人都为他当了配角。”

很多时候，如果一味地想要从所谓的“热门”中去寻找自己想要得到的东西，往往事与愿违，最终与成功擦肩而过。而常常被人看作是“冷门”的树上，有时候却结满了累累硕果。

（**推荐者**：钟燕蓉）

（**插图**：安玉民）

·中篇故事·

当一切都过去了之后，你才会发现，生活中的美好，其实是那么令人心颤的值得珍惜……

生死危情

□国　鹰

1．解剖惊魂

再诡怪的事都有可能在医学院发生。

已经是晚上十一点多了，红十字医学院男生宿舍楼早熄了灯，突然对面近百米外实验楼方向传来了一声尖厉的惨叫声。

那叫声太过尖厉了，整栋男生宿舍楼都听到了。平日里，小伙子们也常有喜欢恶作剧的，所以刚开始大家虽然一惊，却以为又是哪个人在装神弄鬼，还有人笑道："又是谁在'诈尸'，这小子学得还真像……"

话没说完，第二声惨叫声突然又响了起来，这一次的声音格外长，分明是从实验楼里传过来的——那个实验楼本来是学院专门为进行解剖学研究才盖起来的，一向有点阴森森的味道。

整栋男生宿舍楼里的人不由得都

骇然色变："谁，这是谁的声音？"

有人颤声道："好像是守尸房的老白。"

老白是个古怪的老头儿。也难怪，标本尸体房里把门的人难免都有点怪异，一年到头都难得听到他说几句话，大家跟他打交道，也只有是在去尸房提标本尸体时跟他对上两句，他的声音总有一种让人难忘的特异，像哑了嗓子的猫头鹰似的。

到底发生了什么呢？难道今天的夜晚和平时不一样？

这么晚了，确实还有一个人在实验楼的解剖房里加班，这个人就是医学院的副教授赵凡宇医生。赵凡宇今年三十岁还不到，却已经因为教学和科研上的出色成果，在医学院里赫赫有名了，最近他手里又有个研究项目正在吃紧阶段，所以特别忙，偏偏他的助手小雪身体又不适，请了三天假，所以今天晚上他一直忙到十点钟才刚刚吃完晚饭，碗一丢就又去了实验楼。走进解剖室，他照例电话通知老白送一具新的标本尸体来，然后就换上无菌衣，戴上塑胶手套，认真做着解剖前的准备。

老白是既管标本尸体房又管实验楼的门卫，接到赵凡宇的电话，他就推着安放标本尸体的移动车到解剖房来了，他的腰间晃荡着一大串实验楼里各个科室的门钥匙，它们互相碰撞发出"嚓嚓嚓嚓"的声音，在空空的楼道里争先恐后地响着，传进解剖室，让赵凡宇觉得身上冷飕飕的，有那么一点怪怪的感觉。

不过赵凡宇一向不相信什么鬼神之类的学说，所以很快也就释然了，待老白把标本尸体车推进解剖房，他冲老白笑了笑，道了声"辛苦"。老白那张苍老的脸礼貌地回了他一个微笑，可给赵凡宇的感觉是，老白今天的这个笑比哭还难看。

赵凡宇把标本尸体从尸车移上解剖台，他今天要做的是胸外科解剖，

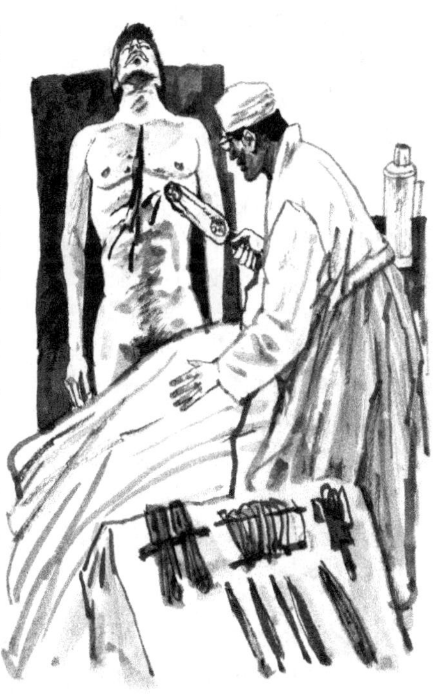

他之所以这么用心地做这项研究，除了教学和科研的需要外，还有一个很重要的原因，是因为三年前他深爱着的女友林绮突然被一场肺部病变夺去了如花的生命。这也是赵凡宇如今事业有成而依然独身的原因，他发誓一定要把这个堡垒攻克下来，否则对不起死去的林绮。

他心里默默地念着“林绮”的名字，定下神来，就掀开了标本尸车上的罩单。出现在他眼前的是一个年轻的小伙子，四肢修长，面目清秀，身上还带着一股冷库里的寒气。赵凡宇按照惯例打开解剖台上的一个开关，固定了标本尸体的手足，然后就拿起电锯，准备锯开标本尸体的肋骨，做胸内解剖。

赵凡宇果断地按下开关，当电锯的锯刃向标本尸体的胸腔猛锯下去的时候，突然一股殷红的鲜血喷溅出来。赵凡宇大吃一惊 作为标本尸体，身上的血都应该是近于半凝状态的，怎么会有鲜血喷溅出来？他立刻将手里的电锯停了下来。

几乎是与此同时，他吃惊地发现，在已经被锯开的标本尸体的胸腔里，一颗鲜活的心脏居然还在“扑扑扑”地跳动着！

2. 抢救无效

赵凡宇心里惊叫了起来：不可能，这绝对不可能，自己怎么会解剖了一个活人？

可那心脏是真实地在跳动着的。

赵凡宇慌慌张张地打电话叫来老白，口齿都有些不清了：“这是怎么……尸体是活的？”好一会儿，他才突然觉得这不该是着慌的时候，于是立即又拿起电话打学院保卫科。打完电话转过身来的时候，却见老白正木木地站在手术台边，颤抖着嘴唇，一句话也不说。片刻之后，老白大概明白了是怎么回事，吓得“啊”地尖叫了一声，脸色变得灰白；又过了一会儿，大概他才刚刚想到这事儿应该有他自己逃脱不了的干系，惊恐得“啊——”发出了第二声惨叫，疯了似的就要往尸体身上扑去。

赵凡宇一见这情景立即拉住了他，并且立刻打电话急呼助手小雪赶来。随后，他让老白坐在一边，自己开始了对这个所谓的标本尸体的急救——不管是怎么回事，就当活人先抢救再说。他在心里狠狠地骂自己：居然连活人死人都没辨别清楚就动了手，自己还有什么资格再当医生？

实验楼的走廊里，脚步声越来越多，保卫科的人首先赶到，随后各科相关医生也来了，氧气瓶、呼吸机等各种急救仪器都调了过来，人人都为这个闻所未闻的变故慌了手脚。

足足忙了三个多小时，赵凡宇一直没有从手术台上撤下来，这多亏了他的助手小雪。尽管小雪刚进来时也吓得惊叫了一声，但如果不是她及时赶到，一直坚持站在赵凡宇身边默默配合的话，赵凡宇是无论如何也支撑不住的。

能做的努力都做了，可那个错当标本尸体的小伙子最终还是不治而去。赵凡宇神情疲惫地从解剖台上下来，独自走到实验楼走廊尽头的窗户前，呆愣了半天，深深地呼了一口气。这时候，从他背后伸过一只手来，给他递上了一支白塔烟，赵凡宇不用回头也知道，此刻站在他背后的一定是小雪。

赵凡宇转过身来，怔怔地抬起头，看到小雪的脸上也有因惊恐劳累而带来的苍白，可唇角还在勉强地向他微笑着。小雪安慰赵凡宇说："赵医生，这不能怪你，你也是无心的。我想院领导不会过于处分你的。"

赵凡宇摇摇头："可是，那是生命啊，我永远无法原谅我自己！"他的声音里带着明显的伤痛，随后低下头去，埋起了脸，终于肩头忍不住耸动起来。

小雪站在他身边有一会儿，忽然伸手轻轻抱住了他的肩膀。这么多年，小雪从来没有看到这个男人哭过。

好一会儿，赵凡宇才平静下来。他似乎有些难为情，轻轻推开小雪，低声道"谢谢你。"小雪想说什么，颤抖着嘴唇，欲言又止。

赵凡宇惊愕道"小雪，你的脸色怎么这么苍白？"

小雪看着赵凡宇说："我……我有些害怕。赵医生，你不觉得，那个人长得很像陈健？"

陈健？赵凡宇一想：对呀，记得自己刚看到尸体时，曾经有过一种奇怪的感觉，原来是眼熟！没错，是像

陈健。

陈健是小雪半年前经人介绍认识的男朋友。可陈健又是赵凡宇和小雪之间的尴尬话题，因为几年来，虽然小雪从没向赵凡宇表明过什么，但赵凡宇知道，她其实一直在默默地暗恋着他，只是赵凡宇一直无法从林绮的死亡中解脱出来，也就装着毫不知晓的麻木样子，没有对小雪表示过什么。小雪其实是在对赵凡宇绝望之后，才与追了她半年的陈健好起来的。

学校向警方报了案。

3. 双生因缘

其实那死去的小伙子不只是像，简直活脱脱就是一个陈健的翻版，第二天，赵凡宇见到陈健时，心里不由就痛苦地呻吟了一声。

以前，赵凡宇曾远远地见过陈健几面，不过都是从办公室的窗户里看到他在楼底街角来接小雪下班，今天算是头一次面对面，因为陈健听小雪说事故中的这个人像极了他，就硬是要小雪带他来看看。赵凡宇发现陈健是个很阳光很帅气的小伙子，看到他时就想起昨晚一个同样年轻的生命在自己手里结束，心里就涌起丝丝的痛。赵凡宇怔怔地望着眼前这张年轻的脸，甚至有些茫然不知所措。

陈健显得挺善解人意地劝慰赵凡宇说："赵医生，你也不用太难过了，这只是一个意外，谁会想到推到解剖台上来的会是个活人呢，听说死者在这之前其实就已经被人下了药的？"

确实没错，医学院著名药理学教授高博士根据赵凡宇讲述的事发全过程，断定死者一定在上解剖台之前就被人下了巴比妥一类的药物，那剂量足以致命，并让人先处于假死状态。

陈健十分好奇："赵医生，小雪说死了的那个人跟我长得很像？你们可不可以让我去标本尸体房看看那个人？就看一眼！"

这应该没有什么不可以呀！赵凡宇点点头，他让小雪陪他去，他自己今天一直头很疼，脑子里一幕幕都是昨夜解剖时的情景。

标本尸体房门口有人守着，不许闲杂人等进入，陈健不甘心离去，就在门口等着。大概没多久，法医现场已勘验完毕，尸体被推了出来，谁知陈健只看了一眼，就惊叫起来：“陈康……哥！”然后，整个人似乎都被悲痛压垮了下去，跌倒在地上。

怎么这件事真的与陈健扯上了关系？站在旁边的小雪惊呆了：认识到现在，从来也没有听陈健说起过他还有个双胞胎哥哥呀！

这倒用不着再费心去调查死者的身份了，刑警们让陈健在一边等着，好一同去公安局做笔录。小雪喃喃道：“怪不得，我说怎么会那么像！”

陈健浑身颤抖，哽咽着说“我和我哥从小不和，他初中没毕业就离开家了，头两年还有音讯，后来就断了消息。我怎么也没想到，会是他。”

赵凡宇闻讯赶过来，自责得恨不得抽自己耳光……

这时，老白被从里面带了出来。毫无疑问，警方怀疑这个案件跟他有关，因为尸体是他送的，标本尸体房里除了他有钥匙，别人谁也进不去。

只见老白低着头，满头的白发在透过实验楼大窗户照射进来的阳光里显得特别刺眼。走过赵凡宇他们身边时，陈健忽然抬起了头，恶狠狠地盯住老白，哑着嗓子愤怒地叫道：“你，你终于杀了他了！”

刑警看到案件的关联人居然认得老白，立即追问道：“你们认识？”

陈健顿了半晌，低低地回答了一声：“他是……陈康的父亲。”

陈健为什么不说老白是“我们的父亲”？

陈健的回答让站在旁边的小雪和赵凡宇都吃惊不已：这是一种什么样的父子关系啊？

赵凡宇不由担心地看了小雪一眼。

4. 父子危情

这个案子有着太多的谜团。

刑警们已基本确定赵凡宇跟这个案子没有太大的关联了，如果一定要说他有什么责任的话，也仅仅是出于疏忽。但案件的另一个焦点人物老白，在刑警们的百般讯问下就是不开口，只是将他那双失神的老眼呆呆地望着天花板，就是偶尔开口了，也就那么句话：“他死了？他死了？我杀了他？我真的杀了他？”整个人似乎精神失常了似的。

关于老白和陈康、陈健之间，警方目前掌握的情况是由陈健提供的：陈健和陈康都是老白的亲生儿子，可从出生那一天起，因为生母产后大出血突然去世，他们兄弟俩就被送给一户陈姓人家收养了。这么多年来，陈健从来没有主动回去找过老白，虽然知道有这么一个生父的存在，他也没有回去，他恨老白根本不尽父亲的责任就轻易抛弃了他们。但陈康就不同了，自懂事起陈康反而就凭这一点屡屡找老白要钱。

刑警们根据陈健的叙述，细察了陈康的案底，发现他从小就是个不良少年，参与过不少打砸抢事件，后来不知什么原因16岁不到突然去了外地，不过据联网调查，他在外面也是好事不做，恶行多多。半年前他悄悄回来找老白，据说是因为日子混不下去，借了巨额债款而被人追杀的缘故，要老白帮他躲过难关。老白这些年省吃俭用却没有什么存款，刑警们推断，可能都是被这个不争气的儿子给敲诈去了。他们这段父子孽缘外人知道的很少。何况，躲避债权人的追杀，有什么比医学院的停尸房更好的地方？刑警们在老白住的房间里发现了不少陈康生前用过的东西。

法医的尸检结果很快就出来了，陈康死前果然服用过致死药物，并且这种药物的残渣，在一个留有老白指纹的杯子里被发现了。

警方据此推理：老白和陈康父子关系向来不好，相互间都有忿恨心理，这次儿子突然回来硬吃硬住，老白觉得不是个了局，就下起了毒念。平时标本尸体房里只有老白一个人，多出一具尸体标本是不大会被人发现的，于是老白就利用在医学院工作之便给陈康下了药。老白下药后精神恍惚，居然在陈康未死透时错把他当作标本送到了赵凡宇的刀下，但毕竟陈康是自己儿子，后来清醒了想起人可能还没死透，想把尸体再拖回去，没想这时赵凡宇已开始了解剖，他这才傻了眼。

当事人老白已近于精神崩溃，警方审讯了很久，依然没

有得到他的任何口供交待。

警方决定：对赵凡宇不予追究刑事责任，他的失误属于工作责任，交由医学院处理；老白就被羁留在看守所，待收齐证据后再行起诉。

赵凡宇终于松了一口气，可心情一点也轻松不起来。无论如何，那个年轻的生命是因他的失误而最终丧失的，不管这个人生前是多么劣迹斑斑，但毕竟是一条生命啊！

赵凡宇从公安局大门出来，发现小雪在门外等着他。小雪关切地问："赵医生，是不是所有的问题都查清楚了？"

赵凡宇苦笑着点点头。

小雪的脸上露出了一丝笑意："我早说过，这不是你的责任。你是医生，从来只懂得救人而不知害人的。赵医生，其实你是个太过认真的人，什么事情你都爱往自己身上揽，就像当初林绮姐的病没有治好，也不是你的责任一样，这一次你就不要再那么自责了，好么？"

小雪的口气柔柔的，赵凡宇的心中好像被这种柔情所触动，不自觉地点了点头。这么些年来，他一直在回避一个对自己这么有情意的姑娘的感情，此刻想起来，赵凡宇心中不由感到了隐隐的痛。自己是不是做过了头？他在心里轻轻地问自己。

小雪柔柔地看了他一眼，低声说："赵医生，你没事我也就放心了。现在我可以告诉你，我要……和他结婚了。"

赵凡宇怔怔地抬起头，似乎一下子反应不过来似的。

小雪低着头，两只眼睛一直盯着自己的脚尖："其实，如果你有事，我一定不会在你事了之前结婚的。但现在，你没事了，陈健他，一下子失去了两个亲人，而且，白老伯说不定会被判死刑的吧？他太需要安慰了。所以，我决定，跟他结婚了。"

"他以前……也提过好多次，我都没答应。但这次……他对我很好，你放心。虽然说实话，我跟他在一起的时间也不算长，对他的了解也不算多，但以后会多的……"

赵凡宇还是怔怔地听着，他突然觉得自己心里有股酸酸的味道，可脸上不敢表露出来。最后，他哑着嗓子开口道："那我……我就恭喜你们了！"

5. 婚前体检

不知怎么搞的，自那以后，赵凡宇常常一个人发呆，别人还以为他是陷在那个事件中拔不出来了，可他自己心里很清楚，发呆的原因就是：再过一个星期，小雪就要成为陈健的新娘了。

这天已经下班很久了，赵凡宇还怔怔地坐在实验室的解剖房里不动。临下班前他接到陈健的电话，陈健在

电话那一头似乎相当犹豫，最后才吞吞吐吐地说："赵医生，我……我和小雪就要……结婚了，我想……我想结婚前，请你给我做一次……做一次私人检查，行吗？"

赵凡宇记得自己当时都听愣了："婚检不都是有专门医生做的吗？"

却听陈健在电话那一头羞涩地说："我不好意思找别人，你帮我看看，如果没什么问题，就麻烦你托人帮我出个证明吧。"

赵凡宇觉得这个陈健有点怪怪的，碍于小雪的情面，勉强答应了。赵凡宇心中苦笑着：小雪要结婚了，给她的新郎做婚前体检的居然会是自己。

这时候，门被轻轻地敲响了，赵凡宇一抬头，陈健已经推门进来了，站在赵凡宇面前。不好意思地说："对不起，赵医生，我来晚了。你今天怎么看上去精神不太好？要不，我明天再来。"

赵凡宇已套上了白大褂，含笑道："没什么，就是有点累。我们现在开始吧？"

陈健有点害羞的样子："好吧！"

赵凡宇没有专门的诊室，只好让陈健躺上那张出过事故的解剖台。

陈健不由低声问道："这就是我哥哥丧命的地方？"

赵凡宇心中一颤。

陈健立刻仿佛想到了什么似的，抱歉地朝赵凡宇笑了笑。

赵凡宇的脑子里却僵僵的，他的噩梦似乎又开始了：这兄弟俩，长得可真像！

陈健好像有些担心自己的身体，喃喃着请赵凡宇给他好好检查一下，说不好意思向别的医生问一些关于自己身体的私人问题，想想还是来麻烦赵医生了，然后他就开始脱衣服，一直到最后把内裤都脱掉了，光着身子躺在了那张解剖台上。

陈健忍不住自言自语道："我是不是就躺在了我哥哥躺过的地方？"

赵凡宇心中猛地又一颤。

却听陈健道："赵医生，我能把你当心理医生一样倾诉一次吗？今天我来找你，是犹豫了很久的。这些天我的心理压力一直很大，总是想起我的哥哥陈康。从小我哥哥就跟我不太要好，可说实话我心里还是喜欢他，无论如何我们毕竟是一奶同胞呀！据养父说，我母亲生下我们就因为难产大出血死了，哥哥于是从小就恨我，说就是因为多生了一个我，才把母亲给折磨死的；也是因为多了一个我，父亲才会狠狠心，索性把我们一起抛弃的。"

赵凡宇怔怔地听着。

"我从小就是个好孩子，养父母都很喜欢我。而我哥哥从小就不学好，打架，偷东西，学习成绩也不好。

后来记得有一次，他拿着刀想划破我的脸，他说：‘咱们都长得这么漂亮，可这漂亮该是我一个人的，而不是你这个害人精的，我恨你跟我长得一模一样。’我当时都吓呆了。他还老爱说‘你当个乖孩子，我就一定要当个坏孩子。否则，有谁会知道我和你不一样呢？’赵医生，你说，哥哥走到这一步，是不是真的都因为是我害的呢？他心里仇恨的种子，是不是都是因为我而种下的呢？”

陈健的话里有一丝说不出的苦味。

赵凡宇一时也答不上来，看着此刻手术台上躺着的这个和那一夜简直一模一样的年轻的脸庞，修长的身体，他只觉得自己的神经要崩溃了：是我下的手？是我杀了他？我成了杀人犯？他使劲儿掐自己的手，拼命在心里对自己说：“不是的！不是的！我是医生，我千万不能……”

陈健却似乎并没有注意到赵凡宇的神态，继续低低地说：“后来初中没毕业，哥哥就走了。我觉得他一定是因为恨我，恨我从小就比他得宠，恨那些对我好的女孩子，因为那时候学校里已经有许多女孩子在追我。哥哥曾对我说过，‘这些喜欢你的女孩儿本都该是喜欢我的，谁让你跟我长了一张一模一样的脸？’我常想，如果现在他还活着，看到小雪他会不会也喜欢上她呢？会不会再来跟我争小雪呢？”

赵凡宇只觉得头越来越沉，陈健的话似乎有一种催眠的力量，让他陷入伴随他们兄弟俩自小而起的那段裹着血缘的谜情之中。

只听陈健还在说：“其实，我一直想来这张解剖台上躺一躺，我哥哥那可怜的生命失去了的地方……当时他一定流了好多好多的血，好多好多，好多好多……”

赵凡宇只觉得那天夜里最恐怖的场景又在自己眼前重新出现了，自己像被一个精神病医生拿着表链催眠的病人，清晰地回忆起了那夜发生的所

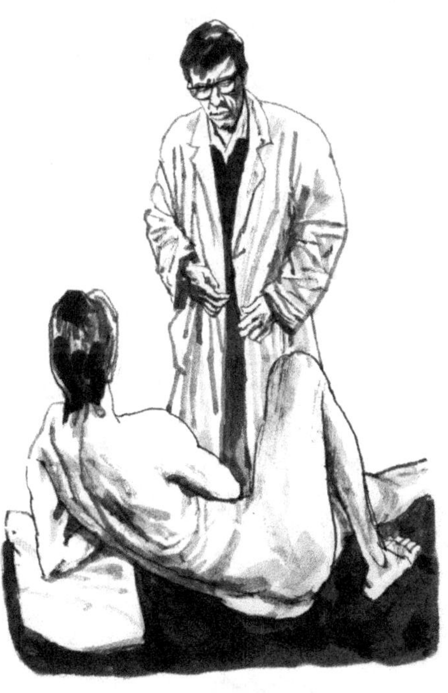

有的片断：血，电锯，还有弱弱的然而却还依然搏动着的心脏……他只觉得自己的神经要绷断了。

陈健却还在那里述说着："你手里的电锯一锯下去，好多血都喷了出来，那鲜红鲜红的血啊！我的家从此就完了，我的哥哥，我的父亲，都没了，都没了，都没了啊！血，好多好多的血……"陈健一边喃喃着，一边用手在解剖台上轻轻地抚摸着。突然，他两只眼睛一动不动地盯着赵凡宇的脸，就好像那天死在赵凡宇解剖电锯下的陈康会突然睁开眼睛一样。

赵凡宇只觉得脑子里"轰"的一声，耳朵里只听到陈健仿佛从很远很远的地方传来的声音："赵医生，你看看我，我从小就想知道，我跟哥哥是不是真的一模一样？你看过他的身体，现在也看到我的了，我跟哥哥是不是真的一模一样呢？或者，我就是另一个他……"

6. 一点误差

赵凡宇愣愣地盯着解剖台上的陈健，满脸惊骇。

陈健的眼神里却透出一丝恶意报复的快感：要崩溃了，你就要崩溃了……

可就在这时，赵凡宇的目光中忽然有什么东西一闪，陈健一惊，立即想从解剖台上坐起来，赵凡宇的手已迅速一按，解剖台上固定标本尸体用的开关猛地就扣住了陈健的手脚。

陈健脱口道："你干什么？"

赵凡宇已经恢复了平静。他走到窗边，打开窗子，深深地吸了一口气，回头看了陈健一眼，一字一句地说："陈康，你差一点就要成功了，可惜，你出了一点小小的差错。我现在才终于明白，你是真正的陈康，而不是陈健。真正的陈健，在那个晚上已经死在了解剖台上！"

被固定在解剖台上、被赵凡宇称作陈康的他此刻满眼惊恐："你疯了？赵凡宇，你怎么会说出这样的话来？"

赵凡宇朗声说道："你不就是想用这种方法把我逼疯吗？真是个一石三鸟的好计谋呀！好吧，我来替你把话说完。你是因为无所容身才悄悄回来的，你看到了弟弟陈健所拥有的一切，于是从小就有的对他的嫉恨更加升温了，你想攫取他拥有的一切，包括他深爱着的小雪。你恨陈健，也恨你的父亲白老伯，还恨那个你听说过的小雪曾对之有感情的我，所以你精心设下这个骗局，要除去所有的障碍来得到这一切，是不是？事先给陈健下药杀了他的，一定是你；偷偷把原先的标本尸体换上陈健的，也一定是你！"

说到这里，赵凡宇的眼睛里简直要喷出火来："你利用了你和陈健一模一样的长相，妄想利用他的身份再重新活一次；你利用了小雪因为对我的感情而一直不太亲近陈健，确信她看不穿这个秘密；你故意栽赃给白老伯，故意把警方的注意力引到白老伯身上；你最后还妄想利用我的愧疚心理把我逼疯，让善良的小雪真心诚意地嫁给你，还故意对她说要带着她到新地方去开拓你的什么新事业。哼，你这个人真是好歹毒啊，你这条披着羊皮的狼！”

被固定在解剖台上的这个真正的陈康，此时忽然冷笑道：“姓赵的，你不要胡说八道，我问你，你凭什么来证明你说的这一切？你凭什么说我不是陈健？”

“嘿嘿！”赵凡宇一声冷笑，“证据就在你自己身上！”

陈康的身子不由抖了抖，似乎这时才开始介意自己的裸体。

赵凡宇说：“你不知道吧，我虽不曾认真跟陈健近距离见过，但他身体上有一个特征我是知道的。几个月前，他已经打算跟小雪成婚，那时曾经给我打过一个电话，非常不好意思地向我咨询一个问题，就是他觉得自己包皮过长，问我是不是应该先做手术，并要我给他介绍一个医生。这件事，估计连小雪都不一定知道。我当时很认真地给他讲解了，还特意给他联系了一个医生，并且给他们双方约定了时间。这个手术，陈健去做了，因为后来我还特地问过那医生。怎么样，这一点你没防备吧？”

赵凡宇说的这件事，重重地击中了陈康的要害，他在解剖台上挣扎着，歇斯底里地狂叫起来：“我要杀了你，杀了你！”

赵凡宇冷冷道：“没错，你长得几乎跟陈健一模一样，但有一点你跟他绝然不同，那就是：他对自己负责，也对别人负责，对生命负责。而你，你怎么忍心亲手去杀害自己的亲弟弟，

“掌上灵通杯”《故事会》优秀作品月月评

《故事会》与上海掌上灵通咨询有限公司联合举办“掌上灵通杯”《故事会》优秀作品月月评活动，全年共设价值48万元的奖金和奖品。参加方式如下：

1. 请选出本期你最喜欢的一篇作品，将其篇尾的月月评短信代码（如2401，没有短信代码的作品不参加评选）发送到200056（中国移动）或900056（中国联通）。每次限选一篇，可多次投票。

篇名与短信代码

代码	篇名	代码	篇名	代码	篇名
2401	这扇大门不好守	2409	美好前程谁作主	2417	雪夜
2402	恶魔归来	2410	扔砖头	2418	围城里的鸵鸟
2403	红牌牌绿牌牌	2411	谁懂你的心	2419	交货款
2404	两条尾巴的狗	2412	酒魂	2420	找揍
2405	刀尖上跳舞	2413	未露面的雇主	2421	最近有点烦
2406	二流子出丑	2414	乡村御医	2422	比说“爱你”更动听
2407	贼心思	2415	割喉之谜	2423	无法拒绝
2408	还你一条命	2416	生死危情	2424	下饭馆

2. 凡选中故事在得票数前三名的读者均可参加抽奖。本期共设：一等奖3名，奖金各500元；二等奖10名，奖金各300元；三等奖20名，奖金各100元；阅读奖200名，各获价值30元的纪念品一份。所有参与读者将另获赠精彩梦网信息服务。

3. 本期活动截止期为：2004年12月20日。得奖读者在评选结果揭晓后将得到短信通知。本活动接收短信：0.10元／条。客户服务电话：021-33184600。

甚至把自己的生身父亲也要推到死路上去？”

赵凡宇说到这里长出了一口气，拿起电话拨通了110。几分钟之后，警车的鸣笛声就在实验楼的窗外响了起来……

老白被放出看守所的时候，是赵凡宇和小雪一起去接他的。阳光下，老白的眼睛依然木木的：“我的两个儿子都死了！”他忽然哭出了声，“让我也死了吧，死了吧……”

赵凡宇呆呆地说不出话来。

小雪的身子一直在抖，赵凡宇紧紧拥住了她。

这真是一场生死危情。而当一切都过去了之后，赵凡宇才突然发现，生命中的美好是那么令人心颤的值得珍惜。

（本篇月月评短信代码：2416）

（**题图**、**插图**：杨宏富）

（欢迎来稿，本期责任编辑电子信箱：baofang@vip.sohu.net）

细米（青春系列小说）

少年细米生来就是一个爱脸红的男孩儿，他与表妹红藕两小无猜，一同长大，日子如清水一般自然流淌。然而，有那么一天，大河上飘来一叶巨大的白帆，白帆下飘来了一群仿佛来自天国的女孩儿。这些从苏州城里来这里插队的女知青，给平静的乡村带来了一股新鲜而迷人的气息，而其中的梅纹姑娘以她纯净而温柔的情感与精神力量，使细米这个桀骜不驯的乡野之子步入新的成长历程。他们初次相见时，彼此就有了一种奇异的感觉。在后来苦难而温馨的岁月中，细米一边在梅纹的引领下走向前方，一边开始暗恋着她的声音、她的举止以及她身上所有的一切，而她在那段孤独无助的时光里，似乎更深刻地陷入了一种对于细米的不可名状的眷恋。一种非恋情的恋情，在一个到处是河流与芦苇的水乡世界中令人感动地展开着，处处风采飘逸，处处诗意流动。

小说深谙人的情感的微妙，写就了一段天地之间可以与日月同在的情感故事，以优雅的笔调完成了一个少年的心灵雕塑。安宁的村落、寂静的麦田、旋转的风车、河里的小船、各色的鸽子、雪白的芦花、袅袅的炊烟，与四季优美的乡村风景一道，参加了这个东方少年的现实世界的加冕礼。

曹文轩著

鸟　奴（青春小说系列）

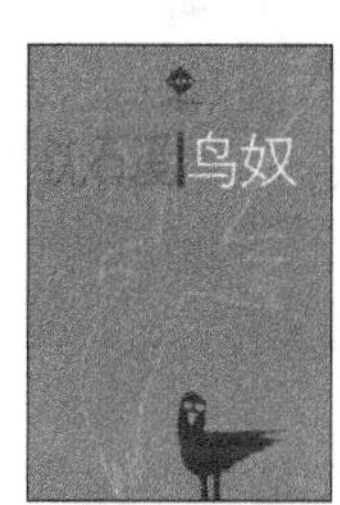

这是一部故事精彩可读性很强的动物小说；这是一部蕴含深刻哲理让人掩卷沉思的动物小说。动物行为学家“我”与藏族向导强巴在滇北高原日曲卡雪山进行野外科学考察时，意外地发现一对蛇雕与一对鹩哥把自己的窝筑在同一棵大青树上。从动物分类学上说，蛇雕属于食肉猛禽，鹩哥属于普通鸣禽，蛇雕是各种雀鸟的天敌，鹩哥被列入蛇雕的食谱。在大自然的食物链上，二者是猎手与猎物的关系，怎么可能共栖共存呢？“我”决心揭开这个谜。“我”埋伏在离大青树不远的石坑里，亲眼目睹蛇雕一家子是如何飞扬跋扈欺凌可怜的鹩哥的，也清楚地看到鹩哥一家子是如何谨小慎微忍气吞声在夹缝中求生存的。经过半年的观察研究，“我”排除了这家子蛇雕与这家子鹩哥之间传统的“共生共栖”、“单惠共栖”和“假性共栖”这几种大自然常见的共栖关系，而是属于非常罕见的主子与奴隶的共栖关系。动物界特殊的“兽际关系”，折射人类社会复杂的“人际关系”，具有强烈的震撼力量。作品语言流畅生动，对大自然的描写惟妙惟肖，值得一读。

沈石溪著

《解读〈故事会〉》

一本揭示故事会40年发展历程的传记

亲爱的读者，为体现与时俱进、求实创新的办刊思想，本刊在《故事会》创刊40年之际，特推出《解读〈故事会〉：一本中国期刊的神话》一书。关于《故事会》这本杂志，你可能有过这样那样的疑问：为什么《故事会》能几十年长盛不衰？高考满分作文与读《故事会》有什么关系？为什么卖《故事会》杂志就能赚钱？……看完这本书，相信你会揭开所有的谜底。

私人侦探第一案

本书系《故事会》金栏目"中篇故事"精选，共收9则作品，都是与歹徒、罪犯作斗争的故事。公安人员追捕逃犯，历尽艰险，血洒战场；罪犯遥控杀妻，扑塑迷离；村霸设置黑洞，为非作歹；小偷擒获白色恶魔，仗义可嘉偷盗贪官财物，枪杀情敌后代……作品内容曲折惊险，具有震撼人心的艺术魅力。

妻子要跳交谊舞

本书系《故事会》金栏目"中篇故事"精选，共收9则作品，皆系情爱故事。虽属情爱，却非都是甜甜蜜蜜，卿卿我我，而是充满了喜怒哀乐，恩怨情仇。看这些年轻的男女主人公，既有历经悲欢离合终成眷属，也有历经磨难依然遗恨终生；既有由爱变恨，愤而断情，也有化恨为爱，喜结良缘……

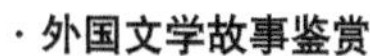

雪夜

□黄玉梅 选 编

在远离热闹街道的一幢旧房子里，有一对老两口儿正围着火盆在取暖，冬夜的静谧和淡淡的温馨笼罩着这一片小小的空间，火盆中燃烧着的木炭偶尔发出的响动，更增添了这种气氛。

窗外纷纷扬扬地下着大雪，老太婆紧靠着老头子身边坐着，她将一双干枯的手伸到火盆上，一边烤着火，一边不由自主地朝楼上看了一眼，对老头子说"这样安静的夜晚，我们的儿子一定能多看一点书了。"

"是啊！"老头子嘀咕了一句，"儿子大概累了，我上楼给他送杯热茶去，整天闷在屋里读书，我真担心他把身体搞坏了。"

"算了，算了，"老太婆劝他，"你就别去打搅他了，他要是累了或想喝点什么，自己会下来拿的。"

"啊，你说得也对，我们还是别去打搅他的好。"老头子一边应着声，一边往火盆里加了几块木炭。

这时候，突然响起了一阵急促的敲门声。这么晚了，还会有谁来？老头子和老太婆同时抬起头来，相互对望了一眼。老头子颤颤巍巍地站起来，蹒跚地向门口走去，随着开门声，一股寒风带着雪花挤了进来。

“谁啊？”老头子老眼昏花，看不清站在门外的是谁。

“别问我是谁。老实点，不许出声！”原来是一个陌生的中年男子，手里握着一把寒光闪闪的匕首。

“你想干什么？”老头子抖抖索索地问。

“少啰嗦，快给我老老实实地进去……”陌生人晃了晃手中的匕首。

老头子只好转过身，向屋子里走去。

老太婆还不知是怎么回事，迎上来问：“谁呀？是找我们儿子的……”一看跟在老头子后面这么一张凶巴巴的脸，周身一颤，下面的话咽了回去。

“我是来取钱的，如果识相的话，我也不难为你们。”陌生人手中的匕首在炭火的映照下，更加寒光闪闪。

“啊，啊，我和老太婆都是不中用的人了，你想要什么就自己随便拿吧。但……但请你千万不要到楼上去。”老头子哆哆嗦嗦地看了一眼楼上，对陌生人说。

陌生人眼睛顿时一亮，脸上露出一股贪婪的神色：“为什么不让我到楼上去？一定是楼上有贵重的东西了？”

“不不不，”老太婆抢着回答，“是我们儿子在楼上看书呢！”

“嘿嘿嘿嘿！”陌生人冷笑道，“还不肯老老实实说？看来我得在动手之前先把你们儿子给捆起来！”

“别，别这样，千万别这样！”老头子和老太婆一起着急地叫了起来，“恳求你了，千万别伤着我们的儿子。”

“滚开！”陌生人根本不理睬老人的话，三步两步就往楼上蹿，陈旧的楼梯在他的脚下发出“吱吱吱吱”的声音。两个老人无可奈何，只好呆呆地站在那里。

突然，“喀嚓”一声，随着一声惨叫，陌生人从楼梯上滚落下来。老头子立刻从呆愣中惊醒过来，慌忙对老太婆说：“一定是我们的儿子把这家伙打倒的。快，咱们快给警察局打电话。”

·快乐辞典·

婚姻怪味豆

◇ 结婚就像和朋友上餐馆，你点了你要的，然后看见了同伴点的东西，你就想：我干嘛不点那个呢？

◇ 在鸡尾酒会上，一个女人问另一个女人：“你把结婚戒指戴错了吧？”另一个答道：“没错啊，是因为我原先嫁错了人。”

◇ 一个男人结婚之前还不是个完人，然后他结婚了，这样就算“完”了。

◇ 婚姻就像这样一个学院：男人在里头丢了学士学位，而女人得到了硕士学位。

◇ 年轻的儿子：“是真的吗，老爸。我听说在一些地方，一个男人直到结婚时还不认识他的妻子？”父亲：“这事在大多数地方都有，儿子。”

◇ 婚姻生活真是让人沮丧：结婚第一年，男人说话女人听；第二年，女人说话男人听；第三年，他们都在说话，而邻居在听。

◇ 当一个男人为他妻子开车门时，你可以肯定一件事：车子是新的，妻子也是新的。

◇ 婚前你越是浪费，她觉得你越是浪漫；婚后你越是浪漫，她觉得你越是浪费。

◇ 情如鱼水是夫妻双方最高的追求，但是我们都容易犯一个错误，就是总认为自己是水而对方是鱼。

◇ 别把爱情搞得太像服务业，做牛做马只会累死自己。

（**推荐者**：刘志权 郑丽荣）

很快，警长就带着几个警察赶来了，在楼梯口，发现摔伤了腿躺在那儿的陌生人，嘴巴里还自言自语地嘀咕着：“哪有这样的读书人，灯也不点一盏，害得我一脚踩了个空。真是晦气！”

一个警察不等警长下令就上了楼，可是他很快就下来了，报告说：“警长，整个楼上全搜遍了，一个人也没有，可是房主人刚才报案时明明说，是他儿子把强盗打下来的。这……”

警长在这个区域已经干了多年了，解释说：“你不懂！老人唯一在上学的儿子早在三年前的冬天就得病死了，可老人始终不愿承认这个事实，他们总是说：‘儿子在楼上看书呢！’”

谁也没有再说话，屋子里突然很静，很静……

（本篇月月评短信代码：2417）

（**题图**、**插图**：王申生）

·哲理故事·

围城里的鸵鸟

□王小玲

在鸵鸟的世界里，是可以妻妾成群的，但有这么一对鸵鸟夫妻，相亲相爱地生活了很多年，鸵鸟先生一直就只娶了鸵鸟太太一个。

可是厄运突然降临了，在一个没有月亮的晚上，这一对鸵鸟夫妻被猎人抓住了，猎人把他们卖给了一个农场主，农场主就把他们圈养起来作种鸵鸟饲养。为了迅速繁殖后代，农场主还给鸵鸟先生送来了五个年轻的鸵鸟姑娘。

鸵鸟太太伤心地躲到一个角落里发呆，鸵鸟先生明白妻子的心事，他很想告诉妻子，他永远只喜欢她一个，可是鸵鸟在成年之后就丧失了语言能力，不会说话了，所以鸵鸟先生只能用行动来表示，他整天陪伴在鸵鸟太太身边，对那五个鸵鸟姑娘不理不睬，鸵鸟太太终于放了心。

可是这一来，农场主不高兴了：买你们来难道是让我白白养着你们的？于是他竟然当着鸵鸟先生的面，把鸵鸟太太抓走了。

鸵鸟先生急坏了，他担心农场主一生气会把鸵鸟太太给杀了，于是就开始绝食，那意思就是：如果妻子不在了，他也不想活了。这一招果然奏效，绝食到第三天，农场主只好把鸵鸟太太放了，不过没有放回他身边，而是送给了另一只雄鸵鸟。

鸵鸟先生气坏了，可他没有办法，只好趴在栅栏边，远远地望着妻子，痛苦地“呜呜呜”地叫着。鸵鸟太太在另一个围栏里，远远地望着丈夫，也绝望地“呜呜呜”地回应着。

谁知他们两个这样叫着叫着，突然有一天竟然又会说话了。

鸵鸟先生着急地问：“农场主有没有伤害你？”

鸵鸟太太说“没有，他们把我和你分开，好让你娶那五个姑娘。”

鸵鸟先生发誓说：“我绝不会娶她们的。”

鸵鸟太太也发誓：“我也绝不会嫁给别人的。”

他们都会说话后，日子就好过多了，彼此互相问候，互相鼓励，无论别的鸵鸟怎么给他们献殷勤，他们都不动心。

农场主当然听不懂他们之间说的话，但感觉到了这一对夫妻的与众不同。一个月后，农场主终于被他们的痴情感动了，于是就把鸵鸟太太送回到鸵鸟先生身边，把那五个鸵鸟姑娘带走了。夫妻俩终于又幸福地生活在了一起，他们整日整夜有说不完的悄悄话。

日子就这么一天天地过着，可是不知从什么时候开始，鸵鸟先生渐渐觉得妻子怎么有那么多说不完的话，有时候就嫌她啰嗦了；鸵鸟太太呢，也渐渐觉得丈夫老跟在自己身边，怎么就不好好干点自己的事情。

于是，双方常常为了一点小事争吵起来。鸵鸟先生开始想：随便娶一个也比自己的太太好，那些默默无语的鸵鸟姑娘多可爱呀。鸵鸟太太也开始想：随便嫁一个也比自己的丈夫好，那些独来独往的雄鸵鸟多有风度啊。

可他们已经没有机会再作选择了，因为农场主曾经被他们感动得太深，绝不会再把他们分开了。他们只能在争吵之后，一个面朝东，一个面朝西，哀叹自己命苦：别的鸵鸟都不会说话，为什么偏偏自己碰上一个会说话的呢？

可是他们恰恰忘记了，他们是怎么会说话的。

哲学先生评曰：这个故事让我想起了哲学上的“异化”命题。所谓“异化”，哲学家是这样解释的：“主体在一定的发展阶段，分裂出它的对立面，变成外在的异己的力量。”换句话来说，就是某种事物不幸沦为自己的对立面。比如“守财奴”，表面上是金钱的主人，可实际上却是金钱的奴隶；又如，人在自己的头脑中创造了神，可到头来神却成了控制自己的神秘力量；还如，人类在征服自然、改造自然的过程中，造成了严重的生态危机……可以说异化在自然、社会与人生中是一个十分普遍的现象，但要克服异化，超越异化，充分做到“人不为物所役”，在现代社会还是十分不易的。

（本篇月月评短信代码：2418）

（**题图**：王申生）

交货款

□胡宝龙

好多年以前，有一天，一个小伙子替他父亲到城里的棉纺成品加工厂交购货款。王出纳指指他手里捏着的销货票说："你就按这票上开的数交吧。"

小伙子突然红了脸，不好意思地问："王阿姨，厕所在哪里？我得先去趟厕所。"

"楼道尽头，门上写着呢！"

过了一会儿，小伙子上完厕所回来，把钱交给王出纳。

王出纳一点，说："不够啊，还少200元。"

小伙子吐了吐舌头："王阿姨，你等一下，我再上一趟厕所。"说完，又跑了出去。

科室里的人都捂着嘴笑："这小伙子，到咱们这儿造粪来了。"

这一回，小伙子过了很长时间才回来，王出纳关切地问："去这么久，身体不舒服吗？"

小伙子说："厕所老有人，不方便。"

王出纳不解："谁还碍着你拉屎不成？"

小伙子摇摇头。

王出纳明白了："你把钱放内裤兜里了？是啊，出门在外，是要防着点的。"

王出纳边说边点着钱。点完了，对小伙子说："你还得上趟厕所，这里面有一张假钞。"

小伙子惊异地接过假钞，反反复复地看了一阵子，只好又跑出去。回来的时候，问王出纳："王阿姨，你有剪子吗？要不，小刀也可以。"

找揍

□胡爱国

有个猎人进山打猎，一枪没打中狗熊，反而被狗熊摁住了。

狗熊说：“我是把你吃了呢，还是揍你一顿？”

猎人当然选择被揍一顿，于是就挨了狗熊一顿痛打。

猎人心里很窝火，决定第二天进山找狗熊报仇，可是由于枪法太蹩脚，结果没打中狗熊，反而又被狗熊摁住了。

狗熊问他：“我是把你吃了呢，还是揍你一顿？”

猎人只好说：“你揍我吧。”

猎人又被一顿狠揍，这回伤得不浅。

过了些日子，猎人养好了伤，想想忍不下这口气，于是又进山找狗熊报仇，没想还是败在了狗熊手上。

没等狗熊开口，猎人就赶紧说：“你赶紧揍我一顿吧！”

狗熊立刻就火了，冲着他大喊：“你是打猎来的还是找揍来的？”

（本篇月月评短信代码：2420）

王出纳问：“怎么，解不开裤腰带了？”

小伙子的脸红到了脖子根：“是啊，人多，我一着急，带子就打了死结，怎么也解不开。”说罢，接过王出纳递来的剪子第四次跑了出去。

等小伙子办完交款手续走人以后，王出纳的同事们笑得前仰后合。王出纳说：“你们别光顾笑，快想想这里有什么我们可以做的事？”

据说，有一种专门为出差人员提供的拉链防盗内裤，就是不久以后由这家棉纺成品加工厂发明的。

（本篇月月评短信代码：2419）

·幽默世界·

最近有点烦

□一　刀

毛军的修车铺隔壁最近新开了一家羊肉泡馍馆，一帮卖鸡鸭的摊贩看这东西又便宜又好吃，就三天两头地来，那些装鸡鸭笼子的车停在门外，难闻的臊臭味随风飘过来，让毛军饭都吃不下。

这天中午，难闻的味道又飘过来了，毛军冲出去一看，一辆驮着两笼鸡的三轮车居然就停在修车铺门口。都是邻居，毛军不好意思过去说，心里一肚子火又没处发，只好点上一支烟，借此去去这恼人的臭气。

一个过路小青年正好手里捏了一支烟，就凑上来问："大哥，借个火行吗？"毛军顺手把火给了对方，那小青年就有一句没一句地和毛军搭起话来。毛军听出来这小青年是个耍嘴皮子的客，灵机一动，就恭维他说："还真瞧不出你年纪轻轻见识倒不少，什么都知道啊！"

小青年果然就轻飘飘起来："我不但什么都知道，还什么都敢干哪！"

"这话可是你说的？"毛军就指着那辆装着两笼鸡的三轮车说，"你瞧，两笼鸡加上一辆车，少说也值个上千元，你敢把它推了走？"

小青年看看他，想了想，也不问为什么，说："只要你肯帮忙，我就敢把它推走。"

毛军鼻子里哼了一声："难不成让我帮你把车推了走？"

"那倒不是，"小青年说，"不用你

动手，只要你帮我应个声就行。一会你在铺子里别出来，我在外面喊‘大哥，我把车推走了’，你就应一声‘推走吧’；我说‘那我走了’，你就说‘走吧，我忙着呢，就不出来送了’。”

“就这？”

“就这。你应了声，我推车时别人才不会起疑心，就算以后有人问你，你也可以借口自己在里面，没看见。”

毛军觉得小青年说得有道理，就转回身进了店铺。

不一会儿，外面果真响起了那个小青年的声音：“大哥，我把车推走了。”

毛军头也不回地在里面应声答道：“推走吧！”

“那我走了。”小青年的声音越发响亮。

“走吧，我忙着呢，就不出来送了。”毛军在里面一面应着声，一面偷着乐：哼，看你们以后谁还敢把车停在我铺子门口？

毛军故意在铺子里磨磨蹭蹭地瞎忙乎了一阵，估计那小青年走远了，这才出去。可是一抬眼，不对，那笼子车怎么还在？细一瞧，自己停在铺子门口的摩托车不见了。

（本篇月月评短信代码：2421）

本社隆重推出新女性小说《春草开花》

这是部队女作家裘山山积数年之心血创作的一部反映当代底层民众生活的长篇小说，全作以编年史的方式，讲述一个出生在江浙一带农村的普通人物春草的不平命运。春草从小生在一个上有哥哥下有弟弟、女人毫无地位的农村家庭，不能上学，更不能撒娇任性，除了辛苦劳作，没有任何快乐可言。但她却拥有一种影响了她终身的性格：倔强，不服输。揣着一定要过上好日子的梦想，她不甘心命运的摆布，奋力挣扎，自己找婆家，自己闯天下，出门打工，创业，发家，失败，东山再起，再失败，再开始，一次又一次，历尽艰辛，吃尽苦头。从农村到城市，从小商小贩到清洁工保姆，她挣扎、奋斗、忍耐、苦熬，坚决不气馁，坚决不放弃，甚至不诉苦……

比说“爱你”更动听

□骆晓颖

鲍勃早上醒来，发现家里不一样了，窗户从未有过的明亮，地板从未有过的干净，衣架上挂着自己的西装，整洁而笔挺。他心里纳闷 今天是什么日子？妻子平时可没这么勤快呀！

他赶紧起床，走出卧室，看见客厅茶几上摆着崭新的花瓶，里面的一大捧玫瑰还带着清晨的露珠。早点已经放在餐桌上了，不但有牛奶和果汁，还有自己平时最爱吃的吞纳鱼面包。鲍勃挺奇怪：结婚纪念日不是刚过了么？

突然，他发现面包盘子底下压着一张纸条，赶紧拿起来看，是妻子熟悉的笔迹：亲爱的，我上班去了，你好好享用吧！鲍勃越来越奇怪：到底发生什么事了？

这时，睡眼惺忪的儿子从房间里出来，鲍勃问：“昨晚发生什么事了？”

“哦，”儿子揉揉眼睛说，“爸爸，难道你自己一点儿都不知道？昨天晚上你喝得酩酊大醉回家，身上衣服脏了不说，还把客厅和卧室的地上吐得又脏又臭，可把妈妈累坏了。”

鲍勃听儿子这么一说，才想起昨晚自己和朋友一起喝酒的事，很不好意思。

儿子朝他眨眨眼：“爸爸，你真行！昨晚妈妈替你换衣服的时候，你知道你说什么了？”

“我说什么了？”

“你啊——”儿子扫了一眼餐桌，朝鲍勃扮了个鬼脸，“你说，‘走开走开，我可是结了婚的！’看，你这句话的效果今天立刻就出来了！”

（本篇月月评短信代码：2422）

无法拒绝

□王　岩　搜集

一大早，就传来一阵敲门声，罗伯特对妻子说：“我敢打赌,准是隔壁那个乔借东西来了，这家伙明明自己家里有，就是舍不得用。你看，我们家几乎一大半的东西他都借去用过。”

“我知道，亲爱的，”妻子答道，“可你为什么每次都满足他呢？你不会找借口推掉他几次，这样他以后或许就不会再来借了。”

“好主意！”罗伯特边说边去开了门，果然是乔。

“早晨好！”乔招呼说,“非常抱歉来打搅你们,请问你们今天下午用修枝剪吗？”

“啊，真不巧，”罗伯特说，“下午我和我妻子要给果园修剪果树。”

“果然不出我所料，”乔遗憾地耸了耸肩，转而又问，“那么，你们一定没有时间打高尔夫球了吧？我想，如果把高尔夫球杆借给我，你们不会介意吧？”

（本篇月月评短信代码：2423）

·幽默世界·

下饭馆

□郑宗良

7月18日是小同的生日，爷爷奶奶和爸爸妈妈带着小同来到一家叫做“如意阁”的饭馆。刚坐下，服务小姐就很热情地围上来，有的给他们倒茶水，有的给他们开空调，还有的请他们点菜。

爷爷奶奶和爸爸妈妈都说让小同点，小同上小学四年级，菜谱上的字十有八九都会认了，点菜应该不成问题，可小同左看右看看了半天，横竖点不出一道菜来。

爸爸说：“小同，你今天只管点，只要你喜欢，再贵爸爸也舍得给你吃。”妈妈和爷爷奶奶都表示赞成。小同见大家都这么说，于是便拿起了菜谱：“那我可就点了啊。”

小同点的第一道菜是炸花生。奶奶一听就笑了，说：“你这孩子，这东西你平时还嫌吃得不够啊？”随口问服务小姐：“这一盘炸花生多少钱？”服务小姐报价：“6元。”“哎呀呀！”奶奶对小同说，“这炸花生还是等回家了奶奶给你炸。奶奶买一斤花生也就3元，哪止这么一小盘，干吗今天非要在这里吃这高价花生呢？”

小同一听，奶奶说得有道理呀，于是拿起菜谱又看，点了一个红烧肉。爷爷赶紧问小同：“看看旁边写着的，这红烧肉多少钱？”小同一看：“16元。”爷爷立刻摇头了，说：“一斤五花肉不过6元，怎么到了饭馆就要恁多？也太不合算了，不如爷爷回家给你烧，包你好吃。”

小同有点不知所措，看了看爸爸妈妈，可爸爸妈妈光捂着嘴笑，没有要表态的意思，小同只好又拿起菜谱看，又点了一个辣子鸡丁和一个糖醋鲤鱼。谁知他话音才落，爸爸妈妈几乎是同时叫了起来“烧这两个菜我们最拿手了，还不如我们回家烧给你吃！你这个傻孩子，咱们今天来饭馆，就是要点那些平时自己不常吃的菜！”

小同一听，立刻把菜谱朝爸爸手里一塞，说：“我不点了，还是你们点吧！”

最后，爸爸妈妈和爷爷奶奶一起商量，点了六个菜：“一国两制”、“火山下大雪”、“一青二白”、“绝代双娇”、“母子相会”和“雪山银海”。

可菜一端上来，全家人大失所望，因为这些名称好听的菜，其实还是他们平时在家里经常吃的，只不过他们把这几个菜叫做：煮花生和炸花生、西红柿撒白糖、小葱拌豆腐、炒青红椒、炒黄豆芽和炸白虾片。

（本篇月月评短信代码：2424）

（**本栏题图、插图**：李　加　麦荣邦）

www.ingramcontent.com/pod-product-compliance
Lightning Source LLC
Chambersburg PA
CBHW051929220626
47052CB00004B/637

* 9 7 8 7 5 3 2 1 2 8 1 5 0 *